KB249880

D. H. Lawrence
Fanny and Annie

•

패니와 애니

창비세계문학

12

•

패니와 애니

•

D. H. 로런스

백낙청·황정아 옮김

창비

차례

•

일러두기

1. 이 책은 D. H. Lawrence, *Selected Short Stories* (Penguin Books 1982)를 번역 저본으로 삼았다.

2. 본문 중의 각주는 옮긴이의 것이다.

3. 외국어는 가급적 현지 발음에 준하여 표기하되, 일부 우리말로 굳어진 것은 관용을 따랐다.

국화 냄새

Odour of Chrysanthemums

1

작은 4호 기관차가 덜컹거리며 다가왔다. 석탄이 가득한 무개
화차 일곱 칸을 끌고 쎌스턴에서부터 비틀거리며 내려오는 길이
었다. 기관차가 모퉁이를 돌아 모습을 드러내면서 시끄러운 소리
를 내며 속도를 내겠다고 위협하듯 다가왔지만, 쌀쌀한 오후의 공
기 속에 아직도 희미하게 반짝이는 가시금작화 숲에서 놀라 달려
나온 망아지는 서둘지 않고 뛰어서 기관차를 앞질러버렸다. 선로
를 따라 언더우드로 걸어가던 여인은 산울타리로 물러나 바구니
를 옆에 낀 채, 전진하는 기관차의 기관사 자리를 바라보았다. 여인
이 덜컹거리는 시커먼 무개화차와 산울타리 사이에 갇혀 하릴없이

서 있는 동안, 화차들은 무겁게 부딪히는 소리를 내며 느리지만 변함없는 움직임으로 하나씩 지나갔다. 이어 기차는 시든 떡갈나무 잎이 소리없이 떨어지고 있는 작은 관목숲을 향해 구부러져 들어갔다. 새들은 선로 옆에서 주홍빛 찔레 열매를 물어뜯다가 이미 잡목숲까지 기어든 땅거미 속으로 달아났다. 나무가 없는 공터에는 가라앉는 기관차의 연기가 꺼칠꺼칠한 풀잎들 사이를 파고들었다. 들판은 황량하고 쓸쓸했다. 탄갱 입구의 갈대가 우거진 연못으로 이어지는 좁고 기다란 늪지에도 닭들은 이미 오리나무 사이의 사육장을 떠나 타르를 칠한 닭장으로 보금자리를 찾아가버리고 없었다. 연못 위로는 갱구가 불쑥 솟아 있었으며, 오후의 활력 없는 빛 속에서 붉은 상처 같은 불길이 갱구의 잿빛 측면들을 핥고 있었다. 바로 그 너머에 브린슬리 탄광의 뾰족한 굴뚝들과 시커멓고 꼴사나운 주축대가 서 있었다. 갱구 위의 큰 바퀴 두개가 하늘을 배경으로 빠르게 돌아가고 윈치[1] 엔진은 계속해서 작게 경련하듯이 탕탕거렸다. 광부들이 갱 밖으로 나오는 시간이었다.

기관차는 탄광 옆, 노는 화차들이 줄지어 대기 중인 널찍한 측선 발착장으로 들어서면서 기적을 울렸다.

따로 떨어져서, 줄을 지어서, 혹은 떼를 이루어 광부들은 그림자처럼 지나가서는 각기 집을 향해 갈라졌다. 석탄재를 깔아 굳힌 철길에서 세 계단 아래, 측선들이 있는 평지의 가장자리에 노동자용의 야트막하고 작은 집 하나가 웅크리고 있었다. 앙상하게 여윈 커

---

1 무거운 물건을 들어올리거나 내리는 기계.

다란 덩굴이 타일을 깔아놓은 지붕을 할퀴어 무너뜨리려는 듯이 그 집에 달라붙어 있었다. 벽돌로 담장을 친 마당 둘레에는 겨울 앵초 몇그루가 자라고 있었다. 그 너머로는 기다란 뜰이 경사를 이루며 내려가 덤불로 뒤덮인 시냇물 줄기와 맞닿았다. 뜰에는 잔가지가 많은 몇그루의 사과나무, 윈터크랙 나무, 멋대로 자란 양배추가 있었다. 길가에는 헝클어진 분홍빛 국화가 덤불에 널어놓은 헝겊들처럼 매달려 있었다. 뜰 가운데쯤에 있는 펠트로 덮인 닭장에서 한 여인이 허리를 구부리며 나왔다. 여인은 닭장 문을 닫고 잠근 다음 흰 앞치마에 묻은 것들을 털어내고는 허리를 꼿꼿이 폈다.

그녀는 도도한 표정의 키가 큰 여인이었으며, 검고 뚜렷한 눈썹에 잘생긴 얼굴이었다. 윤이 나는 검은 머리는 곧게 가르마를 타고 있었다. 여인은 잠시 동안 철로를 따라 지나가는 광부들을 바라보고 섰다가 시냇물 줄기를 향해 몸을 돌렸다. 그녀의 표정은 차분하게 정돈되었고, 입은 환멸로 꽉 다물어져 있었다. 잠시 후 여인은 소리내어 불렀다.

"존!"

아무런 대답이 없었다. 잠시 기다리다 그녀는 다시 또렷하게 말했다.

"어디 있니?"

"여기요!"

덤불 사이에서 아이의 볼멘소리가 들려왔다. 여인은 어스름이 깔린 덤불을 뚫어져라 바라보았다. 그리고 엄하게 물었다.

"거기 냇물에 있는 거냐?"

대답 대신에 아이는 세워놓은 회초리 같은 나무딸기 줄기 앞으로 몸을 내밀었다. 작지만 다부진 다섯살 난 소년이었다. 소년은 아무 말 없이 도전적으로 서 있었다.

"으응." 여인은 누그러진 목소리로 말했다. "난 네가 저 냇물에서 물장난하는 줄 알았어—엄마가 너한테 한 말을 기억하고 있지?"

소년은 움직이지 않았고 대답도 하지 않았다. 어머니는 좀더 부드러운 목소리로 말했다.

"자, 자, 들어와라. 깜깜해지고 있잖아. 저기 기찻길을 따라 할아버지 기관차가 오고 있어."

소년은 여전히 골이 난 표정으로 말없이 천천히 움직이며 앞으로 다가왔다. 그는 그만한 크기의 옷을 만들기에는 너무 두껍고 뻣뻣한 천으로 지은 바지와 조끼를 입고 있었다. 어른 옷에서 잘라내어 만든 것이 분명했다.

둘이 천천히 집으로 걸어오는 동안, 소년은 볼썽사나운 국화꽃 다발에서 꽃잎을 뜯어내 한움큼씩 길에다 버렸다.

"그러지 마. 정말 지저분하잖니."

어머니의 말에 소년은 하던 짓을 멈추었다. 여인은 갑자기 안쓰러운 마음이 들어 창백한 꽃 서너 송이가 달린 가지 하나를 꺾어 자기 얼굴에 갖다댔다. 아들과 함께 마당에 들어섰을 때 그녀의 손은 잠깐 주춤거리다가, 그 꽃을 버리지 않고 앞치마 띠에 꽂아두었다. 어머니와 아들은 세 단짜리 계단 밑에 서서 측선이 있는 널찍한 터 건너로 광부들이 집으로 돌아가는 모습을 바라보았다. 작은 기차의 바퀴가 눈앞에 다가왔다. 다음 순간 기관차가 크게 확대되면서 여인의 집을 지나가더니 대문 맞은편에서 멈춰섰다.

둥그런 잿빛 구레나룻을 기른 키 작은 기관사가 여인의 머리 위쪽 운전석에서 몸을 쭉 내밀었다.

"차 한잔 마실 수 있겠냐?" 유쾌하고 정정한 목소리로 그가 말했다.

그는 여인의 아버지였다. 찻주전자에 물을 부어놓겠다고 말하면서 여인은 안으로 들어갔다. 곧 여인은 다시 나왔다.

"지난 일요일엔 보러 오지 못했구나." 잿빛 구레나룻의 키 작은 기관사가 말했다.

"기다리지도 않았어요." 그의 딸이 말했다.

기관사는 움찔했다가 다시 명랑하고 가벼운 태도를 되찾으면서 말했다.

"어, 그럼 소식을 들었구나? 그래, 네 생각에는——"

"제 생각에는 대단히 빠르구나 싶네요."

그녀의 이 짤막한 비난 투의 말에 키 작은 사내는 성마른 몸짓을 하고는 다시 어르는 투로, 그러나 위태로운 냉랭함을 섞어 말했다.

"글쎄, 남자가 어쩌겠냐? 내 나이의 남자가 제집 난롯가에 나그네처럼 앉아 있는 것은 사는 게 아냐. 그리고 말이다, 이왕 재혼을 할 바에야 빨리 해버리는 게 낫지——남들이야 무슨 상관이겠냐?"

여인은 아무 대답 없이 몸을 돌려 집으로 들어갔다. 기관사실의 남자는 그녀가 차와 버터 바른 빵을 접시에 내올 때까지 고집스러운 표정으로 서 있었다. 여인은 계단을 올라와 쉭쉭 소리를 내고 있는 기관차의 발판 가까이에 다가섰다.

"버터 바른 빵은 가져올 필요가 없었는데. 차 한잔이면 되지." 그는 음미하듯 차를 몇모금 마셨다. "아주 좋은데." 그는 잠깐 동안 더 마신 다음 말을 이었다.

"월터가 또다시 술독에 빠졌다는 말이 들리던데."

"언제 안 그런 적이 있었나요?" 여인이 신랄하게 말했다.

"로드 넬슨에서 월터가 집에 가기 전에 이놈의 걸 다 써버리겠다고 뻐기며 말했다는 얘길 들었어. 그게 10실링짜리였다지."

"그게 언제예요?"

"토요일 밤이지. 그래, 맞아."

"맞아요, 그럴 거예요." 여인은 냉소적으로 웃었다. "집에는 고작 23실링 들여놓으면서."

"그래, 남자가 자기 돈으로 기껏 짐승처럼 되기나 하니 꼴좋군." 잿빛 구레나룻의 사나이가 말했다. 여인은 고개를 돌려버렸다. 여인의 아버지는 남은 차를 마지막까지 마시고 컵을 그녀에게 건네주었다.

"그래." 그는 입을 닦으며 한숨을 쉬었다. "그건 갈 대로 가버린 거야—"

그는 레버 위에 손을 올렸다. 작은 기관차는 꿈틀하더니 신음을 토해내고, 건널목을 향해 덜컹거리며 나아갔다. 여인은 다시 철길 건너편을 바라보았다. 어둠이 선로와 기차가 차지하지 못한 공간을 채워 들어오고 있었다. 광부들은 여전히 음침한 잿빛 떼를 지어 집으로 가고 있었다. 윈치 엔진은 잠깐씩 짧게 쉬면서 급하게 고동치고 있었다. 엘리자베스 베이츠는 남자들의 지루한 행렬을 바라보다가 집 안으로 들어갔다. 남편은 아직 오지 않았다.

조그만 부엌²에는 불빛이 가득했다. 잔뜩 쌓인 빨간 석탄에서 굴뚝 입구까지 불이 치솟고 있었다. 방 안의 모든 생기는 희고 따뜻한 난로와 붉은 불빛을 반사하는 철제 난로 망 속에 들어 있는 것 같았다. 찻상이 차려져 있었다. 컵들은 그늘 속에서 불빛을 받아 반짝거렸다. 뒤편, 층계 아래쪽이 부엌 안으로 쑥 밀고 들어온 곳에서 아이는 칼과 흰 나무토막 하나를 들고 씨름하고 있었다. 아이의 모습은 그늘에 가려 거의 보이지 않았다. 4시 반이었다. 여인과 아들은 애아버지가 오기만 하면 티타임 식사를 시작할 참이었다. 여인은 아들이 부루퉁한 모습으로 나무토막과 작은 싸움을 벌이고 있는 것을 바라보면서 아들의 침묵과 집요함 속에서 자기 자신의 모습을 보았고, 오로지 저 자신에게만 몰두하는 아이의 무관심에서 아이아버지의 모습을 보았다. 그녀는 남편 생각에 몰두해 있는 것 같았다. 남편은 들어오기 전에 술 한잔 하러 아마도 자기 집 문앞을 살금살금 그냥 지나갔기 쉬웠다. 기다리는 동안에 그의 저녁식사는 다 식어빠질 텐데 말이다. 그녀는 시계를 흘끗 보고 나서, 감자 삶은 물을 쏟아내기 위해 마당으로 나갔다. 뜰과 시냇물 너머 들판은 침침한 어둠 속에 갇혀 있었다. 밤의 어둠 속으로 김을 내며 흘러드는 하수구를 뒤로한 채 냄비를 들고 일어섰을 때, 철로와 들판의 공간 너머 언덕을 올라가는 높은 길을 따라 노란 등들이 켜

---

2 부엌과 함께 식당 겸 거실로 쓰이는 공간. 서민 주택에서는 응접실보다 부엌이 주된 생활공간이 됨.

져 있는 것이 눈에 띄었다. 그리고 다시 그녀는 남자들이 떼 지어 집으로 돌아가는 것을 지켜보았다. 이제 그 수는 점점 적어지고 있었다.

집 안은 난롯불이 숙어들면서 침침한 붉은빛을 띠었다. 여인은 냄비를 벽난로 가의 시렁에 얹어놓고 푸딩 반죽을 오븐 입구 옆에 놓았다. 그러고는 움직이지 않고 서 있었다. 문으로 곧장 경쾌하게 다가오는 젊고 빠른 발걸음 소리가 들렸다. 누군가가 잠시 빗장을 잡는 기척이 있은 뒤 어린 소녀가 들어왔고 외출용 옷가지를 벗기 시작했다. 모자를 내리자 이제 막 금빛에서 갈색으로 익어가는 숱 많은 곱슬머리가 얼굴 위로 쏟아졌다.

소녀의 어머니는 소녀가 학교에서 늦게 돌아온 것을 꾸짖으면서 일찍 어두워지는 겨울날에는 집에서 못 나가게 해야겠다고 말했다.

"아녜요, 엄마, 아직 별로 어둡지도 않은데요, 뭐. 등도 아직 켜지지 않았고 아버지도 아직 안 들어오셨잖아요."

"그래, 아버진 안 들어오셨다. 하지만 벌써 5시 십오분 전 아니냐. 혹시 아버지 못 봤니?"

아이의 표정이 갑자기 무거워졌다. 소녀는 생각에 잠긴 크고 파란 눈으로 어머니를 바라보았다.

"네, 못 봤어요. 왜요? 오시다가 그냥 집을 지나서 올드 브린슬리에 가셨을까봐요? 아닐 거예요, 엄마. 내가 못 봤으니까요."

"그거야 네 아버지가 어련했을라구." 어머니는 신랄하게 말했다. "네가 못 보도록 조심했을 거야. 틀림없이 네 아버지는 프린스 오브 웨일스에 가 있을 거야. 그렇지 않고서야 이렇게 늦을 리가 없지."

소녀는 측은한 듯이 어머니를 바라보았다.

"우리끼리 시작해요, 엄마, 네?" 소녀가 말했다.

어머니는 존을 식탁으로 불렀다. 그리고 다시 한번 문을 열고 철로에 깔린 어둠 너머를 바라보았다. 오가는 사람은 아무도 없었다. 이젠 윈치 엔진 소리도 들리지 않았다.

그녀는 혼잣말로 중얼거렸다. "어쩌면 갱도 지붕 높이기를 마저 하고 오느라 여지껏 남아 있는지도 모르지."

세 식구는 차를 마시러 둘러앉았다. 문 옆의 식탁 끄트머리에 앉은 존의 모습은 어둠 속에 거의 파묻혀 있었다. 어둠에 가려서 그들은 서로의 얼굴을 볼 수가 없었다. 소녀는 벽난로의 불똥막이 망쪽으로 몸을 굽혀 두툼한 빵 한 조각을 불 앞에 들고 천천히 움직였다. 소년은 얼굴이 그늘 속에 시커먼 표적을 이룬 채, 빨간 불빛을 받아 달라 보이는 누나의 모습을 앉아서 지켜보고 있었다.

"불 속을 들여다보면 정말 아름다워요." 딸아이가 말했다.

"그러니?" 어머니가 말을 받았다. "어째서?"

"아주 빨갛잖아요. 조그만 동굴들도 많구요. 그리고 기분이 참 좋아요. 거의 냄새로도 맡을 수 있을 것 같아요."

"조금 있으면 탄을 더 얹어야 될 거다." 어머니가 말을 받았다. "그런 다음에 너희 아버지가 오면 화를 버럭 내면서 갱에서 땀 흘리다 돌아와도 난롯불 하나 변변한 게 없다고 야단일 거다. 술집은 늘 따뜻하니까."

한동안 침묵이 계속되다 소년이 투덜거리며 입을 열었다. "빨리 좀 해, 애니 누나."

"지금 하고 있잖아. 이 불 가지고 더 빨리 할 수는 없잖니?"

"천천히 하려고 이리저리 돌리고 있어." 소년은 투덜거렸다.

"그런 못된 생각일랑 하지 마라." 어머니가 꾸짖었다.

곧 방은 어둠 속에서 바삭바삭 빵을 씹는 소리로 바빠졌다. 여인은 아주 조금밖에 먹지 않았다. 단호한 태도로 차를 마시고는 생각에 잠겨 앉아 있었다. 그녀가 일어났을 때 꼿꼿하게 세운 고개에서 노여움이 분명히 드러났다. 그녀는 벽난로 망의 푸딩을 쳐다보고는 분통을 터뜨렸다.

"남편이라는 인간이 집에 저녁 먹으러도 못 오다니 말이 안되는 일이야. 저게 졸아 숯덩어리가 되든 말든 내가 상관할 게 뭐야. 바로 자기 집 문간을 지나쳐서 술집으로 가버리고 난 이렇게 저녁을 차려놓고 기다려야 하다니……"

그녀는 밖으로 나갔다. 조금 뒤에 다시 들어와 석탄을 한 조각씩 빨간 불에 떨어뜨리자 사방 벽에 그림자가 어른거리더니 마침내 방 안은 거의 완전한 어둠 속으로 빠져들었다.

"아무것도 안 보여." 어둠 속에 완전히 잠겨 보이지 않는 존이 투덜거렸다. 그녀는 자기도 모르게 웃음이 터져나왔다.

"입이 어디 있는지는 알 수 있잖니." 그녀가 말했다. 그녀는 쓰레받기를 밖에 내다놓았다. 그녀가 다시 그림자처럼 난로로 다가갔을 때 소년은 다시 골이 난 목소리로 투덜거렸다.

"아무것도 안 보여."

"내 참!" 어머니는 짜증스럽게 소리를 질렀다. "조금만 어두컴컴해도 못 참는 건 네 아버지랑 똑같아."

그러면서도 그녀는 난로 위의 종이 묶음에서 종잇조각을 꺼내어 방 중간의 천장에 매달린 등불에 불을 댕기려고 했다. 그녀가 팔을 뻗자 임신으로 이제 막 배가 둥글어져가는 모습이 드러났다.

"어머, 엄마!" 딸이 소리를 쳤다.

"왜?" 여인은 등불의 유리 뚜껑을 덮던 동작을 멈춘 채로 대답했다. 한쪽 팔을 높이 든 채 딸을 돌아다보는 그녀의 모습을 등불의 구리 반사경에서 반사된 빛이 아름답게 비추었다.

"앞치마에 꽃을 꽂았네요!" 딸아이는 이 색다른 사건에 약간 황홀한 듯 감탄했다.

"내 원 참!" 여인은 안심하여 내뱉었다. "누가 들었으면 집에 불난 줄 알았겠다." 그녀는 유리 뚜껑을 덮고 잠시 기다렸다가 심지를 올렸다. 창백한 그림자가 방바닥 위를 기이하게 떠도는 것이 보였다.

"냄새 좀 맡을래요!" 딸은 여전히 환희에 차서 앞으로 다가와 어머니의 허리에 얼굴을 갖다댔다.

"저리 비켜, 바보같이." 어머니는 등불 심을 올리며 말했다. 밝아진 불빛이 모녀의 긴장을 드러냈고, 여인은 그것을 거의 참을 수 없게 느꼈다. 애니는 여전히 그녀의 허리에 몸을 구부리고 있었다. 어머니는 짜증스럽게 꽃을 앞치마 띠에서 빼냈다.

"아이, 엄마, 빼내지 말아요." 애니는 소리치면서 어머니의 손을 잡고 꽃가지를 도로 꽂으려 했다.

"쓸데없는 짓거리지." 어머니는 말하면서 몸을 돌렸다. 아이는 창백한 국화 송이들을 입술에 갖다대면서 중얼거렸다.

"냄새가 정말 좋아!"

어머니는 짧게 웃음을 터뜨렸다.

"나한텐 그렇지 않아. 내가 너희 아버지와 결혼할 때도 국화였고, 너희들이 태어날 때도 국화였어. 그리고 처음으로 사람들이 술에 취한 너희 아버지를 집에 데려다주었을 때도 네 아버지는 단춧구멍에 갈색 국화를 꽂고 있었어."

그녀는 아이들을 바라보았다. 아이들의 눈과 벌어진 입에 경이감이 차 있었다. 그녀는 잠시 동안 말없이 흔들의자에 몸을 맡겼다. 이윽고 시계를 바라보았다.

"6시 이십분 전이잖아!" 그녀는 분노에 차서 될 대로 되라는 당당한 어조로 말을 이었다. "참, 이제 사람들이 떠메고 오기 전에 제 발로 오긴 글렀구나. 술집에 꼼짝 않고 붙어 있겠지. 하지만 온통 탄가루를 묻힌 채 이리 기어들어올 필요는 없어. 내가 씻겨주진 않을 테니까. 마룻바닥에 누우라지. 참, 내가 얼마나 바보였는지. 참 바보였어. 바로 자기 집 문간을 살금살금 피해가는 꼴을 보려고 이 더러운 굴속 같은 곳에, 이 쥐새끼들이 난리를 치는 곳에 시집오다니. 지난주에도 두번이나 그랬지. 이제 또 시작한 거야."

그녀는 입을 다물더니 일어나서 탁자를 치우기 시작했다.

한시간 남짓, 아이들은 분위기에 눌려 열중한 채 그러나 머릿속에는 온갖 상상이 가득 차고 어머니의 노여움에 대한 두려움과 아버지의 귀가에 대한 불안으로 일치되어 자기들끼리 어울려 놀았다. 그동안 베이츠 부인은 흔들의자에 앉아 크림 빛깔의 두꺼운 플란넬로 소매 없는 조끼를 짓고 있었고 잿빛 가장자리를 뜯어낼 때마다 둔탁하고 상처받는 듯한 소리가 났다. 그녀는 아이들에게 귀를 기울이면서 바느질에 힘을 쏟았다. 그녀의 노여움은 때때로 눈을 열어 끊임없이 주위를 살피고 귀를 쫑긋 세웠으나, 끝내 제풀에 지쳐서 스스로 가라앉아 쉬는 상태에까지 이르렀다. 어떨 때는 노여움조차 떨며 움츠러들었고, 그럴 때마다 그녀는 바느질을 멈추고 바깥에서 쿵쿵 울리는 신발 소리를 따라가기도 했다. 간혹 아이들에게 "쉬잇!" 하고 명령하듯이 머리를 반짝 쳐들기도 했으나 잠시 지나면 본래의 모습으로 돌아왔다. 발걸음 소리는 대문을 지나 사라져갔으며, 아이들은 놀이의 세계에서 끌려나오지 않아도 되었다.

그러나 마침내 애니는 한숨을 내쉬며 놀이에서 손을 들어버렸다. 슬리퍼로 만든 수레를 쳐다보았고, 놀이에 진저리가 났다. 소녀는 애처롭게 어머니를 바라보았다.

"엄마—" 하지만 제대로 말을 잇지 못했다.

존은 소파 밑에서 개구리처럼 기어나왔다. 어머니는 얼굴을 들었다.

"왜 그러니, 그 옷소매 좀 봐라."

소년은 옷소매를 끌어당겨보고는 아무 말도 하지 않았다. 그때 누군가가 선로 저 밑에서 쉰 음성으로 부르는 소리가 들려왔다. 일시에 방 안에서는 움직임이 멈춘 채 긴장감이 치솟았다. 얼마 있자 두 사람이 떠들면서 문 앞을 지나갔다.

"이제 잘 시간이다." 어머니가 말했다.

"아빠가 아직 안 오셨잖아요." 애니가 울먹일 듯이 말했다. 그러나 어머니는 대담무쌍했다.

"걱정 마라. 올 때가 되면 사람들이 통나무처럼 들고 올 거다." 아버지가 와도 싸움은 벌어지지 않을 것이라는 다짐이었다. "그러고는 제풀에 깰 때까지 마룻바닥에 누워 자면 되지. 그러고 나면 내일 일을 못 나갈 건 틀림없으니까."

아이들은 플란넬로 손과 얼굴을 닦았다. 그들은 매우 잠잠해져 있었다. 아이들은 잠옷으로 갈아입고 나서 기도를 드렸는데, 소년은 소리를 내서 뭐라고 웅얼거렸다. 그녀는 두 아이를 내려다보았다. 딸의 목덜미에 엉켜 있는 갈색의 비단 같은 곱슬머리채를 바라보고, 아들의 작고 검은 머리를 바라보면서, 자기들 세 사람에게 이런 고통을 가져다주는 애들 아버지에 대한 노여움으로 그녀의 심장은 터질 것 같았다. 아이들은 위안을 얻으려고 어머니의 치맛자락에 얼굴을 묻었다.

베이츠 부인이 아래층으로 다시 내려왔을 때, 방은 기다림으로 인한 긴장을 담은 채 이상하게 텅 빈 느낌을 주었다. 그녀는 바느질거리를 집어들고 한동안 고개를 숙인 채 뜨개질만 해나갔다. 그러는 동안 그녀의 노여움에는 두려움의 색조가 섞여들었다.

2

시계가 여덟번을 치자 그녀는 바느질거리를 의자에 내던지며 벌떡 일어났다. 계단과 곧장 이어지는 문으로 다가가서 문을 열고 귀를 기울였다. 아이들은 잠든 것이 분명했다. 그녀는 문을 잠그고 밖으로 나갔다.

마당에서 뭔가가 휙 지나갔다. 그녀는 그것이 주위에 들끓는 쥐일 것임을 뻔히 알면서도 깜짝 놀랐다. 매우 깜깜한 밤이었다. 무개화차들이 육중하게 들어선 철로의 넓은 측선에는 빛의 흔적조차 없었다. 다만 탄갱 꼭대기의 노란 등불 몇개, 그리고 타오르는 갱구가 밤이 되어 깜깜한 주위에 붉은 얼룩을 만들어놓은 것이 뒤로 멀리 보일 뿐이었다. 그녀는 선로 가장자리를 따라 서둘러 걸어가 교차로를 건너 흰 대문들 곁의 낮은 층계에 다다랐다. 거기서부터 그녀는 길로 나섰다. 그러자 지금까지 그녀를 끌고 왔던 두려움이 수그러들었다. 사람들이 뉴브린슬리까지 걸어다니고 있었고 집들의 불빛도 보였다. 20야드 앞쪽으로 아주 따뜻하고 밝은 느낌을 주는 프린스 오브 웨일스의 커다란 창문들이 보였고 남자들의 커다란 목소리가 뚜렷이 들려왔다. 남편에게 무슨 일이 일어났으리라고 생각하다니 얼마나 어리석었던가! 그는 저기 프린스 오브 웨일스에서 술을 마시고 있을 것이다. 그녀는 머뭇거렸다. 그녀는 한번도 남편을 데리러 가본 적이 없었으며, 가려고 해본 적도 없었다. 때문에 그녀는 무질서하게 뻗은 집들을 따라 발을 옮기다가 큰길 위에 멍하니 섰다. 그러다 집들 사이에 난 한 통로로 들어섰다.

"리글리 씨요? 예, 맞아요. 그이를 찾으시는 거예요? 아직 안 들어왔는데요."

비쩍 마른 여인이 어둠침침한 부엌 구석에서 설거지를 하다가 몸을 앞으로 내밀어 상대방을 보았다. 부엌 차양 사이로 흘러나온 희미한 빛이 상대방의 모습을 비추고 있었다.

"베이츠 부인 아니세요?" 묻는 그녀의 말투에는 존경심이 어려 있었다.

"예. 바깥주인이 집에 들어오셨는지 궁금해서요. 우리 그이는 아직 안 왔거든요."

"어머, 그래요! 잭은 들어와서 저녁 먹고 다시 나갔는데요. 자기 전에 삼십 분만 나갔다 온다고요. 프린스 오브 웨일스에는 들러보셨나요?"

"아뇨……"

"그렇지요, 들러보기가 좀 무엇하셨겠죠! 썩 마음 내키는 일은 못되죠." 여인은 관대하게 받아넘겼다. 잠시 어색한 침묵이 흘렀다. "잭은 저기 — 댁의 주인에 대해서는 암말 없었는데요."

"아니, 됐어요! 거기 붙들려 있겠죠, 뭐!"

엘리자베스 베이츠는 별로 개의치 않는 태도로 화난 듯 내뱉었다. 그녀는 마당 건넛집의 여인이 자기 집 문간에 서서 두 사람의 대화에 귀를 기울이고 있다는 것을 알았지만 신경 쓰지 않았다. 그녀가 돌아서려는데 리글리 부인이 말했다.

"잠깐만요! 제가 가서 잭한테 한번 물어보죠."

"아, 아니에요…… 그건 너무 폐가……"

"아니, 괜찮아요. 잠깐 저희 집에 들어오셔서 애들이 아래층에 내려와 불에 데지나 않는지 봐주시면 얼른 다녀올게요."

엘리자베스 베이츠는 그러지 않아도 된다는 소리를 중얼거리며 집 안으로 들어갔다. 상대방은 방구석이 이 모양이라 죄송하다고 미안해했다.

부엌은 정말 미안해할 만했다. 의자와 마루에는 작은 원피스와 바지, 아이들 속옷이 널려 있었으며, 장난감들이 이곳저곳에 어지럽게 흩어져 있었다. 광택이 나는 유포油布로 만든 검정색 보를 씌운 탁자에는 빵과 케이크 조각, 빵껍질, 음식 찌꺼기, 식은 차가 든 찻주전자가 있었다.

"뭘요, 우리 집도 똑같이 엉망인걸요." 엘리자베스 베이츠가 말했다. 리글리 부인은 머리에 숄을 두르고 서둘러 나가며 말했다.

"금방 돌아올게요."

베이츠 부인은 방 안의 지저분한 상태를 좀 너무하다 싶은 기분으로 둘러보며 앉아 있었다. 이윽고 그녀는 마룻바닥에 흩어져 있는 다양한 크기의 신발 수를 세기 시작했다. 모두 열두개였다. 그녀는 어지러운 방구석을 바라보며 한숨을 내쉬고 '그럴 만도 하지'라고 혼잣말을 했다. 마당에서 두 쌍의 신발 끄는 소리가 들리더니 리글리 부부가 들어섰다. 엘리자베스 베이츠는 자리에서 일어났다. 리글리는 뼈대가 굵고 몸집이 큰 사람이었다. 특히 머리뼈가 두드러져 보였다. 그의 머리에는 관자놀이를 가로지르는 푸른빛의 상처 자국이 있었다. 탄갱에서 입은 상처인데, 탄가루가 문신을 한 것처럼 푸르게 남은 것이다.

"아직 집에 안 돌아왔다구요?" 사내가 물었다. 인사치레는 없었지만 존중과 동정을 담은 말투였다. "나도 어디 있는지 모릅니다──저기에는 없구요." 그는 프린스 오브 웨일스를 머릿짓으로 가리키며 말했다.

"혹시 유^{Yew}에 갔는지도 모르잖아요." 그의 아내가 말했다.

잠시 침묵이 흘렀다. 리글리는 분명 마음속에 뭔가 찜찜한 것이 있는 듯했다.

"난 그 친구가 일거리 하나를 마저 한다기에 남겨두고 나왔어요. 작업 종료 종이 울리고 십분쯤 있다가 우리는 나왔지요. 그때 내가 소리쳤어요. '월트,[3] 안 나갈 거야?' 그 친구가 대답하더군요. '먼저 가게. 나도 금방 나갈 거야.' 그래서 나하고 바우어스는 그 친구가 우리 뒤에 바로 오려니 하고 먼저 승강장으로 갔지요. 곧바로 따라와서 다음 승강기를 타고 오는 줄 알았거든요."

그는 자기가 동료를 버려두고 온 혐의에 대해 변명이라도 하듯이 당황하며 서 있었다. 다시금 무슨 일이 벌어졌다는 심증을 굳히게 된 엘리자베스 베이츠는 오히려 서둘러 그를 안심시키려고 했다.

"말씀하신 대로 유에 가 있는 것 같네요. 이런 일이 처음이 아니거든요. 이전에도 초조해서 병이 날 정도였던 적이 많아요. 남편은 친구들이 메고 올 지경이 될 때 돌아오겠지요."

"참, 정말 안됐어요!" 리글리 부인이 안타까워했다.

....
3 월터의 애칭.

"제가 딕네 들러서 월트가 혹시 거기 있는지 알아보죠." 너무 걱정하는 빛을 보일까, 또 너무 무례하게 나서는 게 아닐까 두려워하면서 리글리가 제안했다.

"아니, 그렇게까지 폐를 끼칠 수는 없지요." 엘리자베스 베이츠는 힘주어 말했다. 그러나 리글리는 그녀가 자신의 제안을 반가워하고 있다는 것을 알았다.

두 사람이 넘어질 듯 더듬거리며 입구를 빠져나올 때, 엘리자베스 베이츠는 리글리의 아내가 마당을 가로질러 뛰어가 이웃집 문을 여는 소리를 들었다. 이 소리에 갑자기 그녀 몸의 모든 피가 심장에서부터 역류하는 듯했다.

"조심하세요!" 리글리가 주의를 주었다. "내가 여러번 이 입구의 홈을 좀 다져놓으라고 말했지만 소용없어요. 누군가 여기서 다리를 부러뜨리기 십상이라니까요."

그녀는 마음을 수습하고 광부와 함께 빠른 걸음으로 걸어갔다.

"빈집에 잠든 아이들을 놓아둔 채 나와 다니기가 마음에 걸려서요." 그녀가 말했다.

"아무렴요, 물론이죠." 그는 상냥하게 대꾸했다. 두 사람은 곧 그녀 집 대문 앞에 다다랐다.

"오래 안 걸릴 겁니다. 걱정하지 마세요. 월트는 별일 없을 겁니다." 리글리가 말했다.

"정말 고맙습니다, 리글리 씨." 그녀가 대답했다.

"천만에요!" 그는 돌아서며 떠듬떠듬 대답했다. "금방 다시 오겠습니다."

집 안은 조용했다. 엘리자베스 베이츠는 모자와 숄을 벗고 양탄자를 말아놓았다. 집을 빨리 정돈해야 했다. 누군가 올 것이 분명했다. 일을 다 마치고 그녀는 자리에 앉았다. 9시가 조금 지나 있었다. 그녀는 탄갱의 수레를 감아올리는 윈치 엔진이 빠르게 덜컹거리는 소리, 그리고 수레가 밑으로 내려가면서 줄의 브레이크가 삐걱거리는 소리에 깜짝 놀랐다. 다시금 그녀는 온몸의 피가 고통스럽게 휩쓸고 지나가는 느낌을 받았다. 그녀는 손을 옆구리에 갖다대면서 소리내어 자신을 힐책했다. "원 참, 저건 9시 안전담당이 내려가는 소리일 뿐이야."

그녀는 귀를 기울인 채 가만히 앉아 있었다. 삼십분을 그러고 있으니 기진맥진해졌다.

"내가 도대체 뭐 때문에 이렇게 애를 쓰고 있담?" 그녀는 불쌍한 어조로 혼잣말을 했다. "이러는 건 나한테 해가 될 뿐이야."

그녀는 다시 바느질거리를 집어들었다.

9시 45분쯤에 발걸음 소리가 들렸다. 혼자 걸음이었다! 그녀는 문이 열리는 것을 지켜보았다. 검은 보닛과 검은 털실 숄을 걸친 나이 든 여인, 바로 시어머니였다. 그녀는 예순살가량으로 창백한 모습에 푸른 눈을 가지고 있었고 얼굴은 온통 주름이 잡힌 채 구슬픈 표정이었다. 그녀는 문을 닫더니 투정 부리듯 며느리 쪽으로 몸을 돌렸다.

"옹, 리지,[4] 어쩌면 좋으냐. 우린 어쩌면 좋으냐!" 시어머니가 소

----

4 엘리자베스의 애칭.

28

리쳤다.

엘리자베스는 흠칫 뒤로 약간 물러서며 물었다.

"무슨 일이에요, 어머니?"

노인네는 소파에 주저앉았다.

"나도 모르겠다, 얘야. 뭔지는 나도 몰라." 그녀는 머리를 천천히 저었다. 엘리자베스는 자리에 앉은 채 근심과 짜증이 얽힌 심정으로 시어머니를 바라보았다.

"나도 모르겠다." 시어머니는 다시 대답하며 아주 깊게 한숨을 내쉬었다. "내 고생에는 끝이 없구나, 끝이 없어. 내가 이제껏 겪은 일만도 충분하다고 믿었는데……" 그녀는 눈물을 닦으려 하지도 않은 채 울었다. 눈물이 주르륵 흘러내렸다.

"도대체, 어머니." 엘리자베스가 말을 막았다. "도대체 무슨 뜻이에요? 무슨 일이에요?"

시어머니는 천천히 눈물을 닦았다. 엘리자베스의 단도직입적인 태도에 그녀의 눈물샘이 막혀버렸다. 시어머니는 눈자위를 천천히 닦았다.

"불쌍한 애야! 아이구, 불쌍한 것아!" 시어머니는 신음하듯 말했다. "우린 이제 어찌해야 할지 모르겠다. 네 몸은 이런 상태고…… 정말 큰일이야, 큰일!"

엘리자베스는 잠시 기다렸다.

"그이가 죽었어요?" 그녀가 물었다. 그녀는 이 물음이 극도로 노골적이어서 부끄러워 얼굴이 약간 달아오르는 것을 느꼈지만, 그 말과 더불어 그녀의 가슴은 격하게 울렁거렸다. 그녀의 말은 늙은 부인을 족히 겁에 질리게 했고, 거의 제정신이 들게 만들었다.

"그렇게 말하지 마라, 엘리자베스! 우리는 일이 그렇게까지 가지는 않기를 바라야지. 오, 엘리자베스, 주님께서 그 일만은 우리에게서 면해주시기를 빌어야 해. 잠들기 전에 한잔 마시려고 막 앉았는데 잭 리글리가 와서 말하더구나. '저 아래 베이츠 부인에게 좀 가 계시겠어요? 월트가 사고를 당했습니다. 우리가 월트를 집으로 데려갈 때까지 가서 부인과 함께 계시지요.' 그러고는 말 한마디 물어볼 새도 없이 가버렸어. 그길로 나는 모자를 쓰고 곧장 온 거야, 리지. 나는 혼자서 생각했다. '아이고, 가엾은 리지, 누가 갑자기 가서 이 말을 하면 걔한테 무슨 일이 일어날지 알 수가 없어.' 리지, 이 일로 절대 당황해선 안된다. 네가 어떤 몸인지 너도 알고 있지? 리지, 이제 몇개월이지? 육개월인가, 아니, 오개월인가? 맞아!" 늙은 여인은 고개를 저었다. "세월은 참 빨라, 참 빠르지! 그래!"

엘리자베스의 생각은 다른 데서 바쁘게 돌아가고 있었다. 만일 그가 죽었다면, 약소한 연금과 내가 버는 것으로 살아갈 수 있을까? ―그녀는 재빨리 계산을 했다. 아니고 그냥 다친 거라면 ―저들이 그를 병원에 데려다주지는 않을 것이다― 간호를 하노라면 얼마나 짜증나게 굴까! ―그러나 아마 그를 술이나 나쁜 습관에서 멀리 떼어낼 수는 있겠지. 그가 아픈 동안에 그렇게 해야지. 그 광경을 상상해보는 동안 눈물이 그녀의 눈에 고이려고 했다. 그런데 이게 다 무슨 감상적인 사치란 말인가? 그녀는 아이들에 대한 생각으로 방향을 바꿨다. 어쨌든 간에 그녀는 애들에게 절대적으로 필요한 존재였다. 애들이야말로 그녀가 신경 써야 할 대상이었다.

"그래!" 시어머니가 거듭 말했다. "걔가 나에게 첫 임금을 가져다준 것이 한두주일 전의 일 같아. 그래, 좋은 애였어, 엘리자베스. 그애 나름으로는 좋은 애였지. 나는 걔가 왜 그렇게 골칫덩이가 되었는지 모르겠어, 정말이지. 걔는 집에서는 행복한 애였어. 원기가 넘쳤을 뿐이지. 하지만 그후로 꽤나 골칫덩이가 되어버린 건 사실이야. 그건 그래. 주님께서 걔가 자기 버릇을 고칠 수 있도록 해주시면 원이 없겠구나. 그렇게 되길 바라. 정말 네가 걔 때문에 골치 아픈 일이 많았던 건 사실이지, 엘리자베스, 사실이다마다. 하지만 나하고 있을 때는 정말 명랑한 애였어, 정말이야. 난 모르겠어. 어째서 그렇게……"

늙은 여인이 계속해서 단조롭고 짜증스러운 소리로 크게 중얼거리는 동안 엘리자베스는 수레를 감아올리는 윈치 엔진이 빠르게 쿵쿵거리고, 브레이크가 비명처럼 삐걱이는 소리에 한번 놀랐을 뿐, 정신을 모두어 생각에 잠겨 있었다. 이윽고 그녀는 엔진 속도가 느려지고 브레이크 소리가 잠잠해졌음을 알아챘다. 노인은 눈치채지 못했다. 엘리자베스는 긴장 속에 기다렸다. 시어머니는 이따금씩 침묵해가며 띄엄띄엄 말을 늘어놓았다.

"하지만 걔는 네 아들이 아니지, 리지. 바로 그게 다른 점이야. 걔가 어쨌든 간에 나는 걔가 어릴 때의 모습으로 기억하고 있어. 나는 걔를 이해하는 법, 사정을 알아주는 법을 알게 되었지. 사정을 알아주는 게 필요하지."

10시 반이 되었다. 늙은 여인은 말하고 있었다. "하지만 끝까지 바람 잘 날이 없어. 아무리 나이를 먹어도 골치 썩을 일은 있는 법이야, 아무리 나이 먹어도——" 그때 대문이 쾅 하고 열리며 계단에서 무거운 발걸음 소리가 들렸다.

"내가 가보겠다, 리지. 내가 가볼 거야." 늙은 여인은 소리치며 일어섰다. 그러나 엘리자베스가 이미 문간에 나가 있었다. 문밖에는 광부 작업복을 입은 사내가 서 있었다.

"남편분을 데려오고 있습니다, 부인." 그가 말했다. 엘리자베스의 심장은 순간 정지했다. 그러더니 다시 치솟아올라 거의 숨을 쉴 수 없을 정도가 되었다.

"그이가——상태가 나쁜가요?" 그녀가 물었다.

사내는 몸을 돌려 어둠을 바라보았다.

"의사 말이 죽은 지 몇시간 되었답니다. 의사가 그를 등불 놓는 칸에서 살펴봤습니다."

엘리자베스 바로 뒤에 서 있던 늙은 여인은 의자 위로 쓰러지며 두 손을 맞잡고 울부짖었다. "아이고, 내 새끼, 내 새끼!"

"쉿!" 엘리자베스는 순간적으로 인상을 찌푸리며 말했다. "조용히 하세요, 어머니. 애들이 깨잖아요. 어떤 일이 있어도 애들이 밑에 내려오게 해서는 안돼요!"

늙은 여인은 낮게 신음하며 의자에서 몸을 흔들었다. 사내는 뒤로 물러나고 있었다. 엘리자베스는 한 발자국 앞으로 나섰다.

"어떻게 된 거예요?"

"글쎄요, 저도 확실히 모릅니다." 사내는 몹시 불편해하면서 대답했다. "그 친구는 일감 하나를 끝내고 있었고 다른 동료들은 이미 나간 뒤였습니다. 그러고 있는데 위에서 잔뜩 쏟아져내린 거지요."

"그래서 압사한 건가요?" 미망인은 부르르 떨면서 소리쳤다.

"아니, 그 친구의 뒤로 떨어졌습니다. 그는 막장 아래에 있었고 그래서 그게 그 친구를 건드리진 않았죠. 굴을 막은 겁니다. 질식한 것 같아요."

엘리자베스는 뒤로 물러섰다. 뒤에서 늙은 여인이 외치는 소리가 들렸다.

"뭐라고? 저 사람이 뭐라고 하는 거야?"

사내는 더 큰 소리로 대답했다. "질식한 겁니다!"

그러자 늙은 여인은 더 크게 울부짖었다. 이것이 오히려 엘리자베스의 마음을 진정시켰다.

"제발, 어머니." 그녀는 늙은 여인의 몸에 손을 대면서 말했다. "아이들을 깨우지 마세요, 아이들을 깨우지 마세요."

그녀는 시어머니가 몸을 흔들며 신음 소리를 내는 동안 자기도 모르는 사이에 약간 울었다. 이윽고 엘리자베스는 사람들이 그를 집으로 데려오는 중이고 맞을 준비를 해야 한다는 것을 기억해냈다. "그를 응접실에 데려다놓도록 해야겠지." 그녀는 혼잣말을 하며 잠시 창백한 얼굴로 어찌할 바를 모른 채 서 있었다.

이어 그녀는 촛불을 켜 들고 작은 방으로 들어갔다. 방 안은 차갑고 습기가 차 있었으나 난로가 없었기 때문에 불을 피울 수가 없었다. 그녀는 촛불을 내려놓고 방 안을 둘러보았다. 촛불이 촛대의 유리에, 분홍빛 국화가 몇 송이 담긴 두 꽃병에, 침침한 적갈색의 식탁에 깜박거리는 불빛을 던지고 있었다. 차갑고 죽음 같은 국화 냄새가 방 안에 가득했다. 엘리자베스는 서서 꽃들을 바라보았다.

이윽고 몸을 돌려 긴 의자와 양복장 사이의 마룻바닥에 그의 몸이 들어갈 수 있는지 가늠해보았다. 그녀는 의자를 옆으로 밀어냈다. 이제 그의 몸을 내려놓고도 주위를 돌아다닐 수 있는 공간이 있을 듯했다. 그녀는 붉은 탁자보와 또다른 낡은 보를 가져다가 양탄자 자락을 아낄 양으로 그것들을 펼쳐 깔았다. 응접실을 나오며 그녀는 몸을 부르르 떨었다. 그녀는 서랍장에서 깨끗한 셔츠를 꺼내다 난롯가에 걸어놓고 말렸다. 그러는 동안에도 시어머니는 줄곧 의자에 앉아 몸을 흔들며 신음 소리를 내고 있었다.

"어머니, 거기서 비키셔야 해요. 이제 사람들이 그를 데리고 들어올 거예요. 흔들의자로 오세요."

나이 든 시어머니는 기계적으로 일어나 난롯가에 가서 앉으며 쉬지 않고 탄식했다. 엘리자베스는 초를 하나 더 가지러 저장실로 갔다. 바로 거기, 그냥 민타일 천장으로 된 조그만 방에서 그녀는 사람들이 오는 소리를 들었다. 그녀는 귀를 기울이며 저장실 문간에 가만히 서 있었다. 그들이 집 모퉁이를 돌아 서툰 발걸음으로 계단 세 칸을 내려오는 소리, 발을 질질 끄는 혼잡한 소리, 중얼거리는 목소리 들이 들렸다. 이제 사람들은 마당에 들어섰다.

탄갱 감독 매슈스의 말소리가 들렸다. "짐, 자네가 먼저 들어가게. 조심해!"

문이 열리고 두 여인은 한 광부가 들것의 한쪽 끝을 쥔 채 뒷걸음질로 방 안으로 들어오는 것을 보았다. 들것 위에 망인의 징 박힌 탄갱용 장화가 눈에 띄었다. 들것을 든 두 사람이 멈추며, 그중 앞장선 사내가 문의 가로대 너머로 방 안을 굽어보았다.

"어디다 놓을 겁니까?" 흰 턱수염을 기른 작달막한 감독이 물었다.

엘리자베스는 정신을 차리고 불을 켜지 않은 양초를 들고 저장실에서 나왔다.

"응접실에요." 그녀가 대답했다.

"안으로 그리 들어가게, 짐!" 감독이 지시하자 들것을 든 사람들은 뒷걸음질로 방 안을 돌아 작은 방으로 들어갔다. 두개의 문을 더듬대는 발걸음으로 통과하는 사이에 시체를 덮은 외투가 떨어졌다. 여인들은 그네들의 남자가 일을 하기 위해 상체를 벗었던 채로 누운 모습을 볼 수 있었다. 늙은 여인은 공포에 질린 낮은 목소리로 신음 소리를 내기 시작했다.

"거기 옆에다 들것을 놔." 감독은 날카롭게 말했다. "그리고 시신을 보 위에다 올려놓지. 조심해, 조심! 이봐, 조심하라구――!"

한 사내가 국화꽃이 담긴 꽃병을 넘어뜨렸다. 그는 멋쩍은 표정으로 바라보다가 다른 사람들과 함께 들것을 내려놓았다. 엘리자베스는 남편을 쳐다보지 않았다. 방 안으로 들어설 수 있게 되자마자 그녀는 곧바로 깨진 꽃병 쪽으로 가서 병 조각과 꽃 들을 집어들었다.

"잠깐만요!" 그녀가 말했다.

그녀가 걸레로 바닥의 물기를 닦는 동안 세 사내는 아무 말 없이 기다렸다.

"어, 끔찍한 일이지요, 정말 끔찍한 일입니다!" 감독이 난감하고 곤혹스러운 표정으로 이마를 비비며 말했다. "내 생전 이런 일은 처음이에요, 처음. 그 친구, 거기 남아 있을 일이 없었어요. 내 생전 이런 일은 본 적이 없어요! 감쪽같이 한순간에 쏟아져내려 가두고 말다니. 공간이 4피트도 되지 않았습니다— 그런데도 몸에는 거의 상처 하나 입지 않았어요."

그는 윗몸을 벗은 채 탄가루에 온통 더럽혀져 엎드려 있는 시신을 내려다보았다.

"'질식사입니다.' 의사가 그렇게 말하더군요. 내가 본 가장 끔찍한 일이에요. 마치 누가 일부러 그런 것 같습니다. 바로 머리 위에서 무너져 쥐덫처럼 가두고 말다니." 그는 날카롭게 내리긋는 손짓을 해보였다.

광부들은 감독의 말에 절망적인 표정으로 고개를 옆으로 틀며 서 있었다.

그 일의 끔찍스러움이 그들 모두에게 섬뜩하게 실감되었던 것이다.

그때 위층에서 날카롭게 부르는 소녀의 목소리가 들려왔다. "엄마, 엄마—누구예요? 엄마, 누구 왔어요?"

엘리자베스는 급히 층계 밑으로 다가가 문을 열었다.

"어서 자라!" 그녀는 날카로운 목소리로 명령했다. "뭣 땜에 소리치고 그래? 얼른 자—아무 일도 없어—"

그러고서 그녀는 층계를 걸어올라가기 시작했다. 밑의 사내들은 그녀가 작은 침실의 널빤지 위를 걷는 소리, 회칠한 바닥을 걷는 소리를 들을 수 있었다. 이어 그녀가 말하는 소리가 똑똑히 들려왔다.

"뭣 때문에 그러지? 왜 그러는 거야, 바보같이." 그녀의 목소리는 매우 들떠 있었고 실감나지 않게 상냥했다.

"남자들이 집에 온 것 같았어요." 아이의 애처로운 목소리가 들렸다. "아버지는 오셨어요?"

"그래, 사람들이 아버지를 데려왔어. 소란 피울 일이 아니잖니. 자, 이제 착한 아이처럼 자야지."

밑의 사내들은 그녀의 목소리를 들을 수 있었다. 그들은 어머니가 아이들의 이불을 덮어주는 동안 기다렸다.

"아빠 술 취했어요?" 소녀가 겁먹은 희미한 목소리로 물었다.

"아니! 아니야—취하진 않으셨어! 아버지는—아버지는 잠드셨어."

"아래층에서 잠드셨어요?"

"그래—그러니까 떠들면 안된다."

잠시 침묵이 흘렀다. 이윽고 사내들은 아이의 놀란 목소리를 다시 들을 수 있었다. "저게 무슨 소리예요?"

"아무것도 아니라고 내가 말하잖아. 뭣 때문에 그리 신경을 쓰니."

그것은 할머니가 내는 비탄의 신음 소리였다. 그녀는 주위의 모든 것을 잊은 채 의자에서 흔들거리며 신음하고 있었다. 감독은 그녀의 팔 위에 손을 얹으며 "쉬—잇" 하고 조용히 할 것을 당부했다.

늙은 여인은 눈을 뜨고 그를 바라보았다. 그녀는 갑작스러운 간섭에 충격을 받고 놀란 것 같았다.

"지금 몇시예요?" 찌뿌등한 기분으로 다시 잠 속으로 가라앉으며, 아이의 애처롭고 가는 목소리가 마지막 질문을 던졌다.

"10시란다." 그녀는 더욱 부드럽게 대답했다. 이어 몸을 굽혀 아이들에게 입을 맞춘 것이 틀림없었다.

매슈스 감독은 사내들에게 나가자고 손짓을 했다. 그들은 모자를 쓰고 들것을 집어들었다. 그리고 시신을 넘어서 발끝으로 걸어 집을 나갔다. 잠을 깰지도 모르는 아이들로부터 한참 멀어질 때까지 그들 중 누구도 입을 열지 않았다.

엘리자베스가 아래층으로 내려왔을 때 응접실 마루에는 시어머니만이 홀로 남아 죽은 사람 쪽으로 몸을 숙인 채 시신 위에 눈물을 떨구고 있었다.

"입관할 준비를 해야 해요." 엘리자베스가 말했다. 그녀는 주전자를 올려놓고 돌아와서 죽은 사람의 발치에 무릎을 꿇고 앉아 장화끈의 매듭을 풀기 시작했다. 촛불 하나밖에 없는 방은 냉습하고 침침했다. 그녀는 얼굴을 거의 방바닥에까지 갖다대고 일을 해야만 했다. 마침내 무거운 장화를 벗겨내고 그것을 치워놓았다.

"이제 저 좀 도와주세요." 그녀는 늙은 여인에게 작게 속삭였다. 두 여인은 함께 죽은 사내의 옷을 벗겼다.

두 여인이 일어서서 죽음의 무구한 위엄에 싸여 누워 있는 사내를 보자, 그들은 두려움과 경외심에 사로잡혔다. 잠시 동안 두 사람은 조용히 내려다보며 있었다. 늙은 여인이 훌쩍거리기 시작했다. 엘리자베스는 무언가 제지 명령을 받은 느낌이었다. 그녀는 깨달았다, 어쩌면 저토록 아무도 범할 수 없게 혼자서 누워 있는지. 그녀 자신은 그와 아무런 상관이 없었다. 그녀는 이 점을 받아들일 수 없었다. 그녀는 허리를 굽혀, 자신의 권리를 주장하며 시신에 손을 대보았다. 그의 몸은 아직도 따뜻했다. 그가 죽은 갱내가 매우 더운 곳이기 때문이었다. 그의 어머니는 아들의 얼굴을 두 손으로 감싼 채 조리 없는 말을 중얼거리고 있었다. 젖은 나뭇잎에서 물방울이 떨어지듯 노인의 눈물이 연이어 떨어졌다. 어머니는 우는 것이 아니었다. 그저 눈에서 눈물이 흐르고 있을 뿐이었다. 엘리자베스는 남편의 몸을 싸안으며 뺨과 입술을 갖다댔다. 무언가에 귀를 기울이고 물어보면서 남편과의 어떤 연결을 얻어내려고 하는 것 같았다. 그러나 그건 불가능했다. 그녀는 물리쳐졌고, 그는 난공불락이었다.

그녀는 일어나서 부엌으로 가 따뜻한 물을 대야에 담고, 비누와 플란넬과 부드러운 수건을 가져왔다.

"그이를 씻겨야겠어요." 그녀가 말했다.

그러자 늙은 어머니는 뻣뻣하게 일어서서 엘리자베스가 플란넬로 아들의 얼굴을 세심하게 씻기고, 큼직한 금빛 콧수염을 세심하게 입 위로 빗겨내는 것을 지켜보았다. 엘리자베스는 밑 모를 두려움에 사로잡혀, 어떤 의식을 집행하듯 그를 섬기고 있었다. 늙은 여인은 질투를 느끼며 말했다.

"내가 닦으마!" 그녀는 반대편에 꿇어앉아서 엘리자베스가 씻겨내면 천천히 물기를 닦아냈다. 이따금씩 그녀의 커다란 검정색 보닛이 며느리의 검은 머리를 쓸고 지나갔다. 그들은 그런 식으로 오랫동안 침묵 속에서 일을 했다. 그들이 닦는 몸이 죽은 것임을 결코 잊지는 않았으나, 죽은 남자의 몸에 닿는 촉감은 그들 각각에게 서로 다른 이상한 감정을 불러일으켰다. 둘 다 크나큰 두려움에 사로잡혀 있었다. 어머니는 그녀의 자궁이 거짓으로 끝난 느낌을 받왔고, 그녀 자신이 부정당한 느낌이었다. 아내는 인간 영혼의 완전한 고립을 느꼈으며, 그녀 몸속의 아이가 그녀와는 동떨어진 하나의 무게라고 느꼈다.

마침내 일이 끝났다. 그는 훌륭한 몸을 타고난 사내였으며, 그의 얼굴에 술의 흔적이라곤 없었다. 그는 금발에 늘씬하게 뻗은 팔다리를 가진, 보기 좋게 살집이 오른 사내였다. 그러나 그는 죽어 있었다.

"아이고, 하느님." 사내의 어머니가 내내 그의 얼굴을 보면서, 그리고 순전히 공포심에서 작은 소리로 말했다. "귀여운 내 자식 — 아이고, 하느님." 두려움과 모성애의 무아경에서 나오는 희미하고 쉿쉿거리는 소리로 그녀가 말했다.

엘리자베스는 다시 마룻바닥에 주저앉아 얼굴을 그의 목에 묻고 부르르 몸을 떨었다. 그러나 그녀는 다시 물러나야만 했다. 그는 죽었고 따라서 그녀의 살아 있는 살은 그의 몸 어디에도 자리를 차지할 수 없었다. 커다란 공포와 피로가 그녀를 사로잡았다. 그녀가 아무런 소용이 안됐기 때문이다. 그녀의 삶은 이처럼 사라지고 만 것이다.

"우유처럼 하얗고, 돌 된 아기처럼 깨끗하구나. 아아, 사랑스러운 내 새끼!" 늙은 어머니는 혼잣말을 중얼거리고 있었다. "몸에 흠 하나 없지, 깨끗하고 맑고 희고, 세상에 어느 어린아이 못지않게 아름답구나." 그녀는 자부심에 차서 중얼거렸다. 엘리자베스는 가려진 얼굴을 들지 않았다.

"애는 평화롭게 갔어, 리지 — 자는 듯이 평화롭게. 아름답지 않냐, 이 귀여운 애가? 그래—얘는 자기의 평화를 찾았다, 리지. 아마 거기 갇혀서 죽기 전에 기도했을 거야, 리지. 그럴 시간이 충분했어. 그때 평화를 찾지 못했더라면 이 같은 모습을 할 수가 없지. 내 새끼, 내 사랑스런 새끼. 얘는 참 싱싱한 웃음소리를 가졌었지. 난 그 웃음소리를 참 좋아했는데. 젊을 적에는 더없이 싱싱하게 웃는 애였어, 리지—"

엘리자베스는 얼굴을 들었다. 사내의 입은 콧수염에 덮인 채 약간 벌어져 있었다. 어둠 속이라 반쯤 감긴 눈의 흐린 빛은 보이지 않았다. 연기를 내며 타오르던 생명이 그를 떠나버리고 그는 그녀로부터 떨어져 완전히 낯선 존재가 되어 있었다. 그리고 그녀는 이제 그가 자신에게 얼마나 낯선 사람인가를 깨달았다. 한 몸으로 살아오던 그가 이제 별개의 낯선 사람이 되어버렸다는 점 때문에 그녀의 자궁 속에는 얼음장 같은 두려움이 생겨났다. 삶의 열기에 가려 보이지 않던, 바로 이 절대적인 고립이 전부였단 말인가? 두려움에 싸여 그녀는 얼굴을 돌려버렸다. 그 사실은 너무나도 치명적이었다. 그들 사이에 아무것도 없으면서도 되풀이하여 서로의 벌거벗음을 교환하며 그들은 함께 살아왔던 것이다. 그가 그녀를 안을 때마다 역시 그들은 지금과 마찬가지로 서로 멀리 떨어진 고립된 두 존재였다. 그녀의 책임이 아니듯이 그의 책임도 아니었다. 아이는 그녀의 자궁 속에서 마치 얼음과 같았다. 죽은 사람을 바라볼 때마다, 차갑고 초연해진 그녀의 마음이 이렇게 분명하게 말하고 있기 때문이었다. "나는 누구인가? 나는 이제껏 무엇을 해온 것인가? 나는 이제껏 존재하지도 않는 남편이란 것과 싸워왔다. 늘 존재해온 것은 바로 이 사람이었다. 나는 이제껏 무슨 잘못을 저지른 것일까? 이제껏 내가 함께 살아온 것은 무엇이란 말인가? 진짜는 여기 누워 있는 바로 이 사람인데." ——두려움 때문에 그녀의 영혼은 그녀 속에서 죽어갔다. 그녀는 결코 그를 본 적이 없음을, 그도 그녀를 결코 본 적이 없음을, 그러고도 그들은 누구와 만나는지도 모르는 채 어둠 속에서 만나왔으며, 누구와 싸우는지도 모르는 채 어둠 속에서 싸워왔음을 알았다. 이제 그녀는 보게 되었고, 보면서 입을 다물게 되었다. 그녀가 틀렸던 것이다. 그녀는 그를 그 아닌 다른 어떤 것이라고 말해왔던 것이며, 그와 친숙하다고 느꼈던 것이다. 하지만 그는 줄곧 그녀와 별개의 존재였으며, 그녀가 결코 살아본 적이 없는 식으로 살았고, 그녀가 결코 느껴본 적이 없는 식으로 느꼈던 것이다.

두려움과 수치감으로 그녀는 그의 벌거벗은 몸, 그녀가 잘못 알고 있던 몸을 바라보았다. 그런데 그는 그녀 아이들의 아버지였다. 그녀의 영혼은 그녀의 몸에서 찢겨나가 따로 서 있었다. 그녀는 그의 벌거벗은 몸을 바라보았고, 마치 이전에 그녀가 그것을 부정하기나 한 것처럼 부끄러움을 느꼈다. 결국 그것은 그 자체였던 것이다. 그녀에게 그것은 경외심을 일으키는 대상으로 다가왔다. 그녀는 그의 얼굴을 바라보고 나서 벽 쪽으로 자신의 얼굴을 돌렸다. 그의 표정은 그녀의 표정과는 다른 것이었으며, 그의 방식은 그녀의 방식이 아니었기 때문이다. 그녀는 지금의 그의 모습을 전에는 부정했으며, 이제야 그것을 보게 되었다. 전에는 그 자신으로서의 그를 부정했던 것이다. 그리고 이것이 그녀의 삶이었고, 그의 삶이었던 것이다. 그녀는 이렇게 진실을 회복시켜준 죽음에 감사했다. 그리고 그녀는 자신은 죽지 않았음을 알고 있었다.

이러는 동안 줄곧 그녀의 가슴은 그에 대한 슬픔과 연민으로 터질 것 같았다. 그가 겪은 고통은 무엇이었을까? 이 고립무원의 사내에게 그 순간의 공포는 어떤 것이었을까? 그녀는 고뇌로 몸이 굳었다. 그가 죽는 순간에 그녀는 그를 도울 수 없었다. 그가, 이 벌거벗은 사내가, 나와는 다른 이 존재가 잔혹하게 상처받았는데, 그녀는 이제 아무런 치유도 해줄 수가 없었다. 아이들이 있기는 했지만 아이들은 삶에 속해 있었다. 죽은 이 사람은 그 아이들과 아무런 관계가 없었다. 그와 그녀는 생명이 흘러들어 다시 아이들에게서 솟아나도록 거쳐간 통로에 불과했던 것이다. 그녀는 어머니였다—그러나 이전에 아내이기도 했었다는 것이 얼마나 두려운 일인지를 알게 되었다. 그리고 이제는 죽어버린 그도 남편으로서의 삶이라는 것이 얼마나 끔찍했을 것인가! 그녀는 다음 세상에서도 그가 그녀에게 낯선 사람이 될 것이라고 느꼈다. 거기 피안에서 만난다면, 그들은 이전에 있던 일에 대해 오직 부끄러워하기만 할 것이다. 아이들은 어떤 신비한 이유 때문에 그들 둘로부터 나왔다. 그러나 아이들은 그들을 결합시켜주지 못했다. 이제 그가 죽고 나자, 그녀는 그가 영원히 별개의 존재가 되었음을, 이제 영원히 그녀와는 아무런 관계가 없게 되었음을 깨달았다. 그녀 인생 가운데 일어난 이 에피소드가 끝이 난 것이었다. 그들은 삶 속에서 서로를 부정했었다. 이제 그는 물러나버렸다. 고뇌가 그녀를 덮쳐왔다. 이제 그것은 끝난 일이었다. 그가 죽기 오래전에 이미 그들 사이는 절망적인 것이 되어버렸던 것이다. 그럼에도 불구하고 그는 그녀의 남편이었다. 하지만 얼마나 미미한 관계였던가!

"얘 셔츠 있니, 엘리자베스?"

엘리자베스는 아무 말 없이 돌아섰다. 시어머니가 기대하는 대로 울고 행동하려 애썼지만 그녀는 그럴 수 없었다. 침묵만이 그녀의 몫이었다. 그녀는 부엌으로 가서 옷을 가지고 돌아왔다.

"말랐어요." 그녀는 면셔츠의 여기저기를 만져보며 말했다. 그녀는 그의 몸을 다룬다는 데 대해 거의 부끄러움마저 느꼈다. 도대체 그녀, 혹은 어느 누구라도 그에게 손을 델 권리가 있단 말인가. 그러나 그녀는 겸허한 손길로 그의 몸을 만졌다. 그의 몸에 옷을 입히는 것은 힘든 일이었다. 그의 몸은 무거웠으며 움직임이 없었다. 그의 몸이 그렇게 무겁고 전혀 움직일 줄 모르며 반응도 없이 완전히 별개로 존재한다는 데 대한 무시무시한 공포가 줄곧 그녀를 사로잡았다. 그들 사이의 거리에 대한 두려움은 그녀로서는 도저히 감당하기 힘든 것이었다. 그녀가 건너다봐야 하는 저 너머와의 사이가 너무도 끝없이 멀었던 것이다.

마침내 작업이 끝났다. 그들은 그의 몸을 시트로 덮고, 얼굴이 묶인 채 누운 그를 놓아두고 나왔다. 그리고 그녀는 거기에 누운 것을 아이들이 보지 못하도록 방문을 잠갔다. 그러자 그녀의 가슴 위로 평화가 무겁게 내려와 앉았고, 그녀는 열심히 부엌방을 치웠다. 그녀는 당장의 주인인 삶에 자신이 순종하고 있음을 알았다. 그러나 그녀의 궁극적인 주인인 죽음으로부터는 두려움과 수치감으로 움츠러들었다.

목사의 딸들
Daughters of the Vicar

1

린들리 씨는 올더크로스 마을의 첫 담임목사[1]였다. 이 작은 부락의 시골집들은 마을이 생겨난 이래 늘 평화롭게 둥지를 틀고 있었으며, 마을 사람들은 화창한 일요일 아침이면 작은 길과 농장을 지나 2, 3마일을 걸어 그레이미드의 교구 교회로 가곤 했다.

그러나 탄갱이 뚫리고 나자 큰길 가를 따라 빈 주택들이 줄지어 세워졌고, 뜨내기 노동자들로부터 더껑이처럼 걷어낸 새로운 주

---

[1] 영어로는 '비커'(vicar)라고 하는데 봉급 또는 교구세의 고정된 몫만 받는 목사이다. 린들리 씨의 장인과 사위의 경우는 영어로 '렉터'(rector)라고 하며, 이 경우는 교구세를 관장한다.

민들이 그곳을 채웠으며, 시골집과 시골 사람 들은 거의 잊히게 되었다.

이 새로운 탄광촌 주민들의 편리를 위해 올더크로스에 교회가 설립되어야만 했다. 그러나 돈이 충분하지 않았다. 때문에 큰길 가의 주택지에서는 가능한 한 멀리 떨어진, 시골집과 사과나무 들 근처의 들판에 등 굽은 쥐가 웅크리고 앉은 것 같은, 돌과 회반죽으로 지은 작은 건물이 세워지게 된 것이다. 건물 서쪽 구석에는 쥐의 귀에 해당하는 작은 탑이 두개 서 있었다. 건물은 무언가 자신 없고 겁먹은 모습이었다. 그래서 사람들은 이 움츠러든 새로움을 가리기 위해 커다란 잎새의 담쟁이덩굴을 심었다. 덕분에 이 작은 교회는 들판 사이에 내버려져 잠든 상태로 주변의 초목에 파묻힌 채 서 있고, 벽돌집들이 교회를 쓰러뜨리겠다는 듯이 계속 밀치며 다가오고 있다. 교회는 이미 과거의 유물이 되어버린 것이었다.

어니스트 린들리 목사는 스물일곱살 나던 신혼 시절에 이 교회를 맡기 위해 써픽의 목사보 자리에서 옮겨왔다. 그는 케임브리지를 나와서 성직에 들어간 그저 평범한 젊은이였다. 그의 아내는 케임브리지셔 교구 목사의 딸로 자기확신에 찬 젊은 여인이었다. 그녀의 아버지는 일년에 1000파운드씩 들어오는 돈을 몽땅 써버렸기 때문에 딸은 아무것도 얻어올 수 없었다. 그래서 이 젊은 신혼부부는 올더크로스에서 120파운드가량의 목사 봉급으로 살면서 우월한 사회적 지위를 유지해야 하는 형편이 되었다.

그들은 새롭고 거칠고 불만에 찬 광부 주민들한테서 별로 좋은 영접을 받지 못했다. 농장 일꾼들에게만 익숙해 있던 린들리 씨는 자신이 두말할 여지 없이 상층계급 혹은 명령하는 계급에 속한다고 생각해왔다. 그는 지방 명문들 앞에서 겸손하게 굴어야 했지만, 어쨌든 자신도 그들과 동류이며 평민들은 자기와 다른 존재라고 여기고 있었다. 그는 이러한 자신의 지위에 대해 조금도 의심하지 않았다.

그러나 그는 탄광 주민들이 이러한 서열을 받아들이기를 거부한다는 것을 알게 되었다. 그들은 자신의 삶에서 그를 필요로 하지 않았으며, 이러한 사실을 그에게 거침없이 알려주었다. 아낙네들은 그냥 "바빠서요"라고 말하거나, 아니면 "여긴 오실 필요 없어요. 우리는 비국교도예요"라고 했다. 남자들은 그가 간섭하려 들지 않는 한은 싫은 기색을 안했다. 그들은 그로서는 어찌해볼 도리가 없는 이미 굳어버린 경멸감을 갖고 쾌활하게 그를 경멸할 따름이었다.

마침내 그는 분노에서 말없는 원한으로, 심지어는 (그가 감히 스스로 인정한다면) 그의 양 떼 대다수에 대한 의식적인 증오와 자기 자신에 대한 무의식적인 증오로 옮아갔고, 그의 활동을 한정된 범위의 신자들 집으로 제한하게 됐으며, 결국 굴복할 수밖에 없었다. 그는 자기 나름의 인격을 형성할 인물이 못되었고, 사람들 사이에서 자신의 위치를 차지하기 위해 늘 사회적 지위에 의존해온 인물이었다. 그러나 이제 그는 너무도 가난했기 때문에 지역의 평범하고 천한 상인들 사이에서조차 행세할 수 없었다. 동시에 사람들이 그를 만나는 것을 유쾌하게 만들 천성도 욕구도 가지고 있지 않고, 인정받고 싶어지는 경우에 자신의 뜻을 강제할 힘도 지니지 못했다. 그는 창백하고 비참하고 아무 영향력도 없는 미미한 존재로 그날그날을 이어나갔다.

처음에 그의 아내는 굴욕감에 불같이 화를 냈다. 우쭐거리고 고압적인 태도를 취하기도 했다. 그러나 그녀의 수입은 너무 적었고, 소매상들의 계산서와의 씨름은 너무나 딱했으며, 마님처럼 행세하려 할 때마다 뭇사람의 일치된 냉담한 조롱에 부딪힐 따름이었다.

자존심의 속살에 상처를 입은 그녀는 무관심하고 냉담한 주민들 틈에서 고립된 상태였다. 그녀는 집 안에서나 밖에서나 불같이 화를 내곤 했다. 그러나 밖에서 화를 내면 너무 값비싼 댓가를 치러야 한다는 것을 곧 알게 되었기 때문에, 오직 목사관의 담벼락 안에서만 화를 냈다. 그 안에서 그녀의 감정은 너무나 격렬해서 그녀 자신도 겁날 정도였다. 자신이 남편을 혐오하고 있음을 알아차리면서, 조심하지 않으면 스스로 자기 삶의 형태를 부수어버리고 그와 그녀 자신에게 재앙을 가져오게 되리라는 것을 깨달았다. 그래서 무엇보다도 두려움으로, 그녀는 말이 없어졌다. 두려움에 굴복하여 쓰라린 마음으로 세상에서 유일한 피난처인 우울하고 가난한 목사관 속으로 숨었던 것이다.

아이들은 해마다 태어났다. 거의 기계적으로 그녀는 자신에게 강제된 어머니로서의 의무를 수행해나갔다. 폭발할 것 같은 분노와 비참함과 혐오를 억지로 누르는 바람에 그녀는 서서히 망가지면서 환자가 되어 침상에 붙어서 살아가게 되었다.

아이들은 건강하게 자라났으나 따뜻하게 감싸안기지 못해 약간 굳어 있는 편이었다. 부모는 그들을 집에서 교육시켰고, 매우 자부심이 강하고 매우 양반 티가 나게 만들었으며, 그들을 주위의 천한 것들로부터 떼어내어 상층계급 안으로 단호하게 또 잔인하게 밀어넣었다. 때문에 아이들은 매우 고립된 상태에서 살아갔다. 아이들은 잘생겼으며, 가문 좋고 고립된 가난뱅이들 특유의 그 기묘하게 깨끗하고 반투명한 표정을 지니고 있었다.

점차 린들리 부부는 삶에 대한 통제력을 완전히 잃어버렸고, 하루하루를 그저 가계부의 수지를 맞추느라 옥신각신하며 보내게 되었다. 그러면서 아이들은 점잖은 티가 배도록 혹독하게 억누르고 단련시켰으며, 야망을 갖도록 다그치고 온갖 의무로 짓눌러댔다. 일요일 아침이면 어머니를 뺀 모든 가족이 좁은 길을 따라 내려가 교회로 향했다. 다리가 긴 소녀들은 꼭 조이는 원피스를 입었으며, 소년들은 검은 외투와 맞지도 않는 긴 잿빛 바지 차림이었다. 그들은 무언의 말간 얼굴로 아버지의 교구민들을 스쳐지나갔는데, 앳된 입은 그들에게는 운명과도 같은 자존심으로 다물어져 있었고, 앳된 눈은 이미 주위를 안 보는 상태였다. 맏딸 메리가 우두머리였다. 그녀는 아름다운 옆모습과 지고한 운명에 복종하는 자신 있는 순수한 표정을 지닌, 키가 크고 날씬한 소녀였다. 둘째인 루이자는 작고 포동포동했으며, 고집스러운 표정을 지니고 있었다. 그녀는 이상理想보다는 적을 더 많이 가진 소녀였다. 그녀는 나이 어린 동생들을 돌보았고, 나이가 많은 동생들은 메리가 돌보았다. 광부의 아이들은 목사 가족의 이 창백하면서도 눈에 두드러지는 행렬이 입을 다문 채 지나가는 것을 바라보면서, 그들의 상류층다운 태도와 냉랭함에 강한 인상을 받았으며, 꼬마들이 입은 바지를 비웃기도 했지만 속으로는 열등감을 느꼈고 가슴에는 증오가 꿈틀거렸다.

나이가 들면서 메리는 가정교사로서 상인들의 딸 몇명을 받아들였다. 루이자는 집안을 돌보면서 아버지 교회의 교인들에게 심방을 다니고, 광부의 아이들에게 스물여섯시간에 13실링을 받으며 피아노를 가르쳤다.

2

딸 메리가 스무살가량 되던 해 어느 겨울 아침, 린들리 씨는 검은 외투와 챙이 넓은 펠트 모자의 야위고 삼가는 듯한 모습으로 겨드랑이에 흰 종이 한 묶음을 끼고 올더크로스를 향해 내려갔다. 교구 달력을 배부하러 가는 길이었다.

약간 창백하고 무표정한 중년이 된 그는 기차가 건널목을 쿵쿵거리며 지나가기를 기다렸다. 기차는 선로를 따라 우르릉거리는 탄갱을 향해 바쁘게 올라가는 길이었다. 나무다리를 한 사내가 절뚝거리며 걸어와 막힌 길을 터주자 린들리 씨는 건널목을 지나갔다. 바로 그의 왼편, 길과 기찻길 밑에 한 시골집의 빨간 지붕이 사과나무의 헐벗은 가지들 사이로 모습을 드러내고 있었다. 린들리 씨는 낮은 담을 빙 돌아가 큰길에서 아래쪽 오두막으로 이어지는 닳아빠진 계단을 내려갔다. 그 집은 고요하고 자그마한 자기 자신만의 낮은 세계 속에서, 지나가는 기차의 쿵쿵거리는 소리와 석탄 화차의 철컥거리는 소리 아래 저만치 떨어져 침침하고 조용하게 웅크리고 있었다. 눈풀꽃의 단단하게 아물어진 봉오리들이 벌거벗은 까치밥나무 덤불 아래 무척이나 고요하게 매달려 있었다.

막 문을 두드리려 할 때 목사는 덜그럭거리는 소리를 듣고 몸을 돌렸다. 바로 그의 뒤 거무스름한 헛간의 열린 문 사이로, 불그스름한 커다란 양철통들 틈에서 레이스가 달린 검은 모자를 쓴 나이 든 여인이 깔때기에 아주 밝은 빛의 액체를 붓고 있는 모습이 보였다. 등유 냄새가 났다. 여인은 깡통을 내려놓고 깔때기를 들어 선반 위에 올려놓더니 함석통을 들고 일어섰다. 그녀의 눈이 목사의 눈과 마주쳤다.

"아니, 목사님이시군요!" 그녀는 투덜거리듯 말했다. "안으로 들어가세요."

목사는 집 안으로 들어갔다. 후덥지근한 부엌에는 긴 잿빛 턱수염의 몸집이 큰 나이 든 사내가 앉아 코담배를 들이마시고 있었다. 그는 목구멍 깊은 데서 나오는 중얼거리는 목소리로 투덜거리듯 목사에게 앉으라고 말하고 더는 신경을 쓰지 않았다. 그저 텅 빈 눈길로 불을 들여다보고 있을 뿐이었다. 린들리 씨는 기다렸다.

여인이 들어왔다. 그냥 모자인지 보닛인지 검은 레이스 리본이 그녀의 숄에 드리워져 있었다. 그녀는 중간 크기의 체구였으며, 깔끔한 느낌을 주었다. 그녀는 등유통을 들고 부엌에서 밖으로 뻗은 계단을 올라갔다. 계단 위의 방으로 들어가는 발걸음 소리가 들렸다. 그곳은 작은 양품가게였다. 벽의 선반에는 물품들이 쌓여 있었으며, 빈 공간에는 커다란 구식 재봉틀과 그 주위로 재단사의 봉제 일감이 놓여 있었다. 여인은 계산대 뒤로 가 가게에 들어와 있던 아이에게 등유통을 건네주었고, 그 소녀로부터 주전자를 넘겨받았다.

"엄마가 돈은 달아놓으랬어요." 아이는 말을 마치고 가버렸다. 여인은 장부에 기입하고 나서 주전자를 들고 부엌으로 들어왔다. 몸집이 아주 큰 남편은 일어나서 이미 뜨거워져 있는 불에 석탄을 더 갖다넣었다. 그는 느리고 굼뜨게 움직였다. 그는 이미 생기를 잃은 상태였다. 그는 재단사였는데, 지금은 그의 커다란 몸집이 오히려 짐이었다. 젊은 시절에 그는 훌륭한 춤꾼이자 권투선수였다. 이제 그는 말도 없어지고 생기도 없어졌다. 목사는 달리 할 말이 없었기 때문에 의례적인 인사말이나 나누려 했다. 그러나 존 듀랜트는 그에게 주의를 돌리지 않았다. 말없이 무감각하게 존재하고 있을 뿐이었다.

듀랜트 부인은 탁자보를 펼쳤다. 그녀의 남편은 큰 술잔에 맥주를 손수 따라붓더니 담배를 피우며 마시기 시작했다.

"좀 드시겠소?" 그는 턱수염 사이로 목사를 향해 그르렁거리는 소리로 말했다. 그의 눈길은 목사에게서 주전자로 천천히 움직였다. 그는 오로지 이 한가지 생각뿐이었다.

"고맙지만 됐습니다." 린들리 씨는 맥주를 조금 마시고 싶긴 했지만 사양했다. 술꾼들이 많은 교구에서 모범을 보여야만 했던 것이다.

"우린 살아가기 위해 술 한잔이 필요하다구요." 듀랜트 부인이 말했다.

그녀는 늘 좀 불평하는 태도를 지니고 있었다. 목사는 그녀가 10시 반 점심을 위해 식탁을 차리는 동안 내내 불편한 마음으로 앉아 있었다. 남편은 식사를 하기 위해 식탁으로 가서 앉았다. 그녀는 난로 곁의 작고 둥그스름한 팔걸이의자에 그냥 앉아 있었다.

그녀는 편안하게 살아가고 싶어한 여인이었다. 그러나 그녀의 운명에는 거칠고 떠들썩한 가족과 자기 자신이나 남이 어떻게 되든 상관 않는 게으른 남편이 기다리고 있었다. 때문에 반듯하게 잘생긴 편인 그녀의 얼굴은 짜증스러운 표정이 되어버렸으며, 평생 내키지 않는 봉사를 하고 통제하기 싫은 일도 어쩔 수 없이 통제해야만 했었다는 듯한 태도를 가지게 되었다. 동시에 아들들을 기르고 다스려온 여인이 지닐 수 있는 당당한 태연자약함도 있었다. 그러나 사실 그녀는 아들들도 내키지 않아하면서 다스려왔다. 작은 양품점을 운영하고, 운반원의 짐마차를 타고 노팅엄까지 달려가며, 거기서 큰 상점들을 돌아다니며 물건을 사는 것은 그녀가 즐겨온 일이었다. 그러나 아들들을 관리하는 신경 쓰이는 일은 좋아하지 않았다. 단지 막내아들은 사랑했다. 마지막 자식이었고, 드디어 자유로워진다고 느꼈기 때문이었다.

이 집은 목사가 때로 방문하곤 하는 집들 가운데 하나였다. 듀랜트 부인은 자식 단속의 한 방법으로 아들들을 모두 국교도로 길렀다. 그렇다고 그녀가 신심이 있는 것은 아니었다. 종교란 그녀에게 그저 익숙한 것일 뿐이었다. 듀랜트 씨에게는 종교가 없었다. 그는 『존 웨슬리의 생애』라는 열렬한 복음주의 책을 야릇하게 즐거운 마음으로 읽었고, 난롯가의 온기나 한잔 브랜디에서와 마찬가지의 만족을 얻었다. 그러나 사실 그는 한번도 들어보지 못한 존 밀턴에 대해 신경 쓰지 않듯이, 존 웨슬리에 대해서도 그 이상의 관심을 갖지 않았다.

듀랜트 부인은 의자를 가지고 식탁으로 왔다.

"별로 먹고 싶은 생각이 없어요." 부인이 한숨을 쉬며 말했다.

"왜요—몸이 안 좋으신가요?" 목사는 보살펴주는 윗사람의 말투로 물었다.

"그게 아니에요." 부인은 한숨을 쉬며 말했다. 부인은 일자로 꽉 다문 입매를 하고 앉아 있었다. "우리 집안이 어떻게 될지 모르겠어요."

하지만 목사는 스스로 아주 오랫동안 시달려오며 지쳐 있었기에 그런 말에 쉽사리 공감할 수 없었다.

"무슨 문제가 있나요?" 목사가 물었다.

"문제가 있다마다요!" 나이 든 여인은 소리쳤다. "내 인생은 구빈원에서 끝나고 말 거예요."

그는 아무런 느낌도 받지 못한 채 다음 말을 기다렸다. 작지만 풍요로운 집에 사는 이 여인네가 도대체 가난에 대해 무엇을 안단 말인가!

"그럴 리가 있나요." 목사가 말했다.

"내가 늘 곁에 두고 싶어하던 아이 말이에요—" 부인이 탄식했다.

목사는 아주 무감각하게, 아무런 공감 없이 듣고 있었다.

"내 노후에 의지하고 싶어하던 아이 말이에요! 도대체 우린 어떻게 되는 걸까요?" 부인이 말했다.

목사는 가난에 대한 하소연은 당연히 믿지 않았지만, 여인의 아들에게 무슨 일이 있는지에 대해서는 궁금증을 느꼈다.

"알프레드한테 무슨 일이 있습니까?" 그가 물었다.

"그애가 수병이 되러 갔다는 거예요." 부인이 찢어지는 목소리로 말했다.

"해군에 입대했다고요!" 린들리 씨는 탄성을 질렀다. "알프레드한테 무척 잘된 일이지요. 바다에서 여왕과 조국에 봉사하게 되었잖아요."

"나는 나에게 봉사할 애가 필요하단 말이에요." 여인이 소리쳤다. "우리 애가 집에 있기를 바라는 거구요."

알프레드는 부인의 막내둥이였고, 여자는 그를 응석받이로 기르는 즐거움을 누렸던 것이다.

"아이가 보고 싶어지시겠지요." 린들리 씨가 말했다. "그건 그렇지요. 하지만 그 아이로서는 결코 후회할 발걸음을 내디딘 것이 아닙니다. 그 반대지요."

"참 쉽게도 말씀하시는군요, 목사님." 부인이 쏘아붙였다. "목사님은 내 아이가 남의 명령에 따라 밧줄을 타고 기어오르는 걸 내가 원한다고 생각하세요? 마치 원숭이처럼—"

"해군으로 봉사한다는데 무슨 불명예는 아니지요."

"불명예고 자시고 간에," 성난 늙은 부인은 소리쳤다. "녀석은 멋대로 나가서 노예생활을 자청한 거예요. 후회할 게 뻔해요."

부인이 화나고 경멸하는 태도로 안달하는 것이 거슬려서 목사는 잠시 입을 다물고 있었다.

마침내 그는 창백하게 질려서 목사답지 않게 반박했다. "탄광에서 일하는 건 노예가 아닌데, 어째서 여왕께 봉사하는 것을 노예라고 하는지 모르겠군요."

"여기서는 자기 집에 있는 것이고, 자기 스스로 주인이었지요. 뭐가 다른지 그애가 곧 알게 되리란 걸 난 알아요."

"제대로 철이 드는 계기가 될지도 모릅니다." 목사가 말했다. "군에 가면 나쁜 친구나 술에서 멀어지니까요."

듀랜트네 아들 중 몇몇은 악명 높은 술꾼이었으며, 알프레드도 아주 착실하다고는 할 수 없었다.

"그애가 술 한잔 하는 게 뭐가 나빠요?" 어머니가 소리쳤다. "그앤 술값 대려고 누구 주머니 턴 적 없어요!"

그 말이 자신의 직업과 외상값에 대한 빈정거림이란 생각이 들어 목사는 얼굴이 굳어졌다.

"부인의 기분을 충분히 감안하고서도 알프레드가 해군에 입대했다는 소식을 들은 것은 기쁜 일입니다."

"이렇게 늙어가는 나와, 일은 거의 하지도 않는 개 아비가 있는데도! 그것 말고 다른 걸 기뻐하신다면 고맙겠네요, 목사님."

부인은 울기 시작했다. 그녀의 남편은 아무런 소리도 듣지 못했다는 듯이 고기 파이 식사를 마치고 맥주를 몇모금 마셨다. 그러고는 방 안에 자기 외에는 아무도 없다는 듯이 난로를 향해서 돌아앉았다.

"나는 바다에서 하느님과 조국에 봉사하는 모든 사람들을 진정 존경합니다, 듀랜트 부인." 목사는 고집스럽게 말했다.

"당연히 그러시겠지요. 그 지저분한 일을 하는 것이 당신 아들이 아니니까—그게 차이예요." 부인이 날카롭게 쏘아붙였다.

"내 아들 중 하나가 해군에 들어간다면 난 자랑스러울 겁니다."

"네—하기야—사람마다 제각각이니까요—"

목사는 일어섰다. 그리고 크게 접힌 커다란 종이 한장을 내려놓았다.

"달력을 가져왔습니다." 그가 말했다.

듀랜트 부인은 그것을 펼쳐 보았다.

"난 색깔이 약간 들어간 걸 좋아하는데." 부인은 토라진 목소리로 말했다.

그는 대답하지 않았다.

"오르간 연주자 기금을 위한 헌금봉투가 저기 있는데—" 늙은 부인은 말하면서 일어나 벽난로 선반에서 봉투를 집어들더니 가게로 들어갔다. 이어 봉투를 봉해 들고 나왔다.

"내가 낼 수 있는 건 이게 다예요." 부인이 말했다.

린들리 씨는 일어나 나왔다. 호주머니에는 루이자의 봉사에 대한 듀랜트 부인의 헌금이 들어 있었다. 그는 달력을 나눠주러 집집마다 돌아다녔다. 지루한 업무였다. 일의 단조로움과 제대로 알지도 못하는 사람들과 반복해서 인사를 나누는 고역에 지쳐떨어져 그는 탈진했으며, 신경이 날카로워지기도 했다. 마침내 그는 집으로 돌아갔다.

식당에는 난롯불이 조그맣게 타오르고 있었다. 몸집이 크게 불어나고 있는 린들리 부인은 늘 사용하는 긴 의자에 누워 있었다. 목사는 차가운 양고기를 썰었다. 키가 작고 통통하며 약간 얼굴이 상기된 루이자가 부엌에서 건너왔다. 어두운 얼굴에 아름다운 흰 이마와 잿빛 눈을 가진 메리는 채소를 내왔다. 아이들은 약간씩 말을 나누긴 했지만 결코 활기차고 요란스럽지는 않았다. 집 안의 공기 자체가 굶주려 있는 듯했다.

"듀랜트네 갔었어." 목사가 양고기를 조금씩 접시에 나누면서 말했다. "알프레드가 집을 나가서 해군에 입대해버린 모양이더구먼."

"잘된 일이네요." 병자의 거친 목소리가 들려왔다.

막내아이를 돌보고 있던 루이자가 항의하는 표정으로 올려다보았다.

"왜 그랬을까요?" 메리가 낮고 가락 있는 목소리로 물었다.

"뭔가 흥미로운 일을 찾고 싶었던 게지." 목사가 말했다. "자, 기도를 올릴까?"

아이들이 자리를 정돈하고 모두 고개를 숙이자 그는 소리를 내어 식사기도를 드렸다. 기도가 끝나자마자 다시 그 흥미로운 화제로 돌아가기 위해 모두 얼굴을 들었다.

"처음으로 옳은 일을 했네." 깊은 데서 나오는 듯한 어머니의 목소리가 들려왔다. "나머지 애들처럼 술주정뱅이가 되는 길에서 벗어났으니."

"그 집 아이들이 전부 술주정뱅이는 아니에요, 엄마." 루이자가 고집스럽게 말했다.

"전부 술주정뱅이가 되진 않았다 해도 가정교육 덕이랄 수는 없지. 월터 듀랜트는 천하의 수칫거리다."

"듀랜트 부인한테 이미 말했듯이 그 아이는 자기가 할 수 있는 가장 훌륭한 일을 한 거야." 목사가 허겁지겁 먹으며 말했다. "그 아이 인생에서 가장 위험한 나이에 유혹에서 벗어나게 된 거야ㅡ그애가 몇살이더라ㅡ열아홉?"

"스물이에요." 루이자가 말했다.

"스물이라!" 목사가 되뇌었다. "군대는 그 아이한테 건전한 규율을 가할 것이고 또 의무와 명예에 대한 일종의 기준을 제시해줄 거야. 그 아이한테 그보다 더 좋은 건 없지. 하지만ㅡ"

"성가대에 알프레드가 없어 허전할 거예요." 부모의 반대편에 서겠다는 듯이 루이자가 말했다.

"그럴 수도 있겠지." 목사가 말했다. "하지만 나는 그애가 여기서 나쁜 습관에 빠져들 위험을 감수하느니 차라리 해군에서 안전하다는 걸 알고 있는 게 낫다."

"알프레드가 나쁜 습관에 빠져들고 있었어요?" 고집스러운 루이자가 물었다.

"루이자, 너도 알다시피 알프레드는 옛날과는 달라졌어." 메리가 부드러우면서도 확고한 태도로 말했다. 루이자는 시무룩해지면서 다소 무겁게 생긴 턱자가미에 힘을 주며 입을 다물었다. 언니의 말을 부정하고 싶었지만 그게 사실임을 자신도 알았던 것이다.

루이자에게 알프레드는 늘 유쾌하게 웃는 따뜻한 젊은이였으며, 뭔가 친절하고 뭔가 풍요로운 분위기를 풍기는 젊은이였다. 때문에 루이자 자신도 알프레드로 인해 따뜻함을 느낄 수 있었다. 그가 떠나버렸으니 이제 나날들이 더 냉랭해질 것만 같았다.

"정말이지 걔가 할 수 있는 가장 훌륭한 일이야." 어머니가 못 박 듯이 말했다.

"나도 그렇게 생각하오." 목사가 말을 받았다. "그런데 내가 그런 뜻을 비쳤더니, 그애 어머니가 거의 욕을 하듯 하지 않았겠소."

그는 억울하다는 투로 말했다.

"걔 어머니가 자기 자식들이 잘되라고 신경 쓰는 게 뭐가 있어요?" 병자가 말했다. "오로지 자식들이 받아오는 임금에나 관심 있지."

"듀랜트 부인은 알프레드를 집에 데리고 있고 싶었던 거겠죠." 루이자가 말했다.

"물론 그렇지 — 나머지 애들처럼 걔가 술주정뱅이가 되는 걸 감수하고라도 말이야." 어머니가 대꾸했다.

"조지 듀랜트는 술을 마시지 않아요." 루이자가 옹호하고 나섰다.

"걔가 열아홉살 때 심한 화상을 입었기 때문이지 — 탄광에서 말이야. 그것 때문에 겁에 질려버린 거야. 어쨌든 해군이라는 게 그런 식으로 당하는 것보다는 나은 치료방법이지."

"물론이지." 목사가 말했다. "물론이야."

이 점에 대해서는 루이자도 같은 생각이었다. 하지만 알프레드가 그렇게 오랫동안 떠나 있는다는 게 화가 나는 것은 어쩔 수가 없었다. 그녀 자신 이제 겨우 열아홉살이었다.

3

메리가 스물세살 되던 해 린들리 씨는 심하게 앓았다. 당시 집이 극도로 가난했다. 들어갈 돈은 엄청났고 들어올 돈은 거의 없었다. 메리에게도 루이자에게도 구혼자가 없었다. 그럴 가능성이 어디 있었겠는가? 올더크로스에서는 선택할 만한 젊은이들을 만날 수가 없었다. 그리고 그들이 벌어들이는 것이라고는 밑 빠진 독에 붓는 물 한 방울과 같을 뿐이었다. 이 지속적이고 냉엄한 빈궁, 이 쪼들리는 삶과의 빠듯한 싸움, 자신들 삶의 이 끔찍한 허망함에 대한 두려움으로 딸들의 마음은 섬뜩하고 무감각해졌다.

교회 일을 맡아볼 목사도 한 사람 구해야만 했다. 우연히도 린들리 씨의 옛 친구의 아들 하나가 자신의 교회에 부임하기까지 석 달을 대기하는 중이었다. 그는 와서 무보수로 목사 일을 봐주겠다고 했다. 가족들은 이 젊은 목사를 애타게 기다렸다. 그는 스물일곱 살을 넘지 않은 젊은이로 옥스퍼드 대학에서 로마법에 관한 논문으로 석사학위를 받은 사람이었다. 이 젊은 목사는 케임브리지셔의 오래된 가문 출신으로 약간의 개인 재산도 있었으며, 좋은 보수를 받으며 노샘프턴셔의 한 교회를 맡으러 갈 예정이었고, 아직 미혼이었다. 린들리 부인은 새로이 빚을 지면서, 남편이 병을 앓게 된 것을 별로 개의치 않았다.

그러나 막상 매시 씨가 왔을 때 가족들은 충격적인 실망을 느껴야만 했다. 가족들은 파이프를 물고 깊게 울리는 목소리를 가진, 단지 예절만은 린들리 집안의 장남 씨드니보다 나은 젊은이를 기대하고 있었다. 그러나 찾아온 사람은 몸집이 열두살짜리 소년만 한 조그맣고 하잘것없는 인물이었다. 안경을 끼고, 너무나 소심해서 처음엔 한마디도 하지 못하면서도, 어떤 비인간적인 자기확신을 지닌 사람이었다.

"아니, 이게 웬 병신이야!" 이것이 린들리 부인이 목까지 단추를 채운 목사복을 입은 그의 모습을 처음으로 보았을 때 혼잣말로 내지른 소리였다. 그리고 정말 오랜만에 그녀는 자신의 아이들이 모두 사지가 멀쩡하다는 것에 대해 하느님께 깊은 감사를 드렸다.

그의 지각능력은 정상적이지 않았다. 가족들은 곧 그가 인간으로서 지닌 감정이 제한되어 있으며, 대신에 강한 철학적 두뇌를 가졌고 또 그것을 기준으로 이제껏 살아왔다는 것을 알게 되었다. 그의 몸은 거의 말도 못할 정도였지만, 지력에 있어서는 뭔가 확고한 존재였다. 그가 참여하면 대화는 곧바로 균형 잡힌 추상적인 분위기를 지니게 되었다. 자연스럽게 나오는 감탄이라든가 개인적 신념을 격하게 주장하고 표출하는 일은 사라지고, 다만 냉정하고 합리적인 주장만이 남게 되는 것이었다. 이것은 린들리 부인에게는 견디기 힘든 일이었다. 그녀가 무슨 의견을 말하고 나면 이 작은 남자는 그녀를 바라보고 나서 가느다란 목소리로 그것을 다시 자신의 짜임새 있는 의견으로 변형시켜 되풀이하는데, 이 때문에 그녀는 대화를 받쳐주던 어설픈 마룻장에 난 구멍을 통해 허방으로 추락하는 듯한 느낌이 들었다. 바보가 된 기분이 드는 것은 린들리 부인 자신이었다. 곧 그녀는 단단한 침묵 속으로 밀려나고 말았다.

그러나 린들리 부인은 여전히 마음 한구석에서 그가 정혼을 안한 신사이며 얼마 안 가 일년에 육칠백 파운드의 수입을 갖게 될 사람임을 기억하고 있었다. 금전적으로 여유가 있다면 남자 자체가 뭐가 중요하단 말인가! 남자는 하찮은 부대물에 지나지 않았다. 이십이년 동안에 부인에게서 낭만적 감정 따위는 다 갈아져 없어지고, 오직 빈곤의 맷돌만이 중요하게 된 것이다. 그래서 부인은 이 작은 사내를 상당한 수입의 대표자로서 지지했다.

　그의 습관 중에 가장 거슬리는 것은 혼자서 냉소하며 조용히 낄낄거리는 것이었는데, 그가 다른 사람의 어떤 비논리적인 잘못을 간파하거나 전해줄 때의 버릇이었다. 이것이 그가 가진 유일한 형태의 유머라 할 수 있었다. 그에게는 사고의 우둔함이 몹시도 우스운 일이었다. 그러나 소설은 하나같이 이해할 수 없을 정도로 무의미하고 따분한 것이었으며, 사람들이 앞뒤 안 맞는 말실수로 웃을 때면 마치 수학 문제처럼 그것을 검토하면서 귀를 기울이거나 아니면 아예 듣지 않았다. 정상적인 인간관계에서는 그는 존재하지 않는 거나 다름없었다. 단순한 일상적 대화에는 참여할 능력이 전혀 없었기 때문에 그는 늘 자신만의 차갑고 순화된 작은 세계에 파묻혀, 집 주위를 말없이 타박타박 걸어다니거나 아니면 식당에 앉아 불안한 눈으로 이쪽저쪽을 쳐다보곤 하였다. 때때로 아이러니한 말을 하기도 했으나 인간사와 아무런 관련이 없는 것 같았으며 때로는 비웃음 같은 자기만의 작은 웃음소리를 내기도 했다. 자기 자신과 자신의 부족함을 방어해야만 했던 것이다. 그는 뭘 물어보면 내키지 않는다는 듯이 예 혹은 아니요로 대답했는데, 그 물음의 의미를 알지 못해 불안했기 때문이었다. 루이자가 보기에 그는 사람들을 구별할 줄 모르는 것 같았으나, 그럼에도 자기나 메리와 가까이 있고 싶어하는 것 같았다. 자신도 모르게 그에게 자극이 되는 어떤 접촉을 찾는 듯했다.

이런 것들을 떠나서는 그는 더없이 훌륭한 일꾼이었다. 끝없이 수줍어하면서도 의무감은 완벽했다. 그가 생각하는 기독교의 범위 내에서 그는 완벽한 기독교인이었다. 다른 사람과 관계를 맺는 데 전적으로 무능하여 아무런 도움을 제공할 수 없음에도 불구하고, 일단 누군가를 위해 자신이 할 수 있는 일이란 것을 깨달으면 그것을 안하고 놓아두는 법이 없었다. 그는 열성적으로 병자들을 찾아다녔고, 린들리 씨가 담임하던 교구와 교회의 모든 일을 면밀히 검토했으며, 회계를 정리했고, 병자와 구호대상자의 명단을 작성했으며, 자신이 도움이 되고 해줄 수 있는 일을 찾아서 주위를 타박타박 돌아다녔다. 그는 린들리 부인이 아들들에 대해 걱정한다는 이야기를 듣자 그들을 케임브리지에 보낼 수 있는 방법을 강구하기 시작했다. 그의 친절에 메리는 거의 겁에 질릴 정도였다. 메리는 그런 친절을 매우 존중하면서도 흠칫 움츠러들었다. 그 모든 일에서 매시가 자신이 돕고 있는 개인이나 사람에 대해서는 아무런 느낌도 갖지 않은 채, 단지 수학적인 문제해결, 주어진 상황을 풀어가고 계산된 선행을 생각할 뿐인 듯했기 때문이다. 마치 기독교의 교의를 수학공식처럼 받아들이는 것 같았다. 그의 종교란 것은 그의 빈틈없고 추상적인 정신이 승인하는 것으로만 이루어져 있었다.

그의 행동을 볼 때 메리는 그를 존경하고 존중해야만 했다. 따라서 그에게 봉사해야만 했다. 그 결과 그녀는 이런 의무에 대해 한 편으로는 진저리를 치고 다른 한편으로는 끌리기도 하면서 자신을 억지로 몰고 갔으나, 매시는 이것도 알지 못했다. 메리는 그가 심방하는 데 따라다니면서 그에 대한 찬탄으로 마음이 차가워지는 가운데에도, 구부정한 어깨에 턱까지 단추를 채운 외투를 입고 타박타박 걸어다니는 이 작은 사람에 대해 종종 동정심에 사로잡히기도 했다. 메리는 아름다운 차분함을 지닌 키가 크고 잘생기고 조용한 여자였다. 그녀의 옷차림은 초라했고 모피가 없어 검정색 비단 스카프를 두르고 있었다. 그럼에도 그녀에게서는 귀티가 났다. 메리가 매시 옆을 따라 올더크로스를 걸어다니는 것을 보면 사람들은 수군대곤 했다.

"아이고, 메리가 상대를 하나 잡았구먼. 그런데 어디서 저렇게 작고 형편없는 새우등을 골랐담!"

메리는 사람들이 그렇게 말하는 것을 알고 있었으며, 그래서 그들에 대한 분노가 끓어올랐다. 그래서, 말하자면 보호자의 자세로, 자기 곁의 작은 사내에게 더 가까이 다가갔다. 어쨌든 자신은 그의 진정한 선함을 인지하고 존중해줄 줄 아는 사람이었다.

그는 빨리 걷지도 오래 걷지도 못했다.

"아프셨나요?" 그녀는 특유의 기품 있는 태도로 물었다.

"속이 안 좋습니다."

그는 그녀가 가볍게 몸서리치는 것을 알아채지 못했다. 잠시 침묵이 흐르는 사이에 메리는 고개를 숙인 채 침착을 되찾고 그에 대한 상냥한 태도를 다시 가다듬고자 했다.

매시는 메리와 함께 있기를 좋아했다. 메리는 많지 않은 교구 내 가정들을 그가 방문할 때 자기나 동생이 언제나 동행해야 한다는 것을 손님 접대의 규칙으로 삼아놓고 있었다. 아침에 혹 메리가 바쁠 때는 루이자가 언니를 대신했다. 루이자는 매시에게 여왕 같은 봉사의 태도를 취해보려 했으나 소용이 없었다. 그녀는 혐오감을 내색하지 않고는 그를 바라볼 수가 없었던 것이다. 특히 병든 열세 살 소년처럼 보이는 구부정한 어깨와 여윈 모습을 뒤에서 볼 때면 그가 극도로 싫었으며, 그라는 존재를 완전히 제거해버리고 싶은 욕구를 느꼈다. 그럼에도 메리가 그에 대해 훨씬 사려 깊게 공정한 태도를 취하는 것을 보고 루이자는 언니 앞에서 머리를 숙일 수밖에 없었다.

그들은 몸이 마비되어 이제 살 가망이 없는 듀랜트 씨를 보러 가는 중이었다. 루이자는 이 작은 목사와 함께 그 오두막에 들어간다는 데에 비참할 정도의 수치감을 느꼈다.

그러나 정작 듀랜트 부인은 자신이 부딪힌 현실적 문제 앞에서 전보다 말이 적어져 있었다.

"듀랜트 씨는 어떠세요?" 루이자가 물었다.

"차도가 없어요─차도를 기대하지도 않지만." 그녀의 대답이었다. 작은 목사는 옆에서 쳐다보며 서 있었다.

그들은 위층으로 올라갔다. 세 사람은 선 채로 침대와, 베개 위 노인의 잿빛 머리카락과, 시트 위로 늘어진 잿빛 턱수염을 물끄러미 바라보았다. 루이자는 충격을 받고 겁에 질렸다.

"너무 끔찍해요." 루이자는 몸서리를 치며 말했다.

"나는 늘 이렇게 되리라고 생각해왔어요." 듀랜트 부인이 대답했다.

그러자 루이자는 이제 듀랜트 부인이 무서워졌다. 두 여자는 어색해졌으며, 매시 씨가 뭔가 말해주기를 기다렸다. 그러나 작은 몸집을 구부린 채 서 있는 그는 너무 불안해서 아무 말도 못하고 있었다.

"듀랜트 씨가 말을 알아들을 수 있습니까?" 그가 마침내 입을 열었다.

"그럴 거예요." 부인이 대답했다. "내 말 들려요, 존?" 큰 소리로 부인이 남편에게 물었다. 활력 없는 사내의 무감각한 푸른 눈이 그녀를 희미하게 바라보았다.

"보세요, 알아듣는군요." 듀랜트 부인이 매시 씨에게 말했다. 눈의 흐릿한 표정을 제외하면 병자는 죽은 것이나 다름없이 누워 있었다. 세 사람은 말없이 서 있었다. 루이자는 고집스럽게 버티고 있었지만 생기 없는 무게에 눌려 마음이 무거웠다. 그녀를 그곳에 꼼짝 않고 서 있게 하는 사람은 매시 씨였다. 인간의 것이라 할 수 없는 그의 의지가 그들 모두를 지배하고 있었다.

그때 밑에서 소리가 들리더니, 이어 사내의 발걸음 소리, 음성을 낮추어 부르는 소리가 들려왔다.

"위층에 계세요, 어머니?"

듀랜트 부인은 깜짝 놀라 문간으로 다가갔다. 그러나 발걸음은 빠르고 확고하게 이미 계단을 달려올라오고 있었다.

"좀 빨리 왔어요, 어머니." 숨찬 목소리가 들리는가 싶더니 층계

참에 해군의 모습을 한 사람이 보였다. 그의 어머니가 다가가서 그에게 매달렸다. 뭔가 붙잡고 지탱해야 할 것이 필요하다는 것을 갑자기 깨달은 듯했다. 아들도 팔로 어머니를 껴안으며 고개를 숙여 어머니에게 입을 맞추었다.

"아직 안 돌아가셨죠, 어머니?" 그는 목소리를 애써 억제하며 근심스럽게 물었다.

루이자는 층계참의 침침한 곳에 함께 서 있는 어머니와 아들에게서 눈을 돌렸다. 자신이 매시 목사와 함께 거기에 있다는 사실을 견딜 수가 없었다. 매시 씨는 마치 자기 앞에서 넘쳐흐르는 감정의 흐름들이 거북하다는 듯 불안하게 서 있었다. 그는 불안하며 내키지 않지만 냉철한 목격자였다. 루이자의 뜨거운 가슴에는 그들 둘이 거기 있는 것이 전적으로, 전적으로 잘못된 일로 여겨졌다.

듀랜트 부인이 침실로 들어왔다. 얼굴이 젖어 있었다.

"루이자 아가씨와 목사님이 와 계시다." 부인은 목이 메어 떨리는 소리로 말했다.

붉은 얼굴에 마른 체격의 아들은 경례를 하려고 몸을 꼿꼿이 세웠다. 그러나 루이자가 먼저 손을 내밀었다. 그때 그녀는 그의 담갈색 눈이 잠시 그녀를 알아보는 눈빛을 하는 것을 보았다. 그리고 그녀가 좋아하곤 하던 인사로, 언뜻 그의 작고 하얀 이가 드러나는 것을 보았다. 그녀는 혼란에 휩싸였다. 그는 돌아서 침대로 다가갔다. 회칠한 마룻바닥에 그의 구두가 부딪히며 쩔그럭거리는 소리를 냈다. 그는 의젓하게 머리를 숙였다.

"아버지, 어떠세요?" 그는 이불 위에 손을 올려놓고 더듬으며 말했다. 노인의 눈은 한군데를 응시할 뿐 아무것도 보지 않았다. 아들은 한동안 꼼짝도 않고 서 있더니 천천히 뒤로 물러났다. 그의 가슴이 부풀어오르면서, 해군복 푸른 상의 아래 훌륭한 가슴의 윤곽이 루이자의 눈에 들어왔다.

"나를 못 알아보셔요." 그는 어머니를 바라보며 말했다. 그의 얼굴이 점차 창백해져갔다.

"그렇단다, 애야!" 어머니는 소리치며 연민 어린 표정으로 고개를 들어올렸다. 그러고는 갑자기 얼굴을 아들의 어깨에 묻었다. 아들은 어머니를 향해 몸을 구부려 어머니를 꼭 껴안았다. 잠시 동안 어머니는 큰 소리로 울었다. 루이자는 그의 가슴이 들먹이는 것을 보았으며, 그의 숨결이 날카롭게 쉿쉿 소리를 내는 것을 들었다. 고개를 돌려버린 그녀의 얼굴에서 눈물이 흘러내렸다. 그의 아버지는 꼼짝도 않고 하얀 침대에 누워 있었으며, 기묘한 표정의 매시 씨는 지워져 사라진 듯했다. 햇빛에 피부가 그을린 수병水兵이 방안에 있음으로써 그는 더욱 작아진 느낌이었다. 그는 서서 기다리고 있었다. 루이자는 죽고 싶었다. 모든 것이 끝난 상태이기를 원했다. 그녀는 감히 다시 돌아서서 쳐다볼 수가 없었다.

"기도를 할까요?" 목사의 여린 목소리가 들려오자 모두 무릎을 꿇었다.

루이자는 침대 위의 거의 다 죽은 남자 때문에 겁에 질려 있었다. 그러다가 매시 씨의 가느다랗고 멀리서 들려오는 듯한 목소리를 들으면서 그에 대한 공포가 섬광처럼 스쳐지나감을 느꼈다. 이윽고 마음이 진정되자 그녀는 고개를 들어 보았다. 침대 한쪽 끝에는 어머니와 아들의 머리가 보였다. 어머니는 레이스가 달린 검은 모자를 쓰고 아래로 하얀 목덜미가 드러나 있었다. 아들은 너무 숱이 많고 곱슬거려 가르마도 탈 수 없는, 햇빛에 말라붙은 갈색의 머리카락 그리고 억지로 숙인 듯한, 햇빛에 단단하게 그을린 목을 드러내고 있었다. 노인의 잿빛 턱수염은 움직이지 않았고 기도는 계속되었다. 매시 씨는 사람들이 모두 더 높은 의지에 순응하게 해주십사 하고 순수하고 명료하게 기도를 해나갔다. 그는 뭔가 이 숙인 머리들을 지배하는 존재 같았으며, 뭔가 감정도 없이 냉혹하게 그들을 다스리는 존재 같았다. 루이자는 그가 두려웠다. 동시에 기도를 하는 도중에 그에게 약간의 경외감을 가질 수밖에 없었다. 그것은 마치 냉혹하고 차가운 죽음을 미리 맛보는 일과 같았으며, 순수한 정의正義의 맛과도 같았다.

그날 저녁 루이자는 메리에게 그날의 방문에 대해 이야기했다. 그녀의 가슴과 혈관은 어머니를 품에 안던 알프레드 듀랜트에 대한 생각에 완전히 사로잡혀 있었다. 기억하면 할수록 슬픔으로 끊기던 그의 목소리가 그녀 몸속에서 불꽃과 같이 타올랐다. 그녀는 햇빛에 그을려 불그레한 그의 얼굴을, 그리고 그 친절하고 속 편하면서도 아버지의 죽음에 대한 본능적인 두려움으로 긴장되어 있던 금빛 띤 갈색의 눈, 햇빛에 검게 그을린 코, 그녀를 보고 웃을 수밖에 없던 입을 마음속에서 좀더 분명하게 그려보고 싶었다. 그리고 생명력의 곧고 힘찬 분출과 같은 그의 체구를 생각할 때 그녀의 마음은 자랑스러움으로 채워졌다.

"알프레드는 잘생긴 애야." 마치 그가 자기보다 한살 위가 아닌 듯이 루이자는 메리에게 말했다. 마음속 깊은 곳에는 매시라는 비인간적 존재에 대한 한층 깊은 두려움, 아니 거의 증오라고 해야할 것이 자리 잡고 있었다. 루이자는 자기가 매시로부터 자신과 알프레드를 보호해야만 한다고 느꼈다.

"매시 씨가 거기 있는 걸 느꼈을 때 난 그 사람을 거의 미워하기까지 했어. 도대체 그 사람이 무슨 권리로 거기 있담!" 루이자가 말했다.

"분명 그분에게는 충분히 권리가 있지." 잠시 가만있다가 메리가 말했다. "그분은 정말로 기독교인이야."

"나한텐 천치에 가깝게 보여." 루이자가 대답했다.

조용하고 아름다운 모습의 메리는 잠시 입을 다물었다.

"아니야." 그녀가 말했다. "천치는 아니야──"

"천치가 아니라면──꼭 여섯달 만에 태어난 아이 같아. 아니면 다섯달 만에 태어난 아이──마치 태어나기 전에 충분히 클 시간이 없었던 것 같거든."

"그래." 메리가 천천히 말했다. "뭔가 빠진 게 있지. 하지만 뭔가 훌륭한 것도 있어. 그리고 진짜 선하거든──"

"그래." 루이자가 말했다. "하지만 그 사람이 선하다는 게 정당한 것 같지가 않아. 그런 것이 어떻게 선하다고 불릴 자격이 있어!"

"하지만 그게 선한 건 분명해." 메리가 고집했다. 그러고 나서 웃으면서 덧붙였다. "자, 그것까지 부정하진 않겠지."

그녀의 목소리에는 완강함이 있었다. 그녀는 매우 조용하게 자기 할 일을 해나갔다. 마음속 깊은 곳에서 메리는 무슨 일이 일어날지를 알았다. 그녀는 매시가 자신보다 강하다는 것을 알고 있었으며, 그녀가 그라는 존재에 굴복해야만 한다는 것을 알고 있었다. 그녀의 육체적 자아는 그보다 더 당당하고 강했으며, 그를 싫어하고 경멸했다. 하지만 그녀는 그의 도덕적, 정신적 존재의 손아귀에 붙잡혀 있었다. 그리고 그녀는 자신에게 남은 날들이 정해져 있음을 느꼈다. 그리고 그녀의 가족은 지켜보고 있었다.

4

며칠 뒤 듀랜트 노인이 죽었다. 루이자는 알프레드를 한번 더 봤으나, 그는 이제 그녀 앞에서 굳어 있었다. 그녀를 사람으로 대하는 것이 아니라, 마치 그녀가 명령을 내리는 일종의 의지이며 자신도 그녀 앞에 대기 중인 별개의 뚜렷한 의지인 것처럼 대했다. 루이자는 이제까지 한번도 어떤 사람과 이렇게 강철판으로 완전하게 분리된 듯이 느껴본 적이 없었다. 때문에 그녀는 혼란스러웠고 겁이 났다. 알프레드에게 무슨 일이 있었던 걸까? 그리고 그녀는 군대의 기율이란 걸 증오했다―그것에 적대감을 느꼈다. 이제 그는 자기 본래의 모습이 아니었다. 그는 명령을 내리는 의지와 마주 선 복종하는 의지였다. 루이자는 이것을 받아들여야 할지 망설였다. 그는 이미 그녀의 영역 밖으로 자신을 자리 매겨놓고 있었다. 그녀보다 열등하며 하급자인 것으로 위계질서를 매겨놓은 것이었다. 바로 이런 식으로 그녀에게서 멀어지려는 것이며, 이런 식으로 그녀와의 모든 연관을 피하려는 것이었다. 반대쪽 진영에 자리 잡고 그녀를 인격이 아닌 존재로 대면하는 방식, 열등한 사람이라는 추상적 지위를 차지하는 방식이었다.

루이자는 이 점에 대해 뚱한 상태로 끈질기게 생각했다. 생각하고 또 생각했다. 그녀의 격하고 고집스러운 가슴은 굴복할 수 없었다. 스스로 지닌 고유의 권리를 고집했다. 때로 그녀는 그를 머릿속에서 지워버리기도 했다. 왜 그가, 열등한 그가 그녀를 괴롭혀야 한단 말인가?

이윽고 그녀는 다시 그에 대한 생각으로 되돌아가서 그를 거의 미워하기까지 했다. 이건 빠져나가는 그 나름의 방식이었다. 마치 그를 좋아하는, 살아 있는 여자로서의 그녀가 중요하지 않다는 듯이, 조용히 그녀를 우월한 계급에 배치하고 자신은 거기에 가까이 다가갈 수도 없이 동떨어진 열등한 계급에 놓는 태도의 비겁함을 그녀는 절감했다. 그러나 그녀는 굴복하지 않을 것이었다. 고집스러운 마음으로 루이자는 알프레드에 집착했다.

5

여섯달이 지났을 때 메리는 매시 씨와 결혼해 있었다. 그전에 둘 사이에는 어떠한 연애도 없었고, 누구도 둘의 관계에 대해 말하는 사람이 없었다. 그러나 모두가 긴장하며 몰인정하게 그 일을 기다렸다. 그러던 어느날 매시가 메리와 결혼하고 싶다고 했을 때, 린들리 씨는 그 작은 사내의 가느다란, 추상적인 말을 하는 듯한 목소리에 놀라 흠칫 몸을 떨었다. 매시는 매우 불안한 태도이면서 이상하게 단호하기도 했다.

"그렇게 된다면 난 기쁠 것이네." 목사가 말했다. "그러나 물론 결정은 메리 자신이 해야겠지." 그 말을 하는 동안 책상 위의 성경을 옮겨놓는 아직도 기력이 약한 그의 손은 떨리고 있었다.

작은 사내는 자신의 생각에 집착한 채 방을 타박타박 걸어나가 메리를 찾았다. 그는 메리 옆에 오랫동안 앉아서 그녀가 대화를 꾸려나가는 것을 한참 들은 뒤에야 말문을 겨우 열었다. 그녀는 나올 이야기에 대한 두려움에 젖어, 불안으로 몸이 굳은 채 앉아 있었다. 그녀는 자신의 몸뚱이가 벌떡 일어나 그를 확 밀쳐버릴 것 같은 느낌을 받았다. 그러나 그녀의 정신은 떨면서 기다리고 있었다. 거의 어떤 기대감 속에서, 거의 그를 원하면서 그녀는 기다렸다. 이윽고 메리는 그가 이제 말하려 한다는 것을 알았다.

"저는 이미 린들리 씨께 저의 구혼에 동의하시는지 여쭤봤습니다." 목사가 말했고, 갑자기 그녀는 혐오스러운 느낌으로 그의 작은 무릎을 바라보았다. 매시는 자신의 불리한 입장을 알고 있었지만 그의 의지는 확고하게 정해져 있었다.

메리는 앉은 채 몸이 차가워져갔고, 거의 돌이 되어버린 것처럼 무감각해졌다. 매시는 잠시 동안 초조하게 기다렸다. 그는 메리를 설득하려 하지 않았다. 그 자신 결코 설득이란 것을 당해본 일이 없었고 자신이 갈 길을 추구할 뿐이었다. 그는 자신에 대한 확신과 그녀에 대한 불안감을 갖고 그녀를 바라보며 말했다.

"제 아내가 되어주시겠습니까?"

여전히 그녀의 마음은 굳어 있고 차가웠다. 그녀는 당당한 모습으로 앉아 있었다.

"어머니와 먼저 이야기해보고 싶어요." 그녀가 말했다.

"좋습니다." 매시가 대답했다. 그리고 곧 타박타박 걸어나갔다. 메리는 어머니에게 갔다. 그녀는 쌀쌀하고 곁을 안 주는 표정이었다.

"매시 씨가 저한테 청혼을 했어요, 엄마." 메리가 말했다. 린들리 부인은 계속해서 책을 들여다보았다. 그녀는 감정이 마비된 상태였다.

"그래, 그래서 뭐라 그랬니?"

그들은 둘 다 차분함과 냉정함을 유지하고 있었다.

"대답하기 전에 먼저 엄마하고 이야기해보겠다고 했어요."

이것은 질문과 같았다. 린들리 부인은 이 질문에 대답하고 싶지 않았다. 부인은 짜증스러운 표정으로 긴 의자에서 무거운 몸을 움직였다. 메리는 입을 꼭 다물고 차분하고 꼿꼿한 모습으로 앉아 있었다.

"아버지는 별로 나쁜 짝이 되진 않을 거라고 생각하시더구나." 어머니는 별일 아니라는 듯이 말했다.

더는 아무 말이 없었다. 모두가 냉담하고 마음을 닫아건 채였다. 메리는 루이자에게는 말하지 않았고, 어니스트 린들리 목사는 일부러 나타나지 않았다.

저녁에 메리는 매시 씨의 구혼을 받아들였다.

"예, 당신과 결혼하겠어요." 그녀가 말했다. 그에 대해 약간의 애틋함이 일기까지 했다. 매시는 어색해하면서도 만족했다. 메리는 그가 자신을 향해 약간 움직여오는 것을 볼 수 있었으며, 그 내부의 남성, 뭔가 차갑고 의기양양한 것이 나서는 것을 느낄 수 있었다. 그녀는 굳은 듯이 앉아서 기다렸다.

루이자가 이 사실을 알았을 때 그녀는 모든 사람들, 심지어 메리에게까지도 심한 분노를 느끼며 입을 다물어버렸다. 그녀는 자신의 믿음이 손상당했음을 느꼈다. 자신에게 진실하게 다가오는 것들이 결국 아무것도 아니란 말인가? 그녀는 달아나고 싶었다. 그녀는 매시 씨에 대해 생각했다. 그는 어떤 기묘한 힘을 지니고 있으며, 반박할 수 없는 올바름을 지니고 있었다. 그는 그들이 부정해버릴 수 없는 하나의 의지였다. 그러나 갑자기 그녀 속이 화끈 달아오르기 시작했다. 만일 매시 씨가 자기에게 왔다면 자기는 그를 방 밖으로 획 던져버렸을 거다. 나는 절대로 못 건드리지. 그 생각을 하며 그녀는 기뻤다. 루이자는 만일 그가 자신에게로 너무 가까이 다가오면, 아무리 그에 의해서 자신의 판단력이 마비된다 할지라도, 아무리 그가 추상적인 선함 속에서 움직인다 할지라도, 자신의 피가 솟아올라 그 작은 사내를 끝장내버릴 것이라는 사실이 기뻤다. 그녀는 자신이 그렇게 기뻐하는 것이 잘못이라고 생각했으나, 그럼에도 불구하고 기뻤다. "난 그 사람을 방 밖으로 획 던져버릴 거야." 이렇게 중얼거리면서 그것을 말로 소리내는 데에서 큰 만족을 얻었다. 그럼에도 메리 나름의 세계에서는 메리가 자기보다 더 높은 존재라고 여전히 느껴야 옳은지도 몰랐다. 그러나 메리는 메리고 자기는 루이자라는 것, 이것 역시 어쩔 수 없는 것이었다.

메리는 매시 씨와 결혼하면서 자신도 남편처럼 감정이나 충동이 없는 순수한 이성이 되어보려고 노력했다. 그녀는 자신을 닫아걸었다. 그녀는 처음에 닥쳐온, 수치로 인한 고뇌와 침해당한다는 공포감에 대해서도 완강하게 자신을 닫아걸었다. 그녀는 감정을 느끼지 않으려 했다. 정녕코 느끼지 않으려 했다. 그녀는 그에게 묵묵히 따르는 하나의 순수한 의지로 자처했다. 그녀는 어떤 한 종류의 운명을 선택했다. 그녀는 선해지고 순수하게 정의로우며, 자신이 이미 알던 것보다 더 높은 자유 속에서 살아가고, 세속적인 근심에서 자유로울 것이었다. 그녀는 의義를 향해 가는 하나의 순수한 의지였다. 그녀는 자신을 팔아넘겼지만, 덕분에 새로운 자유를 얻었다. 그녀는 자신의 육체를 제거해버렸다. 물질적인 것으로부터의 자유라는 더 높은 것의 댓가로 육체라는 더 낮은 것을 팔아버린 것이었다. 그녀는 자신이 남편한테서 얻는 것에 대한 댓가는 다 지불했다고 생각했다. 그래서 일종의 독립 상태에서 당당하고 자유롭게 움직여나갔다. 그녀는 자신의 육체로 그 댓가를 지불했다. 따라서 육체는 이제 생각할 필요도 없는 것이었다. 그녀는 그것을 제거해버리게 되어 기뻤다. 그녀는 세상에서의 지위를 산 것이고 이제부터는 이 지위가 당연한 것이었다. 이제 유일하게 남은 것은 자선과 고매한 생활로 자신의 활동을 몰고 가는 것이었다.

메리는 자신이 남편하고 있는 자리에 다른 사람이 함께 있는 것을 견딜 수가 없었다. 그녀의 사생활은 그녀의 수치였다. 그러나 그녀는 그것을 감출 수 있었다. 그녀는 철도에서 멀리 떨어진 작은 마을의 목사관에 거의 고립된 채 살았다. 어떤 사람들이 자신의 남편에 대해 느끼는 거부감, 혹은 마치 남편이 '어떤 질병의 사례'이기나 한 듯이 대하는 그 특별한 태도가 메리는 흡사 자기 자신의 육체에 대한 모욕인 듯 괴로웠다. 그러나 대부분의 사람들은 남편 앞에서 어려워했는데, 이것이 그녀의 자존심을 회복시켜주었다.

만일 속마음대로 했더라면 그녀는 그를 미워했을 것이다. 그가 집 주위를 타박거리고 다니는 것을 미워하고, 인간적인 이해력이 없는 가느다란 목소리를 미워하고, 그의 작고 굽은 어깨와 사산아를 연상시키는 생기다 만 얼굴을 미워했을 것이다. 그러나 그녀는 엄격하게 자신의 입장을 견지했다. 그녀는 남편을 돌봤으며, 남편에게 공정하게 대했다. 더불어 그녀는 마치 노예가 느끼는 것과 같은 비겁자의 두려움을 그에 대해 마음속 깊이 가지고 있었다.

남편의 행동에서는 별로 탓할 바가 없었다. 그는 자신의 판단에 따라 빈틈없이 공정하고 친절하게 행동했다. 그러나 그의 내부에 있는 남성은 차갑고 자기 완결적인 것이었으며, 전적으로 압제적이었다. 그가 약하고 모자라는 작은 존재이기 때문에 그녀는 남편의 그러한 면모를 예상치 않았었다. 이것은 자신이 잘 모르고 받아들인 덤이었다. 이 때문에 그녀는 평정을 유지하기 위해 자신을 다잡아야만 했다. 메리는 자기가 스스로를 살해하고 있음을 어렴풋이 알고 있었다. 결국 그녀의 육체란 그렇게 쉽게 제거되는 것이 아니었다. 그리고 그것을 이런 식으로 처리한다는 것은—아, 때때로 그녀는 벌떡 일어나서 대대적인 파괴를 통해 죽음을 불러오고 손을 번쩍 들어 모든 것을 완전히 부정해버릴 도리밖에 없다는 느낌에 사로잡히곤 했다.

남편은 자기 주위의 상황에 대해서는 거의 아무것도 알지 못했다. 그가 살림을 갖고 법석을 떠는 일은 없었기 때문에, 그녀는 집안에서는 자기 하고 싶은 대로 했다. 사실 그녀는 그에게서 무척이나 자유로웠다. 그는 완전히 잊혀진 채로 몇시간이나 앉아 있곤 했다. 그는 친절했으며, 너무 마음을 졸인다 싶을 정도로 사려 깊었다. 그러나 일단 자기가 옳다고 생각했을 때에 그의 의지는 그저 맹목적인 남성이었고, 차가운 기계와 다름없었다. 그리고 대부분의 경우에 그가 논리적으로 옳았으며, 적어도 부부가 둘 다 받아들이고 있는 신조가 옳다고 규정하는 쪽에 그가 서 있었다. 번번이 그랬다. 그녀로서는 대항할 것이 없었다.

　그러다 메리는 자신이 임신했음을 알게 되었고 처음으로 공포감이 들며 하느님과 인간 앞에서 두려움을 느꼈다. 이것 역시 그녀가 겪어야만 할 것이었다――옳은 것이었으니까. 태어난 아기는 야위었지만 건강한 사내아이였다. 메리는 아기를 두 손으로 받으면서 심장이 아파오는 것을 느꼈다. 그녀 내부에서 짓밟히고 침묵했던 육체가 다시 이 아들을 통해 입을 열어야만 했다. 결국 그녀는 살아야만 했다――결국 그렇게 간단한 일이 아니었던 것이다. 아무것도 완전히 끝나지는 않았던 것이다. 메리는 연신 아기를 들여다보고 또 보면서 거의 미워하기까지 했고, 아기에 대한 사랑으로 가슴이 저려왔다. 아기를 미워한 것은 이제 육체로 살 수가 없는데도, 도무지 그럴 수가 없는데도, 이 아기 때문에 그녀는 다시 육체로 살아야 하기 때문이었다. 그녀는 자신의 육체를 짓밟고 또 짓밟아 소멸시켜버림으로써 정신으로 살고 싶었다. 그런데 이런 아이가 생긴 것이다. 이것은 너무도 잔인하고 너무도 고통스러운 일이었다. 아이를 사랑해야만 했기 때문이다. 그녀의 목적은 다시 둘로 쪼개졌다. 그녀는 진정으로 존재하지 못하는, 형태도 없고 목적도 없는 것으로 되어야만 했다. 어머니로서 그녀는 단편적이고 저열한 존재였다.

매시는 인간적인 감정에 관해 다른 건 아무것도 모르면서도 자기 아이에 대한 생각에 몰두했다. 아이가 태어나자 갑자기 그 아이가 그의 감정세계 전체를 채워버렸다. 아이는 그의 강박관념이 되었으며, 아이의 안전과 행복에 대한 두려움밖에 몰랐다. 그것은 무언가 새로운 것이었다. 마치 자기 자신이, 세상에 나왔음을 의식하면서 근심에 찬 상태에서 발가숭이 아기로 태어나기나 한 것처럼. 평생 다른 누구도 의식하지 못하던 그가 이제 오로지 아이만을 의식하게 된 것이다. 그렇다고 그가 아이와 장난을 친다든가, 아이에게 입을 맞춘다든가, 아이를 돌본다든가 한 것은 아니었다. 그는 아이를 위해 아무 일도 하지 않았다. 그럼에도 아이는 그를 지배했으며, 그의 정신을 채우는 동시에 그것을 텅 비게 했다. 그에게는 세상에 오로지 아기뿐이었다.

이것 역시 그의 아내는 견뎌야 했다. "아기가 왜 우는 거요?"라는 끝없는 질문이라든지, 우는 소리가 나자마자 "메리, 아길 좀 봐요"라고 일러준다든지, 젖 먹이는 시간이 오분만 지나도 안절부절 못한다든지 하는 것을. 그녀는 이것을 조건으로 거래한 것이었다. 그러니 이제 그녀는 거래 조건을 지켜야만 했다.

6

　음침한 목사관에 남은 루이자는 언니의 결혼으로 무척이나 괴로움을 겪었다. 약혼 기간 동안에는 한번 그 결혼에 대해 반대하는 말을 꺼낸 적이 있었지만, "난 그분에 대해 너와 다른 생각이야, 루이자. 그분과의 결혼은 내가 원해서 하는 거야"라는 메리의 조용한 대답에 입을 다물고 말았다. 그때 루이자는 마음속 깊이 분노했으며 그래서 입을 다물어버린 것이었다. 이런 위험한 상태로 인해 그녀의 내부에서도 변화가 시작되었다. 그녀 자신이 느낀 혐오감이, 이제까지 전혀 의심하지 않던 메리에 대해서도 냉랭하게 만들었다.

　"맨발로 거리에 나가 빌어먹는 게 낫지." 루이자는 매시 목사에 대해 생각하면서 중얼거렸다.

　그러나 메리는 다른 식의 영웅적인 행동을 할 수 있음이 분명했다. 그 결과, 현실적인 성격의 루이자는 자기의 이상이던 메리가 아무래도 의심스러울 수밖에 없다고 문득 느끼게 되었다. 어떻게 메리가 순수할 수 있단 말인가─사람이 행동에서는 더러우면서 존재에서 고결할 수는 없지 않은가. 루이자는 메리의 거룩한 고결성을 불신했다. 이제 루이자에게 그것은 진짜가 아니었다. 만일 메리가 고결하지만 판단을 잘못하고 있다면 왜 아버지는 메리를 보호하지 않는 것일까? 돈 때문이었다. 아버지는 이 모든 일을 다 싫어하지만 돈 때문에 뒤로 물러나 있는 것이었다. 어머니는 솔직히 개의치 않았다. 자기 딸들이 자기들 좋은 대로 하면 된다는 것이었다.

"그에게 무슨 일이 일어나든, 메리는 평생 안전할 거야"—어머니의 이 말이 너무 분명하고도 천박한 계산이어서 루이자는 화가 치밀었다.

"차라리 구빈원에 가서 안전하게 있겠어요." 루이자는 소리쳤다.

"그렇게 되게끔 네 아버지가 해줄 테니 걱정 마라." 어머니는 몰풍스럽게 대답했다. 이 우회적인 발언은 루이자에게 너무 깊은 상처를 주어, 루이자는 마음속 깊이깊이 어머니를 미워했고 거의 자기 자신까지도 미웠다. 이런 미움이 정리되기까지는 오랜 시간이 걸렸다. 그러나 그것이 계속 작용을 해나간 끝에 드디어 이 젊은 여인은 이렇게 말했다.

"그들은 틀렸어—모두 틀렸어. 아무런 가치도 없는 것 때문에 자기 영혼을 갉아먹은 거야. 그들한테는 어디에도 손톱만큼의 사랑도 없어. 하지만 난 사랑을 차지할 거야. 그들은 우리가 사랑을 부정하기를 바라고 있어. 자기들은 한번도 사랑을 찾아내질 못했으니까 사랑이란 건 없다고 말하고 싶은 거지. 하지만 난 사랑을 차지하고 말 거야. 난 사랑할 거야—이건 내가 타고난 권리야. 난 내가 결혼할 사람을 사랑할 거야—내게 중요한 건 이것뿐이야."

그리하여 루이자는 모든 사람에게서 고립되었다. 루이자와 메리는 매시를 놓고 갈라섰다. 루이자가 볼 때 매시와 결혼한 메리는 타락한 것이었다. 루이자는 고귀하고 영적인 언니가 육체에 있어 이렇게 타락한 것을 견딜 수가 없었다. 메리는 틀리고 틀리고 틀린 것이다. 메리는 우월한 게 아니라 흠이 나고 불완전한 존재였다. 자매는 갈라섰다. 물론 그들은 여전히 서로를 사랑했고, 살아 있는 한 앞으로도 사랑할 것이었다. 그렇지만 그들은 갈라섰다. 고집 센 루이자에게 새로운 고독이 다가왔으며, 그녀의 무거운 턱자가미는 고집스럽게 꽉 다물려 있었다. 그녀는 자기 나름의 길을 갈 것이다. 그러나 어떤 길인가? 그녀는 텅 빈 세상을 앞에 둔 채 완전히 혼자였다. 그녀에게 갈 길이 있다고 어떻게 말할 수 있을 것인가? 하지만 그녀는 사랑하겠다는, 자기가 사랑하는 남자를 갖겠다는 의지를 굳혀놓고 있었다.

7

아들이 세살 되었을 때, 메리는 딸을 하나 더 갖게 되었다. 그 삼년은 단조롭게 흘러간 세월이었다. 영원처럼 길었다고도 할 수 있고, 한숨의 잠처럼 짧았다고도 할 수 있었다. 어느 쪽인지 메리는 알 수 없었다. 다만 항상 그녀 위에 어떤 부담, 그녀의 삶을 짓누르는 뭔가가 있었다. 사건이 있었다고 한다면, 매시가 수술을 받은 일이었다. 그는 늘 극도로 쇠약했다. 그의 아내는 곧 자기 의무의 한 부분으로서 남편을 기계적으로 돌보는 것을 익히게 되었다.

그러나 딸이 태어난 이 세번째 해에 메리는 강한 압박감과 우울을 느꼈다. 크리스마스가 다가오고 있었다. 그러나 매일매일이 똑같이 어두운 천으로 덮여 있는 것 같은 목사관에는 크리스마스도 음울하고 변화 없는 크리스마스였다. 메리는 두려움을 느꼈다. 마치 어둠이 그녀를 향해 다가오는 것 같았다.

"에드워드, 나 이번 크리스마스에는 집에 가고 싶어요." 말하는 동안에 어떤 두려움이 그녀를 채웠다.

"하지만 애를 두고 갈 수는 없잖소?" 남편이 눈을 껌벅거리며 말했다.

"모두 같이 가면 되지요."

남편은 생각하면서, 생각할 때는 늘 그러듯이 한군데를 응시했다.

"왜 가고 싶어하는 거요?" 남편이 물었다.

"변화가 필요해서 그래요. 기분전환을 하면 나한테도 좋을 거고, 젖도 잘 나올 거예요."

남편은 아내의 목소리에 담긴 의지를 감지하며 곤혹스러웠다. 그녀의 언어는 이해할 수 없는 것이었다. 게다가 그는, 임신을 한 때건 아이를 돌보는 때건 그녀가 아이를 양육하는 동안에는 그녀를 특별한 종류의 존재로 여기고 있었다.

"기차를 타는 것이 아기한테 나쁘지 않겠소?" 그가 물었다.

"아뇨." 애어머니가 대답했다. "뭐가 나쁘겠어요?"

그들은 떠났다. 기차를 타고 가는 동안에 눈이 내리기 시작했다. 작은 목사는 일등차칸의 창밖으로, 땅을 가로지르며 장막이 드리우듯 커다란 눈송이가 휩쓸려 지나가는 것을 지켜보았다. 목사는 아기 생각에 사로잡혀 있었으며, 차 안으로 들어오는 외풍을 두려워하고 있었다.

"구석으로 들어앉아요." 그는 아내에게 말했다. "그리고 아기를 꼭 안아요."

아내는 그의 명령에 따라 움직이고는 창밖을 응시했다. 그가 영원히 옆에 있다는 것이 그녀에게는 자신의 뇌를 누르는 쇳덩이와 같았다. 그러나 이제 며칠 동안 그것을 다소나마 피하게 될 것이었다.

"반대편에 앉아라, 잭." 아버지가 말했다. "그쪽이 바람이 덜 들어와. 이 창 쪽으로 와라."

그는 아들을 근심스럽게 바라보았다. 그러나 아이들은 세상에서 그에게 조금도 신경을 안 쓰는 유일한 존재들이었다.

"이것 봐, 엄마. 이것 봐!" 아들이 소리쳤다. "저게 똑바로 내 얼굴로 날아들어와." 아이는 눈송이를 말하고 있었다.

"이 구석으로 오너라." 아버지가 다른 세계로부터 되풀이해서 말해왔다.

"저게 이것 위에 뛰어내렸어, 엄마. 그리고 저것들은 밑으로 막 달려가!" 아들은 기뻐서 뛰며 소리쳤다.

"애한테 이쪽으로 오라고 말해요." 작은 사내가 아내에게 명령했다.

"잭, 이 의자에 와서 앉아라." 어머니가 흰 손으로 의자를 두드리며 말했다.

아들은 말없이 어머니가 가리키는 자리로 미끄러져와서 잠시 가만히 있다가 짐짓 그러듯 새된 소리로 외쳤다.

"저기 구석에 있는 것들 봐, 엄마. 더미로 쌓였어." 아들은 손가락으로 유리창을 힘주어 눌러서 눈송이덩이를 가리키며 다소 과시적인 태도로 어머니를 바라보았다.

"그래, 모두 더미로 쌓였구나!" 어머니가 말했다.

아들은 어머니의 얼굴을 보았고 어머니의 응답을 받았기에 약간 안심했다. 막연한 불안으로 그는 어머니의 주의를 끌 수 있으면 안심하는 것이었다.

그들은 2시 반에 점심을 먹지 않은 채로 목사관에 도착했다.

"어떻게 지내나, 에드워드?" 린들리 씨 편에서는 장인다운 태도를 취하려 하면서 말했다. 그러나 사위와 함께 있으면 늘 무언가 부자연스러운 지위에 서게 되고 그 앞에서는 뜻대로 안되었다. 때문에 그는 가능한 한 그에게서 눈과 귀를 닫았다. 린들리 씨는 여위고 창백했으며, 영양 상태도 좋지 않아 보였다. 이미 머리가 하얗게 세어 있었다. 그러나 여전히 도도했다. 다만 아이들이 다 큰 이후로 그것은 어디까지나 부서지기 쉬운 도도함이었으며, 언제라도 부서져버려 목사를 그저 궁핍하고 가련한 인물로 남겨놓을 수 있었다. 린들리 부인은 자기의 딸과 손주들에게만 신경을 썼고, 사위는 무시했다. 루이자는 갓난아기를 보며 호들갑을 떨면서 웃고 즐거워했다. 구부정하고 고집스러운 모습의 매시 씨는 한편에 떨어져 서 있었다.

"아이고, 예쁜 것! ―어쩜 이렇게 작고 귀여울까! 아이고, 차갑고 예쁜 우리 꼬마가 기차를 타고 왔네!" 루이자는 까꿍거리며 난로 앞 깔개에 웅크리고 앉아, 흰 포대기를 열고 아이를 불꽃 앞에 드러냈다.

"메리." 작은 목사가 말했다. "아기를 따뜻한 물로 목욕시키는 게 좋을 것 같구려. 감기 걸리겠소."

"그럴 필요 없을 것 같아요." 메리가 말하면서 다가가 아기의 분홍빛 손과 발에 조심스레 손을 갖다댔다. "춥지 않아요."

"전혀 안 그래요." 루이자가 소리쳤다. "감기에도 안 걸렸고요."

"내가 가서 아기 속옷을 가져오지." 매시는 한가지 생각에 사로잡혀 말했다.

"그럼 부엌에서 목욕시키죠." 메리는 차갑게 바뀐 투로 말했다.

"부엌에선 안돼. 일하는 애가 세탁 중이거든." 루이자가 말했다. "게다가 아긴 이런 시간에 목욕하고 싶어하지도 않아."

"목욕하는 게 나을 거야." 메리는 굴복한 자세로 조용히 말했다. 루이자는 속이 메스꺼워져 입을 다물었다. 작은 남자가 팔에 아기 속옷을 걸치고 타박거리며 나오자 린들리 부인이 물었다.

"더운물 목욕을 할 사람은 자네가 아닐까, 에드워드?"

그러나 이런 날카로운 농담이 작은 목사한테는 통하지 않았다. 그는 아기 주위에서 목욕 준비시키는 데 완전히 몰두해 있었다.

방은 흐릿하고 초라했다. 그래서 잔디밭 위로 무척이나 하얗게 쌓이고 덤불 위에 술처럼 장식된 바깥의 눈은 대조가 되어 동화 속인 듯 아름다웠다. 방 안 벽에는 묵직한 그림들이 칙칙한 빛깔로 걸려 있었으며, 모든 것에 어둠이 스며 음침했다.

다만 목욕물을 얹어놓은 난롯불만이 예외였다. 항상 여왕처럼 당당하고 단정하게 감아올린 검은 머리의 매시 부인은 고무 앞치마를 두르고 목욕물 가에 무릎을 꿇고 앉아 발로 차대는 아기를 안고 있었다. 남편은 수건과 속옷을 불에 쬐어 데우려고 들고 서 있었다. 아기를 목욕시키는 기쁨을 나누기에는 너무 기분이 상한 루이자는 식탁을 차리는 중이었다. 잭은 밖으로 나가려고 문손잡이를 붙들고 씨름하고 있었다. 이것이 아버지의 눈에 띄었다.

"문에서 물러서라, 잭." 아버지가 말했으나 아무 효과가 없었다. 잭은 못 들은 것처럼 더욱 열심히 손잡이에 달라붙었다. 매시는 그런 아들의 모습을 보며 눈을 껌벅거렸다.

"잭이 문에서 물러서야 해요, 메리." 그가 말했다. "문이 열리면 바람이 들어올 거요."

"잭, 착하지, 문에서 물러서." 어머니가 물에 젖어 반들거리는 아기를 수건을 깔아놓은 무릎 위로 받아서 능숙하게 돌려가며 말했다. 그러고 나서 다시 아들 쪽을 흘긋 보았다. "가서 루이자 이모한테 기차 얘기를 해주렴."

루이자 역시 문이 열릴까 걱정하면서 난롯가에서 이 장면을 바라보고 있었다. 매시는 마치 무슨 의식을 진행하는 사람처럼 아기 속옷을 들고 서 있었다. 모두가 속으로 화가 나 있지 않았더라면, 그 모습은 상당히 우스꽝스러웠을 것이다.

"난 창밖을 보고 싶단 말이야." 잭이 말했다. 아버지의 머리가 그쪽으로 급히 돌아갔다.

"루이자, 네가 잭을 의자 위에 좀 올려주겠니?" 메리가 급히 말했다. 아버지는 너무 섬약했던 것이다.

아기에게 기저귀를 채우자 매시는 위층에 올라가 베개 네개를 가져와서 벽난로 울에 걸쳐놓고 거냉去冷을 했다. 그러고 나서는 아기 생각에만 몰두한 채 어머니가 아기 젖 먹이는 것을 바라보고 서 있었다.

루이자는 다시 식사 준비를 계속했다. 왜 그렇게 찌무룩하게 화났느냐고 누가 물었다면 대답할 말을 몰랐을 것이다. 린들리 부인은 언제나처럼 누워서 말없이 바라보고 있었다.

메리는 아기를 안고 위층으로 올라갔다. 그 뒤를 남편이 베개를 들고 쫓아갔다. 잠시 후 남편은 다시 내려왔다.

"메리는 뭘 하고 있나? 왜 식사하러 내려오지 않지?" 린들리 부인이 물었다.

"아기와 함께 있습니다. 방 안이 좀 춥거든요. 하녀한테 불을 좀 때라고 해야겠어요." 그는 자기 생각에 몰두한 채 문 쪽으로 갔다.

"하지만 메리는 여태 아무것도 안 먹었잖아. 감기가 걸릴 사람은 메리야." 어머니는 노여워하며 말했다.

매시는 아무 말도 못 들은 것 같았다. 하지만 그는 장모를 바라보며 대답했다.

"내가 뭘 좀 갖다주지요."

그는 밖으로 나갔다. 린들리 부인은 화가 나서 긴 의자 위에서 몸을 뒤척였다. 루이자도 성난 표정이었다. 그러나 매시 씨가 목사관에 보내오는 돈 때문에 아무도 뭐라고 하지 않았다.

루이자는 위층으로 올라갔다. 언니는 침대 곁에 앉아 신문조각을 읽고 있었다.

"내려와서 밥 먹지 않을래?" 동생이 물었다.

"조금만 있다가." 메리는 감정을 내보이지 않는 조용한 음성으로 말했다. 누구도 자신에게 접근하는 것을 허용하지 않는 목소리였다.

루이자를 가장 화나게 하는 것이 바로 이것이었다. 루이자는 아래층으로 내려와 어머니에게 통고했다.

"밖에 나갈 거예요. 차 시간에 못 올지 몰라요."

8

루이자가 나가는 것에 대해 아무도 말하는 사람이 없었다. 루이자는 마을 사람들에게 너무도 눈에 익은 모피 모자를 쓰고 낡은 노퍽 재킷[2]을 입었다. 그녀는 키가 작고 포동포동한 몸집에 평범한 얼굴이었다. 그녀는 어머니의 무거운 턱자가미와 아버지의 오만한 이마를 물려받았고, 미소를 띨 때는 매우 아름다운, 그녀 특유의 생각에 잠긴 듯한 잿빛 눈을 가지고 있었다. 사람들이 말하는 대로 그녀가 뚱한 것은 사실이었다. 그녀의 주된 매력은 윤기 있고 풍성한 짙은 금발의 머리카락이었다. 이 머리카락은 풍요로움으로 빛나고 번득였는데, 이러한 풍요로움이 그녀와 아주 안 어울리는 것은 아니었다.

"어디로 간담?" 루이자는 눈 내리는 바깥으로 나오며 혼잣말을 했다. 그러나 그녀는 망설이지 않았다. 발걸음이 기계적으로 언덕을 내려가 올드올더크로스로 향하고 있었다. 나무로 검게 뒤덮인 골짜기에는 탄광이 헐떡거리고 코를 골며 원뿔 모양의 김을 높이 내뿜었고, 김은 언덕의 눈보다도 하얗긴 했으나 죽어버린 공기 속에서 거무스름한 빛을 띠고 공중에 한참 동안이나 남아 있었다. 루

---

2 등과 가슴에 주름이 있고 벨트가 달린 웃옷.

이자는 철도 건널목에 올 때까지도 자신이 어디로 가고 있는지에 대해 스스로 모른 체하려고 했다. 거기 도달해서야, 담장에 기댄 사과나무 가지 위의 눈 떨기가 그녀더러 가서 듀랜트 부인을 봐야만 한다고 일러주었다. 그 나무는 듀랜트 부인의 뜰에 있는 것이었다.

알프레드는 이제 다시 집에 돌아와서 길 아래 오두막에서 어머니와 함께 살고 있었다. 눈 덮인 뜰은 철도 건널목 곁의 큰길 울타리에서부터 마치 구멍의 한쪽 면처럼 가파르게 아래로 뻗어 있었다. 그리고 수직으로 떨어져 벽을 이루었다. 이 오목한 곳에 오두막이 아늑하게 자리 잡고 있었는데, 굴뚝은 길과 똑같은 높이로 솟아 있었다. 루이자는 돌계단을 내려가 자그마한 뒤뜰 아래, 희미하게 반쯤 감추어진 곳에 섰다. 커다란 나무가 머리 위로 뻗어 등유 창고 위로 휘어져 있었다. 루이자는 거기서 모든 세상으로부터 보호된 듯한 아늑함을 느꼈다. 그녀는 열린 문을 두드리고는 주위를 둘러보았다. 돌더미밭에서부터 좁아지기 시작하는 뜰의 끄트머리는 하얗게 눈으로 덮여 있었다. 루이자는 한달쯤 지나면 까치밥나무 수풀 아래로 하얗게 피어날 눈풀꽃들에 대해 생각했다. 그녀 뒤의 정원 가장자리에 들쑥날쑥하게 드리워져 여름이면 루이자의 얼굴을 간질이는 하얀 꽃들이 달리던 패랭이꽃 나무들은 이제 눈송이에 덮여 하얗게 변해 있었다. 위에서부터 얼굴로 드리워지는 꽃들을 따 모으는 것은 참 즐겁다고 그녀는 생각했다.

루이자는 다시 문을 두드렸다. 안을 살그머니 들여다보니 벽돌 바닥과 밝은 빛깔의 사라사 무명 덮개의 의자 위로 붉은 불빛이 떨어지면서 진홍빛으로 물든 부엌이 보였다. 요지경 속처럼 생생하고 환했다. 그녀는 달력이 여전히 걸려 있는 설거지방 근처를 지나갔다. 주위에는 아무도 없었다. "듀랜트 부인." 루이자가 작은 소리로 불렀다. "듀랜트 부인."

루이자는 벽돌 계단을 올라가 건물 앞쪽의 방으로 갔다. 거기에는 아직도 작은 가게용 계산대와 물건 꾸러미들이 있었다. 계단 밑에서 루이자는 다시 불렀다. 그제야 듀랜트 부인이 밖에 나갔음을 알았다.

루이자는 뜰로 나가 노부인의 발자국을 따라 정원에 난 길로 올라갔다.

그녀는 덤불과 나무딸기 줄기 들을 지나 넓은 데로 나왔다. 돌더미밭 전체가 나타났다. 희고 어둑어둑한 널찍한 정원은 반쯤 눈 속에 파묻힌 거무스름한 덤불들로 얼룩져 있었다. 머리 위편 왼쪽으로 작은 탄광 기차가 덜컹거리며 지나갔다. 바로 뒤에는 나무들이 울창했다.

루이자는 트인 길을 따라 좌우를 살피며 가다가 문득 놀라서 소리를 질렀다. 눈에 덮인 채 울퉁불퉁하게 솟은 양배추들 사이에 부인이 몸을 약간 흔들면서 앉아 있었다. 루이자가 달려가보니 부인은 참아도 새어나오는 작은 신음 소리를 내고 있었다.

"대체 어떻게 되신 거예요?" 루이자는 눈 속에 꿇어앉으며 소리쳤다.

"양 — 양 — 양배추 줄기를 뽑고 있었어요. 그런데 — 아이고머니나 — 뭔가가 내 속을 찢어발기는 거야. 계속 아파요." 부인은 충격과 고통 때문에 울었고, 울음소리 도중에 숨을 헐떡였다. "여기가 계속 아팠어요—아주 오랫동안—그런데 지금은—아이고—아이고!" 부인은 숨을 헐떡이며 손으로 옆구리를 눌렀다. 마치 기절하듯 몸이 기울었는데, 얼굴이 바닥의 눈과 대조되어 유난히 노래 보였다. 루이자는 부인을 부축했다.

"걸으실 수 있을 것 같아요?" 루이자가 물었다.

"그래요." 부인이 헐떡이며 말했다.

루이자는 부인을 도와 일으켰다.

"양배추를 가져가요—알프레드 저녁 해줄 거니까." 듀랜트 부인이 숨을 헐떡이며 말했다. 루이자는 양배추를 집어들고 어렵사리 부인을 집 안으로 부축해 들어갔다. 루이자는 부인에게 브랜디를 주고 긴 의자에 누이면서 말했다.

"의사를 부르러 보내야겠어요. 잠깐만 기다리세요."

젊은 여인은 계단을 달려올라가 몇 야드 떨어진 술집으로 갔다. 주인 여자는 루이자 양을 보고 깜짝 놀랐다.

"빨리 의사를 불러 듀랜트 부인한테 보내주시겠어요?" 루이자는 자신의 아버지를 다소 닮은 명령조로 말했다.

"무슨 일이 있어요?" 당황한 여주인이 근심스럽게 물었다.

루이자는 바깥 길 위에 잡화상 마차가 이스트우드 쪽으로 떠나려는 것을 보았다. 그녀는 달려가서 마차를 세우고 그에게 일렀다.

루이자가 들어왔을 때 듀랜트 부인은 고개를 돌린 채 소파에 누워 있었다.

"침대로 모시고 갈게요." 루이자가 말했다. 듀랜트 부인은 저항하지 않았다.

루이자는 노동자들의 생활방식을 알고 있었다. 찬장 맨 아래 서랍에서 그녀는 청소 도구와 헝겊 조각을 찾아냈다. 그녀는 화덕의 시렁을 꺼내어 낡은 탄갱용 헝겊으로 싼 다음, 침대 안에 집어넣었다. 아들 침대에서 담요를 가지고 뛰어내려와 난로 앞에 폈다. 작은 노파의 옷을 벗긴 다음 루이자는 그녀를 위층으로 안아 옮겼다.

"날 떨어뜨리겠어, 떨어뜨리겠어!" 듀랜트 부인이 소리쳤다.

루이자는 대꾸하지 않고 노파를 재빠르게 날랐다. 침실에는 난로가 없었기 때문에 불을 피울 수가 없었다. 바닥 또한 회칠한 맨바닥이었다. 그래서 그녀는 등불을 가져다가 한구석에 불을 켠 채로 세워놓았다.

"저게 방 안을 말려줄 거예요." 루이자가 말했다.

"그래요." 늙은 여인이 신음하듯 대답했다.

루이자는 뜨거운 헝겊을 더 가지고 뛰어와서 화덕 시렁을 쌌던 것들과 바꾸었다. 그러고는 왕겨 주머니를 데워서 부인 곁에다 놓았다. 배 옆으로 큰 혹 같은 것이 튀어나와 있었다.

"오래전부터 뭔가 이상하다고 느꼈지요." 통증이 좀 수그러들자 늙은 부인이 신음 소리를 내며 말했다. "하지만 난 아무 말도 안 했어요. 우리 알프레드를 놀라게 하고 싶지 않았으니까."

루이자는 왜 '우리 알프레드'가 그런 것도 몰라야 하는지 알 수 없었다.

"몇시지요?" 애처로운 목소리가 들려왔다.

"4시 십오분 전이에요."

"아이고!" 늙은 부인이 울부짖었다. "애가 삼십분만 있으면 돌아올 텐데 저녁 준비가 안되었잖아."

"제가 할까요?" 루이자가 상냥하게 말했다.

"저기, 그 양배추가 있고—찬장에서 고기를 찾을 수 있을 거예요. 그리고 사과 파이를 데우면 돼요. 하지만 아가씨가 그런 일을 해선 안되지—!"

"그럼 누가 해요?" 루이자가 물었다.

"나도 모르겠어요." 아픈 여인은 생각을 할 수 없다는 듯이 신음소리로 말했다.

결국 루이자가 했다. 의사가 와서 열심히 진찰했다. 의사의 표정은 매우 어두웠다.

"뭡니까, 선생님?" 늙은 부인은 이미 희망이 죽어버린, 늙고 애처로운 눈으로 의사를 올려다보며 물었다.

"혹이 생긴 곳의 살이 찢어진 것 같습니다." 의사가 대답했다.

"그랬군요!" 부인은 중얼거리고는 고개를 돌렸다.

"부인은 금방이라도 돌아가실지 모른단 말이에요—종기가 그냥 녹어버리는 수도 없지는 않지만." 늙은 의사가 루이자에게 말했다.

젊은 여인은 다시 위층으로 올라갔다.

"의사가 그 혹은 녹어버릴 수도 있대요. 곧 다시 좋아지실 수도 있을 거라고 말하던데요." 그녀는 말했다.

"그래요!" 늙은 부인이 중얼거렸다. 그 말이 부인을 속이지는 못했다. 곧 부인이 물었다.

"불이 잘 펴요?"

"그런 것 같아요." 루이자가 대답했다.

"그애는 불이 활짝 핀 걸 좋아해요." 어머니가 말했다. 루이자는 다시 난롯불을 살폈다.

듀랜트 씨가 죽은 후 부인은 이따금씩 교회에 왔으며, 루이자는 부인에게 친근하게 대했다. 루이자의 가슴속 목표는 확고했다. 어떤 남자도 알프레드 듀랜트만큼 루이자의 마음을 움직인 적이 없었고 루이자는 이것에 완강히 매달렸다. 마음속에서 루이자는 그에게 집착했다. 때문에 루이자와 다소 완강하고 물질적인 알프레드 어머니 사이에 자연스러운 공감이 있었다.

알프레드는 늙은 여인의 아들 가운데 가장 사랑스러운 아이였다. 그러나 다른 아들들과 똑같이 고집스럽고 자기 뜻 말고는 아무것도 안중에 없이 커왔다. 다른 아들들처럼 그도 학교를 떠나자마자 탄광에 들어갈 것을 고집했다. 그것이 빨리 어른이 되어 다른 모든 남자들과 동렬에 설 수 있는 유일하고 빠른 길이기 때문이었다. 막내아들을 신사로 만들고 싶어했던 어머니에게 이것은 아주 실망스러운 일이었다.

그러나 그는 여전히 어머니한테 충실했다. 아들의 어머니에 대한 감정은 깊었고 겉으로 표현되지 않았다. 그는 언제 어머니가 피곤한지 알아챘으며, 어머니가 새 모자를 쓰면 금세 알아보았다. 이따금씩 어머니에게 자그마한 선물을 사오기도 했다. 그러나 어머니는 자신이 아들의 삶에서 차지하는 의미를 알 정도로 현명하지는 못했다.

실제로 그는 어머니를 만족시키지 못했다. 충분히 사내답다는 느낌을 주지 못했던 것이다. 그는 때때로 책 읽기를 좋아했으며, 피콜로 불기는 더욱 좋아했다. 아들이 정확한 음을 연주하기 위해 애쓰면서 악기 위로 고개를 수그리고 있는 것을 보는 것이 어머니에게는 즐거운 일이었다. 그로 인해 어머니는 거의 연민에 가까운 애틋함을 느끼며 아들을 사랑했으나, 아들을 존경하는 마음은 없었다. 그녀는 사내라면 확고하여 여자를 염두에 두지 않고 자기 길을 가기를 바랐다. 그런데 알프레드가 자기에게 의존하고 있다는 것을 그녀는 알고 있었다. 알프레드는 노래하기를 좋아했기 때문에 성가대에서 노래를 불렀다. 여름이면 정원에서 일하면서 닭 같은 것들이나 돼지를 돌보았다. 그는 비둘기도 키웠다. 알프레드는 일요일이면 크리켓이나 축구 팀에 끼여서 놀았다. 그러나 어머니에게 그는 다른 아들들과는 달리 남자, 독립된 사내로 보이지가 않았다. 그는 그녀의 막내둥이였다. 이 때문에 그를 사랑했지만 동시에 조금은 경멸하기도 했다.

모자 사이에는 약간의 적대감이 생겨났다. 그러자 알프레드는 다른 아들들처럼 술을 마시기 시작했다. 하지만 다른 아들들처럼 모든 것을 잊어버리고 맹목적으로 마시지는 않았다. 그는 술을 마시면서도 자의식을 완전히 떨쳐버리질 못했다. 어머니는 이것을 알았으며, 아들에게 이런 점이 있다는 것을 가엾게 생각했다. 어머니는 그를 가장 사랑했으나, 아들이 자기로부터 자유로워지지 못했기 때문에 아들에 대해 만족하지는 못했다. 그는 완전히 자기의 길을 가지는 못했던 것이다.

그러다가 스무살이 되던 해 알프레드는 집을 나가 해군에서 복무했다. 이로 인해 그는 남자가 되었다. 알프레드는 해군 복무와 그

종속관계를 죽도록 혐오했다. 수년 동안 그는 군대의 규율 밑에서 자존심을 지키려고 자신과 싸웠으며, 맹목적인 분노와 수치심, 그리고 자신을 속박해오는 열등감과 싸웠다. 드디어 그는 굴욕감과 자기혐오를 벗어나 일종의 내적 자유 상태로 도약하게 되었다. 그러는 동안에도 자신이 이상화하던 어머니에 대한 사랑은 희망과 믿음을 주는 것으로서 유지되고 있었다.

그는 거의 서른이 돼서 집에 돌아왔다. 그러나 소년처럼 순진했고 미숙했다. 다만 말이 없었는데 이것은 새로운 점이었다. 이것은 삶 앞에서의 묵묵한 겸손이었으며, 살아가는 것에 대한 두려움이었다. 그는 동정이나 거의 다름없었다. 남다른 예민함 때문에 여자를 멀리했던 것이다. 남자들 사이에서 성적인 이야기는 얼마든지 오갈 수 있는 것이나, 살아 있는 여인에게 적용되는 것은 아니라고 생각했다. 그에게는 두가지가 있었는데, 하나는 관념 속의 여인들로 그는 이 여인들과 때때로 방탕하게 즐기기도 했다. 또 하나는 현실의 여인들로, 이들 앞에서 그는 심한 불편함을 느꼈으며, 멀어지려는 욕구만 느꼈다. 그는 모든 여인의 접근으로부터 움츠러들면서 자신을 보호했다. 그러고 나서 그는 부끄러워했다. 그의 영혼 가장 깊은 속에서 그는, 자신이 남자가 아니다, 자신은 보통 남자보다 못하다고 느꼈다. 제노바에서 그는 하사관과 함께 값싼 부류의 여인이 들어와서 상대를 찾는 그런 술집에 간 적이 있었다. 그는 앉아서 술을 마셨다. 여자들은 그를 바라보았지만 결코 다가오지는 않았다. 만일 그들이 다가온다 해도 그는 연민을 느끼고 그들이 뭔가 아쉬운 게 있을까 걱정해서 식사와 술 값을 지불해줄 수 있을 뿐이라는 것을 스스로 알고 있었다. 그들 중 한 여자와 함께 갈 수는 없었을 것이다. 그는 이것을 알고 있었으며, 그래서 개인과 무관한 본능적인 힘에 끌려 몸이 여자에게 다가가는, 우쭐거리며 편하게 사랑하는 이딸리아인들을 기묘한 부러움으로 바라보며 부끄러움을 느꼈다. 그들은 남자였고 자신은 남자가 아니었다. 그는 자신의 부족함을 느끼며, 마치 문둥이 같다고 느끼며 앉아 있었다. 그리고 그는 자신과 어떤 여자와의 성적인 교접 장면을 상상하며 밖으로 나갔고 그런 몽상에 몰두한 채 걸어다녔다. 하지만 그럴 수 있는 여인이 모습을 나타냈을 때, 그 여인이 손으로 만질 수 있는 실물의 여인이라는 바로 그 사실 때문에 여자에게 손대는 것이 불가능했다. 이 무능력은 그 내부의 썩은 심과 같은 것이었다.

그래서 그는 외국에서 몇번인가 동료들과 함께 술에 취해 공창을 찾아갔었다. 그러나 그 경험의 지저분한 무의미함은 소름 끼치는 것이었다. 그것은 실제로는 아무것도 아니었다. 아무런 의미도 없었다. 그는 마치 자신이 육체적으로가 아니라 정신적으로 불능인 것 같은, 현실적으로 불능이 아니라 본질적으로 불능인 것 같은 느낌이 들었다.

그는 이 알 수 없고 실현되지 못한 자아의 괴로움이라는 변함없고 은밀한 부담을 안은 채 집에 돌아왔다. 해군에서의 훈련 덕에 몸은 완벽한 상태를 유지하고 있었다. 그는 자신의 몸을 의식하며 그것에 자부심을 갖고 있었다. 그는 수영을 하고 아령을 들었으며 훌륭한 신체조건을 유지해갔다. 크리켓과 축구를 했고, 책을 읽었으며 페이비언 그룹[3]으로부터 얻은 사상을 견지하기 시작했다. 그는 피콜로를 연주했으며, 사람들에게 그 악기의 전문가로 여겨지게 되었다. 그러나 그의 영혼 밑바닥에는 늘 이러한 수치와 불완전함이 궤양처럼 깔려 있었다. 그는 건강한 명랑함에도 불구하고 속으로는 비참했으며, 자신감과 선진적 사고에도 불구하고 불안해하고 자신이 경멸의 대상이라 느꼈다. 자기 자신으로부터 자유롭기 위해, 이 자의식의 수치로부터 자유로워지기 위해, 그는 무슨 야수라도 되고 싶은 심정이었다. 그는 어떤 광부가 비틀거리면서도 아무런 근심 없이 곧장 앞으로 걸어가 자신의 만족을 추구하는 것을 보면 부러웠다. 이러한 자연스런 자발성 그리고 자신의 만족을 곧바로 찾아가는 맹목적인 어리석음을 얻을 수 있다면 그는 무엇이라도, 무엇이라도 내주었을 것이다.

9

알프레드가 탄갱에서 행복하지 않은 것은 아니었다. 사람들은 그를 칭찬했고 대개들 좋아했다. 남들과의 차이를 느끼는 것은 오직 그 자신뿐이었다. 그는 자신이 오점을 숨기고 있다고 느꼈다. 그리고 남들이 그를 자기들보다 못한 사내라고, 얼간이라고 경멸하지 않는다는 확신을 가질 수 없었다. 단지 그는 더욱 사내다운 척했으며, 남들이 그렇게 쉽게 속아넘어가는 데 놀랐다. 또한 그는 타

---

3 1884년에 세워져 점진적 개혁을 주장한 사회주의자들의 단체 페이비언 쏘사이어티(Fabian Society)의 구성원들.

고난 성격이 명랑했기 때문에 일하는 것도 즐거웠다. 일에서는 자기 자신에 대해 확신할 수 있었다. 웃통을 벗은 채 노동으로 땀과 먼지가 뒤범벅이 된 상태로 그들은 잠시 동안 쭈그리고 앉아, 안전등 불빛에 희미하게 드러나는 서로의 모습을 보면서 이야기를 나누었다. 주위에는 검은 탄맥이 돌출해 있었으며 버팀목들이 낮고 검고 몹시 어두운 사원의 기둥들처럼 서 있었다. 그러고 있노라면 조랑말이 오고 심부름하는 아이가 7번 작업장에서 보낸 전갈이나, 말구유에서 가져온 물 한 병이나, 윗세상의 소식을 가지고 왔다. 갱 속에서는 하루가 즐겁게 지나갔다. 지하에서의 하루에는 편안하고 제 마음대로 하는 분위기가 있었으며, 나머지 세상으로부터 절연된 채 위험한 장소에 홀로 갇힌 남자들 사이의 즐거운 동지애가 있었고, 구멍을 파고 짐을 싣고 버팀목을 받치는 등의 다양한 노동이 있었으며, 분위기에 신비와 모험의 마력이 있었다. 때문에 그가 트인 곳과 바다로 나가고 싶은 욕망으로 인한 번민을 다시 극복했을 때 그는 탄갱에 상당한 매력을 느끼게 되었던 것이다.

그날은 할 일이 많았고 듀랜트는 별로 말할 기분이 아니었다. 그는 오후 내내 입을 다문 채 계속 일을 했다.

작업 완료 신호가 울리자 사람들은 무거운 걸음으로 승강장 바닥으로 갔다. 회칠한 지하 사무실은 밝게 빛나고 있었다. 사람들은 각자 자기 등을 끄고 있었다. 그들은 수직갱도의 바닥에 여남은명씩 둘러앉아 있었다. 수직갱도 아래로 검고 묵직한 물방울이 물웅덩이를 향해 끊임없이 떨어지고 있었다. 지하의 중앙갱도 저 아래로 전등이 비쳤다.

"비가 오나요?" 듀랜트가 물었다.

"눈이 오네." 한 노인의 대답을 듣고 듀랜트는 기뻤다. 눈이 올 때 올라가 나가는 것이 좋았던 것이다.

"크리스마스에 딱 맞춰 오는구먼." 노인이 말했다.

"그렇네요." 듀랜트가 대답했다.

"크리스마스에 눈이 안 오면 북망산이 살찌느니." 노인이 격언을 이야기하듯 말했다.

듀랜트는 작고 약간 날카로운 이를 드러내며 웃었다.

승강기가 내려오고 열두명이 줄을 지어 올라탔다. 듀랜트는 구멍 뚫린 아치 모양의 승강기 지붕에 눈이 쌓인 것을 보며 기분이 좋았다. 저 눈은 지하에까지 내려오는 걸 좋아할까 하고 듀랜트는 생각했다. 그러나 눈은 이미 검은 물에 젖어 질척거리고 있었다.

주변의 모든 것이 그에게 기분 좋게 느껴졌다. 얼굴에는 가벼운 미소가 떠올랐다. 그러나 미소 밑에는 그가 자신의 내부에서 느끼는 기묘한 자의식이 깔려 있었다.

윗세상은 반짝거리는 눈 때문에 마치 섬광처럼 다가왔다. 사무실로 서둘러 걸어가서 안전등을 반납하면서, 그는 온통 눈으로 반짝이는 탁 트인 세상을 다시 대하는 즐거움에 미소 지었다. 양쪽 언덕은 저녁 어스름 속에 옅은 푸른빛이었고 울타리들은 컴컴하고 사나워 보였다. 선로 사이의 눈은 짓밟혀 있었다. 그러나 저 멀리, 집으로 돌아가는 광부들의 검은 모습들 위로 눈은 다시 말끔하게 잡목숲의 거무스름한 벽까지 쭉 뻗어올라가 있었다.

서쪽 하늘에는 분홍빛 얼룩이 묻고, 큰 별 하나가 반쯤 모습을 드러낸 채 배회하고 있었다. 그 아래로는 탄광의 불빛이 건물들의 어둠 사이로 노란빛 잔물결을 이루며 스며나왔고, 올드올더크로스의 불빛들이 푸르스름한 어스름 속에서 아래를 향해 줄지어 내려가며 반짝거렸다.

듀랜트는 모두들 눈 때문에 활기가 솟아 떠들썩한 광부들 사이에서 삶의 기쁨을 느끼며 걸어갔다. 그는 이들과 함께 있는 것이 좋았으며, 하얀 어스름의 세상이 좋았다. 정원 문에 서서 저 아래로 조용한 푸른색의 눈 위로 반짝이는 집의 불빛을 보며 그는 가벼운 기쁨의 전율을 느꼈다.

10

철로 가의 큰 문 옆 담장에는 그가 늘 잠가놓고 다니는 작은 문이 있었다. 그 문을 열면서, 그는 부엌 불빛이 바깥의 덤불과 눈 위로 비치는 것을 보았다. 저건 밤이 올 때까지 켜놓는 초의 불빛이구나 하고 그는 짐작했다. 그는 가파른 길을 미끄러져 내려가 아래쪽 평지에 다다랐다. 부드러운 눈 위에 첫 흔적을 남기는 것이 기분 좋았다. 이윽고 그는 집 앞의 덤불에 이르렀다. 두 여인은 그의 무거운 구두가 바깥 발닦개 위에 긁히는 소리 그리고 문을 열면서 그가 말하는 소리를 들었다.

"초를 켜놓는다고 해서 그깟 기름을 얼마나 아낄 수 있다고 그러세요, 어머니?" 그는 등에서 나오는 밝은 빛을 좋아했다.

그가 병과 가방을 내려놓고 설거지방의 문 뒤에 외투를 걸고 있을 때 루이자 양이 그 앞에 나타났다. 그는 놀랐으나 미소를 지었다.

그의 눈이 웃음을 띠기 시작하다가 다음 순간 갑자기 긴장된 얼굴로 변했고 두려운 빛을 보였다.

"어머니가 사고를 당하셨어요." 그녀가 말했다.

"어떻게요?" 그가 놀라 소리쳤다.

"정원에서요." 루이자가 대답했다. 그는 여전히 손에 외투를 든 채 머뭇거리고 있었다. 그는 그것을 걸고 부엌으로 갔다.

"어머닌 누워 계십니까?" 그가 물었다.

"네." 루이자는 대답하면서, 그를 속이는 것이 무척 힘들다고 생각했다. 그는 입을 다물었다. 그는 부엌으로 가 그의 아버지가 사용하던 낡은 의자에 무겁게 내려앉아 신발끈을 풀기 시작했다. 그의 머리는 작았으며 꽤 잘생긴 모양을 하고 있었다. 숱이 많고 곱슬곱슬한 그의 갈색 머리카락은 무슨 일이 일어나든 늘 즐거워 보일 듯했다. 그는 텁텁하고 메마른 탄갱 냄새가 나는 묵직한 질긴 무명바지를 입고 있었다. 실내화로 바꿔 신고는 구두를 설거지방에 갖다 놓았다.

"무슨 사고지요?" 그가 두려운 목소리로 물었다.

"내상이에요." 루이자가 대답했다.

그는 위층으로 올라갔다. 어머니는 그가 오는 것을 맞으려고 차분하게 기다리고 있었다. 루이자는 그의 발걸음이 위층 침실의 회칠한 바닥을 흔드는 것을 느낄 수 있었다.

"어떻게 된 일이에요?" 그가 물었다.

"아무것도 아니란다, 얘야." 늙은 여인이 약간 힘들게 말했다. "아무것도 아냐. 걱정할 필요 없다, 얘야. 어제나 지난주에 그랬던 것과 다를 것이 없어. 의사도 심한 것은 아니라고 말하더라."

"뭘 하고 계셨는데요?" 아들이 물었다.

"양배추를 뽑고 있었어. 아마 너무 세게 뽑은 것 같다. 왜냐하면 아이고—너무 아팠어—"

아들은 재빨리 어머니를 바라보았다. 어머니는 표정을 감추었다.

"가끔씩 갑자기 아프지 않은 사람이 어디 있니, 얘야. 모두들 그러잖아."

"그래서 어떻게 됐는데요?"

"나도 모르겠어." 어머니가 말했다. "하지만 별거 아닐 거야."

방구석의 큰 등은 짙은 녹색 천으로 가려져 있었다. 때문에 어머니의 얼굴은 거의 보이지가 않았다. 그는 불안과 여러 감정이 뒤섞여 잔뜩 긴장했다. 그의 이마가 찌푸려졌다.

"뭐 때문에 속이 뒤집어지도록 양배추는 뽑으시는 거예요. 땅도 얼어붙었는데. 그러다가 목숨이 끊어진대도 밤낮 그런 거나 뽑아대시죠."

"누군간 그걸 뽑아와야만 되잖니."

"괜히 몸을 상할 필요가 없잖아요."

그러나 둘은 서로 말해봐야 허망한 상태에 와 있었다.

아래층의 루이자에게 말소리가 똑똑히 들렸다. 마음이 무겁게 내려앉았다. 둘 사이가 너무 절망적으로 보였던 것이다.

"정말 별거 아니에요, 어머니?" 잠시 입을 다물고 있던 아들이 애원하듯 물었다.

"그럼, 아무것도 아니야." 늙은 여인이 약간 쓸쓸하게 말했다.

"어머니가—어—나쁘게 되는 걸 원치 않아요—아시죠."

"가서 저녁 먹어라." 어머니가 말했다. 그녀는 자신이 죽어간다는 것을 알고 있었다. 더군다나 그 순간 통증이 견딜 수 없게 다가왔던 것이다. "내가 늙었으니까 사람들이 좀 유난을 떠는 것뿐이야. 루이자 아가씨는 정말 착하더라—그이가 네 저녁을 준비해놓았을 거야. 어서 가서 저녁 먹어라."

그는 자신이 바보 같고 창피스러웠다. 어머니는 그를 피했다. 그는 물러나올 수밖에 없었다. 고통이 뱃속에서부터 타올랐다. 그는 아래층으로 내려갔다. 어머니는 아들이 내려간 게 반가웠다. 그제야 통증으로 인한 신음 소리를 낼 수 있었던 것이다.

듀랜트는 씻기 전에 먹는 예전 습관으로 되돌아가 있었다. 루이자 양이 그의 식사 시중을 들었다. 그녀에게는 야릇하며 가슴 설레는 일이었다. 그녀는 바짝 긴장한 채 그와 그의 어머니를 이해하려고 애쓰고 있었다. 그녀는 그가 앉는 모습을 지켜보았다. 그는 음식에서 고개를 돌린 채 난롯불 속을 들여다보았다. 그녀의 영혼이 그런 그의 모습을 지켜보며 도대체 그란 존재가 무엇인가를 알려고 애쓰고 있었다. 시커먼 얼굴과 팔은 촌스러웠고, 그는 낯선 존재였다. 그의 얼굴은 탄가루 때문에 검은 가면을 씌워놓은 것 같았다. 그녀는 그를 볼 수도 없었으며, 심지어 아는 사람이라고 자신할 수도 없었다. 갈색 눈썹, 동요가 없는 눈, 다물어진 입 위로 거칠고 자그마한 콧수염—이것들이 겨우 낯익은 모습으로 그를 드러내고 있었다. 탄가루를 뒤집어쓰고 앉은 저 사람은 누구인가? 그녀는 그를 볼 수 없었으며 그것이 가슴 아팠다.

루이자는 다시 위층으로 올라갔다가 곧 헝겊과 왕겨 주머니를 가지고 내려와 덥혔다. 통증이 다시 시작되었기 때문이었다.

듀랜트는 식사를 반쯤 마친 상태였다. 그는 갑자기 속이 메스꺼워져서 포크를 내려놓았다.

"이것들이 어머니의 통증을 가라앉힐 거예요." 그녀가 말했다. 그는 자신이 쓸모없고 뒤처져 있음을 느끼며 그녀를 바라보았다.

"어머니 상태가 나쁜가요?" 그가 물었다.

"그런 것 같아요." 그녀의 대답이었다.

그가 움직인다든가 무슨 말을 한다든가 하는 것은 소용없는 일이었다. 루이자는 바빴다. 그녀는 위층으로 올라갔다. 늙은 여인은 고통에 식은땀을 흘리며 하얗게 질린 얼굴로 누워 있었다. 늙은 여인의 고통을 덜어주면서 루이자의 얼굴은 괴로움으로 침울했다. 일을 마치고 루이자는 앉아서 기다렸다. 고통이 점차로 가라앉자, 늙은 여인은 혼수상태에 빠졌다. 루이자는 여전히 아무 말 없이 침대 곁에 앉아 있었다. 아래층에서 물소리가 들렸다. 그러자 늙은 어머니의 희미하고 편치 않은 목소리가 들려왔다.

"알프레드가 씻고 있어요—등을 씻겨주기를 바랄 텐데—"

루이자는 아픈 여인이 도대체 뭘 원하는 것인지 의아해하면서 귀를 기울였다.

"저 애는 등을 씻지 않으면 못 견뎌해요—" 늙은 여인은 남에게 잔인할 정도로 아들이 원하는 것에 신경을 쓰면서 고집스럽게 말했다. 루이자는 일어서서 부인의 노르스름한 이마에서 땀을 닦아주었다.

"제가 내려갈게요." 다독거리듯 그녀가 말했다.

"그래주실래요." 늙은 여인이 중얼거렸다.

루이자는 잠시 기다렸다. 자신의 의무를 해결한 듀랜트 부인은 눈을 감았다. 젊은 여인은 아래층으로 내려갔다. 그녀 자신이나 저 남자, 그들이 뭐가 중요한가? 지금 고통받고 있는 저 여자만 생각하면 되었다.

알프레드는 웃통을 벗고 난로 앞 깔개에 무릎을 꿇고 앉아 커다란 질그릇에 떠다놓은 물에 몸을 씻고 있었다. 그는 날마다 저녁을 먹은 후면 자기 형들이 예전에 그랬듯이 그렇게 몸을 씻었다. 그러나 루이자 양에게 이 집 안은 낯설었다.

그는 되풀이되는 무의식적인 동작으로 하얀 비누거품을 머리에 기계적으로 문질렀다. 그의 손은 가끔씩 목 위를 지나갔다. 루이자는 바라보고 있었다. 이것도 용기를 내어 달려들어야만 할 일이었다. 그는 머리를 물속으로 숙여 비누를 닦아내고 눈에서 물을 찍어냈다.

"등을 씻겨주길 바랄 거라고 어머니가 말씀하시던데요." 그녀가 말했다.

이들의 짜여진 일상생활에 끼어드는 일이 아프게 느껴지는 것은 얼마나 야릇한 일인가! 루이자는 거의 혐오스러울 정도인 그들 가족 사이의 친근감이 자신에게 강제됨을 느꼈다. 그것은 마치 짐승들의 무리 지은 삶 같았으며, 너무도 비속했다. 그녀 자신의 개별

성이 상실되는 것이었다.

그는 물속에 잠긴 얼굴을 돌려 매우 우스꽝스런 모습으로 그녀를 올려다보았다. 그녀는 웃음을 참느라 얼굴을 굳혀야만 했다.

'저렇게 얼굴을 거꾸로 보니까 너무 웃긴다.' 그녀는 생각했다. 아무래도 그녀와 하층민 사이에는 차이가 있었다. 그가 팔을 담갔던 물은 아주 새까맸으며 비누거품까지도 거무스름했다. 그가 인간이라는 생각이 거의 안 들 정도였다. 습관 탓에 기계적으로 그는 검은 물속을 뒤져 비누와 때수건을 찾아내서 뒤로 루이자에게 넘겨주었다. 그러고 나서는 두 팔을 그릇에 담가 어깨의 무게를 지탱하면서 순종적인 태도로 몸을 꼿꼿이 하고 있었다. 그의 피부는 아름답도록 하얗고 흠이 없었다. 불투명체의 견고한 흰빛이었다. 차츰 루이자는 그것을 보았다. 이 역시 그의 모습이었다. 그것에 그녀는 끌렸다. 그녀의 이질감이 스러졌고, 이들 모자와의 접촉을 꺼리는 마음이 없어졌다. 이 생동하는 중심이 존재하지 않는가! 그녀의 심장은 뜨겁게 고동쳤다. 그녀는 이 아름답고 깨끗하며 남자의 것인 몸뚱이에서 어떤 목표점에 도달했다. 그녀는 개인을 초월한 백열의 뜨거움으로 그를 사랑했다. 그러나 태양에 그을려 불그스레해진 목과 귀는 한결 인간적이었고, 한결 기이했다. 그녀 내부에서 애틋함이 솟으면서 그녀는 이 기이한 모양의 귀까지도 사랑했다. 한 인간—한 친근한 존재로서 그는 그녀에게 다가왔다. 그녀는 수건을 내려놓고 어수선한 마음으로 다시 위층으로 올라갔다. 그녀는 이제까지 살아오는 동안 오직 하나의 인간적 존재밖에 보지 못했는데, 그것은 메리였다. 나머지 모두는 낯선 사람들이었다. 그러나 이제 그녀의 영혼이 열리면서 또 하나의 인간적 존재를 보려하는 참이었다. 그녀는 이상한 느낌과 함께 풍만감을 느꼈다.

"그앤 이제 훨씬 편안할 거예요." 루이자가 방에 들어가자 병든 여인이 멍한 표정으로 중얼거렸다. 루이자는 아무 응답도 하지 않았다. 그녀 자신의 마음도 자체의 책임감으로 무거웠다. 듀랜트 부인은 잠시 아무 말 않다가 애처로운 목소리로 중얼거렸다.

"기분 나쁘게 생각지 말아요, 루이자 아가씨."

"왜 제가 기분 나쁘게 생각하겠어요?" 루이자가 깊은 감동을 느끼면서 대답했다.

"우리는 늘 하는 일이거든요." 늙은 여인이 말했다.

그러자 루이자는 다시 그들의 삶으로부터 자신이 배제되는 느낌을 받았다. 실망의 눈물이 심장에서 증류되어 나오는 듯한 고통 속에 그녀는 앉아 있었다. 고작 이거란 말인가?

알프레드가 위층으로 올라왔다. 그는 깨끗했으며, 셔츠 바람이었다. 그는 이제 일꾼처럼 보였다. 루이자는 그와 자신이 다른 삶 속에서 움직이는 낯선 사람들이란 느낌을 받았다. 때문에 그녀는 다시 활기를 잃었다. 아, 제발 어떤 확정된 관계, 뭔가 확실하고 변함없는 것을 찾을 수만 있다면!

"기분이 어떠세요?" 그는 어머니에게 물었다.

"좀 나아졌구나." 어머니는 피곤한 목소리로 자신과 관계가 없는 것을 이야기하듯 대답했다. 이렇게 이상하게 자신을 옆으로 제쳐두는 것, 이렇게 자신은 제거해버린 채 아들이 듣기 좋다고 생각되는 것만 대답하는 것이 루이자가 보기에 모자간의 관계를 애처로우면서 갑갑하게 만들었다. 그것이 알프레드를 무력하고 아무것도 아니게 만들어버리는 것이었다. 루이자는 마치 그를 잃어버린 것처럼 더듬어 찾았다. 어머니는 실감나고 분명한 존재였는데 그는 현실감을 주지 않았다. 젊은 여인은 혼란스럽고 써늘해지는 기분이었다.

"해리슨 부인을 불러오는 게 좋겠죠?" 그는 말하고 나서 어머니가 결정하기를 기다렸다.

"누군가 있어야만 할 것 같구나." 어머니가 대답했다.

루이자는 그들의 일에 끼어들기가 두려워서 옆에 서 있었다. 그들은 그녀를 자기들의 삶에 포함시키지 않았으며, 자기들과는 아무런 관계가 없다고 느끼고 있었다. 단지 외부에서 도움을 주러 온 사람일 뿐이었다. 그녀는 그들에게 완전히 외부 사람이었다. 그녀는 이 무의식적인 차이 앞에 서운함과 무력함을 느꼈다. 그러나 그녀 내부의 뭔가 끈질기고 굴복하지 않는 것이 그녀로 하여금 말하게 했다.

"제가 남아서 간호할게요. 부인을 그냥 남겨둘 순 없어요."

다른 두 사람은 수줍어하며 어떻게 대답해야 할지를 몰라했다.

"우리가 누군가를 불러보도록 하지요." 늙은 여인이 지친 음성으로 말했다. 그녀는 이제 일이 어찌 되든 그리 신경 쓰지 않았다.

"어쨌든 전 내일까지 남아 있을게요." 루이자가 말했다. "그다음 일은 그때 가서 보고요."

"그렇게 사서 고생을 하시지 않아도 되는데." 늙은 여인이 신음 소리로 말했다. 그러나 그녀는 누구의 손이라도 빌리지 않을 수 없는 형편이었다.

비록 공적인 자격으로이긴 했지만 루이자는 자신이 받아들여진 것이 기뻤다. 그녀는 그들과 삶을 나누고 싶었다. 메리가 왔으니까 집에서도 자신이 필요할 것이다. 하지만 자기 없이 어떻게 해나가랄 수밖에 없었다.

"목사관에 쪽지를 보내야겠어요." 그녀가 말했다.

알프레드 듀랜트는 그녀에게 봉사할 준비를 갖추고 무슨 일을 하면 되겠느냐는 듯이 그녀를 바라보았다. 해군에서 복무한 이래 그는 늘 이런 총명한 봉사 준비의 자세를 갖추고 있었다. 그러나 그런 준비 태세 속에도 소박한 독립성이 유지되었고, 이것을 그녀는 사랑했다. 하지만 그의 속마음을 접하기는 쉽지 않음을 그녀는 느끼고 있었다. 그는 너무도 윗사람을 대하는 깍듯한 태도였고 그녀로부터 무슨 명령의 가벼운 암시라도 재빨리 포착하여 무조건적으로 수행할 태세였기 때문에 그녀는 내부의 그 자신과 접할 수 없었던 것이다.

그는 매우 날카롭게 그녀를 바라보았다. 그의 눈이 금빛 나는 갈색이며 눈동자가 매우 작은 것이 그녀 눈에 들어왔다. 멀리까지 바라다볼 수 있는 그런 눈이었다. 그는 군대식 차렷자세로 긴장한 채 서 있었다. 얼굴은 아직도 다소 햇빛에 그을린 불그스레한 빛깔이었다.

"펜하고 종이가 필요하십니까?" 그가 상관을 대하는 듯한 태도로 물었다. 그녀에게는 이렇게 나오는 것이 말을 삼가는 것보다 더 대하기 힘들었다.

"네, 부탁해요." 그녀가 말했다.

그는 몸을 돌려 아래층으로 내려갔다. 그녀가 보기에 그의 동작은 너무도 독립적이고 너무도 확신에 차 있었다. 어떻게 그에게 접근한단 말인가? 그 스스로는 이쪽으로 한 발자국도 움직이려 하지 않을 것이 분명했다. 그는 전적으로, 인격을 배제한 채로, 자신을 그녀에게 봉사하는 위치에만 놓아두려 했으며, 그녀에게 봉사하는 것을 즐거워하면서도 자신은 그녀와 완전히 동떨어진 곳에 갖다놓고 있었다. 그녀를 위해 무엇이든 하는 데에 진짜 기쁨을 느끼고 있음을 그녀는 알 수 있었지만, 조금이라도 개인 대 개인으로 대한다면 그를 혼란시키고 상처를 줄 것이 분명했다. 한 남자가 셔츠 바람으로 조끼 단추를 풀고 목을 드러내고 집 안을 돌아다니며 자신의 시중을 들고 있다는 것이 그녀에게는 이상한 일이었다. 그는 활력이 남아돈다는 듯이 잘 움직였다. 그녀는 그의 완벽함에 매력을 느꼈다. 그럼에도 불구하고 모든 것이 준비되어 그가 더는 할 일이 없어졌을 때, 그녀는 그의 묻는 표정과 마주치고는 몸을 떨었다.

루이자가 앉아서 편지를 쓰는데 그는 그녀 가까이에 촛불을 하나 더 갖다놓았다. 말아올린 그녀의 머리 두군데에 상당히 밝은 빛이 비추자 머리카락은 마치 빽빽한 금빛 깃털을 접은 것처럼 묵직하게 빛났다. 그녀의 목덜미는 매우 하얗고, 가느다란 솜털과 끝이 뾰족한 금빛 머리 다발이 거기에 어른거렸다. 그는 마치 꿈속의 광경인 듯 넋을 잃고 바라보았다. 그가 도달할 수 없는 일체의 것, 계시와 아름다움의 존재였다. 이상적이고 그가 도달할 수 없는 모든 것, 바로 그것이었고, 그녀를 바라보면서 그는 자신을 잊고 골똘해졌다. 그녀는 그와 아무런 연관이 없는 존재였다. 그는 그녀에게 접근하지 않았다. 그녀는 먼 곳에 있는 경이로운 풍경처럼 거기에 있었다. 하지만 그런 그녀를 집 안에 두고 있는 것은 큰 호강이었다. 어머니에 대한 걱정 때문에 잔뜩 긴장되었음에도 불구하고, 그는 이 저녁을 살고 있는 경이로움을 느꼈다. 촛불은 그녀의 머리 위에 빛을 뿌리며 그를 마법으로 사로잡는 것 같았다. 그는 그녀에 대해 경외감마저 느꼈으며, 그와 그녀와 그의 어머니가 이상하고 알 수 없는 분위기 속에 한동안 같이 있다는 사실에 뿌듯함을 맛보았다. 그리하여 집 밖으로 나왔을 때 그는 두려웠다. 저 위로 밝은 빛에 둘러싸인 별들을 보았으며, 발밑에 간신히 식별되는 눈을 보았다. 새로운 밤이 자기 주위로 몰려들고 있었다. 그는 자신이 지워져버리는 듯한 두려움마저 느꼈다. 자신의 주위를 에워싸고 있는 이 새로운 밤은 무엇이며, 나는 무엇인가? 그는 자기도, 자신을 둘러싸고 있는 어떤 것도 알아볼 수가 없었다. 어머니를 생각하기가 두려웠다. 그러나 그의 가슴은 어머니를 의식하고 있었으며, 어머니에게 일어나는 일을 의식했다. 그는 어머니를 피할 수 없었으며, 어머니는 그를 형태도 없고 알 수도 없는 혼란 속으로 자신과 함께 데려가고 있었다.

11

그는 고통스러워하며 길을 따라 올라갔다. 도대체 무엇이 어떻게 된 일인지 알 수 없었지만, 빨갛게 단 쇳덩이가 가슴을 꽉 죄고 있는 듯한 느낌이었다. 아무런 생각도 없이 그는 두세 방울의 눈물을 눈 위로 떨구었다. 그러나 어머니가 죽을 것이라는 생각은 머릿속에 없었다. 그는 어떤 더 큰 의식에 꽉 잡혀 있었다. 메리가 루이자가 쓸 물건들을 가방에 챙기는 동안 목사관의 홀에서 기다리며 그는 자기가 왜 그렇게 슬퍼했는지 의아했다. 그는 큰 집 때문에 겸연쩍고 초라해진 느낌이었으며, 마치 다시 졸병이 된 듯한 기분이 들었다. 메리가 말을 건넬 때는 자칫 경례를 올릴 뻔했다.

'정직한 친구로군.' 메리는 생각했다. 친절한 윗사람의 태도를 보일 수 있다는 것이 그녀 자신의 병에도 약이 되었다. 그녀에게는 사회적 지위가 있으므로 친절을 베푸는 위치에 설 수 있었다. 이것이 그녀에게 남은 거의 유일한 것이었다. 어쨌든 그녀는 일정한 지위 없이는 살아갈 수 없었을 것이다. 그녀는 일정한 지위를 떠나서는 결코 자신을 신뢰할 수 없었을 것이며, 높은 계급에 속한 여인으로서가 아니면 자신을 존중할 수도 없었을 것이다.

걸쇠가 달린 문에 돌아왔을 때 알프레드는 다시 마음에 슬픔을 느끼고 새로운 하늘을 보았다. 잠시 서서 그는 북쪽 하늘에 북두칠성이 밤을 타고 기어오르는 것을 보았으며, 멀리 들판에 아스라이 눈이 반짝이는 것을 보았다. 그러자 그의 슬픔이 마치 육체적 통증처럼 솟구쳤다. 그는 문을 꼭 부여잡고 입술을 깨물며 "어머니!" 하고 속삭였다. 그의 어머니에게 고통이 주기적 경련으로 다가왔듯이 그에게도 경련처럼 솟구쳐온 이 슬픔은 격렬하고 찢는 듯한 육체적 통증이었으며, 그 아픔이 너무 얼얼해서 그는 제대로 서 있을 수조차 없었다. 이것이, 이 통증이 어디서 왔는지도, 왜 왔는지도 알 수 없었다. 그의 생각과는 거의 무관한 것이었다. 그냥 자신을 꼭 죄어왔을 뿐이며, 그는 거기에 순응할 수밖에 없었다. 그의 영혼의 물결은 알 수 없는 힘으로 이렇게 죽음으로까지 퍼져나가면서 어찌해볼 여지 없이 그를 몰고 갔으며, 그의 모든 생각과 의식의 조각들을 마치 아무것도 아닌 듯이 단숨에 휩쓸어버렸고, 파도가 솟구칠 대로 솟구쳐 드디어 부서졌을 때 그는 이제까지 와본 적이 없는 먼 곳에까지 밀려와 있었다. 그가 다시 정신을 차려 집 안으로 들어갔을 적에는 거의 명랑해져 있었다. 그 모든 일이 그의 활기를 북돋우는 것 같았다. 그는 기분이 썩 좋은 상태였고 장난기를 보이기까지 했다. 어머니의 침대 한쪽에 그가 앉고 루이자는 반대편에 앉아 있었는데, 어떤 명랑한 분위기가 이들 모두를 사로잡았다. 그러나 밤과 공포는 닥쳐오고 있었다.

　알프레드는 어머니에게 입을 맞추고 잠을 자러 갔다. 반쯤 옷을 벗었을 때 머릿속에 어머니에 대한 생각이 밀려오면서, 괴로움이 두 손처럼 그를 고뇌로 조였다. 그는 바짝 긴장해서 침대에 누워 있었다. 고통이 너무 오래 지속되어 그는 탈진 상태에 빠지면서, 일어나 옷을 마저 벗을 기력도 없어 그대로 잠이 들고 말았다. 자정이 지나 그는 몸이 돌처럼 차갑게 얼어붙은 것을 느끼며 잠을 깼다. 그는 옷을 마저 벗고 침대 속으로 들어가 다시 잠이 들었다.

6시 십오분 전에 잠을 깨면서 곧장 기억이 되살아났다. 바지를 입고 양초에 불을 붙인 후 그는 어머니 방으로 갔다. 그는 손으로 촛불을 가려 빛이 어머니의 침대로 새어나가지 않게 했다.

"어머니!" 그가 속삭였다.

"그래." 대답이 들렸다.

잠시 망설임이 있었다.

"나 일하러 갈까요?"

그는 기다렸다. 그의 심장이 무겁게 고동치고 있었다.

"나 같으면 가겠다, 애야."

그의 마음은 일종의 절망 속으로 가라앉았다.

"내가 일하러 가길 바라세요?"

그는 촛불을 가린 손을 내렸다. 불빛이 침대 위로 떨어졌다. 루이자가 누운 채 그를 올려다보고 있는 것이 눈에 띄었다. 그녀의 눈이 정면으로 그를 향하고 있었다. 그녀는 재빨리 눈을 감고 등을 돌린 채 베개 속으로 얼굴을 반쯤 묻었다. 그녀의 둥근 머리 주위를 밝은 수증기 같은 거친 머릿결이 둘러싸고 있으며, 침구 사이로 두 가닥의 땋은 머리가 엉켜 있는 것이 보였다. 그것이 그에게 충격을 주었다. 그는 겨우 평정을 찾아 결연히 서 있었다. 루이자는 아래쪽으로 몸을 움츠렸다. 그는 바라보다가 어머니와 눈이 마주쳤다. 그러자 그는 다시 흔들렸고 더는 확신을 갖고 자기 자신으로 서 있지 못했다.

"그래, 일하러 가거라, 애야." 어머니가 말했다.

"그러죠." 그는 대답하며 어머니에게 입을 맞추었다. 그의 가슴은 절망과 비통함으로 가라앉았다. 그는 밖으로 나갔다.

"알프레드!" 어머니가 희미한 목소리로 외쳤다.

그는 두근거리는 가슴으로 다시 돌아왔다.

"왜요, 어머니?"

"항상 올바르게 살 테지, 알프레드?" 아들이 이제 자신을 떠난다는 공포에 거의 정신을 차릴 수 없는 상태에서 어머니는 물었다. 알프레드는 너무도 겁에 질리고 당황해서 어머니의 말뜻을 알아들을 수도 없었다.

"예." 그가 말했다.

어머니가 그에게 뺨을 돌렸다. 그는 어머니 뺨에 입을 맞추고 비참한 절망감 속에 방을 나갔다. 그는 일을 하러 갔다.

12

정오쯤에 그의 어머니는 숨을 거두었다. 그는 탄갱 입구에서 그 소식을 들었다. 속으로 이미 직감하고 있었기 때문에 충격은 아니었다. 그럼에도 그는 몸을 떨었다. 그는 숨결만이 무거울 뿐 아주 차분히 집으로 갔다.

루이자 양은 아직도 집에 있었다. 가능한 모든 일을 돌보고 난 뒤였다. 그녀는 그에게 그가 알아야 할 것들을 매우 간결하게 말해주었다. 그러나 한가지 그녀로서는 근심스러운 것이 있었다.

"분명 반쯤 예상은 하고 있었죠? ─갑작스런 충격은 아니죠?"
그녀가 그를 올려다보며 물었다. 그녀의 눈은 어둡고 차분했으며
뭔가를 찾고 있었다. 그녀 역시 헤매는 기분이었다. 그는 너무도 어
둠에 싸이고 정리되지 않은 존재였던 것이다.

"그런 것 같아요." 그는 멍청하게 말했다. 그는 자신에게 쏠리는
그녀의 눈길을 견딜 수가 없어 눈을 피했다.

"혹시 짐작하지 못했던 일이라면 생각하기도 너무 힘들었을 거
예요." 그녀가 말했다.

그는 대답하지 않았다.

그에게는 지금 그녀가 자기 가까이에 있다는 것이 큰 부담이었
다. 그는 혼자 있고 싶었다. 친척들이 도착하자마자 루이자는 떠나
서 다시 오지 않았다. 온갖 준비가 진행되고 집 안에 사람들이 있
고 그도 처리해야 할 일이 있는 동안은 멀쩡하게 잘해나갔다. 다
만 어쩔 수 없는 슬픔의 발작이 있었다. 나머지 일에서는 그는 피
상적이었다. 혼자 있을 때는 격렬한, 거의 미칠 것 같은 슬픔의 폭
발을 견뎌야만 했고, 그것이 다시 지나가면 그냥 의아해하는 마음
과 더불어 다시 차분하고 거의 맑은 상태가 되었다. 이전에는 모든
것이 다 무너질 수 있다는 것, 자기 자신도 무너질 수 있다는 것, 그
리고 모든 것이 커다란 혼돈, 아주 광대하고 경이로운 혼돈으로 변
해버릴 수 있다는 것을 몰랐었다. 마치 그의 내부의 생명이 경계를
넘어 터져나와 그 자신이 거대하고 인적 없는, 크고 당혹스러운 홍
수에 휩쓸려버린 것 같았다. 그 모든 것 가운데서 그 자신도 부서
져서 쏟아져버린 것이었다. 그는 단지 침묵 속에 헐떡거리며 숨 쉴

수 있을 뿐이었다. 그러다가 다시 고통이 찾아왔다.

사람들이 모두 오두막을 떠나버리고 나이 든 가정부를 제외하고는 혼자만 남게 되었을 때부터 기나긴 시련이 시작되었다. 눈은 녹아서 얼어붙었고, 다시 새로운 눈이 그 잿빛 덩어리를 하얗게 감쌌으며, 이것이 또다시 녹기 시작했다. 세상은 잿빛의 질척한 진창이었다. 알프레드는 저녁이면 할 일이 없었다. 그의 생활은 작은 활동들로 채워져왔었다. 자기도 모르는 새에 그는 어머니를 중심으로 삼아 균형을 얻었고 삶의 축을 형성했던 것이다. 그를 지켜온 것은 어머니였다. 늙은 가정부가 일을 마치고 가버려 홀로 남은 지금 시간에도 그는 이전의 생활방식대로 계속 살아갈 수 있을지도 몰랐다. 그러나 그의 삶에는 힘과 균형이 결핍되어 있었다. 그는 주먹을 꽉 쥐고 앉아 집중하려고 애쓰면서, 뭔지도 모르는 것을 참으면서, 오랫동안 책을 읽는 시늉을 하며 앉아 있었다. 아니면 지칠 때까지 들판 사이의 거무스름하고 질퍽질퍽한 길을 오랫동안 걸었다. 그러나 이 모든 것이 그가 결국은 돌아갈 수밖에 없는 곳으로부터 달아나려고 하는 것에 불과했다. 일하러 나가서는 아무런 문제가 없었다. 만일 여름이었다면 그는 잠들 때까지 정원에서 일함으로써 도피했을지도 몰랐다. 그러나 지금은 탈출구도, 휴식도, 도움도 없었다. 그는 천성이 이해하기보다는 행동하는 쪽이었으며, 그냥 있기보다는 뭔가 하는 쪽이었다. 그런 그가 수영하는 방법을 잊어버린 수영선수처럼 충격으로 활동력을 상실한 것이었다.

한주일 동안은 이 숨막힘과 갈등을 견뎌낼 힘이 있었다. 그러나 그후로는 기진맥진해지기 시작했고, 어딘가로 뛰쳐나오지 않고는 안된다는 것을 알게 되었다. 자기보존의 본능이 무엇보다 강해졌다. 문제는, 도대체 어디로 가느냐는 것이었다. 술집은 그에게 아무런 진정한 의미도 없었다. 가봤자 아무 소용이 없는 일이었다. 그는 이민을 생각하기 시작했다. 다른 나라에 가면 괜찮아질 수 있을 것이다. 그는 이민국에 편지를 냈다.

장례가 끝난 다음 일요일, 듀랜트 집안 사람들이 모두 교회에 갔을 때, 알프레드는 무표정하고 말없이 앉아 있는 루이자 양을 보았다. 당당하고 거리감이 느껴지는 메리 아가씨, 딴 세상의 존재나 다름없는 여타 린들리 일족들과 함께였다. 알프레드는 그들을 멀리 떨어진 사람들로 보았다. 그는 그 점에 대해 아무 생각도 하지 않았다. 그들은 그의 삶과는 아무런 관계가 없었다. 예배가 끝난 후 루이자가 그에게 다가와서 악수를 했다.

"언니가 언제 한번 저녁 들러 오셨으면 한다고 해요."

그가 메리 아가씨를 바라보자, 그녀는 고개를 숙여 알은체를 했다. 메리는 친절한 마음에서 루이자에게 이런 제안을 했지만, 그러면서도 자신의 결정을 탐탁지 않게 생각했다. 하지만 그녀는 자신을 면밀히 살펴보지는 않았다.

"그러죠." 듀랜트가 어색하게 말했다. "원하신다면 가겠습니다." 그러나 그는 뭔가 잘못됐다고 희미하게 느꼈다.

"그럼 내일 저녁, 6시 반쯤 오세요."

그는 갔다. 루이자 양은 그에게 매우 친절했다. 아기들 때문에 음악은 없었다. 그는 허벅지에 꽉 쥔 주먹을 올려놓고 아주 조용하고 무감각하게 앉아 있었는데, 그 모든 사람들 가운데서 점차 일종의 명상이랄까 자기망각의 상태로 빠져들고 있었다. 그들과 그 사이에는 아무것도 없었다. 그들도 이것을 자기만큼이나 잘 알 것이었다. 그러나 그는 자신을 지키며 매우 침착했고, 저녁시간은 느리게 지나갔다. 린들리 부인은 그를 '젊은이'라고 불렀다.

"여기 앉게나, 젊은이."

그는 거기 앉았다. 이렇게 부르나 저렇게 부르나 마찬가지였다. 그들이 자신과 무슨 상관이란 말인가?

린들리 씨는 그에게 특별한 말씨, 친절하고 관대하지만 은혜를 베푸는 듯한 말씨를 취했다. 듀랜트는 그런 것을 비판하거나 개의치 않고 순종하는 태도로 받아들였다. 그러나 저녁을 먹고 싶은 생각은 없었다―그들이 있는 데서 뭘 먹는다는 것이 고역이었다. 그는 자신이 이 자리에 어울리지 않음을 알고 있었다. 그러나 한동안은 머물러야 하는 것이 그의 의무였다. 그는 그들의 물음에 예, 아니요 한마디로 정확하게 대답했다.

떠나면서 그는 혼란스러워 주춤거렸다. 그는 자신의 의무가 끝난 것이 기뻤다. 그는 가능한 한 빨리 그 집에서 멀어졌다. 지금 당장이라도 캐나다로 떠나버리고 싶은 마음은 더욱 강렬해졌다.

루이자는 영혼 속에서 괴로움을 겪었고, 그를 포함한 모두에게 화가 났다. 그러나 왜 화가 났는지는 스스로도 말할 수 없었다.

13

이틀 후 저녁 루이자는 6시 반에 오두막의 문을 두드렸다. 저녁 식사를 끝낸 뒤였고, 가정부가 설거지를 하고 돌아갔으나 알프레드는 여전히 탄가루가 묻은 채 앉아 있었다. 조금 뒤에 술집에 갈 작정이었다. 그는 거기 들르기 시작했는데, 어딘가 가야만 하기 때문이었다. 다른 사람들과 단지 접촉하는 것, 소음, 따뜻함, 그리하여 시간이 모르는 새에 지나가버리는 것이 그에게는 필요했다. 그러나 그는 아직 움직이지 않고 있었다. 그는 텅 빈 집에 혼자 앉아 있었는데, 점차 그 집이 뭔가 부자연스러운 것이 되어 자신을 덮쳐오기 시작했다.

문을 열었을 때 그는 여전히 탄가루가 묻은 채였다.

"한번 찾아오고 싶었어요—그래서 찾아와봤지요." 그녀는 말하고 나서 소파로 갔다. 그는 왜 그녀가 어머니의 둥그런 팔걸이의자를 이용하지 않는지 의아했다. 하지만 가정부가 거기에 앉을 때는 뭔가 분노 같은 것이 그의 내부에서 들끓었다.

"몸을 씻고 있었어야 하는데." 그는 벽시계를 흘긋 쳐다보며 말했다. 벽시계는 나비, 버찌 그림과 'T. 브룩스, 맨스필드'라는 이름으로 장식되어 있었다. 그는 시커먼 손으로 자신의 지저분한 팔을 한번 쓱 훑었다. 루이자는 그를 바라보았다. 그는 곁을 안 주며 그녀를 향해 단순한 중립적 태도를 지키고 있었고, 이것은 그녀가 그에게서 두려워하는 것이었다. 이럴 때 그에게 접근하는 것은 불가능했다.

"식사를 하자고 청한 것이 별로 잘한 일이 아니었던 모양이죠?" 그녀가 말했다.

"제가 그런 데 익숙하지가 않지요." 그가 말하면서 입으로 웃었다. 사이가 벌어진 하얀 이가 드러났다. 그러나 그의 눈은 차분했으며 아무것도 보고 있지 않았다.

"그건 아니죠." 그녀는 서둘러 말했다. 그녀의 조용한 자태는 아름다웠고 짙은 잿빛 눈은 이해심으로 가득 차 있었다. 그는 거기 앉아 있는 그녀를 점차 의식하기 시작하면서 그녀가 두려워졌다.

"혼자 살아가는 게 어때요?" 그녀가 물었다.

그는 난롯불로 눈길을 피했다.

"뭐—" 그는 대답을 하다가 불편한 듯 의자에서 몸을 뒤척였고 대답을 마무리 짓지 못했다.

그녀의 얼굴은 무겁게 가라앉았다.

"이 방은 꽤 후덥군요. 불을 저렇게 많이 피워놓았으니. 외투 좀 벗겠어요." 그녀가 말했다.

그는 그녀가 모자와 외투 벗는 것을 지켜보았다. 그녀는 금빛 비단으로 수를 놓은 크림색 캐시미어 블라우스를 입고 있었다. 그것은 그의 눈에 매우 좋은 옷으로 보였으며, 그녀의 목과 손목에 꼭 맞는다는 느낌을 주었다. 그것이 그에게 즐거움과 산뜻한 기분을 주었고, 자기 자신으로부터 벗어나는 후련함을 안겨주었다.

"무슨 생각을 했기에 여태 씻지도 않았어요?" 그녀가 반쯤 친근해진 투로 물었다. 그는 웃으며 고개를 옆으로 돌렸다. 그의 검은 얼굴에서 눈의 흰자위가 선명하게 드러나 보였다.

"뭐." 그가 말했다. "뭐라고 말하기가 힘든데요."

잠시 대화가 중단되었다.

"계속 이 집에 있을 거예요?" 그녀가 물었다.

그 질문에 그는 또 의자에 앉은 채 몸을 약간 뒤척였다.

"잘 모르겠어요." 그가 말했다. "캐나다로 가게 되지 싶어요."

그녀는 숨죽이고 주의를 집중했다.

"왜요?" 그녀가 물었다.

다시 그는 앉은 채로 불안하게 몸을 움직였다.

"글쎄요." 그는 천천히 말했다. "그곳 생활을 시험해보려고요."

"하지만 어떤 생활요?"

"여러가지가 있겠죠——농사, 목재, 탄광. 어떤 건지는 별로 신경 안 씁니다."

"그게 원하는 거예요?"

그는 요즘은 생각을 하지 않았기 때문에 대답할 수가 없었다.

"해보기 전까지는 알 수 없죠." 그가 말했다.

그녀는 그가 자신으로부터 영원히 멀어져가고 있음을 보았다.

"이 집과 정원을 떠나는 게 섭섭하지 않아요?" 그녀가 물었다.

"잘 모르겠어요." 그가 내키지 않는 듯이 대답했다. "아마 프레드 형이 이 집으로 들어올 겁니다——그걸 원하고 있으니까."

"자리 잡고 살고 싶지는 않아요?" 그녀가 물었다.

그는 팔걸이에 의지한 채 몸을 앞으로 기대고 있었다. 그는 그녀 쪽을 바라보았다. 그녀의 얼굴은 창백했고 차분했다. 얼굴은 무겁고 무감각해 보였으나, 얼굴이 하얗게 될수록 머리카락은 더욱 풍성하게 빛났다. 그에게 있어 그녀는 그에게 제시된 한결같고 움직일 수 없고 영원한 어떤 것이었다. 그의 가슴은 긴박감에 찬 고뇌로 뜨거웠다. 두려움과 아픔의 통렬한 경련이 그의 사지를 뒤틀었다. 그는 몸 전체를 그녀에게서 돌려버렸다. 침묵은 견디기 힘든 것이었다. 그녀가 저기 앉아 있다는 것을 더는 견딜 수가 없었다. 가슴속에서 그의 심장이 뜨겁고 숨이 막히도록 만들었다.

"오늘 밤에 외출할 작정이었나요?" 그녀가 물었다.

"그냥 마을 술집에나 가보려고 했죠." 그가 말했다.

다시 침묵이 흘렀다.

그녀는 모자를 집었다. 다른 어떤 길도 제시되지 않았다. 가는 일뿐이었다. 그는 그녀가 가기를, 그녀에게서 풀려나기를 기다리며 앉아 있었다. 그녀는 지금 이대로 이 집을 나간다면 실패자로서 나가는 것임을 알고 있었다. 그럼에도 그녀는 모자에 핀 꽂는 동작을 계속했다. 잠시 후면 나갈 것이었다. 뭔가가 그녀를 떠밀고 있었다.

그때 갑자기 예리한 통증이 번개처럼 그녀의 머리에서 발끝까지 지나갔고, 그녀는 딴 존재가 되었다.

"내가 가길 원하세요?" 억제된 가운데도 격렬한 고통에서 나오는 목소리로 그녀가 물었다. 마치 그 말들이 그녀 자신의 개입 없이 그녀 속에서 나오는 것 같았다.

탄가루 속의 그의 얼굴이 하얗게 질렸다.

"왜요?" 무엇엔가 떠밀린 듯 그녀 쪽으로 얼굴을 돌리면서 그가 두려움에 젖어 물었다.

"내가 가길 원하세요?" 그녀는 반복했다.

"왜요?" 그도 다시 물었다.

"난 당신과 같이 있고 싶었으니까요." 허파가 불로 가득 차 숨이 막힌 듯한 소리로 그녀가 말했다.

그의 얼굴이 실룩거렸다. 그는 혼돈의 고통 속에 자기 자신을 추스르지 못하고 괴로워하면서, 마치 허공에서 멈춘 듯 몸을 약간 앞으로 기울이고 그녀의 눈을 똑바로 응시했다. 마치 돌이 된 듯 그녀도 그의 눈을 마주 보았다. 그들의 영혼이 잠시 동안 적나라하게 노출되었다. 그것은 고통이었다. 그들은 그것을 견딜 수가 없었다. 그는 고개를 떨구었고, 동시에 그의 몸은 날카로운 경련으로 떨렸다.

그녀는 외투를 집기 위해 몸을 돌렸다. 그녀 내부에서 그녀의 영혼은 무감각한 상태였다. 손이 떨렸지만 이제 그녀는 아무것도 느낄 수 없었다. 그녀는 외투를 걸쳤다. 방 안에는 잔인한 긴장이 감돌았다. 그녀가 가야 할 순간이 왔다. 그는 고개를 들었다. 그의 눈은 마노석 같았으며, 고통이 얽힌 검은 점 두개를 제외하면 아무런 표정이 없었다. 그 점들이 그녀를 붙들고 있었다. 그녀는 이제 아무런 의지도 아무런 생명도 없었다. 자신이 부서져버린 느낌이었다.

"날 원하지 않아요?" 그녀가 절망적으로 말했다.

발작 같은 고통이 그의 눈을 가로질렀고, 그것이 그녀를 움직이지 못하게 붙들었다.

"난—난—" 그는 말을 시작했으나 말을 할 수가 없었다. 뭔가에 의해 그는 의자로부터 그녀에게로 끌려갔다. 그녀는 제물로 바쳐진 짐승처럼 꼼짝도 않고 주문에 걸린 듯 서 있었다. 그는 확신을 가지지 못한 채 머뭇거리며 자기 손을 그녀의 팔에 올려놓았다. 그의 표정은 낯설었고 인간의 것이 아닌 듯했다. 그녀는 전혀 꼼짝도 않고 서 있었다. 그러자 그는 서툴게 자신의 팔을 그녀의 몸에 두르고, 무자비하게, 눈에 아무것도 안 보이는 듯 그녀를 안았다. 그녀가 거의 의식을 잃을 지경이 되고 자신도 거의 쓰러질 지경에 이르기까지 꽉 끌어안았다.

그러고 나서 그녀를 계속 껴안은 채, 머릿속에 현기증이 일며 자기가 자신으로부터 벗어나 자꾸만 밑으로 떨어져감을 느끼는 동안, 그리고 그녀가 자신을 내맡긴 채로 자기의 죽음을 맛보는 듯한 무의식 상태로 빠져드는 동안, 완전한 어둠의 순간이 그에게 다가왔고, 뒤이어 그들은 마치 오랜 잠에서 깨어나듯 다시 깨어나기 시작했다. 그는 그 자신으로 되돌아왔다.

잠시 후 그의 팔이 느슨해지자 루이자는 몸을 약간 뒤로 빼면서, 그에게 안긴 채 자신의 팔로 그의 몸을 감싸안았다. 그렇게 그들은 서로를 안고서 아무 말도 못하며 각자 상대방의 몸에 자신을 파묻고 확신을 구했다. 그리고 그녀의 손은 그를 더 가까이 끌어당기면서 시종 사랑으로 그의 몸 위에서 떨리고 있었다.

마침내 그녀는 얼굴을 들어 그를 올려다보았다. 그녀의 눈은 젖어 있었으며, 빛으로 반짝였다. 눈을 뜬 그의 마음은 두려움으로 침묵했다. 그는 그녀와 함께 있는 것이었다. 그녀에게 그의 얼굴은 온통 심각하고 수수께끼 같았으며 그 자신은 영원한 것같이 보였다. 고통의 모든 메아리가 이 진귀한 축복 속으로 다시 찾아들었고, 그녀의 모든 눈물이 솟구쳐올랐다.

"당신을 사랑해요." 그녀가 흐느끼는 입술로 말했다. 그녀의 말을 들을 수 없다는 듯이, 그의 심장을 거의 부수어버리는 평화와 열정의 갑작스런 다가옴을 견딜 수 없다는 듯이, 그는 그녀의 몸에 머리를 기대었다. 이 엄청난 것이 약간 물러나는 동안 그들은 말없이 함께 서 있었다.

이윽고 그녀는 그를 보고 싶어졌다. 그녀는 고개를 들어 바라보았다. 그의 눈은 기이하고 빛났으며, 눈동자가 조그맣고 까맸다. 그 눈은 정말로 기이했고 그녀에게 강한 힘을 행사하는 것이었다. 그러자 그의 입술이 그녀의 입술로 다가왔고 그녀의 눈꺼풀이 천천히 닫혔다. 그의 입술은 그녀의 입술을 찾아 가까이, 더 가까이 다가와 마침내 그녀를 온통 사로잡았다.

열정과 슬픔과 죽음에 너무도 얽히어 다만 고통 속에 서로를 안고 입 맞출 수 있을 뿐, 두 사람은 오랫동안 말이 없었다. 두려움에 욕망이 녹아든 아픈 입맞춤이었다. 이윽고 그녀가 몸을 빼냈다. 그는 심장에 상처를 받은 듯하면서도 기쁜 마음이었고, 감히 그녀를 바라보기가 힘들었다.

"기뻐요." 그녀도 말했다.

그는 열정적인 감사와 욕망으로 그녀의 손을 잡은 채였다. 아직도 무슨 말을 할 만큼의 평정을 찾지 못했다. 큰 짐을 벗은 순간의 얼떨떨한 상태였다.

"난 가야 해요." 그녀가 말했다.

그가 그녀를 바라보았다. 그녀가 간다는 것이 도대체 무슨 말인지 알아들을 수 없었다. 이제 더는 그녀와 절대로 떨어져 있을 수가 없다는 것을 알 뿐이었다. 그럼에도 감히 자기 주장을 내세우지 못했다. 그는 그녀의 손을 꼭 잡았다.

"당신 얼굴이 시커매요." 그녀가 말했다.

그가 웃었다.

"당신 얼굴도 약간 얼룩이 졌는데." 그가 말했다.

그들은 서로가 두려웠고, 말하기가 두려웠다. 그는 단지 그녀를 자기 가까이에 간직할 수 있을 뿐이었다. 잠시 후 그녀는 얼굴을 씻고 싶다고 했다. 그는 그녀에게 따뜻한 물을 갖다주고 옆에 서서 지켜보았다. 뭔가 말하고 싶은 것이 있었으나 감히 하질 못했다. 그는 그녀가 얼굴을 씻고 머리를 매만지는 것을 지켜보았다.

"블라우스가 더러워진 게 눈에 띄겠는데." 그가 말했다.

그녀는 소매를 보면서 기쁘게 웃었다.

그는 짜릿한 자랑스러움을 느꼈다.

"어떻게 할 거요?" 그가 물었다.

"뭘요?" 그녀가 말했다.

그는 답하기가 겸연쩍었다.

"나를 말이오." 그가 말했다.

"어떻게 하면 좋겠어요?" 그녀가 웃었다.

그는 천천히 손을 그녀에게로 내밀었다. 그게 뭐가 중요하단 말인가!

"우선 좀 씻기나 해요." 그녀가 말했다.

14

둘이 언덕을 올라갈 때 밤은 뭔가 알 수 없는 것으로 빽빽이 채워진 듯했다. 마치 어둠이 살아 있어서 그들을 둘러싸고 앞으로 가득한 듯이 느끼며 둘은 딱 붙어서 걸어갔다. 아무 말 없이 그들은 언덕을 올라갔다. 처음에는 가로등들이 나타났다. 이어 몇 사람이 그들 곁을 지나갔다. 그는 그녀보다 더 수줍어했고, 만일 그녀가 조금이라도 옆으로 비켜선다면 그녀의 곁에서 떨어졌을 것이다. 그러나 그녀는 시종 꼭 붙어 있었다.

이윽고 그들은 들판 사이의 완전한 어둠 속으로 들어갔다. 그들은 침묵 속에서 서로가 더 가까움을 느끼면서 아무 말도 하고 싶어 하지 않았다. 그런 식으로 그들은 목사관 문에 도착했다. 그들은 헐벗은 마로니에 나무 밑에 섰다.

"당신이 안 가도 되면 좋겠는데." 그가 말했다.

그녀가 짧고 빠르게 웃었다.

"내일 와요." 그녀는 낮은 소리로 말했다. "와서 아버지한테 말해요."

그녀는 그의 손이 자신의 손을 꼭 쥐는 것을 느꼈다.

그녀는 아까와 똑같이 그의 마음을 헤아리는 서글픈 짧은 웃음을 웃었다. 그리고 그에게 돌아가라는 인사로 입을 맞추었다.

집에 돌아오자 오랜 슬픔이 또다시 발작을 동반하며 찾아와, 루이자를 지워버리고, 심지어 그의 어머니, 상처 속에서 갑자기 화끈

거리는 열처럼 밀려오는 압박감의 이유인 어머니조차 지워버렸다.
그러나 그의 가슴속에는 뭔가 튼튼한 것이 있었다.

15

다음 날 저녁, 어떻게 될지는 짐작할 수 없지만 좌우간 해야 할
일이라고 느끼면서 그는 목사관에 가기 위해 옷을 차려입었다. 그
는 이 일을 심각하게 받아들이지 않을 작정이었다. 루이자에 관해
서는 확신이 있었고 이 결혼은 그에게 운명 같은 것이었다. 그것은
숙명이라는 행복한 감정으로 그를 채워주기까지 했다. 자신의 책
임도 아니며, 그녀의 가족도 사실 아무런 관계가 없는 일이었다.

그들은 그를 불기 없는 작은 서재로 안내했다. 얼마 안 있어 목
사가 들어왔다. 그는 차갑고 적대적인 목소리로 말을 꺼냈다.

"뭘 원하는가, 젊은이?"

사실 그는 질문할 필요도 없이 이미 알고 있었다.

듀랜트는 다시 상관 앞에 선 해군 병사같이 그를 올려다보았다.
그는 복종적인 태도를 취했지만, 그의 정신은 거리낌이 없었다.

"제가 원하는 것은, 린들리 목사님 ─" 그는 공손하게 말을 시작
했다. 순간 얼굴에 핏기가 싹 사라졌다. 해야 할 말을 하는 것이 마
치 스스로를 위배하는 일 같았다. 도대체 여기서 뭘 하고 있는 것
인가? 그러나 그는 계속 서 있었다. 해야만 하는 일이기 때문이었
다. 그는 자신의 독립성과 자존심을 단단히 다잡았다. 우유부단해

서는 안되었다. 자기 자신을 고려에서 배제해야만 했다. 이 일은 그의 단순한 개인적 자아보다 훨씬 큰 일이었다. 그는 감정을 갖지 말아야 했다. 이것은 그의 지고한 의무였다.

"그래, 자네가 원하는 것은——" 목사가 말했다.

듀랜트는 입술이 말라붙었으나 차분하게 대답했다.

"루이자 아가씨가——루이자가——저와 결혼하겠다고 약속했습니다."

"자네가 루이자에게 자네와 결혼해주겠느냐고 물었단 말이지——그래——" 목사가 듀랜트의 말을 정정했다. 듀랜트는 자신이 그녀에게 그런 것을 물은 적은 없었다는 생각을 했다.

"예, 저와 결혼해주겠느냐고 물었습니다, 목사님. 저는 목사님이——싫어하시지 않기를 바랍니다."

듀랜트는 미소를 지었다. 그는 잘생긴 사내였으며, 목사도 이 점을 인정하지 않을 수 없었다.

"그랬더니 내 딸이 자네와 결혼하겠다고 하던가?" 린들리 씨가 물었다.

"예." 듀랜트가 진지하게 말했다. 그럼에도 이것은 고통스러운 일이었다. 그는 자신과 이 나이 든 사람 사이의 어쩔 수 없는 적대감을 느끼고 있었다.

"이쪽으로 오게나." 목사가 말했다. 그는 식당으로 데려갔는데, 거기에는 메리, 루이자, 린들리 부인이 있었다. 매시 씨는 구석에 등불 가까이 앉아 있었다.

"이 젊은이가 너 때문에 온 거지, 루이자?" 린들리 씨가 말했다.

"네." 루이자가 시선을 듀랜트에게 향한 채 말했고 그는 기율 있게 꼿꼿이 서 있었다. 감히 그녀를 바라보지는 못했지만, 그녀를 의식하고 있었다.

"광부하고 결혼하고 싶진 않겠지, 이 어리석은 것아." 린들리 부인이 거친 목소리로 외쳤다. 그녀는 헐렁한 담홍회색의 가운으로 몸을 싼 채 긴 의자에 비만한 몸을 무력하게 뉘어놓고 있었다.

"가만 좀 계세요, 어머니." 메리가 조용하면서도 강렬한 태도로 당당하게 제지했다.

"아내를 부양할 능력이 뭐가 있지?" 목사의 아내가 거친 목소리로 답변을 요구했다.

"저는—" 듀랜트가 흠칫 놀라며 대답했다. "저는 제가 충분히 벌어올 수 있다고 생각합니다."

"그래, 얼마나 되는데?" 거친 목소리가 다시 나왔다.

"일당 7실링 6펜스입니다." 젊은이가 대답했다.

"거기서 더 올라갈 건가?"

"그러길 바랍니다."

"그리고 자넨 그 초라한 작은 집에서 살 작정인가?"

"그렇게 생각하고 있습니다." 듀랜트가 말했다. "괜찮으시다면."

그는 그다지 감정이 상하지 않았으며 단지 그들이 자신을 괜찮은 상대로 생각하지 않을 일이 난감할 뿐이었다. 그 자신도, 그가 그들 식으로는 괜찮지 못하다는 것을 알고 있었다.

"그렇다면, 내 말해두겠는데, 저 애가 자네와 결혼한다면, 저 앤 바보야." 어머니가 거칠게 소리침으로써 자신의 결정을 통고했다.

"이건 어찌 됐건 루이자의 일이에요, 엄마." 메리가 분명하게 말했다. "그리고 우린 기억해야만 하는데—"

"자기가 깔아놓은 자리에 누울 수밖에 없다는 얘기지—하지만 후회할 거야." 린들리 부인이 메리의 말을 막았다.

"그리고 누가 뭐라건 루이자가 가족에 대한 고려를 전혀 하지 않고 행동할 자유를 가졌다고 할 순 없지." 린들리 씨가 말했다.

"아빠가 원하시는 건 뭔데요?" 루이자가 날카롭게 물었다.

"내 말은 네가 이 남자와 결혼하면, 그건 내 입장을 매우 곤란하게 하는 일이 될 거란 뜻이다. 특히 네가 이 교구에서 계속 산다면 말이지. 아주 멀리 떠난다면, 일은 더 간단해지지. 그러나 여기서 광부의 오두막에서, 내 눈앞에서 산다는 것은, 말하자면—그건 모양이 매우 안 좋다는 말이다. 나는 지켜야 할 지위가 있는데, 그 지위란 것은 경시될 수 없는 거야."

"이쪽으로 오게, 젊은이." 어머니가 거친 목소리로 외쳤다. "얼굴 좀 보세."

듀랜트는 얼굴을 붉히며 다가가 섰다. 완전한 차렷자세가 아니었기 때문에 그는 손을 어디에 두어야 할지 몰랐다. 루이자는 그가 시키는 대로 순종하는 태도로 거기 서 있는 걸 보는 것이 화가 났다. 자기가 사내임을 보여줘야 할 일이었다.

"저 애를 데리고 안 보이는 데 가서 살 수 없나?" 어머니가 말했다. "둘 다 그게 더 나을 거야."

"예, 우린 떠날 수 있습니다." 그가 말했다.

"떠나고 싶으신 거예요?" 메리가 분명한 어조로 말했다.

그는 고개를 돌려 메리 쪽을 보았다. 메리는 매우 당당하고 인상적인 모습이었다. 그는 얼굴을 붉혔다.

"여기 사는 것이 누구에게라도 누가 된다면 떠나기를 원합니다." 그가 말했다.

"자신을 위해서라면 여기 있는 게 좋다는 말이지요?" 메리가 말했다.

"내 집이 여기 있습니다." 그가 말했다. "내가 태어난 집이기도 하고요."

"그렇다면," 메리가 분명한 태도로 부모를 향했다. "어떻게 그런 조건을 걸 수 있는지 정말 모르겠어요, 아버지. 저 사람은 자기 권리가 있어요. 그리고 루이자가 저 사람과 결혼하고 싶다면 —"

"루이자가, 루이자가!" 아버지가 못 참겠다는 듯이 말했다. "난 루이자가 왜 정상적으로 행동하지 않는지 이해할 수가 없구나. 왜 자기만 생각하면서 가족은 생각지 않는지 알 수가 없어. 결혼한다는 것만도 그런데 가능한 한 일을 좀 낫게 만들어보려고 애써야 하는 거 아냐. 그리고 만일 —"

"하지만 난 저이를 사랑해요, 아버지." 루이자가 말했다.

"난 네가 네 부모도 사랑하기를 바란다. 그리고 가능하다면 자기 부모의 — 부모의 위신을 손상하는 일을 덜어주고 싶어하기를 바라는 것이야."

"우리가 멀리 가서 살면 되죠." 루이자가 말했다. 그녀의 얼굴이 일그러지며 눈물이 쏟아졌다. 마침내 그녀도 진짜로 상처를 받은 것이었다.

"아, 예, 간단한 일입니다." 듀랜트는 지쳐서 얼굴이 창백해진 모습으로 서둘러 말했다.

방 안에는 죽음 같은 침묵이 흘렀다.

"나는 그게 정말 더 나을 거라고 생각한다." 누그러진 태도로 목사가 중얼거렸다.

"정말 그럴 거야." 환자의 거친 목소리가 들려왔다.

"난 그런 것을 요청하는 데 대해 우리가 사과해야 한다고 생각하지만요." 메리가 오만한 태도로 말했다.

"아닙니다." 듀랜트가 말했다. "그게 제일 나을 겁니다." 그는 이제 성가신 일이 없어진 것이 기뻤다.

"교회에서 결혼식을 올릴까요, 아니면 등기소로 갈까요?" 그는 도전장을 내밀듯이 분명한 태도로 말했다.

"등기소로 가요." 루이자가 단호하게 대답했다.

다시 방 안에 죽음 같은 침묵이 흘렀다.

"그래, 네 멋대로 할 거면 네 멋대로 하는 거지." 어머니가 힘을 주어 분명하게 말했다.

매시 씨는 내내 잊혀진 채로 누구의 눈에도 띄지 않고 방구석에 앉아 있었다. 그러다가 이 대목에서 일어나며 말했다.

"메리, 아기가 울어."

메리는 일어나서 당당한 모습으로 방을 나갔다. 그녀의 작은 남편이 뒤따라 타박거리며 걸어갔다. 듀랜트는 신기한 것을 보듯이 곧 부서질 것 같은 그 작은 사내가 나가는 것을 바라보았다.

"그런데, 결혼하면 어디로 갈 생각인가?" 목사가 다정하다고까지 할 수 있는 태도가 되어 물었다.

듀랜트는 흠칫 놀랐다.

"이민 갈 생각을 하고 있습니다." 그가 말했다.

"캐나다로? 아니면 어디로?"

"캐나다로 갈 것 같습니다."

"그래, 그거 아주 좋구먼."

다시 침묵이 흘렀다.

"그럼 사위 얼굴은 많이 못 보겠네." 어머니가 거칠지만 우호적으로 말했다.

"그럴 겁니다." 그가 대답했다.

그러고 나서 그는 떠났다. 루이자는 그와 함께 대문까지 나왔다. 그녀는 울상이 되어 그의 앞에 섰다.

"저 사람들 개의치 않지요, 그렇죠?" 그녀가 겸손하게 말했다.

"저 사람들이 나를 개의치 않는다면 나는 개의치 않아!" 그가 말했다. 그리고 그는 몸을 구부려 그녀에게 입을 맞추었다.

"빨리 결혼해요." 그녀가 눈물을 흘리며 중얼거렸다.

"그럽시다." 그가 말했다. "내일 바퍼드에 다녀오리다."

프로이센 장교
The Prussian Officer

1

그들은 새벽부터 뜨겁고 하얀 길을 따라 30킬로미터 이상을 걸어왔다. 때로 나무 덤불을 만나 잠시 그늘을 지나가다가 다시 땡볕으로 나가곤 했다. 양편에는 얕고 널찍한 골짜기가 열을 뿜으며 반짝거리고, 군데군데 짙은 녹색의 호밀밭과 아직 익기 전의 파르스름한 밀, 휴경지, 목초지, 검은 소나무 숲 등속이, 반짝거리는 하늘아래 단조롭고 뜨거운 도표 모양으로 펼쳐져 있었다. 그러나 정면에는, 깊은 대기 속에서 부드럽게 번득이는 눈을 인 옅푸른빛 산맥이 아주 조용한 자태로 가로질러 뻗어 있었다. 연대는 그 산맥을 향해 계속해서 호밀밭과 초목지 사이를, 큰길 양쪽으로 규칙적으로 솟은 말라빠진 과일나무들 사이를 행군해갔다. 광택이 나는 짙은 녹색의 호밀은 숨 막힐 것 같은 열을 내뿜었고, 산맥은 점차 더 가까이, 더 뚜렷하게 다가왔다. 병사들의 발이 점점 뜨거워지면서, 철모 밑의 머리카락 사이로 땀이 줄줄 흘렀고, 배낭은 이제 어깨에 뜨겁게 쓸리는 아픔보다는 오히려 차갑게 가시가 찌르는 느낌이 들었다.

그는 앞쪽의 산맥을 응시하며 말없이 계속해서 걸어갔다. 산맥은 땅에서 깎아지른 듯이 솟아 겹겹이 버티고 있었는데 반은 땅이며 반은 하늘이었고, 창백하고 푸르스름한 봉우리들의 부드러운 눈이 틈틈이 갈라놓은 장벽이 하늘을 이루었다.

그는 이제 거의 아픔을 느끼지 않고 걸을 수 있었다. 출발할 때 그는 절룩거리지 않아야겠다고 다짐했다. 그러나 처음 몇 걸음 내딛는 일은 참기 힘든 고통이었으며, 1마일 남짓 걷는 동안 가쁜 숨을 억눌러야 했고 이마에는 찬 땀방울이 맺혔다. 그러나 그는 걷는 것을 통해 그 아픔을 떨쳐버렸다. 결국 이건 그저 멍에 불과한 것 아닌가! 그는 잠을 깨면서 허벅지 뒤쪽으로 시퍼렇게 멍이 든 곳들을 보았다. 아침에 행군 첫 발걸음을 내디딘 이후로 그는 계속 그 멍을 의식하고 있으며, 지금은 통증을 억누르고 참아내느라 가슴에 팽팽하고 뜨거운 부분이 자리 잡은 상태였다. 숨을 쉬어도 공기가 들어오지 못하는 것 같았다. 그러나 그의 걸음걸이 자체는 경쾌한 편이었다.

새벽에 커피를 받을 때 대위의 손은 떨렸다. 대위의 당번병은 그 장면이 다시 눈에 선했다. 그는 앞쪽 농가에서 말을 전진시키는 대위의 멋진 체격, 진홍색 병과 ^{兵科} 표지가 달린 옅은 푸른빛 군복을 입은 그 잘생긴 체격과, 검은 철모와 칼집의 금속성 광택, 비단 같은 적갈색 털을 가진 말이 흘리는 거무스름한 땀줄기를 보았다. 당번병은 말 위에서 저렇게 갑자기 움직이는 형체와 자신이 결부되어 있음을 느꼈다. 그 형체의 저주에 걸린 듯, 묵묵히 그리고 꼼짝없이 그림자처럼 그것을 따라갔다. 장교도 늘 자기 뒤에 부대의 발걸음 소리를 의식했고, 부하들 가운데도 특히 당번병의 행군을 의식하고 있었다.

대위는 마흔살가량의 키가 큰 사내로, 관자놀이 부근이 희끗희끗했다. 그는 훌륭한 골격의 잘생긴 모습이었으며, 서부지역에서 가장 말을 잘 타는 사람 중 하나였다. 그의 당번병은 그의 등을 밀어주는 임무를 수행하면서 승마를 통해 다져진 그 허리의 굉장한 근육에 감탄했다.

그 점 말고는, 당번병은 자기 자신에 대해서와 마찬가지로 장교에 대해 거의 주의를 기울이지 않았다. 그가 상관의 얼굴을 보는 일은 드물었다. 일부러 쳐다보는 적은 없었다. 대위의 머리카락은 적갈색에 뻣뻣했고 짧게 깎은 머리였다. 콧수염 역시 짧게 깎았고 불룩하고 짐승 같은 입 위로 곤두서서 뻗어 있었다. 얼굴은 약간 험상스러운 편이었고, 뺨은 움푹했다. 이 사내는 얼굴의 깊은 주름과, 삶과 투쟁하고 있는 듯한 표정을 심어주는 이마의 초조한 긴장으로 인해 오히려 더 잘생겨 보이는지도 몰랐다. 그의 잘생긴 눈썹은 늘 차가운 불로 타오르는 옅푸른빛의 눈 위로 무성하게 솟아 있었다.

그는 오만하고 고압적인 프로이센 귀족이었다. 그의 어머니는 폴란드의 백작 부인이었다. 그는 젊을 때 도박으로 너무 많은 빚을 졌기 때문에 군대에서의 출세 전망은 이미 망가져버리고 한낱 보병 대위로 남아 있었다. 그는 결혼한 적이 없었다. 지위상 그럴 여지가 없었으며, 또 그를 결혼에 이르게 할 만한 여인도 없었다. 시간이 나면 그는 말을 탔다. 때때로 자기 말 가운데 하나를 타고 경마에 나가기도 했으며, 장교클럽에서 타기도 했다. 이따금씩 정부情婦를 두기도 했다. 그러나 그런 일이 있은 뒤엔 이마를 더욱 찌푸린 상태로, 눈에는 더욱 적대적이고 초조한 빛을 띤 채로 임무에 복귀했다. 그러나 부하들에게는, 비록 성을 내면 악마 같아지긴 했지만, 평소에는 별다른 인간적인 감정 없이 대했다. 때문에 대체로 부하들은 그를 두려워했지만 특별한 반감을 갖고 있지는 않았다. 그저 불가피한 존재로 받아들였다.

그는 당번병에게 처음에는 냉정하고 공정하고 무관심했다. 사소한 일을 가지고 법석을 떠는 사람도 아니었다. 그래서 그의 부하는 그에 대해 거의 아무것도 몰랐으며, 다만 그가 어떤 명령을 내릴 것인지, 그리고 그것이 어떤 식으로 수행되기를 원하는지만 알고 있을 뿐이었다. 그것은 아주 간단한 일이었다. 그러다가 점차 변화가 생기기 시작했다.

당번병은 중키에 튼튼한 체격을 갖춘 스물두살가량의 젊은이였다. 그는 강하고 묵직한 팔다리를 가졌으며, 거무스름한 얼굴에 기른 지 얼마 안되는 부드럽고 짙은 콧수염을 지니고 있었다. 그에게서는 뭔가 아주 따뜻하고 젊은 분위기가 풍겼다. 짙고 표정 없는 눈 위로는 뚜렷하게 박힌 눈썹이 있었으며, 그의 눈은 전혀 생각이라곤 해보지 않고 다만 감각을 통해 삶을 직접적으로 받아들이고 본능에 따라 곧장 행동해버리는 듯이 보였다.

점차로 장교는 자기 옆에 있는 젊고 정력적이고 무의식적인 부하의 존재를 의식하게 되었다. 그가 시중을 들고 있을 때, 그 젊은이 개인에 대한 의식에서 벗어날 수가 없었다. 그것은 이제 거의 활력을 잃고 굳어버린, 나이 든 사람의 긴장되고 딱딱한 몸에 다가오는 따뜻한 불길과 같았다. 젊은이는 뭔가 아주 자유롭고 자족적인 분위기를 풍겼으며, 움직임에는 뭔가 장교로 하여금 그를 의식하게끔 만드는 것이 있었다. 이것이 이 프로이센인의 신경을 건드렸다. 그는 이 부하에 의해 마음이 움직여 삶 속으로 들어가고 싶지 않았다. 그는 쉽게 당번병을 갈아치울 수도 있었지만 그렇게 하지는 않았다. 이제 그는 자기 당번병을 직접 바라보는 일이 거의 없었으며, 마치 보지 않으려는 것처럼 늘 얼굴을 돌린 채였다. 그럼에도 젊은 병사가 아무 생각 없이 방 주위를 돌아다닐 때 나이 든 장교는 그를 바라보게 되었고, 파란 천 밑의 강건한 어깨와 부드럽게 숙여지는 목에 신경을 쓰게 되었다. 그리고 그것이 그의 신경을 건드렸다. 병사의 젊고 모양 좋은 농부다운 갈색 손이 빵 조각이나 포도주병을 잡는 것을 보면 증오 혹은 분노가 이 나이 든 사람의 핏줄기 속을 섬광처럼 스치고 지나갔다. 젊은이의 동작이 서툴러서 그런 것이 아니었다. 장교를 그렇게까지 신경이 거슬리게 만든 것은 오히려 아무런 방해를 받지 않는 젊은 동물의 동작에 깃들인 맹목적이면서도 본능적인 확신이었다.

한번은 포도주병이 넘어져 상보 위로 붉은 술이 쏟아졌다. 장교
는 놀라 욕지거리를 하며 벌떡 일어났다. 불길처럼 푸르스름해진
그의 눈이 당황하는 젊은이의 시선을 한동안 붙잡았다. 젊은 병사
에게 이것은 충격이었다. 그는 뭔가가 영혼 속으로 깊이깊이, 전에
그 무엇도 결코 가본 적이 없는 곳으로 내려앉는 느낌을 받았다.
이 일로 인해 그는 멍해졌고 혼란스러워졌다. 내부의 타고난 자족
성 가운데 일부가 사라져버렸으며, 대신 그 자리에 약간의 불안이
들어서게 되었다. 그리고 그뒤로 어떤 미지의 감정이 두 사람 사이
를 붙들어매었다.

이때부터 당번병은 상관과 정면으로 마주치는 것을 두려워하게
되었다. 그의 잠재의식은 그 강철같이 푸르스름한 눈과 거친 눈썹
을 기억했고, 그것들을 다시 마주 보고 싶지 않았다. 그래서 늘 그
의 상관을 지나쳐 다른 곳을 바라보았으며, 그를 피했다. 더불어 약
간 불안해하면서 어서 석달이 지나가기를 기다렸다. 그러면 그의
복무 기간이 끝날 것이었다. 그는 대위가 있으면 압박감을 느끼기
시작했다. 장교도 그랬지만 병사는 더욱더, 가만 내버려둔 상태에
서 부하로서의 중립적인 상태를 지킬 수 있기를 바랐던 것이다.

그는 일년 넘게 대위의 시중을 들어왔기 때문에 할 일을 잘 알았
다. 그는 이 일들을 자신의 천직인 양 쉽게 해나갔다. 장교와 장교
의 명령을 해나 비처럼 당연한 것으로 받아들였고, 그렇게 시중을
들었다. 일은 그 개인과 무관한 것이었다.

그러나 이제 자신의 상관과 개인적인 교류를 가질 수밖에 없게
된다면 그는 마치 사로잡힌 야생동물처럼 될 것이었다. 그는 여기

서 벗어나야만 한다고 느꼈다.

그러나 젊은 병사의 존재에서 오는 영향은 장교의 경직된 기율을 뚫고 들어가 장교 내부의 인간에 혼란을 일으켰다. 하지만 장교는 길고 가느다란 손가락과 세련된 동작의 신사였으며, 내면의 자아의 동요 따위는 허용하지 않으려는 사람이었다. 그는 열정적인 기질을 가진 사람이었으나 늘 자기 자신을 억눌러왔다. 이따금씩 결투도 했고, 병사들 앞에서 감정을 폭발시키는 일이 있기는 했다. 또 자신이 늘 폭발하기 직전의 상태임을 스스로 알고 있었다. 그러나 그는 '군 복무'라는 관념에 자기 자신을 단단히 붙들어매고 있었다. 반면 젊은 병사는 자신의 따뜻하고 풍성한 본성을 한껏 삶속에 발휘하는 것 같았으며, 바로 자신의 동작 속에서 그것을 발산시키는 것 같았고, 이것은 야생동물이 자유로이 움직일 때처럼 어떤 신명을 풍겼다. 이것이 장교에게는 점점 더 신경에 거슬렸다.

자기도 모르게 대위는 자신의 당번병에 대해 중립적인 감정을 회복할 수가 없었다. 또한 그를 가만 내버려둘 수도 없었다. 저도 모르게 당번병을 늘 지켜봤으며, 모진 명령을 내리고 가능한 한 그의 시간을 많이 빼앗으려고 애썼다. 때로 그는 이 젊은 병사에게 격렬하게 화를 내고, 그를 못살게 들볶기도 했다. 그러면 당번병은 마치 그것이 멀찌감치 안 들리는 곳에서 나는 소리인 양 자신을 닫아걸고, 실쭉하고 불그레해진 얼굴로 그 소리가 끝나기를 기다렸다. 낱말들은 결코 그의 이해력 속으로 뚫고 들어가지 못했으며, 젊은이는 자신이 상관의 감정에 무감각하도록 만들었다.

그는 왼손 엄지손가락에 상처 자국이 있었는데, 그 깊은 자국은 손가락 마디 너머까지 뻗어 있었다. 장교는 그것 때문에 오랫동안 불편해했으며, 그것을 어떻게 해보고 싶어했다. 그러나 그 상처 자국은 여전히 거기, 그 갈색의 젊은 손 위에 흉하고 야만스럽게 남아 있었다. 마침내 대위의 자제심은 무너지고 말았다. 어느날 당번병이 식탁보의 주름을 펴고 있을 때, 장교는 연필로 부하의 엄지손가락을 쿡 내리누르며 물었다.

"이게 어떻게 해서 생긴 건가?"

젊은이는 움찔거리며 뒤로 물러나 차렷자세를 취했다.

"나무 도끼 때문에 생긴 겁니다, 대위님." 그가 대답했다.

장교는 더 설명이 나오기를 기다렸다. 그러나 더는 아무것도 없었다. 당번병은 할 일을 계속했다. 나이 든 사람은 뿌루퉁하게 화가 났다. 부하는 그를 피했다. 다음 날 장교는 상처 자국이 있는 엄지손가락을 보지 않으려고 자신의 온 의지력을 동원했다. 그는 그 손가락을 꽉 움켜쥐고 싶었다. 뜨거운 불꽃이 그의 핏줄기 속을 달려갔다.

그는 자기 부하가 곧 제대할 것이고 그렇게 되면 기뻐하리라는 것을 알고 있었다. 이제까지도 병사는 이 나이 든 사람을 멀리해왔었다. 대위는 미칠 것같이 신경이 예민해졌다. 그는 병사가 없을 때도 편안하지 못했으며, 병사가 있을 때는 괴로움에 찬 눈으로 그를 노려보았다. 아무런 뜻도 담지 않은 짙은 눈 위의 그 검고 아름다운 눈썹을 미워했고, 어떤 군대 훈련으로도 경직되게 만들 수 없을 그 잘 뻗은 팔다리가 자유롭게 움직이는 것에 불같이 화가 났다. 그는 사나워졌고 경멸하고 빈정댐으로써 잔인할 정도로 부하를 못

살게 굴었다. 그러나 젊은 병사는 점점 더 말과 표정이 없어져갈 뿐이었다.

"넌 무슨 소가 키운 놈이야, 눈을 똑바로 못하게? 내가 말할 땐 내 눈을 봐!"

그러자 병사는 자신의 검은 눈을 상대의 얼굴을 향해 돌렸다. 그러나 그 눈은 무엇을 보고 있는 눈이 아니었다. 가급적 최소한의 눈길만 던질 뿐이었고 보는 일은 최대한 억제하고 있었다. 상관 눈의 푸른빛은 느꼈지만 그 눈에서 어떤 표정도 받아들이지 않고 있었다. 나이 든 남자는 얼굴이 창백해졌고 불그스레한 눈썹이 씰룩거렸다. 그는 메마른 어조로 명령을 내렸다.

한번은 그가 젊은 병사의 얼굴에 무거운 군용 장갑을 던진 적이 있었다. 그러자 지푸라기를 불에 던졌을 때 확 불길이 타오르듯 병사의 검은 눈에 불길이 타올라 자신의 눈으로 번져오는 것을 만족스럽게도 볼 수 있었다. 그래서 그는 약간 몸을 떨며 냉소적으로 웃었다.

그러나 남은 기간은 두달뿐이었다. 젊은이는 본능적으로 자기 자신을 손상시키지 않은 상태로 유지하려고 애썼다. 즉 장교가 사람이 아닌 하나의 추상적인 권위인 것처럼 그를 섬기려 했다. 그의 온 본능은 개인적인 접촉, 심지어는 명백한 증오까지도 피하려 했다. 그러나 자신도 모르게 장교의 격정에 조응하여 미움이 자라나고 있었다. 하지만 이것을 뒤로 감추어놓았다. 제대를 하면 그것을 인정할 용기가 날 것이었다. 천성적으로 그는 활동적이었으며 친구들도 많았다. 그는 녀석들이 참 좋은 친구들이라고 생각했다. 그러나 자신은 몰랐지만 그는 혼자였다. 그리고 이제 이 고립 상태가 더욱 강화되고 있었다. 그는 이 고립 상태에 기대어 병역 기간을 마칠 것이었다. 그러나 장교는 신경이 곤두서 미칠 지경으로 되어가는 것 같았고, 젊은이는 깊은 두려움을 느꼈다.

병사에게는 애인이 있었다. 산악지방 출신으로 독립적이고 야성적인 여자였다. 둘은 아무 말 없이 함께 걷곤 했다. 그가 그녀와 함께 다니는 것은 말하기 위해서가 아니라, 그녀를 껴안기 위해서, 육체적인 접촉을 위해서였다. 이것이 그를 편안하게 해주었으며, 대위를 좀더 쉽게 무시할 수 있게 해주었다. 그녀를 가슴에 꼭 껴안으면 편안히 쉴 수 있기 때문이었다. 그리고 그녀는 말로 표현할 수 없는 어떤 방식으로 그를 위해 거기 있었다. 그들은 서로 사랑했다.

대위는 이것을 알아차리고 신경이 날카로워져 미칠 지경이었다. 그는 젊은 남자를 저녁 늦게까지 붙들어두었으며, 그의 얼굴에 어두운 표정이 떠오르는 것을 보고 기쁨을 느꼈다. 때때로 두 남자의 눈이 마주쳤다. 젊은 쪽의 눈은 침울하고 검고 완강할 정도로 변함이 없었으며, 나이 든 쪽은 들뜬 채 경멸로 가득 찬 냉소를 띠고 있었다.

장교는 자신을 사로잡은 이 격정을 인정하지 않으려 무진 애를 썼다. 그는 자신의 당번병에 대한 감정이, 어리석고 고집스러운 부하 때문에 자극되어 느끼는 감정이 결코 아니라는 사실을 깨달으려 하지 않았다. 그래서 의식에서는 정당하고 관습에 충실한 채 그색다른 무엇이 계속 진행되도록 방치했다. 다만 그의 신경은 과민

증에 시달렸다. 마침내 그는 허리띠 끝으로 부하의 얼굴을 때리게 까지 되었다. 젊은이가 놀라서 뒤로 물러나는 것을 보았을 때, 그리고 통증으로 인해 눈에 어린 눈물과 입가의 피를 보았을 때, 그는 속 깊은 기쁨과 동시에 수치감으로 몸이 떨림을 느꼈다.

그러나 이런 짓은 전에 결코 해본 적이 없는 일임을 그 자신 인정했다. 그런데 녀석이 너무 분통을 돋우는 것이었다. 이러다간 자신의 신경이 박살나고 말 것임에 틀림없었다. 그는 여자를 데리고 며칠간 떠나버렸다.

그것은 가짜 쾌락이었다. 한마디로 그는 여자를 원하고 있지 않았다. 그러나 정해진 시간이 다 가도록 그런 상태로 지냈다. 그 시간이 지나자 그는 성마름과 번민과 비참함이 섞인 고뇌의 표정으로 돌아왔다. 그날 저녁 내내 말을 타다가 곧장 저녁을 먹으러 들어왔다. 당번병은 나가고 없었다. 장교는 길고 가느다란 손을 탁자 위에 올려놓은 채 꼼짝도 않고 앉아 있었다. 온몸의 피가 부식되는 것 같았다.

이윽고 부하가 들어왔다. 장교는 그 강하고 편안한 젊은 모습, 잘생긴 눈썹, 숱 많은 검은 머리카락을 바라보았다. 일주일 만에 젊은이는 예전의 생기 있는 모습을 회복하고 있었다. 장교의 손이 미친 듯 타오르는 불꽃을 가득 움켜쥔 것처럼 꿈틀거렸다. 젊은 남자는 차렷자세로 움직이지 않고, 자신을 닫아건 채 서 있었다.

식사는 침묵 속에서 진행되었다. 그러나 당번병은 들뜬 것 같았다. 그가 접시로 달그락거리는 소리를 냈다.

"바쁜가?" 장교가 뭔가에 열중해서 화끈거리는 부하의 얼굴을 바라보며 물었다. 상대방은 대답이 없었다.

"내 질문에 대답 안할 건가?" 대위가 말했다.

"예, 대위님." 당번병이 움푹 팬 군용 식기 더미를 든 채 서서 대답했다. 대위는 답을 기다리다 그를 쳐다보고서 다시 물었다.

"바쁜가?"

"예, 대위님." 대답이 들리자 대위의 몸에 섬광이 꿰뚫고 지나갔다.

"뭣 때문인가?"

"외출할 예정이었습니다, 대위님."

"오늘 저녁에 네가 필요해."

잠시 대답을 못하고 망설이는 기색이 있었다. 장교는 기묘하게 굳은 얼굴을 하고 있었다.

"예, 대위님." 부하는 목에서 우물거리며 대답했다.

"내일 저녁에도 네가 필요해—그러니까 내가 허락하지 않는 한 저녁에는 언제나 일이 있다고 생각하는 게 좋을 거야."

기른 지 얼마 되지 않은 콧수염으로 덮인 입이 꽉 다물어졌다.

"예, 대위님." 당번병은 잠깐 입술을 벌려 대답했다.

그는 다시 문 쪽으로 돌아섰다.

"왜 귓등에 연필을 꽂고 있나?"

당번병은 머뭇거리다가 대답 없이 계속 걸어가버렸다. 그는 문 밖의 식기 더미 위에 식판을 올려놓고는, 귓등에서 몽당연필을 빼내 호주머니에 집어넣었다. 애인의 생일카드에 적을 시를 베끼느라 연필을 사용했던 것이다. 그는 식탁을 마저 치우러 방 안으로 들어갔다. 장교의 눈은 흔들흔들 춤추고 있었고, 얼굴은 자그맣고 간절한 미소를 띠고 있었다.

"왜 귓등에 연필을 꽂고 있나?" 그가 물었다.

당번병은 손에 접시를 가득 들고 있었다. 상관은 얼굴에는 가벼운 미소를 띠고 턱을 앞으로 내민 채 커다란 녹색 난로 가까이에 서 있었다. 젊은 병사는 그를 보자 가슴이 갑자기 뜨겁게 달아올랐다. 눈앞이 캄캄하게 느껴졌다. 그는 어지러움을 느끼며 대답 없이 문으로 향했다. 접시를 내려놓으려 몸을 굽히는 순간 그는 뒤에서 날아온 발길질에 앞으로 쓰러졌다. 그릇들은 계단 아래로 연달아 곤두박질치고, 그는 난간 기둥에 매달렸다. 일어나려 할 때 그는 다시, 또다시 거세게 걸어채었으며, 한동안 어지러워서 기둥을 붙잡고 있었다. 상관은 재빠르게 방 안으로 들어가 문을 닫아버렸다. 아래층에 있던 하녀가 계단을 올려다보더니 접시들이 풍비박산된 재난에 비웃는 표정을 지었다.

장교의 심장은 곤두박질치고 있었다. 그는 포도주 한 잔을 스스로 따라부었다. 얼마는 바닥으로 흘린 채 나머지를 꿀꺽 삼키고는 차가운 녹색 난로에 몸을 기댔다. 계단에서 부하가 접시를 줍는 소리가 들렸다. 술에 취한 것처럼 창백해져서 그는 기다렸다. 다시 부하가 들어왔다. 당번병이 당황해하고 아파서 어쩔 줄 모르며 서 있는 것을 보고 대위는 쾌감에 가까운 격통을 느꼈다.

"너!" 그가 불렀다.

병사는 약간 느려진 동작으로 차렷자세를 취했다.

"예, 대위님!"

그 앞에 선 젊은이는 애처로워 보이는 앳된 콧수염과, 짙은 빛깔 대리석과 같은 이마 위에 매우 뚜렷하고 아름다운 눈썹을 단 채 서 있었다.

"난 너에게 질문을 했다."

"예, 대위님."

장교의 말투는 산酸처럼 콕콕 쏘았다.

"왜 너는 귓등에 연필을 꽂고 있었나?"

부하의 심장이 다시 뜨겁게 달아올라 숨을 쉴 수가 없었다. 어둡고 긴장된 눈으로 그는 마치 홀린 듯이 장교를 바라보았다. 그리고 억세게 뿌리가 박혀버린 듯 아무런 의식 없이 서 있었다. 사람을 혼란스럽게 하는 미소가 눈에 떠오르더니, 대위는 발을 들어올렸다.

"이, 잊어버린 겁니다— 대위님." 병사가 헐떡거리며 대답했다. 그의 검은 눈이 상대방의 쉼없이 흔들거리는 푸른 눈에 박힌 듯 머물러 있었다.

"그걸 가지고 뭘 하고 있었나?"

말을 하려 애쓰느라 젊은 남자의 가슴이 벌떡거리는 것을 그는 보았다.

"쓰고 있었습니다."

"뭘 써?"

다시 병사는 위를 보았다가 눈을 내리깔았다. 장교는 그가 헐떡거리는 것을 들을 수 있었다. 파란 눈에 미소가 떠올랐다. 병사는 말라붙은 목청을 움직였으나 말을 할 수가 없었다. 갑자기 장교의 얼굴에서 미소가 불꽃처럼 번쩍 타오르더니, 당번병의 허벅지로 거친 발길질이 날아왔다. 젊은이는 한 발자국 옆으로 물러났다. 응시하는 검은 두 눈 주위의 그의 얼굴은 죽은 빛을 띠었다.

"뭐였어?" 장교가 말했다.

당번병의 입은 이미 말라붙었으며 혀가 바싹 마른 갈색 포장지를 핥듯 입안을 비벼대고 있었다. 그는 목울대를 움직였다. 장교는 발을 들어올렸다. 부하의 몸이 경직됐다.

"시였습니다, 대위님." 잘 알아들을 수 없는 껄끄러운 소리가 나왔다.

"시? 무슨 시?" 대위가 병적인 미소를 띠며 물었다.

다시 목울대가 움직이고 있었다. 대위의 심장은 갑자기 무겁게 내려앉았다. 병들고 피곤한 모습이었다.

"제 여자를 위한 겁니다, 대위님." 메마르고 사람의 소리 같지 않은 소리가 들렸다.

"아하!" 그는 말하며 휙 몸을 돌렸다. "식탁 치워."

'끅!' 병사의 목청이 움직였다. 다시 '끅!' 하는 소리가 나더니 반쯤 알아들을 수 있는 소리가 나왔다.

"예, 대위님."

젊은 병사는 늙어버린 듯한 모습으로 무겁게 걸어 방을 나갔다.

혼자 남게 되자 장교는 생각하는 것을 막기 위해 온몸이 굳어지도록 힘을 주며 버텼다. 본능이 그에게 생각을 해서는 안된다고 경고하고 있었다. 그의 속 깊은 곳에는 격정의 강렬한 만족이 있었으며, 격정은 여전히 강력하게 작용하는 중이었다. 동시에 작용이 있었다. 그의 내면에서 뭔가가 끔찍하게 무너져내리는, 온통 고뇌에 찬 반작용이었다. 그는 한시간 동안 그 자리에 움직이지 않고 선 채 감각들의 혼돈에 휩싸여 있었다. 그러나 자신의 의식을 텅 비게 하려는 의지, 자신의 정신이 사태를 파악하는 것을 막자는 의지로 완강하게 버텨나갔다. 이렇게 스스로 버티면서 압박감이 최악의 상태를 벗어나자 그는 술을 마시기 시작했다. 완전히 취해버릴 때까지 술을 마셔 이윽고 인사불성인 상태에서 잠이 들었다. 아침에 깨어났을 때 그는 다시 본성의 밑바닥까지 흔들렸다. 그러나 무진 애를 써서 자신이 한 일에 대한 인식을 물리쳐버린 참이었다. 그는 자신의 의식이 그것을 받아들이지 못하게 막았으며, 자신의 본능과 함께 그것을 억눌러버렸다. 그러자 드디어 의식 상태의 그는 자기가 한 일과 아무런 상관이 없게 되었다. 단지 며칠 동안 정신없이 술을 퍼마신 뒤처럼 허약한 기분이었고 사건 자체는 아주 희미해져서 되살려지지 않는 상태였다. 격정에 취했던 기억을 그는 성공적으로 거부해버린 것이다. 그래서 당번병이 커피를 들고 나타났을 때, 장교는 전날 아침과 똑같은 자아를 내보일 수 있었다. 그는 지난밤의 사건을 거부해버렸다. 그런 일이 있었다는 것 자체를 부정했고, 그렇게 부정하는 데 성공한 것이다. 그는 그런 일 따위는 한 적이 없었다―그 자신은 아니었다. 무슨 일이 있었든지 간에 저기 저 어리석고 복종할 줄 모르는 부하의 탓일 뿐이었다.

당번병은 저녁 내내 멍한 무감각 상태에서 이리저리 돌아다녔다. 목이 바싹 말라붙는 것 같아 맥주를 마셨지만, 많이 마시지는 못했다. 알코올이 그의 감정을 되살아나게 해 견딜 수가 없었던 것이다. 마치 그에게서 일상적인 인간의 구할이 죽어버린 것처럼 그는 둔해져 있었다. 그는 볼썽사나운 모습으로 이리저리 기어다녔다. 그래도 그 발길질을 생각하면 여전히 속이 치밀어올랐으며, 뒤에 방 안에서 발길질을 더 하려던 위협을 생각하면 심장이 뜨거워지고 정신이 멍해졌다. 이어 방 안에서 실제로 날아온 발길질이 기억나자 숨이 가빠졌다. 그는 '제 여자를 위한 겁니다' 하고 말할 수밖에 없었다. 너무나도 엄청나게 당한 일이라 울고 싶은 마음조차 나지 않았다. 그의 입은 백치처럼 약간 벌어져 있었다. 모든 것이 다 쓸려가버려 텅 빈 것 같은 느낌이었다. 그래서 일이 손에 잡히지 않았으며, 일하려 해도 고통스러웠고 매우 느리고 서툴렀다. 멍한 상태에서 손만 나가 솔을 들고 더듬거리기도 했고, 한번 앉으면 다시 일어날 힘을 찾기가 힘들었다. 사지와 턱은 느슨해지고 신경이 없어져버린 듯했다. 그러면서도 매우 피곤했다. 이윽고 잠자리에 들어 생기 없이 늘어진 상태로 잠에 빠져들었으나, 그것은 잠이라기보다는 혼수상태였다. 고통의 섬광들이 뚫고 지나간 혼수상태의 죽음과 같은 밤이었다.

아침에는 기동훈련이 있었다. 그는 나팔소리가 울리기도 전에 잠이 깼다. 가슴속의 괴로운 통증, 목마름, 무시무시하게 계속되는 비참한 느낌 때문에 금방 눈에서 잠이 달아나면서 음산한 빛으로 채워졌다. 생각하지 않고도 어젯밤의 일이 머릿속에 자리 잡았다. 그리고 자신이 맡은 일을 또 해야만 하는 아침이 다시 왔다는 것을 알았다. 어둠의 마지막 조각이 방 안에서 밖으로 밀려나가고 있었다. 그는 무기력한 몸을 움직여 늘 하던 일을 해야만 할 것이었다.

그는 너무 젊었고 고민이라는 것을 너무도 몰랐었기 때문에 어리
둥절했다. 그저 계속 밤이길, 그래서 어둠에 싸여 누워 있을 수 있
기를 바랄 뿐이었다. 하지만 아무것도 날이 새는 것을 막을 수 없
을 것이며, 아무것도 그가 다시 일어나 대위의 말에 안장을 놓고
대위의 커피를 끓이는 일을 면해줄 수 없을 것이었다. 그 일은 거
기 그렇게 있는 것이며, 피할 수 없는 것이었다. 다음 순간, 그것은
또한 도저히 아니라는 생각이 들었다. 하지만 세상이 그를 자유롭
게 놓아두지는 않을 터였다. 그는 가서 대위에게 커피를 날라야만
했다. 그는 너무 멍했기 때문에 그것을 이해할 수가 없었다. 다만
그것이 불가피한 것임을—아무리 오래 기력을 잃고 누워 있더라
도 피할 수는 없는 일임을 알았을 뿐이다.

　마침내 무기력한 돌덩어리 같은 몸을 들어올려 그는 일어났다.
그러나 모든 행동 하나하나를 뒤에서 의지를 가지고 떠다밀듯이
해나가야 했다. 어찌할 바를 모르겠고, 어지럽고 무력하다는 느낌
이었다. 이어 통증이 예리하게 다가왔기 때문에 그는 침대를 움켜
잡았다. 허벅지를 살펴보자 가무잡잡한 살 위로 멍 자국이 더 짙어
져 있었다. 손가락으로 멍 든 곳 중 한군데를 누르면 기절해버리리
라는 것을 그는 알았다. 그러나 그는 기절하고 싶지 않았고 또 아
무도 알게 하고 싶지 않았다. 아무도 절대로 이것을 알아서는 안되
었다. 이건 대위와 그 사이의 일이었다. 이제 세상에는 오로지 두
사람—자신과 대위밖에 없었다.

　천천히 그리고 요령 있게 그는 옷을 입고 스스로를 떠밀다시
피 하여 걸어갔다. 자신이 손대고 있는 바로 그 일 말고는 모든 것

이 희미했다. 그러나 가까스로 일을 다 마쳤다. 바로 그 통증 때문에 무디어졌던 감각이 다시 살아났다. 아직 최악의 일이 남아 있었다. 그는 쟁반을 들고 대위의 방으로 올라갔다. 장교는 창백하고 무거운 표정으로 탁자에 앉아 있었다. 당번병은 경례를 하면서 자신의 존재가 지워져버리는 느낌을 받았다. 그는 자신이 지워져버리는 상태에 몸을 맡긴 채 잠시 동안 가만히 있었다. 이윽고 다시 자신을 수습하여 회복된 것처럼 느껴지자, 이제는 대위가 점차 희미해지고 비현실적으로 되어갔으며, 젊은 병사의 심장이 뛰기 시작했다. 그는 스스로 살기 위하여 이 상황—대위가 존재하지 않는 상황—에 매달렸다. 그러나 커피를 갖다놓을 때 장교의 손이 떨리는 것을 보자 그는 모든 것이 무너져내리는 느낌을 받았다. 그는 자신이 산산조각이 나 해체되는 것같이 느끼며 걸어나갔다. 이어 자신이 통증으로 괴로워하며 총과 배낭을 메고 서 있는 동안 대위가 저기 말 위에서 명령을 내리는 모습이 눈에 들어오자 그는 눈을 감아야만 한다, 모든 것에 눈을 감아야만 한다고 느꼈다. 오로지 목이 바싹 말라붙은 채 오랫동안 행군을 해야만 하는 바로 그 고통뿐이었고, 단 한가지, 잠처럼 무거운 목적, 자기 자신을 구해야만 한다는 목적이 그를 사로잡고 있었다.

2

그는 말라붙은 목에조차 익숙해져가고 있었다. 눈 덮인 산꼭대기가 하늘 사이에서 빛나는 것, 흰빛을 띤 푸른 빙하가 아래 골짜기의 옅은 모래톱을 통하여 구불구불 흐르는 것이 마치 초자연적인 일처럼 보였다. 그러나 사실 그는 열과 목마름으로 미칠 지경이었다. 하지만 아무런 불평 없이 터벅터벅 걸어갔다. 그는 누구에게도, 아무 말도 하고 싶지 않았다. 물과 눈의 얇은 조각 같은 갈매기두 마리가 강물 위를 날고 있었다. 햇빛에 흠뻑 젖은 녹색 호밀 냄새 때문에 구역질이 날 것 같았다. 그리고 행군은 단조롭게, 악몽처럼 계속되었다.

큰길 옆에 낮고 널찍하게 선 다음번 농가에서 물 한 통을 내왔다. 병사들은 물을 마시기 위해 떼를 이루어 둥그렇게 모여들었다. 철모를 벗자 젖은 머리카락에서 김들이 솟아올랐다. 대위는 말 위에 앉아서 바라보고 있었다. 자기 당번병을 볼 필요가 있었던 것이다. 대위의 철모는 그의 연한 빛의 사나운 눈 위로 어두운 그림자를 드리웠지만 콧수염과 입과 턱은 햇빛 속에 선명하게 드러났다. 당번병은 이 말 탄 사람이 있는 곳에서 움직일 수밖에 없었다. 그렇다고 두려워하거나, 겁을 집어먹은 것은 아니었다. 마치 내장이 다 빠져 텅 비어버린 것과 같은, 빈 조개껍데기와 같은 상태였다. 그는 자신이 아무것도 아니라고, 햇빛 아래 기고 있는 그림자에 불과하다고 느꼈다. 목이 말랐지만, 대위가 곁에 있다는 느낌 때문에 물도 마시기가 힘들었다. 땀에 젖은 머리를 닦아내기 위해 철모를 벗으려 하지도 않았다. 그늘 속에 계속 머무르고 싶었고 의식을 강요당하지 않기 바랐다. 흠칫 놀라 보니, 대위의 경쾌한 발꿈치가 말의 배에 박차를 꽂고 있었다. 대위는 말을 타고 천천히 멀어져갔고,

덕분에 그 자신은 마음이 텅 빈 상태에 빠져들 수 있었다.

그러나 어느 것도 이 덥고 맑은 아침에 그에게 그가 살아갈 자리를 돌려줄 수는 없었다. 그는 이 모든 것 속에서 하나의 공백인 것처럼 느꼈다. 반면 대위는 더욱 오만했고, 무시하는 태도가 되어 있었다. 뜨거운 섬광이 젊은 부하의 몸을 꿰뚫고 지나갔다. 대위는 생기로 더욱 안정되고 더욱 당당해졌는데, 자신은 그림자처럼 텅 비어 있었다. 다시 섬광이 꿰뚫고 지나가면서 그는 어지러워 정신을 잃을 뻔했다. 그러나 그의 심장은 이제 약간 더 안정되게 뛰었다.

부대는 빙 돌아 복귀하기 위해 언덕을 올라갔다. 저 아래 나무들 사이에서 농장의 종이 울렸다. 그는 일꾼들이 맨발로 빽빽한 풀을 베다 일을 멈추고 언덕 아래로 내려가는 것을 보았다. 그들의 큰 낫은 마치 아래쪽으로 구부린, 기다랗게 반짝이는 짐승의 발톱처럼 등 뒤에 매달려 있었다. 그들은 그와는 아무런 연관이 없는 꿈속의 사람들인 것처럼 보였다. 그는 마치 거무스름한 꿈속에 있는 느낌이었다. 즉 다른 모든 것은 여기 존재하며 형태를 가지고 있는데 자신만은 그저 하나의 의식, 생각하고 느낄 수 있는 하나의 공백인 것 같았다.

병사들은 눈부시게 빛나는 언덕을 말없이 올랐다. 점차 그의 머릿속이 천천히 리듬에 맞춰 빙빙 돌기 시작했다. 때때로 마치 연기에 그을린 유리를 통해 이 세상을 보듯 눈앞이 어두컴컴했으며, 세상이 부서지기 쉬운 그림자로 가득한 비현실적인 것으로 느껴졌다. 걸음 때문에 머리에 통증이 왔다.

공기는 냄새가 너무 짙어 숨이 막힐 듯했다. 모든 무성한 초록

물체들이 자기 수액을 내뿜어, 공기가 그 초록의 냄새로 역겹고 치명적인 것이 되어버린 듯했다. 순수한 꿀과 꿀벌 같은 토끼풀의 향기가 있었다. 그러더니 희미하게 강렬한 향취가 풍겨오기 시작했다. 그들은 너도밤나무 근처에 와 있는 것이었다. 이어 이상하게 덜그럭거리는 소리가 들리더니 숨이 막힐 듯한 끔찍한 냄새가 났다. 그들은 양 떼와 검은 작업복을 입고 구부러진 지팡이를 든 목동 곁을 지나고 있었다. 왜 양 떼는 이 불 같은 태양 아래 떼를 지어 몰려다니는 것일까? 그는 자기는 목동을 볼 수 있지만 목동은 자기를 보지 못한다고 느꼈다.

마침내 휴식시간이 왔다. 그들은 원뿔 모양으로 총을 서로 기대어 세워놓고 주위에 둥그스름하게 배낭들을 흩어놓은 다음, 해산하여 언덕바지에 불쑥 솟은 자그마한 둔덕에 앉았다. 병사들이 떠들기 시작했다. 그들은 더위로 김을 내뿜었지만 생기에 차 있었다. 그는 조용히 앉아서 20킬로미터 떨어진 거리에 땅 위로 불쑥 솟은 푸른 산맥을 바라보았다. 산맥에는 푸르게 움푹 팬 곳이 한군데 있었으며, 거기서부터 산발치의 넓고 희끄무레한 강바닥이 있었고, 흰빛을 띤 푸른 물줄기들이 짙은 소나무숲 가운데 발그스름한 잿빛 모래톱들 사이로 뻗어 있었다. 그렇게 산맥은 멀리 떨어진 곳에 쭉 펼쳐진 채, 거기 있었다. 강은 산비탈을 따라 흘러내리는 것 같았다. 1마일쯤 떨어진 곳에는 뗏목이 방향을 잡고 나아가고 있었다. 낯선 고장이었다. 가까이에는 흰색 토대와 사각형 점 같은 창문들이 있는 붉은 지붕의 넓은 농가가 숲 가장자리 너도밤나무 잎이 무성한 울타리 곁에 웅크리고 있었다. 호밀과 토끼풀과 연초록 밀이 기다란 띠를 이루며 줄 서 있었다. 바로 그의 발밑, 둔덕 아래에는 거무스름한 수렁이 있고, 거기에 금매화가 가느다란 줄기에 기대어 숨죽인 모습이었다. 연한 금빛의 그 물거품 중 몇개가 터져, 부서진 조각 하나가 허공에 걸려 있었다. 그는 잠이 쏟아진다는 생각을 했다.

눈앞의 이 채색된 신기루 속으로 갑자기 무언가가 나타났다. 옅은 청색과 진홍색의 작은 형체의 대위가 언덕의 평평한 가장자리를 따라 가느다란 띠 같은 밀밭 사이로 빠르고 순탄하게 말을 달리고 있었고, 깃발을 든 신호수가 다가오는 중이었다. 말 탄 사람의 형체는 당당하고 확신에 차서 움직였다. 그것은 이 아침의 빛이 온통 집중된 민첩하고 찬란한 것이었고, 나머지는 단지 연약하고 환한 음영이었다. 순순히 그리고 냉담하게, 젊은 병사는 앉아서 지켜보았다. 그러나 말이 마지막 가파른 길을 오르느라 걷는 속도로 속력을 늦추자, 예의 커다란 섬광이 당번병의 몸뚱이와 영혼에 확 타올랐다. 그는 앉아서 기다렸다. 뒷머리에는 마치 육중한 불덩어리가 매달린 듯했다. 그는 무얼 먹고 싶지가 않았다. 손을 움직일 때마다 그의 손은 약간씩 떨렸다. 그러는 동안 말을 탄 장교는 서서히 그리고 위압하듯 접근해왔다. 당번병의 영혼 속에서 긴장이 고조되어갔다. 그리고 다시, 대위가 안장 위에서 느긋하게 몸을 가누고 있는 것을 보자 뜨거운 섬광이 몸뚱이를 꿰뚫고 지나갔다.

대위는 옅은 청색과 진홍색의 옷들, 검은 머리들이 등성이에 빽빽하게 흩어져 있는 것을 보았다. 그것이 그를 즐겁게 했다. 지휘를 한다는 것이 그를 즐겁게 했다. 그는 자랑스러운 기분이었다. 당번병도 그들 사이에서 똑같이 복종하고 있었다. 장교는 그를 보려고 등자鐙子에서 약간 몸을 일으켰다. 젊은 병사는 외면하는 무언의 얼굴로 앉아 있었다. 대위는 다시 안장 위에 몸을 편하게 내려놓았다. 늘씬한 다리를 가진, 너도밤나무 열매 같은 갈색의 멋들어진 그의 말이 당당한 모습으로 오르막길을 걸어왔다. 대위는 남자들과 땀과 가죽의 후텁지근한 냄새로 이루어진 부대의 분위기가 지배하는 영역으로 들어왔다. 그는 이 분위기를 잘 알고 있었다. 중위와 잠깐 말을 나눈 다음 그는 몇 발자국 더 올라가서 멈추었다. 땀자국이 어린 웅장한 모습의 말은 꼬리를 획획 흔들었고, 그는 자기 부하들과 그 무리 속에 파묻힌 하나의 하잘것없는 존재인 당번병을 내려다보았다.

젊은 병사의 심장은 가슴속의 불 같아 숨 쉬기가 어려웠다. 장교는 언덕 아래를 내려다보다가, 세명의 젊은 병사가 물통 두개를 사이에 들고 햇빛이 내리쬐는 녹색 들판을 비틀거리며 걸어가는 것을 보았다. 나무 그늘에 탁자가 세워졌으며, 거기서 늘씬한 중위가 서서 보란 듯이 바쁘게 구는 중이었다. 대위는 용기 있게 행동하기 위해 자신을 다잡았다. 그리고 당번병을 불렀다.

명령을 듣자 젊은 병사의 목에서는 불길이 치솟아올랐다. 그는 질식한 듯 맹목적으로 일어섰다. 장교 밑에 가서 서며 경례를 붙였다. 그는 위를 올려다보지 않았다. 그러나 대위의 목소리에는 가벼운 떨림이 있었다.

"주막에 가서……" 장교는 명령을 내리고는 덧붙였다. "빨리!"

마지막 말에 부하의 심장은 불이 번쩍하듯 뛰었다. 몸 전체로 힘이 몰려오는 느낌이었다. 그러나 그는 기계적으로 복종하여, 언덕 아래를 향해 무겁게 뛰어내려가기 시작했다. 마치 곰과 같은 모습이었다. 그의 바지는 군화 위로 부풀어올라 있었다. 장교는 이렇게 몸을 내던지듯 맹목적으로 뛰어가는 모습을 줄곧 지켜보았다.

그러나 그렇게 겸손하게 기계적으로 복종한 것은 당번병 몸뚱이의 바깥일 뿐이었다. 속에서는 점차로 젊은 생명의 모든 에너지가 응축되는 어떤 핵이 형성되고 있었다. 그는 자기 임무를 수행하고 다시 빠른 걸음으로 언덕을 올라갔다. 걸을 때마다 머리에 통증이 와서, 그는 자기도 모르는 사이에 얼굴을 찌푸렸다. 그러나 가슴의 중심에 단단하게 자리 잡은 것은 그 자신, 확고하며 뽑아서 조각내버릴 수 없는 바로 그 자신이었다.

대위는 숲 속으로 들어가고 없었다. 당번병은 후덥지근하고 강렬한 냄새가 나는 부대의 분위기가 깔린 곳을 터벅터벅 걸어갔다. 이제 그의 속에는 묘한 에너지 덩어리가 자리 잡았다. 대위는 자신보다 덜 리얼한 존재로 느껴졌다. 그는 숲으로 들어가는 녹색 입구에 다가갔다. 거기 반쯤 그늘이 드리운 곳에 말이 서 있었는데, 그 갈색 몸뚱이 위로 햇빛과 팔랑거리는 나뭇잎 그림자가 춤추고 있었다. 최근에 나무가 베이고 남은 공터가 있는 곳이었다. 거기, 밝은 햇빛이 한움큼 쏟아지는 자리 옆의 금빛 섞인 녹색 그늘에, 파란색과 분홍색의 두 형체가 서 있었고 그중 분홍색 조각들은 선명하게 돋보였다. 대위가 중위에게 말하는 중이었다.

당번병은 햇빛이 환한 공터 가에 서 있었다. 그곳에는 벌거벗겨져 반짝거리는 키다란 통나무들이 갈색 피부의 나신들처럼 길게 뻗어 누워 있었다. 발자국으로 얼룩진 바닥에 나뭇조각이 흩어진 빛살처럼 널려 있었으며, 나무를 잘라내고 남은 밑동이 거칠고 평평한 단면을 드러낸 채 여기저기 보였다. 뒤로는 너도밤나무가 태양에 밝게 빛나며 녹색으로 무성했다.

"그럼 나는 말을 타고 앞으로 가겠네." 당번병은 대위가 말하는 것을 들었다. 중위는 경례를 올리고 성큼성큼 걸어갔다. 이제 당번병이 앞으로 나섰다. 장교를 향해 걸어가자 뜨거운 섬광이 그의 배를 훑고 지나갔다.

약간 묵직한 모습의 젊은 병사가 비틀거리며 앞으로 나오는 것을 바라보는 대위의 핏줄도 뜨겁게 달아올랐다. 이제 그들 사이는 남자 대 남자의 관계로 될 참이었다. 대위는 고개를 숙이고 비틀거리며 오는 그 묵직한 모습 앞에 밀렸다. 당번병은 몸을 굽혀 평평하게 잘려나간 나무 밑동 위에 음식을 놓았다. 대위는 번쩍거리며 햇빛에 불타오른 벌거벗은 손을 바라보았다. 젊은 병사에게 말을 걸고 싶었으나 그럴 수 없었다. 부하는 병을 허벅지에 받치고 코르크 마개를 눌러 뽑은 다음 맥주를 잔에 부었다. 그는 계속 고개를 숙이고 있었다. 대위는 술잔을 받아들었다.

"덥군!" 상냥한 태도이듯 그가 말했다.

당번병의 심장에서 불길이 튀어올라 거의 숨이 막힐 정도였다.

"예, 대위님." 그는 앙다문 이 사이로 대답했다.

그리고 그는 대위가 맥주를 마시는 소리를 들었고, 주먹을 꽉 쥐었다. 손이 몹시 아파올 정도였다. 이윽고 그릇 뚜껑을 닫는 희미한 소리가 들려왔다. 그는 올려다보았다. 대위가 그를 바라보고 있었다. 그는 재빨리 시선을 피했다. 그러고 나서 그는 장교가 몸을 굽혀 나무 밑동 위의 빵 한 조각을 집는 것을 보았다. 그의 굳은 몸이 자기 아래로 굽혀지는 것을 보자 다시 불꽃의 섬광이 젊은 병사의 몸을 훑고 지나갔으며, 손이 부르르 떨렸다. 그는 눈을 다른 데로 돌렸다. 장교가 안정을 잃고 있다는 것을 느낄 수 있었다. 빵을 쪼개다 아래로 떨어뜨렸다. 장교는 다른 빵 조각을 먹었다. 두 남자는 긴장된 상태로 가만히 서 있었다. 상관은 열심히 빵을 씹었고, 부하는 고개를 돌리고 주먹을 꽉 쥔 채 응시하고 있었다.

그러다 젊은 병사는 움찔 놀랐다. 장교가 술잔 뚜껑을 다시 눌러 열었던 것이다. 당번병은 잔 뚜껑과 손잡이를 쥔 하얀 손을 홀린 듯이 바라보았다. 잔이 위로 올라갔다. 젊은이는 눈으로 그것을 따라갔다. 그러자 그의 눈에는 나이 든 사람의 가늘면서도 튼튼한 목이 술을 들이켜며 아래위로 움직이는 것과 튼튼한 턱자가미가 움찔거리는 것이 보였다. 그러자 내내 젊은 남자의 주먹을 부르르 떨게 하던 그 본능이 갑자기 확 풀려났다. 순간 그는 자신이 강력한 불길에 의해 두 쪽으로 갈라지는 듯 느끼면서 몸을 날렸다.

장교의 박차가 나무뿌리에 걸렸고 쿵 소리와 함께 몸이 뒤로 넘어졌다. 등 한복판이 나무 밑동의 날카로운 모서리에 부딪히는 끔찍한 소리가 났고, 술잔은 공중으로 날았다. 눈 깜짝할 새에 당번병은 진지하고 성실한 젊은 얼굴로, 아랫입술을 꽉 문 채, 무릎을 장교의 가슴 위에 올려놓고 나무 밑동의 맞은편 가장자리를 향해 상대방의 턱을 밀어대고 있었다. 해방의 격정에 휩쓸려 온 마음을 다해 밀어댔으며, 손목의 긴장은 해방감으로 감미로웠다. 이어 그는 손바닥 아래쪽으로 힘껏 그 턱을 밀어붙였다. 아래턱과, 벌써 약간씩 수염이 돋아나 꺼칠꺼칠한 턱자가미를 손아귀에 쥐는 일이 즐거웠다. 그는 잠시 숨을 돌리는 일도 없이 밀어붙였다. 그의 모든 피가 이 밀어붙임에 기뻐 날뛰고 있었다. 상대방의 얼굴을 뒤로 계속 밀어붙이자, 이윽고 '덜컥' 하는 작은 소리와 함께 뭔가가 부서지는 느낌이 전해져왔다. 그러자 그는 자신의 심장이 증발해버리는 듯이 느꼈다. 심한 경련이 장교의 몸을 흔들었으며, 이것이 젊은 병사를 두렵고 겁에 질리게 만들었다. 그러나 그 경련을 억누르는 것 또한 기분 좋은 일이었다. 계속해서 그 턱을 누르는 것, 상대방의 가슴이 자신의 강하고 젊은 무릎의 무게에 숨을 거두고 항복함을 느끼는 것, 나자빠진 몸뚱이의 격한 뒤틀림이 그것을 누르고 있는 자신의 온몸을 흔들어댐을 느끼는 것이 좋았다.

그러나 그것은 잠잠해졌다. 그는 상대방의 콧구멍을 들여다볼 수 있었지만, 눈은 거의 보이지 않았다. 참으로 기묘하게 입은 불쑥 튀어나왔고 그래서 두툼한 입술을 유난히 커 보이게 했다. 그리고 그 위에 콧수염은 꺼칠꺼칠하게 돋아 있었다. 이어 콧구멍에 점차 피가 고이는 것을 보고 그는 흠칫 놀랐다. 그 붉은 것이 콧구멍 가장자리를 물들이더니, 잠시 머뭇거리다가는 왈칵 솟구쳐서 가늘게 똑똑 떨어지며 얼굴을 타고 눈으로 흘러내렸다.

그 광경이 그에게 충격을 주었고 그는 어찌할 바를 몰랐다. 천천히 그는 일어났다. 장교의 몸뚱이는 꿈틀거리다가 생기 없이 늘어져 있었다. 그는 선 채로 묵묵히 그것을 바라보았다. 몸뚱이가 부서져버린 것은 애석한 일이었다. 그것은 자신에게 발길질을 하고 못

살게 굴던 존재 이상을 대표하는 것이었다. 그는 눈을 보기가 두려웠다. 그것은 이제 흰자위만 드러난데다 피가 흘러들어 무시무시했다. 그걸 보는 당번병의 얼굴은 두려움으로 찌푸려졌다. 하지만 어쩔 수 없었다. 마음속으로 그는 만족을 느꼈다. 그는 대위의 얼굴을 미워했었다. 이제 그것은 말살되었다. 당번병의 영혼에는 묵직한 안도감이 자리 잡았다. 저렇게 될 수밖에 없는 일이었다. 하지만 그는 군복을 입은 그 긴 몸뚱이가 망가진 채 나무 밑동에 걸쳐 있는 것, 늘씬한 손가락들이 빳빳해져 있는 것을 참고 볼 수가 없었다. 그것을 숨겨버리고 싶었다.

재빨리 그리고 서둘러서 그는 시체를 추슬러 벌목해놓은 나무들 아래로 밀어넣었다. 이들 나무는 자신의 아름답고 매끄러운 몸체의 양쪽 끝을 통나무에 기대고 있었다. 시체의 얼굴은 피 때문에 끔찍했다. 그는 그것을 철모로 덮었다. 그리고 나서 사지를 반듯하고 모양 좋게 잡아당겨놓고, 좋은 천으로 된 군복에서 낙엽을 쓸어냈다. 이제 그것은 아주 조용히 그 아래 그늘 속에 누워 있게 되었다. 통나무들 사이의 틈새를 타고 들어온 작은 햇빛 한 줄기가 시체의 가슴을 따라 비쳤다. 당번병은 잠시 동안 그 곁에 앉아 있었다. 여기서 자신의 인생 또한 끝장이 난 것이다.

이윽고 현기증 속에서 그는 중위가 큰 소리로 숲 밖의 병사들에게 저 아래 강 위의 다리를 적이 장악하고 있다고 가상한다고 설명하는 것을 들었다. 이제 그들은 이러저러한 방법으로 적을 공격하기 위해 행군할 것이다. 중위는 표현력이 부족했다. 당번병은 습관적으로 그 소리를 듣고 있다가 혼란에 빠졌다. 중위가 설명을 다시 반복하기 시작했을 때, 그는 더는 듣지 않았다.

그는 자신이 가야만 한다는 것을 알았다. 그는 일어섰다. 나뭇잎들이 햇빛에 반짝이는 것, 나뭇조각들이 땅에서 하얗게 빛을 반사하는 것이 그를 놀라게 했다. 그에게는 온 세상이 변해버렸다. 그러나 나머지 사람들에게는 그렇지 않았다――모든 것이 전과 다름없어 보였다. 오직 그만이 거기서 떠나버린 것이다. 그리고 이제 다시 돌아갈 수 없었다. 맥주잔과 병을 들고 돌아가는 것이 그의 의무였다. 그러나 그럴 수 없었다. 그는 그 모든 것을 떠나버린 것이다. 중위는 아직도 쉰 목소리로 설명하고 있었다. 그는 가야만 했다. 그렇지 않으면 그들이 그를 덮칠 것이다. 그리고 그는 이제 어느 누구와도 접촉하는 것을 견딜 수 없었다.

그는 손으로 눈 위에 차양을 치고 자신이 어디 있는지 알아내려고 애썼다. 이어 그는 몸을 돌렸다. 말이 길에 서 있는 것이 보였다. 그는 그리로 가서 말 위에 올라탔다. 안장 위에 앉자 통증이 느껴졌다. 말이 숲 사이를 느릿느릿 달려나갈 때 그는 안장 위에 앉아 있는 데서 오는 통증에 휩싸였다. 그는 아무것도 개의치 않을 참이지만 다른 사람들로부터 떨어지게 된다는 느낌에서만큼은 벗어날 수가 없었다. 길은 숲 밖으로 빠져나가고 있었다. 숲 가장자리에 이르러 그는 말을 멈추고 바라보았다. 저기 햇빛이 가득 내리쬐는 넓은 골짜기에 병사들이 작은 벌 떼처럼 움직이고 있었다. 가끔씩 휴경지에 써레질을 하는 사람이 다시 방향을 바꾸면서 황소들한테 소리를 질렀다. 마을과 흰 탑의 교회는 햇빛 속에 작게 보였다. 이제 그는 저기 속한 사람이 아니었다――그는 저 너머에, 마치 어둠 속으로 나와버린 사람처럼 앉아 있었다. 일상생활로부터 미지의 세계로 떠나버렸고, 그는 돌아갈 수도, 돌아가고 싶은 마음조차도 없었다.

햇빛이 타오르는 골짜기에서 몸을 돌려 그는 숲 속 깊이 말을 달려갔다. 우중충하게 가만히 서 있는 사람들처럼 나무 기둥들은 그가 가도 알은체를 하지 않았다. 암사슴 한마리가, 스스로 한 조각 움직이는 햇빛과 그림자로서, 얼룩진 그늘 사이를 가로질러 달려갔다. 우거진 나뭇잎들 사이에는 밝은 녹색의 쩨진 틈새들이 엇갈려 있었다. 이어 어두컴컴하고 서늘한 소나무 숲이 계속되었다. 그는 통증으로 몸이 아팠고, 머릿속에는 참을 수 없는 강력한 욱신거림이 박동했으며, 구토가 올라왔다. 그는 평생 한번도 아파본 적이 없는 사람이었다. 그는 이 모든 것에 어리둥절해서 어찌할 바를 몰랐다.

말에서 내리려 하다가 그는 떨어졌다. 지독한 통증에, 그리고 자신이 몸의 균형을 상실했다는 데에 그는 깜짝 놀랐다. 말은 불편한 듯 몸을 뒤틀고 있었다. 그는 고삐를 잡아당겨 말이 불쑥 앞으로 튀어나가 달려가게 했다. 이 말은 세상 나머지 것들과의 마지막 하나 남은 연결이었다.

그러나 그는 오로지 아무런 방해도 받지 않고 누워 있고 싶을 뿐이었다. 나무 사이를 비틀거리며 걸어가다가, 그는 너도밤나무와 소나무가 자라는 경사지의 조용한 장소에 다다랐다. 누워서 눈을 감자마자 그의 의식은 그를 제쳐버리고 달려나갔다. 마치 온 땅에서 박동이 치고 있는 것처럼, 고통스러운 커다란 박동이 그의 안에서 울리고 있었다. 바싹 마른 더위로 몸이 타올랐다. 그러나 그는 뒤죽박죽으로 열에 들뜬 환각 상태의 내달림으로 너무 바쁘고 너무 격렬하게 움직이고 있어서 그 사실조차 알아챌 수가 없었다.

3

　그는 흠칫 놀라면서 의식이 돌아왔다. 입은 말라붙어 딱 굳었고 심장은 무섭게 고동치고 있었지만 일어날 힘은 없었다. 심장이 무겁게 고동쳤다. 여기가 어디지? ── 막사? 집? 무언가 똑똑 두드리는 소리가 났다. 그는 어렵사리 주위를 둘러보았다. 나무들, 흩어진 푸른 잎들, 땅바닥 위에 햇볕의 밝고 고요한 붉은빛 조각들이 보였다. 그는 자기가 자기라는 것이 믿기지 않았고, 자기 눈에 보이는 것이 믿기지 않았다. 똑똑 두드리는 소리가 났다. 그는 의식을 되찾기 위해 안간힘을 썼으나, 다시 포기했다. 이어 또 한번 안간힘을 썼다. 점차 주위의 모습들이 그 자신과 관계를 맺어오기 시작했다. 순간 모든 것이 분명해졌고 두려움의 강한 통증이 그의 심장을 꿰뚫고 지나갔다. 누군가 똑똑 두드리고 있었다. 머리 위로 둔중하고 검은 전나무 떨기들을 볼 수 있었다. 그러고는 모든 것이 검게 변해버렸다. 그러나 그는 자신이 눈을 감았다고 여기지는 않았다. 눈을 감은 게 아니었다. 암흑으로부터 다시 천천히 시야가 잡히기 시작했다. 그리고 누군가가 똑똑 두드리고 있었다. 순간 그는 대위의 피범벅으로 일그러진, 그가 증오하는 얼굴을 보았다. 그는 끔찍해서 꼼짝하지 못했다. 그럼에도 불구하고 그의 속 깊은 곳에서는 사실이 그러하다는 것, 대위는 당연히 죽어야 했다는 것을 알고 있었다. 그러나 육체적인 환각 상태가 그를 사로잡았다. 누군가가 똑똑 두드리고 있었다. 그는 두려움에 젖어 시체처럼 꼼짝도 않고 가만히 누워 있었다. 그리고 의식을 잃었다.

다시 눈을 떴을 때 뭔가가 나무 기둥을 재빠르게 기어올라가는 것을 보고 그는 흠칫 놀랐다. 작은 새였다. 새는 머리 위에서 지저귀었다. 똑 똑 똑—마치 머리가 작고 동그란 망치인 양, 부리로 나무 기둥을 두드리고 있는 것은 그 작고 재빠른 새였다. 그는 호기심 어린 표정으로 새를 바라보았다. 특유의 기어오르는 버릇대로 새는 민첩하게 움직였다. 그러더니 마치 쥐처럼 밋밋한 나무 기둥을 미끄러져 내려갔다. 재빠르게 기어내리는 그 모습에 그는 순간적으로 온몸을 떨며 몸서리쳤다. 그는 고개를 들었다. 머리가 무척 무거웠다. 작은 새는 그늘에서 나와, 움직임이 없는 햇빛 조각을 가로질러갔는데 작은 머리는 재빠르게 까닥거렸고, 흰 다리는 잠시 밝게 깜빡였다. 날개에 흰 얼룩이 진 그 새는 얼마나 매끈하고 짜임새 있는 몸매인가. 그런 새가 몇마리 있었다. 무척 예쁜 새들이었다. 하지만 그들은 이리저리 달리는 잽싸고 변덕스러운 쥐들처럼 너도밤나무 열매 사이를 기어다녔다.

그는 지쳐서 다시 드러누웠고, 의식이 사라져갔다. 그는 기어다니는 그 작은 새들에게 두려움을 느꼈다. 온몸의 피가 머릿속으로 모여 콕콕 찌르며 기어다니는 것 같았다. 그래도 여전히 움직일 수가 없었다.

탈진으로 인해 더 심한 통증을 느끼며 그는 다시 의식을 찾았다. 머릿속에 통증이 있었으며, 역한 구역질이 솟아올라왔고, 여전히 움직일 수가 없었다. 그는 생전 아파본 적이 없었다. 자기가 어디 있고 어떻게 된 것인지를 알 수가 없었다. 아마 일사병에 걸린 것인지도 몰랐다. 아니면 무엇이었나? ─그는 대위를 영원히 침묵하게 만들었다─ 얼마 전에─아니, 한참 전의 일이었다. 대위의 얼굴에는 피가 묻었고 눈은 치뜬 상태가 되었다. 어쨌든 잘된 일이었다. 평화였다. 그러나 이제 그는 그 자신의 경계 밖으로 나와 있었다. 그는 전에는 여기까지 나와본 적이 없었다. 이게 삶이란 말인가 아니란 말인가? 그는 혼자였다. 그들은, 저 다른 사람들은 넓고 밝은 곳에 있었고, 그는 그 바깥에 있었다. 마을과 시골과 넓고 밝은 곳을 벗어난 여기, 그 너머 어두운 빈터, 모든 것이 홀로 존재하는 곳에 그는 있었다. 그러나 그들, 저 다른 사람들도 언젠가는 모두 거기서 나와야만 할 것이다. 그들은 모두 그의 뒤에 조그마한 모습으로 남겨져 있었다. 한때는 아버지와 어머니와 애인이 있었다. 그러나 이제 그들이 대체 무슨 상관이란 말인가? 여기가 바로 넓게 열린 땅이었다.

그는 일어나 앉았다. 뭔가가 바삐 움직이고 있었다. 자그마한 갈색 다람쥐가 물결이 이는 듯한 사랑스러운 모습으로 깡충거리며 땅바닥을 달리고 있었고, 그 붉은 꼬리는 물결 이는 듯한 몸의 율동을 완성했다. 오뚝 앉아서 몸을 굽혔다 폈다 할 때의 다람쥐를 그는 즐거운 마음으로 바라보았다. 다람쥐는 즐거워하며 다시 장난치듯 달려갔다. 다른 다람쥐를 향해 달려가더니, 이윽고 둘은 서로 쫓고 쫓기면서 꾸짖는 듯한, 수다를 떠는 듯한 작은 소리를 냈다. 병사는 그들에게 말을 걸고 싶었다. 그러나 목에서 나온 것은 쉬어버린 거친 소리뿐이었다. 다람쥐들은 깜짝 놀라 흩어졌고 나무 위로 나는 듯이 올라갔다. 잠시 후 한 놈이 나무 위를 반쯤 오르다가 슬며시 그를 엿보는 것이 눈에 띄었다. 의식하고 있는 한에서는 즐거웠지만 갑작스러운 두려움이 그를 꿰뚫고 지나갔다. 다람쥐는 나무줄기를 반쯤 올라가다 여전히 거기 멈춰서, 귀를 쫑긋 세우고 날카로운 손톱의 작은 손들이 나무껍질을 움켜쥐고 하얀 가슴은 버텨 세운 채, 작고 예민한 얼굴로 그를 응시했다. 그는 겁에 질려 소스라쳤다.

안간힘을 쓰며 몸을 일으켜, 그는 비틀비틀 걸어나갔다. 걷고 또 걸으며, 뭔가를—마실 것을 찾았다. 갈증으로 뇌가 뜨겁게 불 질러진 느낌이었다. 그는 비틀거리며 계속 걸었다. 그러다가 아무것도 모르게 되었다. 그는 걸으면서 의식을 잃었다. 그럼에도 그는 입을 벌린 채 계속 비틀거리며 걸어갔다.

무딘 놀라움 속에 다시 눈을 떠 세상을 보았을 때, 이제 더는 어떻게 된 일인지 다시 기억하려 애쓰지 않았다. 금빛을 띤 녹색의 반짝거림 뒤로 진한 금빛이 있었고, 키 큰 잿빛 섞인 자주색 광선들과 더 멀리의 어둠이 그를 감싸며 더욱 깊어져가고 있었다. 그는 어딘가에 도착했다는 느낌을 의식했다. 그는 실재의 한복판에, 그 진정한 어두운 밑바닥에 있었다. 그러나 그의 뇌 속에서는 갈증이 타오르고 있었다. 몸은 더 가벼워져, 그리 무겁다는 느낌이 없었다. 그는 이것이 새로움이려니 했다. 하늘은 천둥소리를 섞어 웅얼거리고 있었다. 그는 자신이 놀라울 정도로 잽싸게 걷고 있으며 곧장 안식을 향해 가고 있다고 생각했다──아니면 물을 향한 것인가?

갑자기 그는 두려움에 우뚝 멈춰섰다. 굉장한 금빛의 거대한 불길이 있었던 것이다. 시커먼 나무줄기 몇개만이 그와 그것 사이에 창살처럼 서 있었다. 풋풋하고 평평하게 자란 밀들이 온통 비단결 같은 녹색 몸을 활활 불태우듯 금빛으로 번쩍이고 있었다. 커다란 치마를 입고 머릿수건으로 검은 헝겊을 머리에 두른 여인이 하나의 그림자 토막처럼, 반짝거리는 녹색 밀밭을 지나 활활 타오르는 불길 속으로 들어갔다. 그늘 속에 연푸른 농장도 있었고 검은색 목재들도 보였다. 금빛 속에 거의 녹아버린 교회의 뾰족탑도 있었다. 여인은 계속 걸어 그에게서 멀어져갔다. 그가 가진 언어로는 그녀에게 말을 걸 수가 없었다. 그녀는 밝고 견고한 비현실의 존재였다. 그녀가 말을 꺼낸다면 그에게 혼란만 일으킬 것이며, 그녀의 눈이 그를 향해도 그를 보지 못할 것이었다. 그녀는 그곳을 건너 맞은편으로 가고 있었다. 그는 나무에 기대어섰다.

이윽고 그가 이미 그 평평한 바닥이 어둠으로 채워지고 있는 벌거벗은 기다란 덤불을 내려다보며 고개를 돌렸을 때, 그리 멀지 않은 곳에 경이로운 빛에 싸여 빛나고 있는 산맥의 모습이 시야에 들어왔다. 가장 가까운 산줄기의 부드러운 잿빛 산마루 뒤로 금빛 섞인 연한 잿빛 산줄기들이 늘어서 있었으며, 눈雪은 순수하고 부드러운 금처럼 아주 밝게 빛나고 있었다. 그토록 잠잠하고, 하늘을 배경으로 빛나면서 하늘의 광석으로부터 순수하게 빚어낸 산맥은, 침묵 속에서 빛을 발하고 있었다. 그는 환하게 밝은 얼굴로 서서 산맥을 바라보았다. 그리고 마치 금빛으로 빛나는 눈의 반짝임처럼 그의 속에서 갈증이 환히 빛남을 느꼈다. 그는 나무에 기댄 채 물끄러미 바라보았다. 그러다가 잠시 후 모든 것이 허공 속으로 미끄러져 사라졌다.

밤새도록 쉴 새 없이 번개가 번쩍이면서 하늘을 온통 희게 물들였다. 그는 다시 걸었음이 분명했다. 세상은 잠시 그의 주위에 납빛으로 걸려 있었으며, 들판은 잿빛 섞인 녹색의 평평한 광채였고, 나무들은 거무스름한 덩치로 드러났다. 그리고 굽이굽이 구름들이 흰 하늘을 가로질러 까맣게 떠 있었다. 이어 어둠이 덧문처럼 내려걸리고, 밤이 전부를 차지해버렸다. 반쯤 드러난 세상이 약하게 퍼덕거렸지만, 어둠에서 완전히 뛰쳐나올 수는 없었다! ──이어 다시 창백한 빛이 땅 위를 휩쓸다 멈추자, 어두운 형체들이 희미하게 드러났고, 줄지어 선 구름들이 머리 위에 걸렸다. 세상은, 언제나 온전한 전체로 되돌아가는 순수한 어둠 위에 잠시 던져진 유령 같은 그림자였다.

단지 병과 열로 인한 환각만이 그의 내부에서 계속 진행되었다. 그의 뇌는 어두운 밤 그 자체처럼 열렸다 닫히곤 했고, 때로 나무 주위에서 응시하는 커다란 눈을 가진 무언가에 대한 공포가 경련을 일으켰으며, 이어 행군으로 인한 오랜 괴로움과 피를 분해시키는 태양, 그리고 대위에 대한 증오의 격렬한 통증, 뒤이어 부드러움과 편안함의 짜릿한 아픔들이 어지럽게 이어졌다. 그러나 모든 것이 비틀려 있었고 통증에서 태어나 다시 통증으로 녹아들었다.

아침에 그는 분명한 의식을 회복하며 깨어났다. 이어 그의 뇌는 오로지 하나, 갈증의 끔찍함으로 온통 불덩이였다. 태양은 그의 얼굴에 정면으로 내리쬐었고, 이슬은 젖은 옷에서 김을 내며 솟았다. 신들린 사람처럼 그는 일어났다. 거기, 바로 그의 정면으로, 푸르고 서늘하고 부드러운 산맥이 아침 하늘의 창백한 가장자리를 가로지르며 뻗어 있었다. 그는 그 산들을 원했다─오로지 그 산들만을 원했다─자기 자신을 떠나 그 산들과 하나가 되고 싶었다. 산들은 움직이지 않았고, 희고 온화한 눈 자국을 지닌 채 여전히 부드러운 자태였다. 그는 가만히 서 있었다. 괴로움으로 미칠 것 같았고 손은 오그라들고 꽉 움켜쥔 채였다. 다음 순간 그는 경련을 일으키며 풀 위에 쓰러져 몸을 뒤틀었다.

고뇌에 찬 일종의 꿈속에서 그는 가만히 누워 있었다. 갈증은 그에게서 떨어져나가 홀로 서서 하나의 별개의 요구가 되어버린 것 같았다. 그러더니 그가 느끼던 통증이 또 하나의 단독의 자아가 되었다. 이어 그의 몸이 그를 가로막는 느낌이 왔는데, 이 역시 또 하나 별개의 것이었다. 그는 온갖 종류의 분리된 존재로 나누어져 있었다. 그것들 사이에는 기묘하고도 고통스러운 연관이 있었지만, 그럼에도 그것들은 각각 더 멀리로 떨어져나가고 있었다. 그러다간 완전히 찢겨져버리고 말 것이었다. 그의 몸에 구멍을 뚫으며 내리쬐는 태양이 그것들을 연결하고 있는 끈에도 구멍을 뚫고 있었다. 그리하여 이 모든 것이 추락해버릴 것이었다. 영원한 공허의 흐름 속으로 추락해버리고 말 것이었다. 그러자 다시, 그의 의식이 고개를 들고 나왔다. 그는 팔꿈치로 지탱하여 몸을 일으키고서 빛나는 산들을 응시하였다. 거기, 산들은 온통 고요하고 경이로운 모습으로 하늘과 땅 사이에 줄지어 있었다. 그는 눈앞이 깜깜해질 때까지 응시했다. 자신의 아름다움 속에 버티고 선, 그렇게도 맑고 서늘한 산들은 바로 그에게서 상실된 것을 지니고 있는 것 같았다.

4

세시간 후, 병사들이 그를 찾았을 때 그는 팔에 얼굴을 묻은 채 엎드려 있었으며, 태양 아래 그의 검은 머리칼이 열을 뿜고 있었다. 그러나 아직 숨은 붙어 있었다. 젊은 병사들은 그의 시커멓게 벌려진 입을 보고 공포에 질려 그를 떨어뜨렸다.

그는 다시 눈을 뜨지 못한 채 밤에 병원에서 죽었다.

의사들은 그의 다리 뒤편의 멍 든 자국들을 보았지만 침묵했다.

두 사내의 시체는 영안실에 나란히 누워 있었다. 한쪽은 하얗고 늘씬했지만 뻣뻣하게 안치된 상태였고, 다른 한쪽은 언제라도 아주 젊고 미숙한 모습으로 잠에서 깨어나 다시 살아 일어설 것처럼 보였다.

당신이 날 만졌잖아요
You Touched Me

포터리 하우스¹는 도기제작소 자체의 터 전부를 둘러싼 담장에 에워싸인 한쪽 구석에 있는 네모나고 못생긴 벽돌집이었다. 하기야 쥐똥나무 울타리가 집과 뜰을 도기제작소와 그 마당으로부터 일부 가려주었지만, 어디까지나 일부만이었다. 울타리 틈새로 황량한 마당과 창문이 여럿 달린, 공장 같은 제작소가 보였고, 울타리 위로는 굴뚝과 헛간 들이 보였다. 하지만 울타리 안쪽에는 전에 작업소에 물을 대주던 버드나무 웅덩이로 쾌적한 정원과 잔디밭이 비스듬히 내리뻗고 있었다.

현재 도기제작소는 폐업하여 마당의 커다란 문들은 영원히 닫

---

1 '도기(陶器)집'이라는 뜻의 저택 이름.

헌 상태였다. 이제는 노란 밀짚이 엿보이는 커다란 운송용 상자가 창고 곁에 높다랗게 쌓이는 일도, 커다란 말들이 끄는 사륜 짐마차가 짐을 잔뜩 싣고서 언덕을 내려가는 일도 없었다. 진흙빛 작업복을 입고 얼굴과 머리에 잿빛의 고운 진흙을 묻힌 제작소 처녀들이 남자들과 비명을 지르며 새롱거리는 일 또한 옛일이었다. 그 모두가 끝난 것이다.

"우린 이게 훨씬 좋아요—정말 훨씬 좋지요—훨씬 조용하거든요." 머틸다 로클리가 말했다.

"정말 그래요." 그녀의 동생 에미 로클리가 맞장구쳤다.

"정말 그러시겠군요." 방문객도 동의했다.

그러나 이 로클리 집안의 두 처녀들이 정말 더 좋은지 혹은 그저 좋다고 상상하는 것일 뿐인지는 의문이다. 잿빛 진흙이 가루를 튀기고 그 먼지로 집 안을 온통 덮어버리지 않게 된 지금, 그들의 삶이 훨씬 더 잿빛이 되고 황량해진 것은 틀림없었다. 그들은 자신들이 평생 동안 가까이 지냈고 또 그렇게도 싫어하던, 비명을 지르고 남자들과 시시덕거리던 그 처녀들을 지금 얼마나 그리워하는지 미처 깨닫지 못하고 있었다.

머틸다와 에미는 이미 노처녀들이었다. 완전한 공업지대에서, 보통 이상의 유산을 받을 이런 처녀들이 남편을 구한다는 것은 쉬운 일이 아니었다. 이 보기 흉한 공업도시에 남자들, 결혼할 태세가 된 젊은 남자들이 그들먹하기는 했다. 그러나 그들은 모두 광부나 도기제작공 따위의 한갓 노동자들이었다. 로클리 집안 처녀들은 아버지가 돌아가실 경우 각각 약 만 파운드—수익을 내고 있는 만 파운드 상당의 가산──를 물려받을 것이었다. 코웃음 칠 액수가 아니었다. 그들 스스로 그렇게 생각했고, 때문에 그러한 유산을 프롤레타리아트의 일개 성원에게 코웃음 치고 던져버리지 않았다. 그 결과 은행 서기나 비국교도 성직자, 심지어는 교사마저도 후보로 나서지 않게 되자, 머틸다는 포터리 하우스를 떠난다는 생각 자체를 아예 포기하기 시작한 것이다.

머틸다는 다소 큰 코에, 키가 크고 마른, 우아하며 살결이 흰 처녀였다. 그녀가 마리아라면 에미는 마르타[2]였다. 즉 머틸다는 그림과 음악을 좋아하고 책을 아주 많이 읽는 반면 에미는 가사를 돌보았다. 에미는 언니보다 작고 통통했으며, 숙녀의 교양에 해당하는 재주가 없었다. 그녀는 본래부터 우아하고 분별 있는 정신을 지닌 머틸다를 존경했다.

그들 나름의 조용하고 우울한 방식으로나마 둘은 행복했다. 어머니는 돌아가셨고, 아버지 또한 와병 중이었다. 아버지는 교육을 약간 받은 총명한 사람이었으나, 주위의 노동자들 중에 하나처럼 살기를 더 좋아했다. 그는 음악에 대한 열정이 있었고, 바이올린을 훌륭하게 연주했다. 그러나 이제 늙었고, 신장병으로 죽어가는 중환자였다. 전에는 위스키를 아주 많이 마셨다.

이 조용한 가족은 하녀 한 사람과 함께 오랜 세월 그 집에서 살아갔다. 더러 친구들이 찾아왔고, 처녀들은 외출했으며, 아버지는 계속 술을 마셔 더욱더 병들어갔다. 바깥 길거리에는 광부들과 그

---

2 자기 집을 방문한 예수의 말을 경청한 마리아와 시중을 드느라 듣지 못한 마르타 자매의 일화를 가리킴. 루카 복음서 10:38~42.

들의 개와 아이 들이 끊임없이 소란을 피웠다. 그러나 포터리 하우스 안은 적막강산이었다.

이토록 나무랄 데 없는 집안에 남다른 것이 하나 있었다. 처녀들의 아버지인 테드 로클리는 딸만 넷이고 아들이 없었다. 딸들이 자라남에 따라 그는 자신이 늘 여자들 틈에 사는 것이 언짢아지게 되었다. 어느날 그는 런던으로 훌쩍 가더니 한 자선단체에서 남자애 하나를 양자로 삼아 데리고 왔다. 에미가 열네살, 머틸다가 열여섯살이었을 때, 아버지는 여섯살 먹은 헤이드리언이라는 남자애 하나를 그가 발굴한 신동인 듯 데려왔던 것이다.

헤이드리언은 고아원에서 흔히 볼 수 있는 평범한 소년으로, 평범한 갈색 머리카락에 평범한 푸른 눈, 다분히 런던 하층민의 사투리가 섞인 평범한 말투를 지녔다. 로클리 집안의 처녀들—소년이 도착할 당시에는 셋이 있었는데—은 그가 자기들에게 이런 식으로 불쑥 던져진 것에 대해 언짢아했다. 소년은 고아원에서 터득한 경계하는 본능으로 금방 이것을 알아차렸다. 때문에 여섯살밖에 안된 아이임에도 불구하고, 세 처녀를 바라볼 때 헤이드리언의 얼굴에는 교활하고 조롱하는 듯한 표정이 떠올랐다. 세 처녀는 이 꼬마가 자기들을 '누나'가 아닌 '사촌'[3]—플로라 사촌, 머틸다 사촌, 에미 사촌이라고 불러야 한다고 고집했다. 꼬마는 그 말에 따랐지만, 그렇게 부르는 투에는 조롱이 섞여 있는 것 같았다.

그러나 처녀들은 선량한 마음씨를 타고난 사람들이었다. 플로라

---

3 영어의 '커즌'(cousin)은 사촌 이상의 친척을 통칭하는데 친누나를 뜻하는 '씨스터'(sister)라는 호칭을 쓰지 못하게 했다는 것.

는 결혼하여 집을 떠났다. 머틸다와 에미가 일정한 선에서 엄격하게 굴었지만, 헤이드리언은 그들 앞에서 대체로 저 하고 싶은 대로 했다. 그는 포터리 하우스와 그 터 주변에서 자라나 초등학교에 들어갔으며, 늘 헤이드리언 로클리로 불렸다. 그는 머틸다 사촌과 에미 사촌을 일종의 과묵한 무관심으로 대했으며, 조용하고 말이 적은 아이였다. 처녀들은 그를 교활하다고 했으나, 그건 부당했다. 그는 단지 조심스러울 뿐이고, 솔직하지 않을 뿐이었다. 그의 삼촌이 된 테드 로클리는 말없는 가운데도 그를 이해했으며, 둘의 본성은 약간 닮은 데가 있었다. 헤이드리언과 나이 지긋한 사내는 진심으로, 그러나 감정을 섞지 않고 서로를 알아주는 사이였다.

열세살이 되었을 때 소년은 주청州廳 소재지의 고등학교로 보내졌다. 그는 학교생활을 좋아하지 않았다. 그의 사촌 머틸다는 그를 꼬마 신사로 만들려고 했으나, 그는 그렇게 만들어지기를 거부했다. 신사의 세련됨이 강요될 때면, 그는 경멸하듯이 약간 입술을 일그러뜨리고, 고아원 소년 특유의 웃음을 수줍게 싱긋 웃곤 했다. 그는 고등학교를 무단결석하면서, 책과 배지 달린 모자, 심지어는 스카프와 손수건조차 학교 친구들에게 팔아버리고는, 그 돈으로 어딘지도 모를 곳을 그저 쏘다녔다. 그렇게 그는 매우 불만족스러운 이년을 보냈다.

열다섯살이 되었을 때 그는 영국을 떠나 식민지[4]로 가고 싶다고 선언했다. 그동안에도 그는 고아원과 연락을 유지하고 있었던 것

----

4 과거 영국의 지배 아래 있던 나라들과 지역들을 통칭하여 '식민지'(the colonies)라 이른다.

이다. 조용하게, 반은 조롱하는 듯한 태도로 그가 한번 선언하고 나면 반대하는 일은 소용없는 것 이상으로 나쁘다는 것을 로클리 집안 사람들은 알고 있었다. 그래서 소년은 마침내 영국을 떠나 자신이 전에 속해 있던 자선단체의 보호하에 캐나다로 갔다. 그는 한마디 고맙다는 말도 없이 로클리 집안 사람들과 작별인사를 하고 떠나가버렸다. 헤어짐으로 인한 고통은 전혀 없는 것 같았다. 머틸다와 에미는 때때로 그가 그런 식으로 떠나간 것을 생각하며 울었다. 심지어 아버지의 얼굴에도 야릇한 기색이 돌게 되었다. 그러나 헤이드리언은 꽤 규칙적으로 캐나다에서 편지를 보내왔다. 몬트리올 근처의 어떤 전기공장에 들어가 잘 지내고 있다는 것이었다.

그러던 중 드디어 전쟁이 일어났다. 헤이드리언은 입대를 하고 유럽으로 왔다. 그러나 로클리 집안 사람들은 그를 한번도 보지 못했다. 그들은 전과 전혀 다를 바 없이 포터리 하우스에서 살아가고 있었다. 테드 로클리는 일종의 수종水腫으로 죽어가고 있었으며, 마음속으로부터 소년을 보고 싶어했다. 휴전협정이 맺어지자 헤이드리언은 장기휴가를 얻었고, 포터리 하우스로 오겠다는 편지를 보내왔다.

처녀들은 몹시도 가슴이 두근거렸다. 사실을 말하자면, 그들은 헤이드리언을 약간 두려워하고 있었다. 키가 크고 마른 머틸다는 건강이 약해졌으며, 두 처녀 다 아버지를 간호하느라 지친 상태였다. 오년 전에 그렇게 냉정하게 그들을 떠나버린 후 이제는 스물한 살이 된 젊은 사내 헤이드리언을 다시 집 안에 들여야 한다는 것은 곤혹스러운 일이었다.

두 처녀는 안절부절못했다. 에미는 마침내 아버지를 설득해 아버지의 침대를 아래층의 주간용 거실로 옮기고 위층의 아버지 방은 헤이드리언이 사용하도록 했다. 이 일을 끝내고 나서 헤이드리언을 맞을 준비를 하고 있는데, 아침 10시에 전혀 예상치도 못한 상태에서 그가 갑자기 나타났다. 에미 사촌은 머리를 우스꽝스럽게 여러 뭉치로 이마 위에 대강 말아올리고서 계단의 양탄자 누르개를 분주히 닦는 중이었고, 머틸다 사촌은 소매를 팔뚝 위로 걷어붙이고 머리는 수건으로 묶어 이상하고 교태 부리는 듯한 모양을 하고, 부엌에서 비누거품을 일으키며 거실의 장식품들을 닦고 있었다.

침착한 젊은 사내가 배낭을 든 채 들어와 모자를 재봉틀 위에 올려놓자 머틸다 사촌은 낭패감에 새빨갛게 얼굴을 붉혔다. 그는 체구가 작고 자신감에 차 있었으며, 여전히 고아원을 연상시키는 말끔한 느낌을 주었다. 갈색 얼굴에 조그만 콧수염을 길렀는데, 작은 몸집에도 불구하고 무척 정력적으로 보였다.

"아아니, 헤이드리언 아니야!" 손에서 비누거품을 털어내며 머틸다 사촌이 소리쳤다. "우린 내일에나 올 줄 알았어."

"월요일 밤에 떠나왔어요." 방 안을 쭉 둘러보며 헤이드리언이 말했다.

"원 참!" 머틸다 사촌이 말했다. 이어 손을 닦고는 앞으로 다가가 손을 내밀며 말했다.

"그래, 어때?"

"아주 잘 지냅니다." 헤이드리언이 말했다.

"완전히 어른이 되었구나." 머틸다 사촌이 말했다.

헤이드리언은 그녀를 바라보았다. 그녀가 가장 돋보일 때의 모습은 아니었다. 지나치게 마르고, 코는 너무 큰데다 머리에는 분홍색과 흰색이 격자무늬를 이룬 머릿수건을 묶고 있었다. 그녀는 자신의 불리함을 의식했다. 하지만 그동안 많은 고통과 슬픔을 겪어온 터라 이제는 별로 신경 쓰지 않았다.

하녀가 들어왔다. 헤이드리언을 모르는 하녀였다.

"가서 아버지를 뵙지." 머틸다 사촌이 말했다.

두 사람이 응접실에 들어서자 에미 사촌은 덤불 속에 숨었던 메추라기처럼 화들짝 놀랐다. 그녀는 계단에서 밝게 빛나는 양탄자 누르개를 제자리에 놓고 있었다. 본능적으로 그녀의 손은 이마에 말아올린 작고 둥근 앞머리 뭉치로 올라갔다.

"아니!" 그녀는 뾰로통해서 소리쳤다. "어떻게 오늘 왔어?"

"하루 일찍 휴가를 얻었어요." 헤이드리언이 말했다. 목 깊은 데서 나오는, 전혀 예기치 못한 어른의 목소리는 에미 사촌에게 한대 때리는 것 같은 충격을 주었다.

"참, 이렇게 어질러놓았는데 들이닥치다니." 그녀는 화난 투로 말했다. 세 사람은 가운데 방으로 들어갔다.

로클리 씨는 옷을 차려입고 있었다. 그러니까 바지를 입고 양말을 신었는데, 그러나 바로 창문 밑에 붙여놓은 침대에 누워 있었고, 거기서는 튤립과 사과나무가 불타오르듯 만발한, 그가 사랑하는 눈부신 정원을 내다볼 수 있었다. 수종 때문에 부어오른데다가 얼굴색이 그대로였기 때문에, 그는 실제만큼 아파 보이지 않았다.

다만 배가 무척 부풀어 있었다. 그는 머리는 가만두고 눈만 돌려서 주위를 재빠르게 돌아보았다. 그는 한때 잘생기고 건장하던 사나이의 남은 모습이었다.

헤이드리언을 보자 그의 얼굴에는 기묘하고, 내키지 않는 듯한 미소가 떠올랐다. 젊은 사내는 멋쩍어하며 그에게 인사를 했다.

"근위병 감은 못되겠구나!" 그가 말했다. "뭘 좀 먹을래?"

헤이드리언은 마치 음식을 찾으려는 듯이 주위를 둘러보았다.

"그러죠, 뭐." 그가 말했다.

"뭘 먹겠어, 달걀하고 베이컨?" 에미가 무뚝뚝하게 물었다.

"예, 아무거나요." 헤이드리언이 말했다.

자매는 부엌으로 내려갔고, 하녀를 보내 계단을 마무리하도록 했다.

"그애가 정말 변하지 않았니!" 머틸다가 낮은 목소리로 말했다.

"그러게 말이야!" 에미 사촌이 말했다. "제법 사내라고, 쪼그만게!"

둘은 함께 얼굴을 찡그리고는, 좀 불안하게 웃었다.

"프라이팬 좀 줘." 에미가 머틸다에게 말했다.

"하지만 여전히 자신만만이야." 머틸다가 프라이팬을 건네주면서 눈을 가늘게 뜨고 다 알겠다는 듯 고개를 흔들며 말했다.

"사내티를 내긴!" 에미가 비꼬듯이 말했다. 헤이드리언의 막 성인이 된 듯한 자만심에 찬 남성다움이 에미의 눈에는 호감을 얻지 못한 것이 분명했다.

"아냐, 나쁘진 않아 보여." 머틸다가 말했다. "편견을 가질 필요는 없잖아."

"편견을 가진 건 아니야. 겉모습은 그럴듯하던데, 뭐." 에미가 말했다. "하지만 조그만 게 너무 사내티를 내려고 해."

"우리가 이런 꼴을 하고 있는데 들이닥치다니." 머틸다가 말했다.

"걔네들은 도무지 남 생각을 안해." 에미가 경멸하는 투로 말했다. "올라가서 옷을 차려입어, 언니. 난 걔가 맘에 안 들어. 일은 내가 돌볼 테니 언니가 걔하고 이야기해. 난 그럴 생각 없으니까."

"그앤 아버지하고 이야기할 거야." 머틸다가 의미심장하게 말했다.

"교활해!" 에미가 얼굴을 찌푸리며 내뱉었다.

자매는 헤이드리언이 아버지한테서 뭔가를 얻어내려고, 즉 유산을 바라고 왔다고 믿었다. 그리고 그가 유산을 얻지 못할 것이라고는 전혀 자신할 수 없었다.

머틸다는 옷을 갈아입으러 위층으로 올라갔다. 그녀는 줄곧 자신이 어떻게 헤이드리언을 맞아서 어떻게 그에게 강한 인상을 줄 것인가에 대해 생각해놓았었다. 그런데 먼지를 가리느라 머릿수건으로 머리를 묶고 가느다란 팔을 비눗물이 담긴 대야에 넣고 있는데 그가 들어선 것이다. 하지만 그녀는 개의치 않았다. 이제 그녀는 어느 때보다도 세심하게 옷을 차려입었다. 길고 아름다운 금발을 조심스럽게 빗어넘겼으며, 창백한 얼굴에는 약간의 연지를 묻혔고, 부드러운 녹색 옷 위로 우아한 수정 목걸이를 늘였다. 이제 그녀는 잡지 삽화의 주인공처럼 우아하게 보였으며, 거의 그런 여주인공만큼이나 비현실적으로 보였다.

그녀가 갔을 때 헤이드리언과 아버지는 열심히 이야기를 나누고 있었다. 헤이드리언은 보통 과묵한 편이었으나, '삼촌'과는 곧잘 말수가 많아지곤 했다. 그들은 함께 브랜디를 마시고 담배를 피우며, 오랜 벗처럼 담소를 나누고 있었다. 헤이드리언은 캐나다에 대해 이야기하는 중이었다. 휴가가 끝나면 그리로 돌아갈 작정이라고 했다.

"그럼 영국에 머물지 않겠다는 게냐?" 로클리 씨가 말했다.

"예, 영국에 머물지 않을 겁니다." 헤이드리언이 대답했다.

"왜 그러지? 여기도 전기공들이 많은데."

"많지요. 하지만 여기는 고용주와 일꾼들 사이에 너무 큰 차별이 있어요—제가 보기엔 그게 너무 큽니다." 헤이드리언이 말했다.

병든 사람은 눈을 가늘게 뜨고 기묘하게 미소 짓는 눈으로 그를 보았다.

"그게 이유란 말이지?" 그가 말했다.

머틸다는 그 이야기들을 듣고 무슨 말인지 이해했다. "그게 네가 가진 대단한 생각이라 이거지, 꼬마야." 그녀는 혼잣말을 했다. 그녀는 늘 헤이드리언이 누구한테나, 또 어떤 것에 대해서도 제대로 '존중'을 할 줄 모르며, 교활하고 '품위'가 없다고 말했었다. 그녀는 에미와 소곤소곤 얘기를 나누기 위해 부엌으로 내려갔다.

"그앤 참 자기가 끔찍이도 대단하다고 생각하던데!" 그녀가 속삭였다.

"대단한 인물이지, 그렇고말고!" 에미가 경멸하는 투로 말했다.

"그애 생각엔 여기는 고용주하고 고용인들 사이에 너무 차별이

심하다는 거야." 머틸다가 말했다.

"캐나다는 뭐 다르대?" 에미가 물었다.

"응, 그렇대. 민주적이라나." 머틸다가 대답했다. "그애는 거기서는 모든 사람이 동등하다고 생각하나봐."

"흥, 하지만 지금은 여기에 와 있잖아." 에미가 쌀쌀하게 말했다. "그러니까 제 분수를 지키라고 해."

말하는 도중에 그들은 헤이드리언이 정원을 어슬렁어슬렁 걸어 내려가며 무심하게 꽃들을 바라보는 것을 보았다. 손은 호주머니에 찔러넣고 단정하게 군모를 쓰고 있었다. 그는 마치 자기가 주인인 것처럼 아주 편안해 보였다. 두 처녀는 가슴을 두근거리며 창문으로 그를 바라보았다.

"저 애가 뭣 땜에 왔는지 알아." 에미가 심통 사나운 소리로 말했다. 머틸다는 말쑥하게 군복을 입은 모습의 그를 오랫동안 바라보았다. 그 모습에는 여전히 뭔가 고아원 아이의 분위기 같은 것이 풍겼다. 그러나 이제 그 모습은 과묵하고 평민적인 활력으로 채워진 성인 남자의 것이었다. 그녀는 유산계급에 반대하여 아버지한테 연설하듯 말할 때의 그 목소리에 담긴 조소 어린 열정을 기억했다.

"그건 몰라, 에미. 아마 그것 때문에 온 게 아닐 수도 있어." 그녀는 동생을 나무랐다. 자매는 둘 다 유산에 대해 생각하고 있었다.

그들은 젊은 병사를 줄곧 지켜보았다. 그는 손을 호주머니에 넣고 그들에게 등을 돌린 채 정원 아래쪽에 서서, 버드나무 웅덩이의 물을 들여다보고 있었다. 머틸다의 짙푸른빛 눈은 이상하고 충만한 표정이었고, 푸른 정맥이 희미하게 내비치는 눈꺼풀은 약간 밑으로 처진 상태였다. 그녀는 머리를 가볍게 높이 쳐들고 있었지만 고통스러운 표정을 띠고 있었다. 정원 아래쪽의 젊은이는 몸을 돌려 길을 올려다보았다. 어쩌면 그는 창문을 통해 자기들을 보았는지도 몰랐다. 머틸다는 그늘 속으로 몸을 옮겼다.

그날 오후 아버지는 무척 기운이 없고 아픈 것 같았다. 그는 쉽게 탈진 상태에 빠졌다. 의사가 와서 머틸다에게 환자가 언제라도 갑자기 갈 수 있다고 ─ 하지만 또 그렇지 않을 수도 있다고 말했다. 준비를 갖추고 있으라고 했다.

그렇게 하루가 지나고 또 하루가 갔다. 헤이드리언은 제집처럼 편안하게 자리 잡았다. 아침에 그는 갈색 셔츠와 군복 바지를 입고, 깃 없이 맨목을 드러낸 채 주위를 돌아다녔다. 마치 뭔가 비밀스러운 목적이 있는 것처럼 도기제작소 터를 탐사했으며, 로클리 씨가 기운을 좀 찾으면 그와 이야기를 나누었다. 두 사람이 오랜 벗처럼 이야기를 나누는 것을 보면 두 처녀는 번번이 화가 났다. 그러나 그들의 화제는 주로 정치 이야기 같은 것이었다.

헤이드리언이 도착한 지 이틀째 되던 날, 머틸다는 저녁에 아버지 곁에 앉아 있었다. 그녀는 본떠 그리고 싶어하던 그림을 그리는 중이었다. 주위는 아주 조용했다. 헤이드리언은 어딘지 아무한테도 알리지 않은 채 외출 중이었고, 에미는 바빴다. 로클리 씨는 침대에 몸을 기대고 말없이 저녁 햇살이 비쳐드는 정원을 바라보고 있었다.

"만약에 나한테 무슨 일이 일어나더라도 말이다, 머틸다." 그가 말했다. "이 집을 팔지 마라 ─ 넌 여기서 그냥 살아라 ─"

아버지를 바라보는 머틸다의 눈은 약간 초췌한 표정을 담고 있었다.

"뭐, 달리 어떻게 할 수도 없는걸요." 그녀가 말했다.

"네가 어떻게 하게 될지는 지금 알 수 없는 거야." 그가 말했다. "모든 것은 너하고 에미한테 똑같이 남겨질 것이야. 그건 너희들 마음대로 해도 좋다—다만 이 집을 팔지는 마라. 이 집을 남의 손에 내주지 말란 말이다."

"네." 그녀가 대답했다.

"그리고 헤이드리언에게는 내 줄시계를 주고, 은행에 있는 돈 가운데 100파운드를 쥐라—그리고 만일 그애가 도움을 원하거든 도와줘라. 그 아이 이름을 유언장에 넣지는 않았다."

"아버지 줄시계하고 100파운드요—알았어요. 하지만 헤이드리언이 캐나다로 돌아갈 때 아버지가 계실 텐데요."

"무슨 일이 일어날진 모르는 거다." 아버지가 말했다.

머틸다는 앉아서 크고 초췌한 눈으로 마치 정신이 나간 것처럼 한참 동안 아버지를 바라보았다. 그녀는 아버지가 자신이 곧 죽을 것임을 알고 있다는 것을 느꼈다—마치 천리안이 있는 사람처럼 그것을 느꼈다.

나중에 그녀는 아버지가 줄시계와 돈에 대해 말한 것을 에미에게 전했다.

"그애가 아버지의 줄시계에 대해 무슨 권리가 있어?"—'그애'는 헤이드리언을 뜻했다—"그게 개랑 무슨 상관이 있다는 거야? 돈이나 가지고 가버리라 그래." 에미가 말했다. 그녀는 아버지를 사랑했다.

그날 밤 머틸다는 늦게까지 자기 방에 앉아 있었다. 그녀의 가슴은 근심에 차 미어졌고, 정신은 무엇에 홀린 것 같은 상태였다. 그런 상태가 극도에 달해 심지어 울 수도 없었다. 그녀는 줄곧 아버지를, 오직 아버지만을 생각하고 있었다. 마침내 그녀는 아버지에게 가봐야겠다고 생각했다.

자정이 가까워오고 있었다. 그녀는 복도를 따라 아버지 방으로 갔다. 바깥 달빛이 희미하게 비쳐들고 있었다. 문가에서 귀를 기울였다. 그리고 그녀는 살짝 문을 열고 들어갔다. 방 안에는 희미한 어둠이 깔려 있었다. 침대 위에서 움직이는 소리가 들렸다.

"주무세요?" 그녀는 침대 가로 다가가며 조용히 물었다.

"주무세요?" 침대 곁에 서서 다시 부드러운 소리로 반복했다. 이어 그녀는 아버지의 이마를 만지기 위해 어둠 속으로 손을 뻗었다. 조심스럽게 그녀의 손가락들이 코와 눈썹에 닿았다. 그녀는 길고 섬세한 손을 그의 이마에 올려놓았다. 신선하고 부드러운 느낌이었다—아주 신선하고 부드러운 느낌이었다. 일종의 놀라움이 거의 무아 상태에 있는 그녀를 흔들었다. 그러나 그녀를 완전히 깨어나게 하지는 못했다. 부드럽게 그녀는 침대로 몸을 기대면서 이마 위로 길게 뻗은 머리카락들을 손가락으로 쓰다듬었다.

"오늘 밤엔 잠이 안 오시나봐요?" 그녀가 말했다.

침대에서 재빠른 움직임이 일었다. "아니, 자는데요." 목소리가 들려왔다. 헤이드리언의 목소리였다. 그녀는 흠칫 놀라 뒤로 물러섰다. 순간 그녀는 늦은 밤의 무아 상태에서 깨어났다. 그제야 아버지는 아래층에 가 있고, 대신 헤이드리언이 아버지 방을 쓴다는 것이 기억났다. 무엇에 찔린 듯 그녀는 어둠 속에 서 있었다.

"아니, 헤이드리언이야?" 그녀가 말했다. "난 아버진 줄 알았어." 그녀는 너무 놀라고, 너무 충격을 받아 움직일 수가 없었다. 헤이드리언은 어색하게 웃더니 침대에서 몸을 돌렸다.

마침내 그녀는 방에서 나왔다. 불을 켜둔 자기 방으로 돌아와 문을 잠그고 났을 때, 그녀는 그를 만졌던 손을 마치 상처가 난 듯 치켜든 채로 서 있었다. 너무 큰 충격에 그녀는 견딜 수가 없었다.

"아니야." 차분하고 지친 그녀의 정신이 말했다. "실수였을 뿐이야. 신경 쓸 필요가 없어."

그러나 그녀는 자신의 감정을 그렇게 쉽게 납득시킬 수가 없었다. 그녀는 자신이 고약한 입장에 처했음을 느끼고 괴로워했다. 그의 얼굴에, 그의 신선한 피부에 그렇게 부드럽게 올려놓았던 그녀의 오른손이 이제 진짜로 상처를 입은 것처럼 아파왔다. 그런 실수가 일어난 데 대해 그녀는 헤이드리언을 용서할 수 없었다. 그 점이 그녀로 하여금 그를 진심으로 싫어하게 만들었다.

헤이드리언도 잠을 설쳤다. 그는 문이 열리는 바람에 깨어났으며, 이어 다가온 질문이 무슨 뜻인지 미처 깨닫지 못했었다. 그러나 자신의 얼굴에 닿아 살며시 움직이던 그녀 손의 부드러움은 그의 영혼에서 뭔가를 놀라 깨어나게 했다. 그는 고아원 아이였으며, 남들과 어울리지 않고 다소는 남들에게 몰리는 기분으로 살아왔다. 그런 그에게 금방 사라질 것 같은 섬세한 그녀의 애무는 무엇보다도 그를 놀라게 했고, 미지의 것들을 드러내주었다.

아침에 머틸다가 아래층으로 내려왔을 때 그녀는 헤이드리언의 눈에서 그가 어젯밤 일을 의식하고 있음을 느낄 수 있었다. 그녀는 마치 아무 일도 없었다는 듯한 태도를 보이려고 애썼으며 또 성공했다. 그녀는 고생을 하고 또 그것을 견디어낸 사람의 차분한 자제심과 자신에 대해 개의치 않는 태도를 지니고 있었다. 그녀는 검은 빛이 도는, 거의 마취된 듯한 푸른 눈으로 그를 바라보았고, 그의 눈에서 어젯밤 일에 대한 의식이 만들어내는 불꽃을 만나자 그것을 꺼버렸다. 그리고 길고 고운 손으로 그의 커피에 설탕을 넣어주었다.

그러나 자신이 그를 통제할 수 있으리라고 생각한 대로 그를 통제할 수는 없었다. 예리한 기억이 그의 정신을 찔러댔으며, 그의 의식 속에서는 일련의 새로운 감각들이 작용하고 있었다. 뭔가 새로운 것이 그의 속에서 깨어난 것이었다. 과묵하고 조심성 있는 그의 정신 뒤편에서 그는 자신의 비밀을 생생하게 간직하고 있었다. 그녀는 그의 처분에 맡겨진 형국이었다. 그녀와 달리 그는 예절에 얽매임이 없었고, 그의 기준은 그녀의 기준이 아니었다.

그는 호기심에 차서 그녀를 바라보았다. 그녀는 미인은 아니었다. 코는 너무 크고 턱은 너무 작고 목은 너무 가늘었다. 그러나 그녀의 피부는 맑고 깨끗했으며, 고상하게 자란 사람의 예민성이 있었다. 이 색다르고 대담하고 기품 있는 특성은 그녀가 아버지와 공유하는 것이었다. 고아원 소년은 끝마디로 갈수록 가늘어지는 그녀의 손가락, 반지를 낀 하얀 손가락에서도 그 점을 발견할 수 있었다. 나이 든 '삼촌'에게서 느끼던 매력을 이제 이 여인에게서도

보게 된 것이다. 그러자 그는 그것을 소유하고 싶었으며, 자신이 그
것의 주인이 되고 싶었다. 낡은 도기제작소 터를 이리저리 돌아다
니며 그의 은밀한 내심이 계획을 꾸미고 부지런히 움직였다. 자신
의 얼굴에 와닿은 그녀 손에서 느낀 것과 같은 그 낯설고 부드러운
섬세함의 주인이 되는 것 ─ 이것이 바로 그가 추구하는 바였다.
그는 은밀하게 계획을 꾸몄다.

　　그는 머틸다가 이곳저곳을 다닐 때 그녀를 지켜보았고, 그녀는
그의 시선이 어떤 그림자처럼 자신을 따라다니는 것을 의식하게
되었다. 하지만 그녀의 자존심으로 그것을 무시했다. 그가 호주머
니에 손을 넣은 채 주위에서 어슬렁거릴 때면, 그녀는 여느 때와
똑같은 평범한 친절로 그를 맞았다. 이것은 어떠한 경멸보다도 더
강하게 그를 지배했다. 그녀의 우월한 교양이 그를 통제하는 것 같
았다. 그녀는 자신이 늘 느껴온 것과 조금도 다름없이 그에 대해
느끼고자 노력했다. 그는 우리들과 한집에 살고 있는 젊은 아이다,
하지만 우리와는 다른 사람이다라고. 다만, 그녀는 자신의 손바닥
에 닿던 그의 얼굴만큼은 감히 떠올릴 수가 없었다. 그것을 기억할
때면 그녀는 당황했다. 자기 손이 그녀를 실수하게 했으니 그녀는
그 손을 잘라버리고 싶었다. 그리고 그에게서도 그 기억을 잘라내
버리고 싶은 맹렬한 감정을 느꼈다. 그리고 이미 그렇게 해버렸다
고 혼자서 생각했다.

　　어느날 헤이드리언은 '삼촌'과 앉아서 이야기를 나누다가, 환자
의 눈을 똑바로 쳐다보며 말했다.

　　"하지만 저는 평생을 이곳 로슬리에서 살다가 죽고 싶진 않아요."

"그렇지—음—넌 그럴 필요도 없지." 환자가 말했다.

"머틸다 사촌은 여기서 사는 게 좋대요?"

"그런 것 같구나."

"사는 듯이 사는 건 아니지요." 젊은이가 말했다. "머틸다 사촌이 나보다 나이가 얼마나 많죠, 삼촌?"

환자는 젊은 병사를 바라보았다.

"꽤 많지." 그가 말했다.

"서른이 넘었나요?" 헤이드리언이 말했다.

"뭐, 많이 넘은 건 아니고, 서른둘이야."

헤이드리언은 잠시 생각에 잠겼다.

"그렇게 보이지 않는데요." 그가 말했다.

병든 아버지는 다시 그를 바라보았다.

"머틸다 사촌이 여기를 떠나고 싶어하는 것 같던가요?" 헤이드리언이 말했다.

"글쎄, 모르겠다." 아버지는 대답하면서 불안한 표정이 되었다.

헤이드리언은 조용히 앉아서 자기 생각에 잠겼다. 그러더니 마치 그의 내부에서 나오는 듯한 작고 조용한 목소리로 말했다.

"삼촌이 원하신다면 머틸다 사촌과 결혼하겠어요."

환자는 갑자기 눈을 치뜨고 그를 응시했다. 오랫동안 응시했다. 젊은이는 속을 내비치지 않는 표정으로 창밖을 바라보고 있었다.

"네가!" 환자는 약간 경멸을 섞어 조롱하듯 말했다. 헤이드리언은 고개를 돌려 그의 눈을 마주 보았다. 두 사람 사이에는 말로 설명할 수 없는 이해가 있었다.

"삼촌이 반대하지 않으신다면요." 헤이드리언이 말했다.

"아니." 아버지는 말하면서 고개를 돌렸다. "반대하는 건 아니야. 그저 한번도 생각해보지 않은 일이었을 뿐이다. 하지만—하지만 에미가 제일 나이가 적은데."

그는 얼굴이 상기됐고, 그 때문에 갑자기 더 생기에 차 보였다. 그의 속마음은 이 젊은이에 대한 사랑으로 부풀어 있었다.

"삼촌이 좀 물어봐주세요." 헤이드리언이 말했다.

나이 든 남자는 신중하게 생각했다.

"네가 직접 물어보는 게 낫지 않겠냐?" 그가 말했다.

"삼촌 말을 더 귀담아들을 거예요." 헤이드리언이 말했다.

두 사람 다 침묵에 빠졌다. 그때 에미가 들어왔다.

이틀 동안 로클리 씨는 흥분 상태에서 생각에 잠겨 있었다. 헤이드리언은 흔들림 없이 열중한 채 조용하고 눈에 안 띄게 이리저리 돌아다녔다. 마침내 아버지와 딸, 둘만이 있게 되었다. 매우 이른 아침이었으며, 아버지는 계속 큰 통증을 느끼고 있었다. 통증이 누그러들자, 그는 조용히 누워서 생각에 잠겼다.

"머틸다!" 갑자기 그가 딸을 바라보며 입을 열었다.

"예, 여깄어요." 그녀가 말했다.

"그래! 네가 할 일이 있는데—"

그녀는 심부름할 준비로 일어섰다.

"아니, 그냥 앉아 있어라. 나는 네가 헤이드리언과 결혼했으면 한다—"

그녀는 아버지가 헛소리를 한다고 생각했다. 그녀는 당황하고 겁에 질려 일어섰다.

"아니, 그냥 앉아 있어라. 그냥 앉아. 너 내 말 들었지?"

"하지만 아버지, 아버진 지금 무슨 말씀을 하시는지도 모르잖
아요."

"모르긴 왜 몰라. 헤이드리언하고 결혼하란 말이다."

그녀는 어이가 없어 말이 나오지 않았다. 아버지는 말이 많은 사
람이 아니었다.

"내가 말하는 대로 하겠지." 그가 말했다.

그녀는 천천히 아버지를 향해 눈을 돌렸다.

"도대체 누가 그런 생각을 하시라고 했어요?" 그녀가 도도하게
말했다.

"그애가 그랬다."

머틸다는 거의 경멸하듯이 아버지를 쳐다보았다. 너무나 자존심
이 상했던 것이다.

"어머, 그건 수치스러운 일이에요."

"어째서?"

그녀는 아버지를 천천히 바라보았다.

"물어보실 필요가 뭐 있어요?" 그녀가 말했다. "혐오스러운 일
이에요."

"그 아이는 건전해." 그는 퉁명스럽게 대꾸했다.

"걔한테 여기서 사라지라고 말씀하시는 게 더 좋겠네요." 그녀
가 차갑게 말했다.

아버지는 고개를 돌려 창밖을 바라보았다. 그녀는 얼굴을 붉히

고 몸을 꼿꼿이 세운 채 오랫동안 앉아 있었다. 마침내 아버지는 그녀 쪽으로 고개를 돌렸는데 정말 악의를 지닌 표정이었다.

"네가 안하겠다면, 넌 바보야. 난 네가 네 어리석음의 댓가를 치르도록 만들어주겠어, 알겠냐?" 그가 말했다.

갑자기 서늘한 공포가 그녀를 휘감았다. 그녀는 자신의 감각을 믿을 수가 없었다. 그녀는 공포에 질리고, 당황했다. 그녀는 아버지를 응시했다. 정신착란이거나 실성했거나 술에 취한 것이라고 믿을 수밖에 없었다. 어쩌면 좋은가?

"내 말해두겠는데, 네가 결혼하지 않겠다면, 난 내일 휘틀을 불러올 거야. 너희들, 너희 둘 다 내 재산을 한푼도 갖지 못하게 될 거다." 그가 말했다.

휘틀은 변호사였다. 그녀는 아버지의 성질을 잘 알고 있었다. 그는 변호사를 불러 그녀와 에미는 한푼도 물려받지 못하게 하고 자신의 전재산을 헤이드리언에게 준다는 유언장을 만들고도 남을 사람이었다. 이건 너무 심했다. 그녀는 일어나서 방을 나갔다. 그리고 자기 방으로 올라가 문을 닫아걸었다.

그녀는 몇시간 동안 밖으로 나오지 않았다. 드디어 밤늦게 그녀는 에미에게 털어놓았다.

"교활한 악마, 그애는 돈을 원하고 있어." 에미가 말했다. "아버진 정신이 나갔어."

헤이드리언이 단지 돈만을 원하고 있다는 생각은 머틸다에게 또다른 충격이었다. 그녀는 이 막무가내의 젊은이를 사랑하지는 않았지만, 이제껏 그를 사악한 존재로 생각해본 적은 없었다. 그런

데 이제 그는 그녀의 마음에서 가증스러운 존재로 되어버린 것이었다.

에미는 다음 날 아버지와 작은 소동을 벌였다.

"어제 언니에게 하신 말씀이 진정은 아니시죠, 그렇죠, 아버지?" 그녀는 싸우겠다는 듯이 물었다.

"진정이다." 그가 대답했다.

"뭐라고요, 아버진 유언장을 바꾸시겠다는 거예요?"

"그래."

"그렇겐 못하세요." 화가 난 딸이 말했다.

그러나 그는 악의에 찬 엷은 미소를 지으며 그녀를 쳐다보았다.

"애니!" 그가 소리쳤다. "애니!"

그에게도 아직 목소리가 들리게 할 만한 힘은 남아 있었다. 하녀는 부엌에서 방으로 들어왔다.

"옷을 챙겨입고 휘틀의 사무실에 다녀와. 되도록 빨리 내가 보잔다고 그러고, 유언장 서식을 가져오라고 해."

환자는 몸을 약간 뒤로 뉘었다―그는 완전히 누울 수가 없었다. 딸은 한대 얻어맞은 듯이 앉아 있었다. 그러다가 잠시 후 방을 나갔다.

헤이드리언은 정원에서 어슬렁거리고 있었다. 에미는 곧장 그에게로 내려갔다.

"여기 좀 봐." 그녀가 말했다. "나가주는 게 좋겠어. 짐을 챙겨가지고 여길 떠나는 게 좋겠단 말야, 빨리."

헤이드리언은 노발대발하는 처녀를 천천히 바라보았다.

"그게 누구 얘깁니까?"

"우리들이 하는 얘기야—나가, 이제 장난치고 피해입히는 일은 할 만큼 했잖아."

"삼촌이 그렇게 말씀하세요?"

"그래, 아버지가 그러셔."

"가서 물어보죠."

그러나 에미가 번개같이 길을 막아섰다.

"아냐, 그럴 필요 없어. 아버지한테 뭘 물어볼 필요는 전혀 없어. 우리들이 널 원하지 않으니까 너는 가면 되는 거야."

"삼촌이 여기선 어른이시죠."

"이제 곧 돌아가실 분이야. 그런데 너는 그분 주위를 슬금슬금 기어다니다가 그분 돈을 노리고 그분에게 수를 썼어! —너는 살아 있을 자격도 없어."

"아니!" 그가 말했다. "내가 삼촌 돈을 노리고 수를 썼다고 누가 그러던가요?"

"내가 그런다. 아버지가 머틸다 언니에게 말씀을 하셔서 이제 언니도 네가 어떤 사람인지 알아. 언니도 네가 뭘 노리는지 안단 말이야. 그러니까 잔말 말고 어서 꺼져버리는 게 좋을 거야, 이 거렁뱅이야!"

그는 몸을 돌리고 생각했다. 자기가 돈을 노리고 있다고 이들이 생각하리라고는 짐작하지 못했었다. 그는 돈을 원하긴 했다—몹시. 그는 자신이 피고용자의 한 사람이 아니라 고용주가 되기를 몹시도 바랐다. 그러나 자신이 머틸다를 원하는 것은 돈 때문이 아님을 그 나름의 정교하고 계산적인 방식으로 알고 있었다. 그는 돈과 머틸다 모두를 원했다. 그러나 그는 그 두가지 욕망은 별개의 것이지 하나가 아니라고 스스로에게 말했다. 그는 돈이 없는 상태로 머틸다와 결혼할 수는 없었다. 그러나 돈 때문에 머틸다를 원하는 것은 아니었다.

마음속에서 이 점이 분명히 정리되자, 그는 잠복해서 지켜보면서 그녀에게 말해줄 기회를 얻으려 했다. 그러나 그녀는 그를 피했다. 저녁에 변호사가 왔다. 로클리 씨는 새로이 힘을 얻은 것 같았다. 이전의 약정들에 전면적인 조건을 걸어버리는 새 유언장이 작성되었다. 즉 머틸다가 헤이드리언과 결혼하는 데 동의하면 옛 유언장이 유효하고, 만일 그녀가 거절한다면 그때는 육개월 후 전재산이 헤이드리언에게 넘겨지게 되는 것이었다.

로클리 씨는 악의 섞인 만족감을 느끼며 이것을 헤이드리언에게 말해주었다. 그는 자신을 그토록 오랫동안 둘러싸고 그토록 세심하게 그에게 봉사해온 여인들에 대해, 이상한, 매우 비이성적인 복수의 욕망을 느끼는 것 같았다.

"제 앞에서 머틸다 사촌한테 말씀해주세요." 헤이드리언이 말했다.

그러자 로클리 씨는 딸들을 불러오게 했다.

이윽고 딸들은 창백하고 말없고 고집스러운 모습으로 들어왔다. 머틸다는 저 멀리 먼 곳으로 물러나버린 것 같았으며, 에미는 죽을 때까지 싸울 준비가 된 투사의 모습이었다. 환자는 침대에 누워 있었다. 눈은 빛나고, 부어오른 손을 약간 떨었다. 그의 얼굴은 옛날의 명랑하고 잘생긴 모습을 어느정도 회복하고 있었다. 헤이드리언은 약간 떨어져서 말없이 앉아 있었다——굴복시킬 수 없는, 위험한 고아원 소년이었다.

"여기 유언장이 있다." 아버지가 손으로 종이를 가리키며 말했다. 두 여인은 말없이 꼼짝 않고 앉은 채 시선을 돌리지도 않았다.

"네가 헤이드리언과 결혼하든가, 아니면 헤이드리언이 전부를 갖든가, 둘 중 하나다." 아버지가 만족스러워하며 말했다.

"그럼 그애가 전부 갖도록 하세요." 머틸다가 차갑게 말했다.

"안돼요! 안돼요!" 에미가 격하게 소리쳤다. "걔가 그걸 가질 순 없어요. 저 부랑자가!"

아버지의 얼굴에 즐거운 표정이 떠올랐다.

"들었지, 헤이드리언?" 그가 말했다.

"난 돈 때문에 머틸다 사촌과 결혼하자고 한 것이 아닙니다." 헤이드리언이 얼굴을 붉히고 의자에서 몸을 뒤척이며 말했다.

머틸다는 짙푸르고 마취된 눈으로 그를 천천히 바라보았다. 그녀에게는 낯선 작은 괴물 같았다.

"무슨 소리야, 이 거짓말쟁이. 네가 돈 때문에 그랬다는 건 너도 알잖아!" 에미가 소리쳤다.

환자는 웃음을 터뜨렸다. 머틸다는 계속 헤이드리언을 야릇한 표정으로 응시하고 있었다.

"돈 때문이 아니라는 걸 머틸다 사촌은 알아요." 헤이드리언이 말했다.

궁지에 몰린 쥐가 불굴의 용기를 가지듯, 그도 용기가 있었다.

헤이드리언에게는 쥐와 마찬가지로 어떤 말끔함, 과묵함, 지하생활적 특질 같은 것이 있었다. 그러나 무엇보다도 그는 궁극적인 용기, 꺼뜨릴 수 없는 가장 굳센 용기를 가진 것인지도 몰랐다.

에미는 언니를 바라보았다.

"허 참." 그녀가 말했다. "언니, 신경 쓰지 마. 저 애보고 다 가지라고 해. 우리는 알아서 꾸려갈 수 있잖아."

"난 저 애가 모든 걸 가져가리란 것을 알아." 머틸다는 멍한 표정으로 말했다.

헤이드리언은 대꾸하지 않았다. 사실 그 스스로도 만일 머틸다가 자신을 거부한다면 자기는 모든 것을 가지고 떠나버리리란 것을 알고 있었다.

"영악한 꼬마 사내 같으니—!" 에미는 비웃음을 띠며 말했다.

아버지는 소리없이 웃고 있었다. 하지만 그는 지쳐 있었다.

"자, 가봐라." 그가 말했다. "가봐, 난 좀 쉬어야겠다."

에미는 고개를 돌려 아버지를 바라보았다.

"아버진 이렇게 돼도 싸요." 그녀는 아버지를 향해 대놓고 말했다.

"가봐라." 그는 부드럽게 대꾸했다. "가봐."

또 한번의 밤이 지나갔다. 야간 간호원이 로클리 씨 곁에 앉아 밤을 새웠다. 또 한번의 낮이 찾아왔다. 헤이드리언은 양모 셔츠와 성긴 군복 바지를 입고 목을 드러낸 채 여느 때와 마찬가지로 거기 그대로 있었다. 머틸다는 연약하고 냉담한 표정으로 다녔고, 에미는 금발인데도 이마에 검은빛을 드리운 모습이었다. 그들은 모두 입을 다물고 있었다. 어리둥절해 있는 하녀가 뭘 알도록 하고 싶지 않았기 때문이었다.

로클리 씨는 매우 심한 통증의 발작을 일으켜 숨을 쉴 수가 없었
다. 종말이 가까워온 것 같았다. 그들은 모두 조용한 극기주의자의
모습으로 다녔다. 그들 중 누구도 굴복하지 않았다. 헤이드리언은
속으로 생각에 잠겨 있었다. 만일 머틸다와 결혼하지 않게 되면, 이
만 파운드를 가지고 캐나다로 갈 것이다. 이것 자체만으로도 매우
만족스러운 전망이었다. 머틸다가 동의할 경우 그는 아무것도 갖
지 못할 것이었다──머틸다가 자기 돈을 가지게 되는 것이다.

행동에 나선 것은 에미였다. 그녀는 변호사를 찾으러 나가서 결
국 그를 집으로 데리고 왔다. 헤이드리언과의 면담이 이루어졌고,
휘틀은 그 젊은이에게 겁을 주어 포기하게 만들려고 해보았다. 그
러나 소용이 없었다. 목사와 친척들이 불려들어왔다. 그러나 헤이
드리언은 그들을 빤히 쳐다볼 뿐 신경 쓰지 않았다. 다만 그 때문
에 화가 나기는 했다.

그는 혼자 있는 머틸다를 대하고 싶었다. 많은 날이 지나갔지만,
그는 성공할 수가 없었다. 그녀는 그를 피하고 있었다. 마침내 헤이
드리언은 잠복해 있다가 어느날 그녀가 구스베리 열매를 따러 왔
을 때 불시에 그녀에게 다가서서 도망갈 길을 막아섰다. 그는 곧장
핵심으로 들어갔다.

"그러니까, 날 원치 않는단 말예요?" 그 특유의 미묘하고 은근한
말투로 그가 말했다.

"난 너와 말하고 싶지 않아." 그녀는 그를 외면하며 말했다.

"하지만, 내 몸에 손을 얹었잖아요." 그가 말했다. "그러지 말아

야 했어요. 안 그랬다면 나도 이런 생각을 했을 리가 없으니까. 나를 만지지 말아야 했어요."

"만일 네가 조금이라도 점잖은 사람이라면, 그게 실수였다는 것을 알고 잊어버렸을 거야." 그녀가 말했다.

"나도 그게 실수였다는 것은 알아요—하지만 잊어버리지는 않을 거예요. 일단 사람을 깨워놓으면, 자라고 해서 다시 잠을 잘 수 있는 건 아니란 말입니다."

"만일 네가 조금이라도 고상한 감정이 있다면, 넌 여기서 떠나갔을 거야." 그녀가 대꾸했다.

"떠나가고 싶지 않았어요." 그가 대꾸했다.

그녀는 먼 곳을 바라보았다. 마침내 그녀가 물었다.

"돈 때문이 아니라면 왜 나를 괴롭히는 거야. 난 네 어머니뻘이라고 해도 좋을 나이야. 어떤 면에서는 이제껏 네 어머니였어."

"그건 문제가 안돼요." 그가 말했다. "머틸다 사촌은 내게 어머니가 아니었어요. 결혼해서 캐나다로 나가요—그게 좋을 거예요—날 만졌잖아요."

그녀의 얼굴이 하얗게 질리면서 몸이 떨렸다. 갑자기 분노로 얼굴이 붉어졌다.

"이건 너무 망측해!" 그녀가 말했다.

"뭐가요?" 그가 반박했다. "당신이 날 만졌잖아요."

그러나 그녀는 못 들은 척 걸어가버렸다. 그녀는 헤이드리언의 올무에 잡힌 느낌이었다. 헤이드리언은 헤이드리언대로 화가 나고 침울해졌다. 경멸당하는 느낌이 되살아났다.

그날 저녁 그녀는 아버지의 방으로 들어갔다.

"그럴게요." 갑자기 그녀가 말했다. "그와 결혼할게요."

아버지는 그녀를 올려다보았다. 그는 통증이 계속되어 몹시 아팠다.

"이젠 그애가 좋단 말이지!" 희미한 미소를 띠며 그가 말했다.

그녀는 아버지의 얼굴을 찬찬히 내려다보고는 죽음이 멀지 않았음을 알았다. 그녀는 몸을 돌려 차가운 표정으로 방을 나갔다.

변호사를 부르러 보냈고, 모든 준비가 서둘러서 이루어졌다. 그러는 동안에도 머틸다는 한번도 헤이드리언에게 말을 걸지 않았고, 그쪽에서 말을 걸어와도 대답하지 않았다. 그는 아침에 그녀에게 다가갔다.

"그래서 이제 동의한 거죠?" 반짝이는, 상냥하다고까지 할 수 있는 눈으로 그녀에게 즐거운 표정을 지어 보이며 그가 말했다. 그녀는 그를 내려다보고는 몸을 돌려버렸다. 키가 커서이기도 했고 경멸한다는 뜻으로도 내려다봤다. 그래도 그는 버텨냈고, 승리를 거두었다.

에미는 미친 듯이 소리치며 울었고, 비밀은 밖으로 흘러나갔다. 그러나 머틸다는 아무 말도 없었으며 동요하는 기색도 없었다. 헤이드리언은 말없이 만족하고 있었지만 동시에 두려움에 가슴이 에이었다. 그러나 그는 두려움에 맞서 자신을 지탱했다. 로클리 씨는 몹시 아팠지만, 여전했다.

사흘째 되는 날 결혼식이 있었다. 머틸다와 헤이드리언은 등기소에서 곧장 집으로 달려와, 죽어가는 사람의 방으로 바로 들어갔다. 환자의 얼굴은 맑게 반짝이는 미소로 환해져 있었다.

"헤이드리언—그애를 얻었지?" 그가 약간 쉰 목소리로 말했다.

"예." 귀밑이 창백해진 헤이드리언이 말했다.

"그래, 녀석. 네가 내 자식이 되어 기쁘다." 죽어가는 사람이 대답했다. 이어 그는 눈을 돌려 머틸다를 찬찬히 바라보았다.

"얼굴 좀 보자, 머틸다." 그가 말했다. 이어 그의 목소리는 이상하고 알아들을 수 없게 되었다. "입 맞춰다오." 그가 말했다.

그녀는 몸을 숙여 아버지에게 입 맞추었다. 그녀는 아주 어린 꼬마였을 때 이후로는 아버지에게 입 맞춰본 적이 없었다. 그러나 그녀는 아무 말도 안했고, 매우 차분했다.

"저 애에게 입 맞춰라." 죽어가는 사람이 말했다.

그 말에 순종하여 머틸다는 젊은 남편에게 입을 맞췄다.

"옳지! 옳지!" 죽어가는 남자가 중얼거렸다.

패니와 애니
Fanny and Annie

플랫폼에서 불빛을 받은 거무스레한 얼굴의 무리들에 섞여 돌아서는 그의 얼굴은 화염에 비쳐 울긋불긋하게 번득였다. 떠다니는 불꽃 한점처럼 부유하는 듯한 그의 얼굴이 용광로의 불빛에 비쳐 그녀의 시야에 들어왔다. 그러자 향수가, 귀향의 무거운 운명이 약 기운처럼 혈관을 통해 온몸에 잠겨왔다. 지금 저 화염에 비친, 그의 영원한 얼굴! 길가의 기차역에 산만하게 모여 있는 공장 사람들을 비추는, 높이 솟은 용광로 탑의 맥박 치듯 솟구쳤다 꺼지는 붉은 화염이 그를 비추고는 꺼졌다.

물론 그는 그녀를 보지 못했다. 불빛이 비친 채, 또 보지 못한 채! 늘 그랬다. 끝이 만나는 눈썹과 평범한 모자와 목에 맨 붉은색과 검정색이 섞인 목도리도 늘 똑같았다. 그녀를 마중 나오면서 옷도 갖춰입지 않고! 화염이 잦아들면서 어두워졌다.

그녀는 지저분한 지선열차 칸의 문을 열고 가방들을 내리기 시작했다. 짐꾼은 물론 없었지만 그 작은 무리의 가장자리에 묻혀 역시나 그녀를 찾지 못하고 있는 해리가 있었다.

"여기에요, 해리!" 그녀가 어스름을 뚫고 우산을 흔들며 불렀다. 그가 서둘러 다가왔다.

"왔군, 그렇지?" 일종의 유쾌한 환영 인사치레로 그가 말했다. 그녀는 다소 황망하게 내려서서 그에게 가볍게 키스했다.

"옷가방 두개요!" 그녀가 말했다.

그가 가방을 가지러 열차 칸 안으로 어기적거리며 올라가는 것을 보며 그녀 안의 영혼이 신음했다. 역 뒤편의 거대한 용광로에서 불길이 어둑한 하늘 위로 치솟았다. 화염의 붉은 빛이 그녀의 얼굴 위로 지나가는 게 느껴졌다. 그녀는 돌아왔다. 아주 돌아온 것이었다. 그러자 그녀의 마음은 암울하게 신음했다. 자신이 견뎌낼 수 있을지 의심스러웠다.

거기, 용광로 밑의 지저분한 작은 역에, 잘 만든 코트와 스커트를 입은 채 커다란 회색 벨루어 모자를 쓴 훤칠하고 기품 있는 그녀가 서 있었다. 해리가 그 작고 흉한 열차에서 가방을 들고 비틀거리며 내려오는 동안, 그녀는 잿빛 장갑을 낀 손에 우산과 구슬로 만든 장식용 벨트 사슬과 작은 가죽 가방을 들고 있었다.

"뒤에 트렁크가 하나 있어요." 그녀는 밝은 목소리로 말했다. 그러나 밝은 기분은 아니었다. 제련소의 꼭 닮은 한 쌍의 시커먼 원주형 용광로는 솟구치는 불길을 밤의 어둠 속으로 높이 쏘아올렸다. 주위가 일제히 희번덕였다. 기차는 쾌활하게 기다리고 있었다. 십분을 더 기다릴 것이다. 그녀는 그걸 알고 있었다. 모든 것이 그토록 지독히도 낯익었다.

미리 털어놓자. 그녀는 어느 귀부인의 하녀였고 서른살이며 첫사랑인 제련소 노동자와 결혼하려고 돌아왔다. 밀고 당기면서 그를 근 십수년간 매달아놓은 다음이었다. 그녀는 왜 돌아왔는가? 그를 사랑하는가? 아니다. 사랑한다는 시늉은 하지 않는다. 그녀는 재기발랄하고 야심 많은 자기 사촌을 사랑했으나 사촌은 그녀를 차버렸고 게다가 이미 이 세상 사람이 아니었다. 달리 연애도 몇차례 했지만 결혼으로 이어지지는 않았다. 그리하여 그녀는 여기로, 이 모든 세월 동안 그녀를 기다렸거나 혹은 그저 독신을 유지하고 있는 첫사랑과 결혼하려고 갑자기 돌아온 것이다.

"짐꾼이 옮겨주지 않을까요?" 해리가 노동하는 사람 특유의 걸음걸이로 성큼성큼 수화물차를 향해 걸어가자 그녀가 말했다.

"내가 할 수 있소." 그가 말했다.

그래서 그녀는 우산과 장식 사슬과 작은 가죽 가방을 들고 그를 뒤따랐다.

트렁크가 거기 있었다.

"이따가 헤더네 청과물상 수레로 실어오게 하지." 그가 말했다.

"합승마차는 없어요?" 그런 것이 있을 리 없다는 걸 참담하리만치 잘 알면서도 패니가 말했다.

"보관소 옆에 치워두면 헤더네 수레가 8시 반쯤 찾아올 거야." 그가 말했다.

그는 두개의 손잡이로 궤짝을 붙들고는 다리에 퉁퉁 부딪혀가며 기우뚱하는 종종걸음으로 건널목을 지나 날랐다. 그러고는 붉은색 사탕과자 판매기 옆에 털썩 내려놓았다.

　"거기 두는 게 안전할까요?" 그녀가 말했다.

　"그럼. 집채만큼이나 안전하지." 그가 답했다. 그는 남은 가방 두 개를 가지러 되돌아갔다. 이렇게 짐을 들고 그들은 주물 공장의 커다랗고 긴 검은 건물들 아래 언덕길을 터벅터벅 걸어올라가기 시작했다. 그녀는 짐의 무게로 터덜터덜 느린 발걸음을 옮기는 노동자 중의 노동자인 그와 나란히 걷고 있는 것이다. 짙어지는 어둠 위로 붉은 빛이 번쩍였다. 견디기 힘들게 만들기 꼭 알맞을 만큼의 간격을 두고 엄청난 소음이, 금속이 부딪히는 소름 끼치는 느릿한 쨍쨍쨍 소리가 주물 공장에서 들려왔다.

　글로스터에 도착할 때와 비교해보라. 그녀의 안주인에겐 자가용 사륜마차, 그리고 짐을 맡은 그녀에겐 이륜마차가 마련되었고, 강을 끼고 지나가는 노정과 마찻길의 상쾌한 나무들이며, 아서 옆에 앉은 그녀에게 모든 사람들이 그토록 친절했다.

　그녀는 고향으로 돌아온 것이다. 아주 눌러살기 위해서! 영원히 끝날 것 같지 않은 흉측한 언덕을 짐을 잔뜩 든 남자와 터덜터덜 올라가는 그녀의 심장은 거의 멎어버릴 듯했다. 이 무슨 전락인가! 이 무슨 전락이란 말인가! 그녀는 이것을 예의 그 밝은 쾌활함으로 받아들일 수가 없었다. 이 모든 것을 너무도 잘 알고 있었던 것이다. 익숙하지 않은 것에 대항해서 견디기란 쉬운 법이지만 낡고 진절머리 나는 과거의 이 치명적인 익숙함이라니!

그가 잠시 쉬려고 가로등 아래 짐을 털썩 내려놓았다. 가로등 불빛 아래 그들 두 사람은 그렇게 서 있었다. 지나가던 사람들이 그녀를 빤히 쳐다보고는 해리에게 인사를 했다. 거의 그녀를 알아보지 못했는데, 그사이에 그녀는 낯선 사람이 되어 있었던 것이다.

"혼자서 다 들기엔 무거워요. 하나 줘요." 그녀가 말했다.

"한참 들고 걸으니 좀 무거워지기도 허네." 그가 답했다.

"작은 건 내가 들게요." 그녀가 재차 말했다.

"정 그러면 잠깐 들어보든지." 가죽 손가방을 건네주며 그가 말했다.

이렇게 해서 그들은 언덕 꼭대기에 있는 작고 지저분한 마을의 가게들이 늘어선 거리에 이르렀다. 모두가 어찌나 그녀를 빤히 쳐다보는지. 정말이지 어찌나 그렇게 빤히 보는지. 게다가 영화관 입장이 막 시작되고 있어서 길을 따라 모퉁이까지 줄이 꼬리를 끌고 있었다. 그리하여 모든 사람들이 무안할 지경으로 그녀를 빤히 쳐다보았다. "여어, 해리" 하며 남자들은 호기심이 동한 목소리로 소리쳤다.

어쨌거나 그들은 그녀 숙모네에 도착했다. 골목에 있는 작은 과자가게였다. 핑 소리가 나게 초인종을 한번 울리자 숙모가 부엌에서 달려나왔다.

"왔구나, 얘야! 얼른 차 한잔 마시고 싶지? 잘 지냈니?"

숙모가 그녀에게 키스했고 패니는 너무 우울한 나머지 눈물을 쏟지 않으려고 참는 것 외에는 달리 아무것도 할 수가 없었다. 어쩌면 정말 차 한잔 마시고 나면 기분이 좀 나아질지도 몰랐다.

"그 짐을 끌고 오느라 자네가 힘들었겠구먼." 패니의 숙모가 해리에게 말했다.

"뭐, 내려놓는 게 섭섭하지는 않네요." 가방 손잡이에 눌려 얼얼해진 손을 쳐다보며 그가 말했다.

그러고는 헤더네 청과물상 수레를 알아보러 떠났다.

패니가 차를 마시러 앉자 머리가 희끗희끗하고 살결이 흰 얼굴의 숙모는 한편으로 그녀 때문에 몹시 가슴이 아프면서도 그녀를 바라보며 경탄하는 마음이 되었다. 패니는 아름다웠다. 키가 크고 꼿꼿했으며 피부색은 섬세했고, 우아하게 솟은 코와 풍성한 갈색 머리에, 커다란 회색 눈은 광채가 있었다. 열정이 있는 여자, 만만치 않은 여자였다. 그토록 자부심이 강하고 속으로 그토록 강렬한 격정을 품은! 격정은 그녀 집안의 내력이었다.

여자라야만 그녀의 마음을 알아줄 수 있었다. 남자들은 그럴 용기가 없었다. 불쌍한 패니. 그녀는 멋진 귀부인 같았고 그토록 꼿꼿하고 근사했다. 그런데도 모든 것이 그녀를 끌어내리는 형국이었다. 이렇게 잘생기고 재기 넘치는 예민한 여성, 과민하고 긴장한 웃음을 가진 그녀는 번번이 굴욕과 실망을 겪을 운명인 것 같았다.

"그래 정말 돌아온 거니, 얘야?" 숙모가 말했다.

"돌아왔어요, 숙모." 패니가 말했다.

"불쌍한 해리! 네가 그애를 약간 이용하고 있는 거나 아닌지 모르겠구나, 패니."

"아, 숙모, 그 사람은 그렇게 결혼을 기다렸으니 한번 당해보는 것도 좋겠죠." 패니는 냉소적으로 웃었다.

"그래, 애야, 그렇게나 기다리게 했으니 그애한테 네가 좀 심하게 하지 않았다고는 말 못하겠다. 패니, 알다시피 난 그애를 좋아하잖니. 물론 너도 잘 알겠지만 그애가 너한테 어울리는 상대라고 여기지는 않지만 말이다. 그리고 안됐지만 그애도 그렇게 생각할 거다. 불쌍한 친구 같으니."

"그렇게 자신하지 마세요, 숙모. 해리는 평범하지만 겸손한 사람은 아니에요. 그 사람은 자기가 생각만 있으면 여왕이라도 자기한테 과분하다고 생각지 않을 거예요."

"뭐, 자기를 좋게 생각하는 건 잘하는 일이지."

"좋게 생각한다는 게 뭔지가 문제죠." 패니가 말했다. "하지만 그 사람에겐 괜찮은 면도 있어요."

"아, 괜찮은 애지. 그리고 나도 그애가 마음에 든다. 정말 좋아한단다. 다만, 말했다시피 너한테 딱 어울리는 사람은 아니지."

"숙모, 전 마음먹었어요." 패니가 단호하게 말했다.

"그래." 숙모가 생각에 잠긴 투로 말했다. "기다리는 사람에겐 모든 일이 다 이루어진다는 말도 있지."

"생각지 못한 것도 걸려든다는 거죠, 네, 숙모?" 패니가 다소 씁쓸하게 웃었다.

불쌍한 숙모, 이런 씁쓸함 때문에 조카딸에 대해 마음이 아팠다.

가게 초인종이 핑 하고 울리는 소리와 해리가 "됐어" 하고 말하는 소리가 대화에 끼어들었다. 하지만 그가 곧장 들어오지 않았으므로 패니는 그 순간 그를 염려하는 마음이 일었던 모양으로 자리에서 일어나 가게로 나갔다. 그녀는 바깥의 수레를 내다본 다음 출

입구 쪽으로 갔다. 그런데 그녀가 문간에 선 순간 길 건너편 어둠 속에서 어떤 여자가 퍼붓는 상스럽고 악에 받친 목소리가 들려왔다.

"그래, 너, 거기 왔다 이거지? 이거 봐, 내가 널 망신을 주고 말테다. 망신을 주고 만다고. 어디 못하나 봐라."

놀란 패니가 어둠 너머를 뚫어지게 보고 있자니 골목을 따라 가로등 아래 검은 보닛을 쓰고 걸어가는 한 여자가 보였다.

해리와 빌 헤더는 작은 짐차에서 트렁크를 끌어내리고 있었는데 그들이 짐을 들고 가게 계단을 올라오자 그녀는 뒤로 물러났다.

"얻다 둘까?" 해리가 물었다.

"위층에 두는 게 좋겠어요." 패니가 말했다.

그녀는 등을 밝히러 먼저 올라갔다.

헤더가 돌아간 다음 해리가 차와 돼지고기 파이를 먹으러 식탁에 앉자 패니가 물었다.

"소리 지르던 여자는 누구예요?"

"글쎄, 알게 뭐야. 누구한테 소리 지른 거겠지." 해리가 대답했다.

패니는 그를 쳐다보았으나 더 묻지는 않았다.

그는 금발 머리에 콧수염도 금발인 서른둘의 사내였다. 사투리가 심했으며 딱 제련소 노동자처럼 생겼고 실제로 그렇기도 했다. 하지만 여자들은 늘 그를 좋아했다. 그에겐 뭔가 따뜻하고 유쾌하며 진짜 예민한, 엄마의 귀염둥이로 자란 아들 같은 데가 있었다.

그는 심지어 패니마저 끌릴 만한 매력이 있었다. 그녀가 그토록 못 견디게 싫어한 점은 그가 도무지 야심이 없다는 사실이었다. 그는 주물공이었지만 특별하달 것이 없는 정도의 기술이었다. 서른

둘이나 먹었으면서도 모아둔 돈이라고는 20파운드가 채 안됐다. 살림을 장만할 돈은 그녀가 대야 했다. 그는 개의치 않았다. 그저 아무래도 상관이 없었다. 뭔가 주도해서 끌고 나가겠다는 게 전혀 없었다. 눈에 띄게 심각한 결함은 없었다. 하지만 그저 이래도 좋고 저래도 좋았고, 돌아다니면서 돈이나 쓰고 뭐든 그리 신경 쓰지 않았다. 그러면서도 행복해 보이지도 않았다. 그녀는 용광로의 섬광에 비친 그의 얼굴, 뭔가에 썬 듯, 넋 나간 듯한 그 얼굴을 떠올렸다. 거기 앉아 볼이 미어져라 돼지고기 파이를 먹는 그가 자기에게 숙명과도 같다고 느꼈다. 그러자 그녀는 그라는 숙명에 대한 분노가 치밀어올랐다. 천덕스러운 사람은 아니었다. 그의 행동거지가 속된 것이었고 거의 일부러 그러는 것 같았다. 하지만 사람 자체는 범속하지 않았다. 이를테면 먹는 것에 크게 관심을 두지 않았고 게걸스럽지도 않았다. 매력도 있었고, 특히 여자들에겐 그의 금발이나 예민함, 여자로 하여금 자신이 더 고상한 존재라고 느끼게 만드는 태도가 매력적이었다. 그러나 패니는 그를 잘 알았으며 자신을 거의 미치게 만드는 그의 독특하고 고집스러운 한계를 알고 있었다.

그는 9시 반쯤까지 있었다. 그녀는 문까지 그를 배웅하러 갔다.

"언제 올라올 거지?" 대충 자기 집 쪽을 향해 머리를 힐끗 움직이며 그가 말했다.

"내일 오후에 갈게요." 그녀는 밝게 말했다. 패니와 그의 어머니 구달 부인은 원래 좋은 사이가 아니었다.

다시 한번 그에게 어색한 짧은 키스를 하며 그녀는 작별인사를 했다.

"애야, 너도 알겠지만 그애가 그렇게 열을 올리지 않는다고 해서 하나도 이상할 게 없다." 숙모가 말했다. "네 잘못이지."

"아, 숙모, 열을 올릴 때가 참기 힘들었어요. 지금이 훨씬 견딜 만해요."

두 여자는 밤늦도록 자지 않고 얘기를 나누었다. 둘은 워낙 잘 통했다. 숙모 역시 패니와 마찬가지로 어울리지 않는 상대와 결혼했는데, 기질이 사나운 사내였고 패니 아버지의 형제였다. 그는 죽었고 패니 아버지도 죽었다.

가엾은 리지 숙모, 그녀는 똑똑한 조카가 안쓰러워 슬피 울다가 잠자리에 들었다.

패니는 다음 날 오후 해리네 가족을 찾아갔다. 구달 부인은 매끈하게 가르마를 탄 머리에 몸집이 큰 여자로 범속하고 강퍅했으며 아들 넷과 결혼한 심술궂은 딸 하나를 오냐오냐하며 버릇없이 길러놓았다. 그녀는 겉이 번지르르하든지 교육을 좀 받았든지, 하여튼 어떤 식으로든 젠체하는 꼴은 못 보는 옛날식의 강한 성격을 가진 사람이었다. 표준영어 발음도 꽤나 싫어했다. 그녀는 장래의 며느릿감에게도 거침없이 야, 자, 하는 식으로 나왔다.

"난 보기만큼 업숭이가 아니다, 알겠냐."

패니로서는 장래의 시어머닛감이 업숭이라고 전혀 생각하지 않았으므로 불필요한 말이었다.

"걔한테 내 얘기했다." 구달 부인이 말했다. "지금까진 지가 안한다고 버텼으니 인제 그냥 내버려두라고 말이다. 내 말을 들었으면 널 안 잡았을 거다, 알겠냐. 그래, 걘 바보야. 내가 알지. 개한테 이렇게 얘기했다. '사내자식 꼴이 그게 뭐냐, 니 나이에. 지 하고 싶은 대로 놀다가 인제 와서 문을 긁어대니까 금방 열어주는 니놈 꼴이 뭐냔 말이다. 어지간히 물러터져 보이겠냐.' 하지만 말해 무엇하냐. 니 편지에 답을 하고 기어이 손해 보는 장사를 하고 말더라."

하지만 이 나이 든 여자는 화도 났지만 패니가 해리에게 돌아온 것에 우쭐하기도 했다. 구달 부인은 패니가 만만치 않은 여자임을, 자신과 상대가 될 만한 여자임을 알아보았기 때문이다. 게다가 그보다 더 중요한 건, 누구나 알다시피 패니 자신의 저축 말고도 그녀 숙모 케이트가 따로 200파운드를 남겨주었다는 점이었다.

그리하여 해리가 일을 마치고 시커멓게 되어 집에 왔을 때 프린스 거리 집안에선 성대한 식사대접이 있었고, 성질 드센 지니가 냉큼 쫓아와서 상스러운 얘기를 지껄여대는 바람에 다소 떨떠름하기는 했지만 어쨌든 우호적인 분위기였다. 집안 분위기로 미루어 당연한 사실로, 지니는 친정집과 뜰 한쪽 끝이 붙어 있는 집에 살고 있었다. 서로 붙어 지내는 씨족, 그것이 구달네 집안이었다.

패니는 일요일에 다시 오기로 했고 결혼 문제도 의논되었다. 식은 2주 후 몰리 교회에서 하는 걸로 정해졌다. 몰리는 시골 끝자락에 있는 마을이었는데 그곳의 작은 회중파 교회에서 패니와 해리가 처음으로 만났었다.

그는 얼마나 습관의 동물인지! 그다지 규칙적이지는 않았지만 아직도 몰리 교회 성가대에 나갔다. 그저 테너 목소리가 좋고 또 노래하기를 즐긴다는 이유에서 거기 남아 있었다. 사실 노래할 때

에이치(H) 발음을 그토록 가망 없이 처리하지만 않았어도 그의 독창은 그 일대에서 유명할 뻔했다.

　　그리고 나는 보았네, 아늘이 혈리는 것을
　　그리고 보았네, 안 마리 아얀 말이 ―

이것이 해리의 고전적인 레퍼토리의 하나였는데 그보다 더 잘 부르는 것이 있다면 우렁차게 부르는 이런 열창이었다.

　　앙상 밝고도 하름다운 천사들 ―

안타까운 일이었으나 도저히 고칠 수가 없었다. 목소리는 좋았고 뭔가 가슴을 울리는 정열이 담겼지만 그의 발음은 이를 더 우스꽝스럽게 만들 뿐이었다. 도무지 어떻게 할 도리가 없었다.
　따라서 그의 노래는 싸구려 음악회나 작고 초라한 교회에서나 들을 수 있었다. 다른 곳에서는 우습게 여겼다.
　때는 9월이었고 일요일에는 몰리 교회의 추수감사절 예배가 있었으며 해리가 독창을 할 것이었다. 그래서 패니는 오후 예배에 갔다가 돌아와서 일요일의 거창한 이른 저녁식사를 그와 함께 하기로 했다. 가엾은 패니. 그녀에게 가장 멋진 오후 중의 하나는 사촌 루서와 나란히 앉아 있던 몰리 교회의 추수감사제 일요일 오후 미사였다. 십년 전 그때도 해리가 독창을 했었다. 그녀는 그의 연한 푸른색 타이와 그가 있던 성가대 주위의 보랏빛 과꽃과 커다란 호박으로 된 장식들을 기억했고, 런던에서 라틴어와 프랑스어, 독일어를 그토록 멋들어지게 익히면서 잘나가던 젊고 똑똑한 사촌 루서가 내려와 자기 옆에 앉았던 것을 기억하고 있었다.

그러나 다시 한번 몰리 교회의 추수감사제였고, 다시 한번 십년 전처럼 온화하고 아름다운 9월의 하루였으며, 농가 뜰에는 마지막 장미들이 분홍빛을 냈고 마지막 달리아는 짙게 붉었으며 마지막 해바라기가 노랗게 피어 있었다. 그리고 다시 한번 이 작고 낡은 교회는 하나의 정자가 되어 있었다. 낟가리와 짚으로 엮어 만든 명성이 자자한 예의 기둥들에다, 설교단 귀퉁이에서는 커다란 포도송이가 장식 술처럼 늘어졌고, 호박과 감자와 배와 사과와 자두, 보랏빛 과꽃과 노란 일본 해바라기로 꾸며져 있었다. 예전과 꼭 같이 기둥을 두른 붉은 달리아는 귀리 사이에서 현기증이 난 듯 축 늘어져 있었다. 교회 안은 사람들이 들어차서 더웠으며, 토마토 쟁반들도 성가대 정면 난간 위에서 위태하게 균형을 잡고 있는 것 같았고, 엔더비 목사는 너무 길쭉하고 여위고 머리가 벗어져서 어느 때보다 더 이상하게 보였다.

엔더비 목사는 아마 미리 귀띔을 받은 듯 설교단에 오르기 전에 패니에게 와서 악수를 나누고 북부 사투리가 심한 애수에 찬 콧노래 같은 목소리로 환영 인사를 했다. 면사 드레스를 입고 아름다운 레이스 모자를 쓴 패니는 기품이 있었다. 조금 늦게 도착한 탓에 그녀는 교회당 앞쪽, 끼어 있는 측랑에 놓인 의자에 앉았다. 해리는 위편 성가대석에 있었으므로 그녀에게는 눈에서부터 윗부분만 보였다. 그녀는 그리 두드러지지 않는 그의 금발 눈썹이 코 위쪽에서 만나는 모양을 다시 한번 유심히 보았다. 역시 그는 끌릴 만했고 정말이지 육체적으로 매력이 있었다. 그저, 그저 그녀의 자존심이 상하지만 않는다면! 그녀는 그가 자신을 끌어내리고 있다고 느꼈다.

오라, 감사를 올리는 그대들이여, 오라,
수확제의 노래를 드높이 부를지어다.
모든 것이 무사히 거두어졌다
겨울의 폭풍이 시작되기 전에—

비가 자주 내려 수확의 절반은 아직 가을걷이가 안되고 상태도 좋지 않았으므로, 심지어 이 찬송가조차 맞지 않았다.

불쌍한 패니! 그녀는 노래를 거의 부르지 않았고 이 부적절한 노래가 울려퍼지는 속에서도 아름다운 모습이었다. 그녀 위편에 해리가 서 있었다. 다행스럽게도 짙은 정장과 타이를 매고 있어서 거의 멋져 보였다. 게다가 다 함께 소란하게 부르다보니 가사가 똑똑히 안 들릴 때는 그의 폐부를 찌르는 순수한 테너 음성이 듣기에 좋았다. 그녀는 빛나는 모습이었고 또 스스로 빛을 뿜어내는 느낌이었다. 실내가 더운데다 화나도록 비참했으며 일종의 치명적 절망감으로 타올라 있던 탓이었다. 그녀가 정말로 혐오하는데도 벗어날 수가 없는 육체적 매력이 해리에게 있기 때문이었다. 그녀에게 키스한 첫번째 남자가 그였다. 그리고 그의 키스는 그녀가 반발하는 동안에도 그녀의 핏속에 살아 있었고 그녀의 영혼 속에 뿌리내렸다. 이 모든 세월을 보내고도 그녀는 그 키스로 다시 돌아온 것이다. 개에게 끌려 먼지 구덩이로 내쳐진 한마리 새처럼 자신이 지상으로 질질 끌려내려오는 듯 느꼈으므로 그녀의 영혼은 신음했다. 그녀는 자신의 삶이 불행하리라는 걸 알았다. 자기가 하고 있는 일이 치명적이라는 걸 알고 있었다. 그러나 그것이 그녀의 숙명이었다. 그녀는 그에게로 되돌아와야만 했다.

그날 오후 그는 설교 전에 한번 그리고 후에 한번, 이렇게 두번의 독창을 해야 했다. 패니는 그를 바라보았고 그가 수줍어하지 않고 사람들 앞에 서는 것이 놀라웠다. 그랬다, 그는 수줍어하지 않았다. 성가대석에서 그녀를 내려다보는 그의 얼굴에는 일종의 자신감마저, 범상함 속에 일부러 단단히 들어앉은 범상한 사람의 자신감마저 있었다. 아, 그가 내려다볼 때 그의 눈썹 위에 그토록 고집스럽게, 그리고 아무것도 개의치 않은 채 자리 잡고 있는 승리의 태도, 무뚝뚝하고 초연한 승리의 태도를 보자 엄청난 분노가 그녀의 혈관 속을 타고 흘렀다. 아, 그녀는 정말이지 그를 경멸했다! 하지만 그는 그녀 앞을 버티고 있는 발람의 나귀[1]처럼 성가대석에 서 있었고, 그녀는 그를 넘어갈 수가 없었다. 또 그에겐 어떤 매력도 있었다. 그의 살의 감촉은 신선하고도 사랑스러울 것 같은 어떤 육체적인 매력이 있었다. 욕망의 가시가 그녀의 심장에서 쓰라리게 욱신거렸다.

그로 치자면, 말할 필요도 없이, 이날 오후에야말로 회중의 피에

---

1 구약성서에 등장하는 이야기로, 주인 발람과 달리 그의 나귀는 벌하러 온 천사의 존재를 알아채고 채찍질을 당하면서도 주인이 가려는 길을 한사코 거부했다.

유쾌한 자극을 주는 어떤 도전적 열정으로 한마리 카나리아처럼 노래했다. 노래를 들으면서 패니는 자극의 불길이 혈관을 타고 흐르는 것이 느껴졌다. 심지어 그 유별나고 시끄러운 사투리조차 매혹적인 데가 있었다. 하지만, 아, 너무나 혐오스럽기도 했다. 그는 그녀에게 승리할 것이고 고집스럽게 그녀를 범속한 사람들 속으로 곧장 다시 끌고 들어갈 것이다. 그것이 운명이었고, 운명치고도 비속한 운명이었다.

두번째 합창은 송가였고 해리가 독창부를 맡았다. 세련되진 않았지만 멋진 노래였고 가사도 아름다웠다.

> 눈물로 씨 뿌린 자들이 기쁨으로 거두게 되리라
> 소중한 씨앗을 지고 나아가 눈물 흘린 자는
> 분명코 기뻐하며 다시 오리라, 곡식을 거두어—

'분명코 오리라, 분명코 오리라—' 하고 알토가 부드럽게 읊조리면 '고—옥식을 거두어'라고 소프라노가 밝게 울렸고, 그러고는 다시 반쯤 아련하게 그리워하는 듯한 독창이 시작됐다.

> 눈물로 씨 뿌린 자들이 기쁨으로 거두게 되리라—

정말 인상적이고도 감동적이었다.

그러나 해리의 목소리가 조심성 없이 잦아들어 끝이 나고 뒤에 서 있던 합창단이 마지막의 의기양양한 열창을 위해 입을 벌렸을 때, 회중 가운데서 소리치는 여자의 목소리가 튀어올랐다. 오르간이 놀란 나팔 소리를 한번 내고는 조용해졌고 합창단은 얼어붙은 듯 멈췄다.

"거기 서 있는 꼴이 그럴듯해 보이는구나. 하느님의 신성한 교회에서 노래를 하고 말이야." 성난 여자의 고함 소리가 들려왔다. 모두가 감전된 듯 돌아보았다. 검은 보닛을 쓴 땅딸막하고 얼굴이 붉은 여자가 일어서서 독창자를 비난하고 있었다. 충격으로 거의 얼이 나간 상태로 회중은 그 사실을 알아차렸다. "너 참 그럴듯해 보이는구나. 그렇지 않니, 하느님의 신성한 교회에서 일어나 독창을 하고 말이지. 너 말이다, 구달. 하지만 내가 너 망신을 줄 거라고 했지? 젊은 자기 여자를 여기 데리고 오고, 보기 좋은데, 안 그래? 그 여자한테 자기 상대가 어떤 놈인지 내 알려줄 거야. 자기가 한 짓에 책임도 안 지려는 나쁜 놈이라고 말이야." 험상궂고 분기탱천한 여자는 패니 쪽으로 몸을 돌렸다. "해리 구달은 그런 놈이야. 네가 알고 싶다면 말이야."

그러고는 자기 자리에 다시 앉았다. 패니는 다른 모든 사람들과 마찬가지로 놀라서 돌아보고 있었다. 이 공격에 그녀는 얼굴이 하얗게 질렸다가 타는 듯이 달아올랐다. 그녀는 그 여자를 알고 있었다. 닉슨 부인이란 여자로 성질이 고약해서, 늘 취해 있는 코가 불그레한 애처로운 두번째 남편 밥이나 키 크고 비썩 마른, 다 자란 두 딸들까지도 두들겨패곤 했다. 악명 높은 인물이었다. 패니는 다시 몸을 돌려 영원불변할 것처럼 자리에 꼼짝 않고 앉아 있었다.

한순간 완전한 침묵과 불안이 깔렸다. 청중은 입을 벌린 채 아무 말도 하지 못했고 성가대는 롯의 아내[2]처럼 서 있었으며, 해리는 악보를 든 채 거기 높은 곳에 초연히 서서 닉슨 부인을 말없는 무심함으로 내려다보았는데 그의 얼굴은 천진난만했고 약간 비웃는 듯도 했다. 닉슨 부인은 누구든 덤빌 테면 덤비라는 자세로 자기 자리에 도발적인 태도로 앉아 있었다.

다음 순간 바람이 갑작스레 나뭇잎을 휘감는 숲처럼 부스럭대는 움직임이 일어났다. 그러자 큰 키에 괴상하게 생긴 그 목사가 일어나 그에게 있는 유일한 아름다움이라 할, 강한 종소리 같은 아름다운 목소리로 더없이 슬픈 비애감을 담아 말했다.

"우리 모두 성가집의 마지막 성가를 부르며 하나가 됩시다. 성가집 마지막, 11번 성가."

　　금빛 곡식들이 아름답게 물결치누나,
　　가나안의 흥겨운 땅에서.

오르간이 신속하게 음을 잡았다. 성가를 부르는 동안 헌금이 있었다. 그리고 끝난 후에는 기도가 있었다.

엔더비 씨는 노섬벌랜드 출신이었다. 해리처럼 그도 억양을 도무지 어쩌지 못했는데 아주 표가 나는 사투리였다. 좀 단순하고 모자란 듯했고 결혼에 안 맞는 별난 사람 같았으며 쉬이 감동하고 생김새는 볼품없었지만 아주 온화한 인물이었다.

----

2 천사의 경고를 어기고 소돔과 고모라를 돌아보는 바람에 소금 기둥이 된 구약성서 속 인물.

"그리고, 오, 친애하는 우리 주, 사랑하는 예수 그리스도여, 만일 우리의 수확 위에 죄의 그림자가 드리운다면 우리는 그것을 당신의 판단에 맡기겠나이다. 당신이 우리의 판관이기 때문입니다. 우리의 마음과 우리의 슬픔을 예수 그리스도 당신께 올리니 우리는 할 말이 없나이다. 오, 주여, 우리를 심술궂은 말로부터 지켜주시고 어리석은 말과 생각을 삼가게 하시옵소서. 모든 것을 알고 계시며 모든 것을 판단하시는 우리 주 예수 그리스도께 기도하나이다."

이렇게 목사는 슬프고도 울림 많은 목소리로 말하고는 신 앞에서 손을 씻었다.[3] 패니는 기도가 이어지는 동안 눈을 뜬 채 몸을 앞으로 기울이고 있었다. 그녀는 마찬가지로 몸을 기울인 해리의 둥그스레한 머리를 볼 수 있었다. 그의 얼굴은 불가사의하고 무표정했다. 그녀는 충격 때문에 당황해하고 있었다. 아마 분노가 그녀의 지배적인 감정이었을 것이다.

청중은 부스럭대며 일어나기 시작했고 호기심 가득한 시선으로 패니와 닉슨 부인, 그리고 해리를 쳐다보면서 흥분한 상태로 천천히 교회당을 빠져나갔다. 키가 자그마한 닉슨 부인은 소매를 걷어붙이지 않고도 누구건 상대할 태세가 되어 있음을 알리기라도 하듯 자기 자리에서 통로를 향해 공격적인 태도로 서 있었다. 패니는 잠자코 앉아 있었다. 다행히 사람들이 그녀 앞으로 지나쳐가지 않아도 됐다. 해리는 귀가 붉어지고 머쓱한 표정으로 성가대석을 나오고 있었다. 오르간의 커다란 소리가 퇴장에 따른 아래층의 소란

---

3 예수를 넘긴 빌라도가 책임을 회피하기 위해 손을 씻은 일과 관계된 의식.

을 덮었다. 회중이 줄지어 나가는 동안 목사는 데스마스크처럼 고요히, 그리고 불가해한 표정으로 설교단에 앉아 있었다. 마지막까지 어슬렁거리던 사람들이 가만히 앉은 패니를 보려고 목을 쭉 뺀채 마지못해 떠나가자, 그는 일어서서 특유의 구부정한 동작으로 성큼성큼 작은 시골 교회당을 가로질러 걸어가 문을 닫았다. 그런다음 되돌아와 말없는 이 젊은 여자 옆에 앉았다.

"대단히 불행한, 대단히 불행한 일입니다!" 그는 한탄했다. "매우 유감스럽습니다. 정말이지 참으로, 아, 참으로 유감스럽습니다!" 그는 한숨으로 말끝을 맺었다.

"뜻밖의 일이네요. 딴 건 몰라도 그건 틀림없군요." 패니가 밝게 말했다.

"그래요, 그래요, 정말 그렇지요. 그래요, 뜻밖의 일이네요. 내가 모르는 여잡니다. 모르는 여자예요."

"저는 알아요." 패니가 말했다. "안 좋은 여자지요."

"이거 참, 원!" 목사가 말했다. "나는 모르는 여자예요. 무슨 일인지 모르겠군요. 도무지 모르겠어요. 하지만 딱한 일입니다. 참으로 딱한 일이네요. 정말이지 유감스럽습니다."

패니는 교회 부속실 문을 지켜보고 있었다. 성가대석 계단은 주ㅊ 예배실이 아니라 부속실과 통했다. 성가대원들이 뭐라도 알아내려고 훔쳐보고 있었다는 걸 그녀는 알고 있었다.

마침내 모자를 손에 들고 다소 기가 죽은 태도로 해리가 왔다.

"자, 그럼!" 패니가 일어서며 말했다.

"원래 순서에 없던 게 좀 끼어들었네." 해리가 말했다.

"그렇다고 봐야겠죠." 패니가 말했다.

"대단히 불행한 사건일세. 정말이지 불행한 사건이네. 자네는 무슨 일인지 아나, 해리? 난 도무지 모르겠네."

"네, 알죠. 그 집 딸이 애를 가졌는데, 그 여자가 나한테 책임을 지우려는 거예요."

"아무 이유도 없이 그러나요?" 패니가 약간 추궁하는 투로 말했다.

"딴 친구들보다 내가 더 책임질 이유 없지." 외면하면서 해리가 말했다.

잠시 아무도 말이 없었다.

"그게 어느 딸이에요?" 패니가 말했다.

"애니야. 작은애 말이야."

또 한번 침묵이 흘렀다.

"내가 아는 사람들이 아닌 것 같은데, 안 그런가?" 목사가 물었다.

"그러실 거예요. 닉슨이란 이름인데 걔네 엄마가 밥 아저씨하고 재혼을 했어요. 그 여자가 성질이 더러워서 딸애를 그 지경으로 내몰았죠. 매너스 거리에 삽니다."

"아니, 왜, 그애가 어디 문제 있어요?" 패니가 쏘아붙이듯 물었다. "내가 있을 때만 해도 괜찮은 애였는데."

"뭐, 괜찮은 애야. 하지만 늘 사내들하고 술집을 들락날락하지." 해리가 말했다.

"잘하는 짓이네!" 패니가 말했다.

해리는 문 쪽을 흘낏 쳐다보았다. 그는 나가고 싶었다.

"대단히 어려운 상황이네요. 정말이지 그렇군요!" 목사는 천천히 머리를 가로저었다.

"저녁 예배는 어떻게 할까요, 엔더비 씨?" 해리가 좀 기어들어가는 목소리로 물었다. "올까요?"

엔더비 씨는 힘겹게 올려다보면서 손을 이마에 갖다댔다. 그는 잠시 멍하게 해리를 살피듯 보았다. 두 남자 사이에는 아주 희미하지만 닮은 구석이 있었다.

"그래." 그가 말했다. "와야 할 것 같네. 상관하지 말고 될 수 있으면 아무 일 없는 것처럼 해야 한다고 생각하네."

패니는 머뭇거렸다. 그러고는 해리에게 말했다.

"하지만 정말 올 건가요?"

그가 그녀를 쳐다보았다.

"그래, 올 거야." 그가 말했다.

그러고는 엔더비 씨를 향했다.

"그럼 안녕히 계세요, 엔더비 씨." 그가 말했다.

"잘 가게, 해리. 잘 가게." 목사가 구슬프게 대답했다.

패니는 해리를 따라 문으로 향했고, 잠시 그들은 아무 말 없이 늦은 오후의 풍경 속으로 걸어갔다.

"그러니까 당신도 딴 남자만큼은 관계가 있단 말이죠?" 그녀가 말했다.

"그래." 그가 짧게 대답했다.

그러고는 한 마일가량이나 다른 말 없이 걸어간 끝에 이윽고 해리가 사는 거리 모퉁이에 이르렀다. 망설였다. 그냥 내쳐 걸어서 숙모네로 가버려야 하나? 그래야 하나? 그렇게 한다면 이 모든 것을 영원히 끝내는 셈이 될 것이다. 해리는 잠자코 서 있었다.

어떤 완강함이 그녀로 하여금 그와 함께 모퉁이를 돌아 그의 집으로 가게 만들었다. 그들이 집에 들어가자 온 가족이, 어머니와 아버지, 지니, 그리고 지니의 남편과 아이들, 해리의 두 형제들까지 거기 모여 있었다.

"너 오늘 망신을 톡톡히 당했다며. 사람들이 그러더라." 구달 부인이 작심한 듯이 말했다.

"누가 그래요?" 해리가 무뚝뚝하게 물었다.

"매기랑 루크가 다녀갔다."

"꼴좋네, 꼴좋아!" 지니가 끼어들었다.

해리는 아무 대꾸 없이 들어가서 모자를 걸었다.

"위층에 올라가서 모자를 벗으렴." 구달 부인이 거의 친절한 어투로 패니에게 말했다. 만일 그녀가 이 순간에 자기 아들을 차버린다면 구달 부인은 너무나 화가 날 것이었다.

"그래, 쟤는 뭐라든?" 패니가 사라진 계단 쪽을 머리로 한번 획 가리키며 아버지가 해리에게 슬쩍 물었다.

"암말 안해요." 해리가 말했다.

"저 여자가 지금 오빠를 차버린대도 다 자업자득이야." 지니가 말했다. "애니 닉슨하고 오빠 사이의 일은 다 사실이지, 뭐. 내가 알지."

"참 아는 것도 많다." 해리가 말했다.

"그럼, 오빠도 부정은 못할걸." 지니가 말했다.

"마음만 있으면 못할 것도 없지."

그의 아버지는 미심쩍은 얼굴로 그를 바라보았다.

"빌 바우어나 테드 슬레이니나 아니면 다른 예닐곱 녀석들 애가 아니라면 내 애도 아니라구요." 해리가 그의 아버지에게 말했다.

그러자 아버지는 말없이 고개를 끄덕였다.

"재판하면 그거 갖고는 못 빠져나올걸." 지니가 말했다.

위층에서는 패니가 그의 어머니의 온갖 탐색전을 교묘히 받아넘기며 속내를 보여주지 않고 있었다. 그녀는 구달 부인이 분개한 채 바라보는 면전에서 보란 듯이 천연덕스럽게 머리를 매만지고 손을 씻었으며 얼굴에 분까지 살짝 발랐다. 그것은 독립 선언과도 같았다. 그래도 늙은 여자는 아무 말도 하지 않았다.

그들은 아래층으로 내려와 과일 파이와 케이크 외에도 정어리와 연어 통조림, 복숭아 통조림을 곁들인 일요일 다과를 들었다. 이런저런 얘기들이 오고 갔다. 닉슨네와 그 추문에 관한 이야기였다.

"아, 그 여자는 입이 험해." 지니가 닉슨 부인에 대해 말했다. "다른 사람은 몰라도 그 주제에 어떻게 하나님의 신성한 집 운운하는 거야. 개종하고 시들해진 이래로 거기 처음 발을 들여놓은 거면서. 그 여잔 사나운 마귀야. 늘 그랬어. 엄마, 우리가 저 아래 사택에 살 때 그 여자가 밥 아저씨 전부인이 낳은 애들을 어떻게 대했는지 기억나요? 내가 어릴 때 그 여자가 집 안에 물 튀는 게 싫다고 그 추운 날 걔네들을 마당에서 목욕시키고 그랬던 거? 걔네들이 마루에 얼룩이라도 생기게 할 때는 반쯤 죽여놨지. 게다가 그 욕지거리하며! 한번은 토요일이었는데, 개리 있잖아, 밥 아저씨 딸내미 말이야, 계모가 목욕을 시키려고 하는데 도망쳤잖아. 왜, 누더기 한 자락도 못 걸치고 도망쳤었잖아. 기억나요, 엄마? 그러고서는 스메들리네 밭에 숨어 있었잖아. 그때가 풀이 한참 자랄 철이라 아무도 못 찾았어. 걔는 밤새 거기 숨어 있었지, 안 그래요, 엄마? 아무도 못 찾았다니까. 세상에나, 소문이 다 났었어. 일요일 아침에 찾았는데."

"프레드 쿠츠가 한번만 더 애들한테 손대면 그 여자 뼈다귀를 추리겠다고 으름장을 놨지." 아버지가 끼어들었다.

"어쨌든 사람들이 그 여자에게 엄포를 놨었잖아." 지니가 말했다. "그렇지만 그 여잔 자기 친딸 둘한테도 거의 마찬가지로 막 대했어. 게다가 밥 아저씨를 살짝 맛이 갈 때까지 들들 볶았다는 건 누구나 아는 사실이지."

"아, 완전히 맛이 갔지." 잭 구달이 말했다. "동료들이 도와주지 않으면 한주 벌이는커녕 하루 벌이도 제대로 못했을 거야."

"세상에, 그 아저씨가 주급을 못 갖다주는 날이면 그 여자가 모가지를 비틀어버렸을 거야." 지니가 말했다.

"그래도 입이 더러운 것만 빼면 깔끔하고 행실도 바른 여자야." 구달 부인이 말했다. "불도그처럼 사람들한테 곁을 안 주고, 집 근처에 아무도 얼씬하지 못하게 하고는 누구하고도 친하게 지내지 않지."

"매질을 당해야 정신을 차리는데." 말수 적고 종잡을 수 없는 유형의 남자인 구달 씨가 말했다.

"밥 아저씨가 술 마실 돈을 어디서 구하는지가 미스터리야." 지니가 말했다.

"친구들이 사주는 거야." 해리가 말했다.

"그건 그렇고, 그 아저씨 눈은 화들짝 놀란 토끼 눈 같아서 정말 볼만해."

"그래, 주정뱅이의 살기도 담긴 눈이지. 내 보기엔 그래." 구달 부인이 말했다.

그렇게 다과를 마친 후에도 이야기가 이어지다가 교회로 다시 출발할 시간이 되었다.

"너 이제 갈 채비해야 되겠다, 패니." 구달 부인이 말했다.

"오늘 밤에는 안 갈래요." 패니가 불쑥 말했다. 그러자 순간 가족들은 멈칫했다. "오늘 밤은 어머님하고 같이 있을게요." 그녀가 덧붙였다.

"그러는 게 제일 좋겠다, 얘야." 구달 부인이 흐뭇하고 안심이 되어 말했다.

눈먼 남자
The Blind Man

이저벨 퍼빈은 두가지 소리를 기다리며 귀를 기울이고 있었다. 집 바깥 진입로의 차바퀴 소리와 출입구에서 남편이 내는 어지러운 발소리. 그녀의 가장 절친하고 오랜 친구, 그녀의 삶에 거의 없어서는 안될 사람으로 보이는 남자가 이 저물어가는 11월의 비 내리는 어둠을 뚫고 도착할 예정이었다. 그를 데리러 이륜마차를 역에 보냈다. 그리고 플랑드르에서 시력을 잃고 이마에 흉터가 남은 그녀의 남편은 별채에서 돌아올 것이었다.

남편이 집에 돌아온 지 이제 일년이 지났다. 그는 전혀 보지 못했다. 하지만 그들은 아주 행복했다. 그레인지는 모리스 소유였다. 뒤쪽은 농장이었는데 워넘네가 뒤편 부지를 쓰면서 운영하고 있었다. 이저벨은 남편과 함께 멋진 방들로 이루어진 앞채에서 기거했다. 두 사람은 그가 부상을 당한 이후 거의 전적으로 둘이서만 지냈다. 그들은 경이롭고 말로 표현할 수 없는 친밀함으로 함께 이야기하고 노래하고 책을 읽었다. 그리고 그녀는 옛 관심사를 이어 어느 스코틀랜드 신문에 서평을 썼고 그는 농장 일에 상당히 몰두했다. 시력은 잃었어도 그는 여전히 무슨 일이든 워넘과 의논 상대가 될 수 있었고 또 상당한 양의 일을 실제로 할 수도 있었다. 대단치 않은 일이기는 했지만 그에게 만족감을 안겨주었다. 그는 소젖을 짜고 통으로 날랐으며 분리기를 돌리고 돼지와 말을 돌보았다. 이 눈먼 남자에게 삶은 여전히 충만하고 이상하리만치 고요했으며 어둠과의 직접적인 접촉이 주는 거의 불가해한 평화가 있었다. 아내와 더불어 그는 풍요롭고 실재하는, 보이지 않는 하나의 온전한 세계를 소유했다.

그들은 새로이, 그리고 외따로 행복했다. 이처럼 어둡고도 손에 만져질 듯한 기쁨을 누릴 때면 그는 심지어 시력을 잃은 것이 아쉽지도 않았다. 어떤 뿌듯함이 그의 영혼을 부풀게 했다.

하지만 시간이 가면서 때로 그 풍만한 매혹이 사라질 때도 있었다. 몇달을 그렇듯 강렬하게 보낸 후, 뾰족하게 솟은 소나무 가로수 사이로 들어가는 이 조용한 집에서 이따금 어떤 부담감이 이저벨을 짓눌렀다. 어떤 피로, 어떤 극심한 권태가. 그럴 때면 그녀는 자신이 그걸 견딜 수 없어 미쳐버릴지 모르겠다는 생각이 들었다. 그리고 때로 그도 지독한 우울을 겪었는데, 그것은 그의 존재 전체를 소진시켜버릴 듯했다. 우울보다 더 나쁜, 암울한 고통이었으며, 그럴 때면 그의 삶 자체가 스스로에게 고문이었고 그의 존재는 아내에게 견딜 수 없는 것이 되었다. 이런 암울한 날들이 되풀이될 때마다 두려움이 그녀 영혼의 뿌리까지 스며들었다. 일종의 패닉 상태에서 그녀는 스스로를 더욱더 남편으로 둘러싸보려고 했다. 그녀는 억지로 예의 그 자발적인 쾌활함과 기쁨을 지속하려 했다. 하지만 그것은 너무 많은 노력을 댓가로 요구했다. 그녀는 자신이 계속 그렇게 할 수 없으리란 걸 알았다. 긴장을 견디다 못해 비명을 지를 것이며 그 상태에서 벗어나기 위해서라면 무엇이라도 내줄 수 있겠다고 느꼈다. 그녀는 남편을 완벽하게 소유하기를 갈망했으며, 그를 온전히 자기 것으로 갖는 일은 엄청난 기쁨이었다. 하지만 그가 또다시 암담하고 육중한 고통에 빠져들 때면 그를 견딜 수가 없었고 스스로를 견딜 수가 없었다. 이런 댓가를 치르며 살아가느니 아예 지상에서 사라져버리거나 달리 어떻게라도 되는 편이 나았다.

멍한 상태로 그녀는 출구를 찾아 나섰다. 친구들을 초대했고 그를 바깥세상과 더 연결시켜보려고 했다. 하지만 소용없었다. 그 모든 기쁨과 고통, 실명과 고독과 말할 수 없는 친밀함으로 어둡고도 강렬한 한해를 함께한 둘에게 다른 사람들은 얄팍하고 수다스럽고 다분히 무례하게 보였다. 얄팍한 수다는 주제넘어 보였다. 그는 안절부절못하고 짜증을 부리게 되었고 그녀는 지쳐버렸다. 그렇게 해서 그들은 다시 자신들의 고독으로 되돌아갔다. 그편이 더 나았기 때문이었다.

하지만 이제 몇주 지나면 두번째 아이가 태어날 예정이었다. 첫아이는 그녀 남편이 처음 프랑스로 나갔을 때 젖먹이로 죽었다. 그녀는 기쁘고 안도하는 마음으로 둘째의 출산을 고대했다. 그 아이는 그녀에게 구원이 될 것이었다. 그러나 다소 불안한 마음도 있었다. 그녀는 서른이었고 남편은 한살 연하였다. 둘 다 아이를 몹시 원했다. 하지만 그녀는 두려움을 느끼지 않을 도리가 없었다. 그녀의 남편이, 두려울 정도의 기쁨이자 두려울 정도의 짐으로 그녀 수중에 맡겨져 있었다. 아이는 그녀의 사랑과 관심을 차지할 것이다. 그렇다면 모리스는 어떻게 될 것인가. 그는 무엇을 할 것인가? 아이가 태어나면 그도 평화롭고 행복해지리라고 생각할 수만 있다면 좋으련만! 모성이라는 풍만한 육체적 만족감을 탐닉하기를 그녀는 몹시도 갈망했다. 하지만 남자인 그는 무엇을 할 것인가? 그녀가 어떻게 그를 챙겨줄 것이며 두 사람 모두를 파괴하는 그의 괴멸적인 암울함을 어떻게 피할 수 있을 것인가?

그녀는 두려움으로 한숨 쉬었다. 하지만 그때 버티 리드가 이저벨에게 편지를 써왔다. 그는 그녀의 육촌이나 팔촌쯤 되는 옛 친구로, 그녀처럼 스코틀랜드 사람이었다. 둘은 어릴 적부터 가까웠고 그는 그녀 평생의 친구였으며 형제 같으면서 친형제보다 오히려 나았다. 결혼을 할 수도 있었다는 의미로는 아니었지만 그녀는 그를 사랑했다. 둘 사이에는 일종의 친족관계, 친화성이 있었다. 그들은 본능적으로 서로를 이해했다. 그러나 이저벨은 버티와 결혼할 생각 같은 건 한번도 하지 않았다. 가족하고 결혼하는 것 같았을 것이다.

버티는 변호사에 문인이고, 영리한데다 아이러니를 즐기고 감상적인, 지적인 유형의 스코틀랜드인으로, 숭배하는 여인 앞에 무릎을 꿈지만 결혼은 하고 싶어하지 않는 사람이었다. 모리스 퍼빈은 달랐다. 그는 훌륭한 옛 지방 가문 출신이었고 그레인지는 옥스퍼드에서 그리 멀지 않았다. 그는 열정적이면서 섬세했고, 어쩌면 과민할 정도였고 쉽게 움츠러들었으며, 팔다리가 굵고 이마는 딱할 정도로 쉽게 달아올랐다. 그의 정신이 마치 혈관에서 고동치는 강한 시골 사람의 피에 마취라도 된 듯 느렸기 때문이었다. 그의 감정은 빠르고 예리했으므로, 그는 자신의 정신이 느린 것에 매우 민감했다. 그런 점에서 그는 감정보다 정신이 빠르고 감정 자체가 그리 섬세하지 못한 버티와는 정반대였다.

두 남자는 처음부터 서로를 좋아하지 않았다. 이저벨은 그들 둘이 잘 지내야 마땅하다고 생각했다. 하지만 그들은 그러지 않았다. 그녀는 서로에 대한 실마리를 찾게 된다면 둘 사이에 보기 드문 이해가 싹틀 것이라고 생각했다. 하지만 그런 일은 실현되지 않았다. 버티는 약간 비꼬는 태도를 취했는데 그것이 모리스에겐 매우 모욕적이어서, 그는 스코틀랜드식 아이러니에 잉글랜드식 분노로, 때로 어리석은 증오심으로까지 깊어지는 분노로 응대했다.

이저벨에겐 이 점이 다소 당혹스러웠다. 하지만 그녀는 그저 그런 법이려니 하고 받아들였다. 남자들이란 괴팍하고 불합리한 존재였다. 그래서 모리스가 두번째로 프랑스에 나가자 그녀는 남편을 위해서 버티와의 우정을 끊어야 한다고 느꼈다. 그녀는 이 변호사에게 그런 취지의 편지를 썼다. 버트럼 리드는 다른 모든 일에서와 마찬가지로 이 문제에서도 그녀의 바람이 그러하다면 자기로서는 따를 도리밖에 없겠다고 순순히 답을 했다.

거의 두해 동안 두 친구 사이에는 아무것도 오가지 않았다. 이저벨은 그 사실이 오히려 뿌듯했고 아무런 죄책감도 들지 않았다. 그녀에겐 한가지 중요한 신념 조항이 있었으니, 모름지기 부부는 바깥세상이 아무것도 아닐 정도로 서로에게 중요해야 한다는 것이었다. 그녀와 모리스는 부부였다. 그들은 서로를 사랑했다. 그들은 자식을 가질 것이다. 그러니 다른 모든 사람들이나 다른 모든 것들은 이 더할 나위 없는 결혼의 행복 바깥에서 의미를 잃고 퇴색하게 내버려두라. 그녀는 스스로 매우 행복하며 모리스의 친구들을 기꺼이 맞이할 준비가 되어 있다고 공언했다. 그녀는 행복했고 준비되어 있었다. 행복한 아내이자 안정되고 준비된 여자였다. 하지만 왜 그런지 모르는 채로 친구들은 겸연쩍어하면서 물러났고 더이상 다가오지 않았다. 모리스도 물론 이런 결혼 생활의 몰입에 이저벨만큼이나 만족했다.

그는 이저벨의 문학적 활동을 공유했고 그녀도 농사와 목축에 실제로 관심을 갖게 되었다. 어쩌면 내심 감정적으로 열중하는 유형이면서도 그녀는 늘 삶의 실질적인 측면을 함양했고 실질적인 문제들을 장악하는 데 자부심을 느꼈다. 이렇게 부부는 오년의 결혼 생활을 보냈다. 마지막 일년이 시력을 잃고 말할 수 없는 친밀함 속에서 보낸 기간이었다. 이제 이저벨은 자신이 만사에 대단히 무심해지는 게 느껴졌고 그건 일종의 무기력이었다. 그녀는 평화롭게 아이를 낳을 수 있기를, 난롯가에서 꾸벅꾸벅 졸면서 멍하게, 육체의 차원으로 하루하루를 떠내려 보내고 싶었다. 모리스는 불길한 뇌운電雲 같았다. 그녀는 줄곧 깨어나며 그를 기억해야만 했다.

죽어버린 우정에 묘비는 세워도 되겠는지 묻는, 그리고 그녀 남편이 실명해서 정말로 마음이 아프다는 이야기를 전하는 버티의 짧은 편지가 도착했을 때, 그녀는 다시 깨어 일어나는 고통과 울렁거리는 불안을 느꼈다. 그녀는 모리스에게 그 편지를 읽어주었다.

　"내려오라고 하지." 그가 말했다.

　"버티한테 이리 오라고 하라구요!" 그녀가 되풀이했다.

　"그래, 그가 원한다면 말이야."

　이저벨은 잠시 아무 말도 하지 않았다.

　"그 사람은 분명 그러고 싶을 거예요. 오지 말라면 섭섭할 지경이겠죠." 그녀가 대답했다. "그렇지만 모리스, 당신은 어때요? 괜찮겠어요?"

　"난 괜찮아."

　"글쎄요, 그렇다면야. 하지만 난 당신이 그 사람을 별로 좋아하지 않는 줄 알았는데……"

　"아, 잘 모르겠어. 지금은 좀 다르게 생각할지도 모르지." 눈먼 남자가 대답했다. 이저벨에겐 상당히 난해한 말이었다.

　"글쎄요, 여보." 그녀가 말했다, "당신이 정 그렇게 생각한다면……"

　"난 그렇게 생각해. 오라고 해." 모리스가 말했다.

　그렇게 해서 버티가 이날 저녁, 11월의 비와 어둠을 뚫고 오고 있었다. 이저벨은 안절부절못했고 해묵은 불안과 망설임에 시달렸다. 그녀는 늘 이런 의혹의 고통, 괴로운 불확실의 느낌을 겪고는 했다. 모성의 나른한 무기력에 빠지면서 이런 고통은 사라지기 시작했었다. 지금 그것이 되돌아왔고 그녀는 그 사실이 원망스러웠다. 여느 때처럼 그녀는 고요하고 차분하고 우호적인 태도, 자신의 육체 전체를 덮는 일종의 가면을 유지하려고 애썼다.

일하는 여자가 식탁 옆의 키 큰 등을 밝히고 식탁보를 깔았다. 길쭉한 식당은 어둑했고 오래된 가구들은 고상했지만 수수한 편이었다. 둥근 식탁만 빛을 받아 부드럽게 빛났다. 그것이 풍성하고 아름다운 효과를 만들어냈다. 흰 식탁보는 반짝거리면서 묵직하고 뾰족한 레이스 모서리를 거의 카펫에 닿도록 늘어뜨렸고, 오래되고 수려한 도자기는 크림 같은 노란색에 도드라지는 붉은색과 짙은 푸른색의 반점 무늬가 있었는데, 컵은 커다란 종 모양이고 찻주전자는 늠름했다. 이저벨은 이런 것들을 건성으로 감상하며 쳐다보았다.

그녀는 신경이 곤두서 힘들었다. 무심코 커튼이 젖혀진 높은 창문들을 다시 바라보았다. 마지막 남은 어스레한 빛으로 그녀는 간신히 바깥의 커다란 전나무가 가지를 흔들고 있는 것을 알아보았다. 마치 보고 있다기보다 나뭇가지에 대해 생각하고 있는 것 같았다. 비가 창유리에 날아들었다. 아, 왜 이렇게 평온하지 못한 것일까? 이 두 남자, 이 사람들은 왜 그녀를 찢어놓으려고 하는가? 왜 오지 않는 것일까, 어째서 이렇게 마음 졸이게 만드는 것일까?

그녀는 노곤하게 앉아 있었지만 이 노곤함은 실제로는 불안과 짜증이었다. 적어도 모리스는 들어와야 할 게 아닌가. 계속 밖에 있을 일이 없으니까. 그녀는 일어섰다. 거울에 자기 모습이 비치자 그녀는 마치 자기가 자신의 오랜 친구인 양 알아보는 가벼운 미소를 띠며 바라보았다. 그녀의 얼굴은 타원형으로 차분했고 코는 약간 구부러졌다. 목은 아름다운 곡선을 그리며 어깨로 내려갔다. 머리를 느슨하게 뒤로 묶어서 어딘지 따뜻하고 모성적인 분위기였다. 스스로 그렇게 생각하면서 그녀는 약간 웃음기를 띤 채 눈썹과 다소 무거운 눈꺼풀을 둥글게 만들었고, 잠시 동안 그녀의 회색 눈은 거룩한 성모의 얼굴에서 벗어나 짖궂게 재미있어하는, 약간 냉소하는 표정을 보였다.

그러고 나서, 정말이지 숙명적으로 자주적인 인물이었으므로, 그녀는 여자다운 참을성 있는 태도를 회복하여 다소 갑작스럽게 문을 향해 걸어갔다. 그녀의 눈은 살짝 붉어져 있었다.

그녀는 문을 통과하여 널찍한 복도를 끝까지 따라내려갔다. 거기서부터는 농장 구역이었다. 유제품 냄새, 농장 부엌과 마당에서 나는 냄새, 그리고 가죽 냄새가 그녀를 압도하다시피 했는데 유제품 냄새가 특히 그랬다. 끓는 물에서 팬이 소독되고 있었다. 그녀가 지나갈 판석 깔린 어두운 통로는 물웅덩이가 생겼고 축축했다. 열려 있는 부엌문에서만 빛이 흘러나왔다. 그녀는 계속 걸어가 부엌 문간에서 멈춰섰다. 농장 사람들이 그녀로부터 좀 떨어진 길고 좁은 탁자에 둘러앉아 이른 식사를 하고 있었고, 탁자 중간에는 흰 등이 놓여 있었다. 사내들, 젊은 부녀자들, 남자아이들의 불그레한 얼굴과 음식을 집어든 불그레한 손, 음식을 넣고 씹느라 움직이는 붉은 입술, 잔으로 차를 마시느라 숙인 머리가 보였다. 오후의 티타임, 참을 먹는 시간이었다. 몇몇 얼굴이 그녀를 쳐다보았다. 커다란 검은 찻주전자를 들고 의자 뒤로 돌아가던 워넘 부인은 살짝 걸음을 멈추었지만 잠시 동안은 그녀가 온 것을 알아차리지 못했다. 그런 다음 갑자기 돌아보았다.

"아, 부인이시군요!" 그녀가 소리쳤다. "들어오세요. 그럼요, 들어오세요! 참 먹고 있었어요." 그러고는 의자를 앞으로 끌어다놓았다.

"아니, 괜찮아요." 이저벨이 말했다. "식사하는 데 방해가 됐나 봐요."

"아니, 아니, 그렇지 않아요, 부인. 그렇지 않아요."

"퍼빈 씨 들어왔나 해서요. 아세요?"

"아무려나 저는 모르는데요! 그분이 안 보이시나요, 부인?"

"아뇨, 그냥 들어왔으면 해서요." 이저벨이 수줍은 듯이 웃었다.

"그분이 필요하신가요? 일어나라, 얘야. 얼른 일어나."

워넘 부인이 사내아이 한명의 어깨를 두드렸다. 아이는 음식을 우적우적 씹으며 마지못해 일어섰다.

"위쪽 외양간에 계실걸요." 식탁에서 다른 얼굴이 말했다.

"아! 아니야, 일어나지 마. 내가 가볼 거야." 이저벨이 말했다.

"이 밤에 날씨도 구질구질한데 어떻게 나가시려구요. 애더러 갔다오라고 하세요. 나가봐, 이 녀석아." 워넘 부인이 말했다.

"아니, 아니에요." 이저벨이 불복이라고는 모르는 단호함을 실어 말했다. "식사 마저 해라, 톰. 내가 외양간까지 가볼 거예요, 워넘 부인."

"무슨 그런 말씀을요!" 여자가 소리쳤다.

"마차가 늦는 건가요?" 이저벨이 물었다.

"웬걸요, 아니에요." 워넘 부인이 멀찍이 떨어진 길고 흐릿한 시계를 쳐다보며 말했다. "아니에요, 부인. 아직 십오분이나 이십분 더 있어야 해요, 족히. 그렇죠, 십오분은 지나야 돼요."

"아! 너무 빨리 어두워져서 늦어 보이는군요." 이저벨이 말했다.

"그렇죠, 그 때문이죠. 낮이라는 게 원 이렇게나 짧아지다니." 워넘 부인이 대답했다. "정말 심하다니까요!"

"그러게 말이에요." 이저벨이 나가면서 말했다.

그녀는 덧신을 신고 커다란 타탄체크 숄을 두른 다음 남성용 펠트 모자를 쓴 채 첫번째 마당의 포장길을 따라 과감히 걸어나갔다. 매우 어두웠다. 별채 뒤의 커다란 느릅나무 사이에서 바람이 울부짖고 있었다. 두번째 마당에 들어서자 어둠이 더 짙어지는 듯했다. 어디를 딛고 있는지도 분명치 않았다. 랜턴을 가져올걸 하는 생각이 들었다. 빗줄기가 몸을 때렸다. 반쯤은 그게 좋았고 또 반쯤은 비와 씨름하고 싶지 않았다.

마침내 간신히 보이는 외양간 문에 도달했다. 빛의 흔적이라고는 어디에도 없었다. 그녀는 문 윗부분을 열어 들여다보았지만 그저 우물 속 같은 어둠뿐이었다. 이 가득한 밤의 어둠 속에서 전해지는 말과 암모니아, 그리고 온기의 냄새가 그녀에겐 놀라웠다. 바싹 귀를 기울였지만 밤이라는 것, 그리고 말이 움직인다는 것 말고는 아무 소리도 들리지 않았다.

"모리스!" 그녀는 무서웠지만 부드럽게 가락을 담아 불러봤다. "모리스——, 당신 거기 있어요?"

어둠으로부터 아무 소리도 들려오지 않았다. 그녀는 비바람이 말에게, 그 뜨거운 살아 있는 동물에게 들이닥치고 있음을 알았다. 그러면 안되겠다고 여겨 그녀는 외양간 안으로 들어가 닫힌 위쪽 출입문을 잡고서 아래쪽을 당겨 닫았다. 볼 수는 없었지만 말들의 시커먼 후반신이 느껴졌으므로 그녀는 움직이지 않았고 겁이 났다. 무언가 제어되지 않는 것이 그녀의 가슴속에서 일어났다.

그녀는 열심히 귀를 기울였다. 그러자 저쪽, 저 멀리에서 작은 소리, 아마도 팬이 땡그랑거리는 것 같은 소리와 짧은 말을 내뱉는 남자의 목소리가 들려왔다. 모리스가 외양간 저쪽 편에 있는 것일 터였다. 그녀는 꼼짝 않고 서서 그가 칸막이 문을 통해 이리로 오기를 기다렸다. 아무것도 안 보이는 속에서 말들이 무섭도록 너무 가까이 있었다.

문 안쪽 빗장이 덜커덕거리는 커다란 소리가 나면서 그녀를 놀래키고는 문이 열렸다. 그녀는 남편이 들어와 그 어둠 속에 활발히 섞여들면서 말 사이를 보이지 않게 지나 그녀 가까이로 오는 것을 듣고 느낄 수가 있었다. 말에게 이야기하는 나직한 그의 음성이 그녀의 예민한 신경에 벨벳처럼 부드럽게 다가왔다. 이렇게 가까이 있는데, 이렇게 보이지 않다니! 어둠은 맹렬한 생명의 이상한 소용돌이 속에 있는 듯했고 그것이 그녀에게 닥쳐오는 것 같았다. 그녀는 현기증이 났다.

정신을 다잡으며 그녀는 조용히 가락을 담아 불렀다.

"모리스! 모리스, 여보오!"

"응." 그가 대답했다. "이저벨?"

그녀는 아무것도 볼 수 없었지만 그의 목소리가 자신을 만지는 것 같았다.

"나예요!" 그를 보려고 눈을 긴장시키며 그녀는 쾌활하게 대답했다. 그는 여전히 그녀 가까이 있는 말들을 돌보느라 분주했지만 그녀에게는 어둠만 보였다. 그 때문에 그녀는 거의 절박한 심정이 되었다.

"들어가지 않을래요, 여보?" 그녀는 말했다.

"그래, 들어가야지. 잠깐만. **저쪽으로 가**—어서! 마차는 안 왔지, 응?"

"아직요." 이저벨이 말했다.

그의 목소리는 경쾌했고 여느 때와 다름없었지만 그녀에게는 살짝 외양간을 연상시키는 데가 있었다. 그녀는 그가 함께 들어갔으면 싶었다. 그렇게 완전히 보이지 않는 동안에는 그가 무서웠다.

"몇시야?" 그가 물었다.

"6시가 채 안됐어요." 그녀가 답했다. 그녀는 어둠에 대고 대답하는 게 마음에 들지 않았다. 곧 그가 그녀 곁으로 바싹 다가왔고 그녀는 문밖으로 물러났다.

"여기까지 비바람이 들이치는군." 문을 가늠하며 침착하게 앞으로 나오면서 그가 말했다. 그녀는 뒷걸음을 쳤다. 마침내 희미하게 그를 볼 수 있었다.

"버티는 거의 다 왔을 거야." 문을 닫으며 그가 말했다.

"그럴 거예요!" 문간에 서 있는 검은 형체를 바라보며 이저벨은 조용히 말했다.

"팔을 주세요, 여보." 그녀가 말했다.

그녀는 그의 팔을 자기 가까이에 꼭 붙인 채 걸었다. 하지만 그가 보였으면 싶었고, 그를 쳐다보기를 갈망했다. 그녀는 초조했다. 그는 고개를 약간 치켜든 채 곧게 걸었지만 그의 강건한 근육질의 다리에는 묘하게 머뭇거리는 움직임이 있었다. 그와 몸을 맞대고 균형을 맞추면서 그녀는 그의 발이 영리하고 조심스럽고 굳세게 땅을 딛는 것을 느꼈다. 잠시 동안 그녀에게 그는 마치 대지에서 솟아난 것 같은 어둠의 탑이었다.

집으로 들어가는 통로에서 그는 비틀거렸고 조심스레 걸으면서 묘하게 고요한 태도로 벤치를 찾아 더듬었다. 그런 다음 털썩 앉았다. 그는 어깨는 약간 굽었지만 팔다리가 묵직하고 대지를 아는 것 같은 강건한 다리를 가진 남자였다. 머리는 작았고 대개 높고 가볍게 들려 있었다. 각반과 장화를 풀려고 몸을 숙일 때는 보지 못하는 사람 같지 않았다. 머리는 갈색으로 곱슬곱슬했고 손은 큼지막하고 불그레하면서 영리해 보였으며 팔목에는 핏줄이 튀어나와 있었다. 허벅지와 무릎은 육중해 보였다. 자리에서 일어나자 얼굴과 목에 피가 쏠리고 관자놀이에 핏줄이 튀어나와 있었다. 그녀는 그의 멀어버린 눈을 보지 않았다.

이저벨은 자신들이 사는, 휴식과 아름다움의 공간으로 넘어가는 문을 지나는 것이 늘 좋았다. 동물적이고 거친 저 뒤편 공간에서는 그가 약간 무서웠다. 아내의 환경에 스민 익숙하고 뭐라 정의하기 힘든 냄새, 미묘하고 정제된, 아주 희미하게 향료가 섞인 내음을 맡자 그의 태도도 바뀌었다. 아마 방향제 단지들에서 나는 향기인지도 몰랐다.

그는 계단 발치에 못 박힌 듯 서서 귀를 기울였다. 그런 그를 쳐다보자 그녀의 마음은 진저리를 쳤다. 꼭 운명에 귀를 기울이는 것 같았다.

"아직 안 왔군." 그가 말했다. "올라가서 옷 갈아입을게."

"모리스." 그녀가 말했다. "당신, 그 사람이 안 오기를 바라는 건 아니죠, 그렇죠?"

"딱히 뭐라고 말 못하겠는걸." 그가 대답했다. "그냥 좀 경계태세인 거 같아."

"그런 것 같네요." 그녀가 대답했다. 그러고는 다가가 그의 볼에 키스했다. 그의 입매가 느린 웃음으로 풀어지는 게 보였다.

"왜 웃어요?" 그녀는 장난기 있게 물었다.

"당신이 나를 달래고 있어서." 그가 답했다.

"아니에요." 그녀가 답했다. "왜 내가 당신을 달래겠어요? 우리가 얼마나 서로 사랑하는지 알잖아요 우리 결혼이 어떤 건지 알잖아요! 다른 게 무슨 문제예요?"

"전혀 문제가 아니지."

그는 그녀의 얼굴을 더듬어 만지면서 미소 지었다.

"당신이야말로 괜찮은 거지, 그렇지?" 그가 염려하며 물었다.

"난 더할 수 없이 괜찮아요, 여보." 그녀가 대답했다. "이따금 약간 걱정이 되는 건 바로 당신이에요."

"내가 왜?" 손끝으로 그녀의 뺨을 섬세하게 만지면서 그가 말했다. 그 접촉은 그녀에게 거의 마취적인 효과를 가져왔다.

그는 위층으로 올라갔다. 그녀는 그가 보지 않은 채, 그리고 한

결같은 자세로, 어둠 속으로 올라가는 것을 보았다. 그는 위층 복도에 불이 켜져 있지 않은 것을 알지 못했다. 그는 한결같은 걸음으로 어둠 속으로 걸어들어갔다. 그가 욕실에서 내는 소리가 들렸다.

모리스는 모든 것이 어두운데도 익숙한 환경에서 거의 무의식적으로 움직였다. 만지기도 전에 대상의 존재를 아는 것 같았다. 이렇게 일종의 피의 예지력이라는 흐름에 몸을 맡기고 사물들의 세계에서 흔들리는 것이 그에게는 즐거움이었다. 많은 것을 생각하지도, 많은 것에 개의치도 않았다. 실체적 세계와의 피의 접촉이라는 이 순수한 직접성을 가질 수 있는 한 그는 행복했고 시각적 의식의 개입을 원하지 않았다. 이런 상태에는 때로 황홀감에 가까운 어떤 풍요로운 긍정성이 있었다. 삶이 그의 내부에서 찰싹거리고 또 찰싹거리며 다가와 모든 사물을 어둡게 감싸는 파도처럼 움직이고 있는 듯했다. 팔을 앞으로 뻗어 보이지 않는 대상과 만나고, 또 그것을 붙잡고 순수한 접촉을 통해 소유하는 것은 기쁨을 주는 일이었다. 그는 기억하려고, 시각적으로 그려보려고 하지 않았다. 그러고 싶지 않았다. 그의 안에서 의식의 새로운 방식이 대신 자리 잡았다.

이런 상태가 주는 풍성한 충만감은 대체로 그를 행복하게 해주었고 아내를 향한 강렬한 정념에서 절정에 달했다. 하지만 때로는 이 흐름이 가로막히고 역류하는 듯했다. 그러고는 엉킨 파도처럼 내부에서 부딪혔고 그는 자신의 피가 산산이 부서지는 혼돈으로 고통받았다. 그는 이런 결박, 이런 역류, 자기 내부의 이런 혼돈이 두려워졌는데, 그럴 때면 자기 자신의 강력하고 혼란스런 성분들에 속수무책으로 휘둘리는 것 같았다. 어떻게 하면 일정하게나마 통제나 확신을 가질 수 있을 것인가, 그것이 문제였다. 그리고 그의 내부에서 이런 문제가 그를 미치게 만들 지경으로 일어날 때면, 그는 마치 온 우주가 자기 앞에 굴복하도록 **강제**할 작정인 듯 주먹을 꽉 쥐곤 했다. 하지만 아무 소용 없었다. 자기 자신조차 강제할 수가 없었다.

그러나 터무니없는 초조함의 자잘한 전율이 훑고 지나가기는 했어도 오늘 밤 그는 여전히 차분했다. 면도를 할 때는 면도날을 아주 조심스럽게 다루어야 했다. 자신과 일체가 아니었으므로 그는 면도날이 무서웠다. 그의 청각도 몹시 날카로워져 있었다. 일하는 여자가 복도의 등을 켜고 손님방의 난로를 살피는 소리를 들었다. 그런 다음 방으로 돌아갈 때 마차가 도착하는 소리가 들렸다. 그리고 종이 울리듯 높은음으로 부르는 이저벨의 목소리가 들렸다.

"버티, 당신이에요? 왔어요?"

그러자 바람을 헤치고 남자의 목소리가 답했다.

"잘 있었소, 이저벨! 드디어 보는군."

"오는 길이 험하진 않았어요? 덮개 있는 마차를 보내지 못해서 미안해요. 그런데 도무지 보이지가 않네."

"들어가고 있소. 아니, 길은 좋았어 — 퍼스서 같더군. 아, 잘 지냈소? 보기엔 여전히 건강한 것 같군."

"아, 그럼요." 이저벨이 말했다. "아주 좋아요. 당신은 어때요? 좀 마른 것도 같은데 —"

"죽어라 일하느라고 — 사람들이 늘 하는 불평이지만. 그러나 괜찮아, 씨스. 퍼빈은 어때? —여기 없어?"

"아, 아니에요. 옷 갈아입느라 위층에 있어요. 물론, 그 사람도 정말 잘 있죠. 젖은 옷은 벗어요. 말리라고 할게."

"그럼 두 사람 다 어때, 정신적으로? 그가 조바심치지는 않고?"

"아니에요—전혀. 아니, 정반대죠. 진짜 그래요. 우린 놀랍도록 행복해요, 믿을 수 없을 정도로. 나도 이해할 수 없을 만큼 많이요—아주 놀라워요. 정말 친밀하고, 평화롭고—"

"아! 그렇다면야, 그거 아주 좋은 소식이군—"

그들은 멀어졌다. 퍼빈에게 더는 들리지 않았다. 하지만 그들의 활기찬 목소리를 듣자니 그는 어린애처럼 적막한 느낌이 들었다. 무시당한 아이마냥 따돌려진 것 같았다. 그는 목적도 없고 배제되었으며 어찌해야 할지를 알지 못했다. 무력한 적막감이 엄습했다. 옷을 입으면서 그는 거의 어린애 같은 상태로 초조하게 더듬거렸다. 버티의 말에 담긴 스코틀랜드 억양이나 그에 대한 반응으로 이저벨의 음성에도 그 억양이 살짝 묻어나는 것이 마음에 들지 않았다. 스코틀랜드 말에 담긴 약간 가르랑거리는 자족감이 마음에 들지 않았다. 이저벨이 자신들의 행복과 친밀함에 대해 입심 좋게 늘어놓는 건 더욱이 마음에 들지 않았다. 그게 그를 움츠러들게 만들었다. 그는 어린애처럼 안달하고 평정을 잃었으며 삶의 원환 안에 포함되고 싶다는 어린애 같은 향수를 느꼈다. 하지만 동시에 그는 어둡고 강력하며 스스로의 약점에 격분한 어른이었다. 어떤 치명적인 결함으로 인해 그는 독립적일 수가 없었고 다른 사람의 도움에 의지해야 했다. 그리고 바로 이런 의존성이 그를 분노하게 했다.

그는 버티 리드를 혐오했고 동시에 이런 혐오가 터무니없다는 걸 알았으며, 그것이 자신의 약점에서 나온 것임을 알고 있었다.

그는 아래층으로 내려갔다. 이저벨 혼자 식당에 있었다. 그녀는 그가 머리를 곧게 세우고 조심스레 발을 내디디며 들어오는 것을 지켜보았다. 그는 아주 강건한 피를 가진 건강한 사람으로 보였으나 동시에 말소된 것 같았다. 말소된 — 그것이 그녀의 머릿속을 스쳐지나간 단어였다. 아마도 그의 흉터가 그런 생각을 들게 했으리라.

"버티 온 거 들었죠, 모리스?" 그녀가 말했다.

"응 — 여기 없나?"

"갈아입으려고 방에 올라갔어요. 아주 마르고 지쳐 보였어요."

"죽어라 일을 하는 거겠지."

일하는 여자가 쟁반을 들고 들어왔고 — 몇분 후에는 버티가 내려왔다. 그는 아주 넓은 이마에 가늘고 성긴 머리칼과 슬프고 커다란 눈을 가진 약간 가무잡잡한 사람이었다. 터무니없이 슬픈 표정을 하고 있어서 거의 우스울 정도였다. 다리는 특이하고 짧았다.

이저벨은 그가 문간에서 머뭇거리며 남편 쪽으로 불안하게 눈길을 던지는 것을 지켜보았다. 퍼빈이 그가 오는 소리를 듣고 돌아섰다.

"왔군요, 자." 이저벨이 말했다. "와요, 식사해요."

버티는 모리스를 향해 걸어갔다.

"잘 있었소, 퍼빈." 다가가며 그가 말했다.

눈먼 남자는 손을 허공으로 내밀었고 버티가 그것을 잡았다.

"아주 좋아. 자네가 와서 기쁘네." 모리스가 말했다.

이저벨은 그들을 흘끗 쳐다보고는 마치 참고 볼 수 없다는 듯이 시선을 돌렸다.

"와요." 그녀가 말했다. "식탁으로 오세요. 둘 다 몹시 시장하지 않아요? 난 무지하게 배가 고픈데."

"나 때문에 기다렸겠군." 자리에 앉으며 버티가 말했다.

모리스는 꼿꼿하고 소원한 태도와 묘하게 규격화된 자세로 의자에 앉았다. 그의 이런 모습을 볼 때마다 이저벨은 늘 가슴이 쿵 내려앉았다.

"아뇨." 그녀가 버티에게 대답했다. "평소보다 그리 많이 늦은 것도 아니에요. 정찬이 아니고 하이 티[1]인데, 괜찮겠어요? 그렇게 하니까 저녁시간이 안 끊기고 길어져서 좋아요."

"좋아." 버티가 말했다.

모리스는 거의 고양이가 잠자리를 다져 만드는 것 같은 묘한 잔동작으로 자기 자리와 나이프, 포크, 냅킨을 더듬어 확인했다. 자기 식기의 전체 지형도를 의식에 입력하는 것이었다. 그는 꼿꼿하게 앉아 있었고 속을 알 수 없는 듯, 멀리 떨어져 있는 듯 보였다. 버티는 이 눈먼 남자의 정적인 자세나 커다랗고 불그레한 손이 섬세한 촉각을 통해 분별하는 것을, 그리고 흉터 위쪽의 눈썹에 깃든 묘하게 무심한 침묵을 지켜보았다. 그는 어렵사리 시선을 돌렸고 자기가 무엇을 하는지 모르는 채 식탁에서 제비꽃이 담긴 작은 크리스

---

1 '하이 티'(high tea)는 오후 느지감치 요리를 곁들인 티타임을 말함.

털 사발을 집어 코에 갖다댔다.

"향기가 좋군." 그가 말했다. "어디서 난 거야?"

"정원에서요—창문 아래편에." 이저벨이 말했다.

"상당히 늦은 편인데—아주 향기롭네! 벨 숙모네 남쪽 담장 아래 피던 제비꽃 생각나?"

두 친구는 마주 보며 미소를 나누었고, 이저벨의 눈이 빛났다.

"기억하냐고요?" 그녀가 대답했다. "그분 정말 괴짜였지!"

"유별나신 여사였지." 버티가 웃었다. "우리 집안은 괴팍한 구석이 있어, 이저벨."

"아—하지만 나나 당신은 아니죠, 버티." 이저벨이 말했다. "그거 모리스에게 주지 않을래요?" 버티가 꽃을 내려놓으려고 하자 그녀가 덧붙였다. "여보, 제비꽃 향 맡아봤어요? 맡아봐요! ─향이 아주 진해요."

모리스가 손을 내밀었고 그의 커다랗고 따뜻해 보이는 손가락에 버티가 그 작은 사발을 갖다댔다. 모리스의 손이 변호사의 얇고 흰 손가락을 감싸쥐었다. 버티는 조심스럽게 손가락을 빼냈다. 그리고 두 사람은 눈먼 남자가 제비꽃 향을 맡는 것을 지켜보았다. 그는 머리를 숙였고 무슨 생각이라도 하는 듯이 보였다. 이저벨은 기다렸다.

"향기롭지 않나요, 모리스?" 마침내 그녀가 불안해하면서 말했다.

"정말 그렇군." 그가 말했다. 그러고는 사발을 내밀었다. 버티가 그것을 받았다. 그와 이저벨은 둘 다 약간 두려웠고 몹시 심란했다.

식사는 계속 이어졌다. 이저벨과 버티가 이따금씩 대화를 나누었다. 눈먼 남자는 침묵했다. 그는 나이프 끝으로 빠르고 세심하게 반복적으로 음식을 건드리고는 불규칙한 조각으로 잘랐다. 도움을 받는 것은 참지 못했다. 이저벨과 버티 둘 다 마음이 아주 편치 않았고 이저벨은 왜 그럴까 생각했다. 모리스와 둘만 있을 때는 그렇지 않았다. 버티가 그녀로 하여금 이상하다는 것을 의식하게 만들었다.

식사가 끝난 후 세 사람은 의자를 난롯가로 끌고 가서 앉아 이야기를 나누었다. 손에 닿을 만큼 가까이 놓인 탁자 위에 술을 따라놓은 유리병이 놓여 있었다. 이저벨이 난로의 장작을 두드려 뒤척이자 환한 불꽃 무리가 굴뚝으로 솟아올랐다. 버티는 그녀의 태도에 약간 지친 기색이 있음을 알아챘다.

"이제 아이가 태어날 테니 기쁘겠네, 이저벨?" 그가 말했다.

그녀는 짧고 희미한 미소로 그를 올려다보았다.

"그래요, 좋을 거예요." 그녀가 대답했다. "너무 길게 느껴지기 시작해요. 그래요, 아주 기쁠 거예요. 모리스 당신도 그럴 테죠, 안 그래요?" 그녀가 덧붙였다.

"그럼, 그럴 거야." 그녀의 남편이 답했다.

"우린 둘 다 아이가 태어나길 아주 고대하고 있어요." 그녀가 말했다.

"그래, 그렇겠지." 버티가 말했다.

그는 독신이었고 이저벨보다 서너살 많았다. 강이 내려다보이는 아름다운 집에서 스코틀랜드 출신의 충직한 하인의 시중을 받으며 살고 있었다. 여자 친구들도 있었는데, 애인이 아니라 친구들이었다. 구애나 결혼의 위험을 피할 수 있는 한에서 몇몇 여성들에게 지속적이고 흔들림 없는 경의를 바쳤으며, 꽤 많은 여성들에게 기사도적인 애정을 보였다. 하지만 그들이 지나치게 다가오기라도 하면 물러나 혐오했다.

이저벨은 그를 너무 잘 알았고, 그의 아름다운 절개와 친절, 어떤 종류의 친밀한 관계에도 결코 이르지 못하는 그의 치유 불가능한 약점까지도 알고 있었다. 버티는 결혼을 할 수 없고 육체적으로 여성에게 다가갈 수 없는 자신을 수치스러워했다. 그렇게 하고는 싶었다. 하지만 그럴 수가 없었다. 존재의 중심에서 그는 두려워하고 있었다. 어쩔 수 없이, 그리고 심지어 사납게 두려워하고 있었다.

이저벨은 그를 잘 알고 있었다. 그녀는 그를 존경하는 가운데서도 멸시했다. 그녀는 그의 슬픈 얼굴, 작고 짧은 다리를 바라보며 그를 향한 경멸감을 느꼈다. 그의 짙은 회색 눈과 거기 담긴 예리하고 거의 어린애 같은 직관을 보며 그를 사랑했다. 그는 놀라울 정도의 이해력을 가졌으나—그녀는 그의 이해력이 무섭지는 않았다. 남자로서는 그를 무시했다.

그리고 그녀는 무표정한 채 침묵하는 남편의 모습으로 눈길을 돌렸다. 그는 팔짱을 끼고 뒤로 기대앉아 고개를 약간 기울이고 있었다. 그녀는 한숨을 쉬면서 부지깽이를 들어 다시 한번 난로 속을 쑤셔 부드럽고 환한 불꽃 무리를 일으켰다.

"이저벨 말로는," 버티가 갑자기 말을 꺼냈다. "자네가 시력을 잃은 데 대해 아주 못 견디게 힘들어하지는 않는다더군."

"그러네." 그가 말했다, "못 견딜 정도는 아니야. 물론 이따금은 애를 써야 할 때도 있지. 하지만 얻는 것도 있네."

"전혀 듣지 못하는 편이 훨씬 안 좋다고들 해요." 이저벨이 말했다.

"그럴 것 같아." 버티가 말했다. "얻는 것도 있다고?" 그가 모리스를 향해 덧붙였다.

"그래. 많은 것들에 신경을 안 쓰게 되지." 모리스는 다시 자세를 세워 강한 등 근육을 펴고 고개를 치켜들면서 뒤로 기댔다.

"그럼 그 점은 편해진 거로군." 버티가 말했다. "하지만 그렇게 신경 안 쓰는 대신에 뭐가 생기나? 그런 활동을 대체하는 건 뭔가?"

잠시 말이 없었다. 이윽고 눈먼 남자가 신경 쓰지 않고 아무렇게나 생각난 대로 말하듯이 답했다.

"아, 잘 모르겠어. 활동하지 않을 때도 많은 것이 일어나지."

"그런가?" 버티가 말했다. "정확히 어떤 것 말인가? 나한테는 생각과 행동이 없으면 아무것도 없는 것 같은데."

이번에도 모리스의 대답은 느렸다.

"뭔가가 있어." 그가 대답했다. "그게 뭔지 말로 설명은 못하겠군."

그리하여 이 대화는 다시 잦아들었고 이저벨과 버티가 이런저런 이야기와 추억을 나누는 동안 눈먼 남자는 침묵했다.

결국 모리스는 그 크고 거슬리는 몸집으로 불안하게 일어났다. 그는 갑갑하고 속박당한 느낌이었다. 자리를 벗어나고 싶었다.

"괜찮다면," 그가 말했다, "난 워넘한테 가서 이야기할 게 있어서—"

"그래요—가봐요, 여보." 이저벨이 말했다.

그렇게 해서 그는 나갔다. 두 친구 사이에 침묵이 흘렀다. 마침내 버티가 말했다.

"그래도 역시 큰 손실이지, 씨시."

"그렇죠, 버티. 나도 알아요."

"늘 뭔가 모자라고." 버티가 말했다.

"그래요, 알아요. 하지만―하지만―모리스 말이 맞아요. 뭔가 다른 게, 뭔가 분명 있어. 있는 줄도 모르던, 그리고 표현할 수 없는 어떤 게 말이에요."

"뭐가 있지?" 버티가 물었다.

"모르겠어요―뭐라 정의하기는 무척 어려워요―하지만 뭔가 강하고 직접적인 거예요. 모리스의 존재에는 뭔가 낯선 게 있어요―정의할 수는 없지만―그래도 그게 없이는 난 견디지 못할 거예요. 사람의 정신을 잠재우는 것처럼 보일 테죠. 하지만 우리 둘이 있을 때 난 아쉬운 게 없어요. 무척 풍요롭고 거의 더할 나위 없는 것 같아요."

"나로서는 알아듣기가 어렵군." 버티가 말했다.

그들은 드문드문 이야기를 나누었다. 밖에서는 바람이 요란하게 불었고 비가 유리창을 두드리자 안쪽에 닫혀 있는 은은한 금색 덧창 때문에 날카로운 북소리가 났다. 장작은 뜨겁고 거의 보이지 않는 작은 불길 속에서 느리게 타고 있었다. 버티는 불안해 보였고 눈가에는 다크서클이 있었다. 임박한 출산으로 풍만해진 이저벨은 몸을 기울여 불 속을 들여다보고 있었다. 머리카락은 특이하게 느슨한 가닥으로 곱슬곱슬했는데 그것이 남자에겐 아주 마음에 들었다. 하지만 그녀의 마음속에는 오랜 비애 같은, 오래된 영원한 밤의 비애 같은 이상한 감정이 있었다.

"내 생각엔 우리 모두가 어딘가 결핍이 있어." 버티가 말했다.

"그렇겠죠." 이저벨이 지친 듯 말했다.

"빠르냐 아니냐 하는 차이지, 결국 다 망하게 되어 있지."

"잘 모르겠네요." 정신을 추스르며 그녀가 말했다. "보다시피 난 꽤 잘 지내고 있어요. 태어날 아이 때문인지 만사에 무심해지고 그저 평온해요. 그러니까, 걱정할 게 뭐 있겠나 하는 느낌이에요."

"좋은 일이라고 할 수 있겠네." 그가 천천히 대답했다.

"글쎄, 그렇죠. 그저 자연의 섭리인 것 같아요. 모리스 걱정을 하지 않아도 된다면 완전히 만족할 수 있을 거예요─"

"하지만 모리스 걱정은 해야 한다고 생각하는 거야?"

"글쎄─모르겠어요─" 그녀는 이 정도 대답하는 노력조차 싫었다.

저녁은 느릿느릿 흘러갔다. 이저벨은 시계를 쳐다보았다. "아니." 그녀가 말했다. "10시가 다 됐네. 모리스는 어디 있을까? 뒤채 사람들은 다 잠자리에 들었을 텐데. 잠깐 나갔다 올게요."

그녀는 나갔다가 거의 곧장 되돌아왔다.

"다 닫혀 있고 캄캄하네요." 그녀가 말했다. "그 사람은 어디 있는지 모르겠어요. 농장에 나갔나봐요─"

버티가 그녀를 쳐다보았다.

"들어오겠지." 그가 말했다.

"그러겠죠." 그녀가 말했다. "그렇지만 이 시간까지 밖에 있는 적은 거의 없는데."

"내가 나가서 찾아볼까?"

"글쎄요—괜찮다면요. 내가 나가봐야 되는데—"그녀는 애써
몸을 쓰고 싶지가 않았다.

버티는 낡은 외투를 걸치고 랜턴을 들었다. 곁문을 통해 밖으로
나갔다. 비바람이 몰아치는 밤이 그를 움츠러들게 했다. 그런 날씨
는 그를 불안하게 만들었고 사방이 너무 축축해서 자신이 거의 바
보가 되는 느낌이 들었다. 내키지 않은 채 그는 근방을 돌아보았다.
개 한마리가 그를 향해 격렬하게 짖었다. 그는 건물마다 들여다보
았다. 마침내 중간 헛간 같은 곳의 윗문을 여니 무언가 가는 소리
가 들렸고, 랜턴을 들고 들여다보니 모리스가 셔츠 바람으로 순무
과육채취기의 손잡이를 들고 서서 귀를 기울이는 게 보였다. 그는
단 뿌리의 과육을 다듬고 있었고 그 무더기가 뒤편 구석에 흐릿하
게 쌓여 있었다.

"자넨가, 워넘?"모리스가 귀를 기울이며 말했다.

"아니, 날세."버티가 말했다.

커다랗고 반쯤은 길들여지지 않은 회색 고양이가 모리스의 다
리에 몸을 부비고 있었다. 눈먼 남자는 몸을 숙여 고양이 옆구리를
문질러주었다. 버티는 그 장면을 지켜보고는 무의식적으로 안으로
들어가 문을 닫았다. 천장이 높은 헛간 같은 곳이었고 거기서부터
좌우로 복도가 이어지면서 소 외양간이 칸칸이 늘어서 있었다. 그
는 모리스가 커다란 고양이를 느리고 구부정한 움직임으로 어루만
지는 것을 쳐다보았다.

모리스가 몸을 폈다.

"날 찾으러 온 건가?" 그가 말했다.

"이저벨이 약간 불안해하길래." 버티가 말했다.

"들어갈 거야. 난 이런 일을 하면서 어지르는 걸 좋아하네."

고양이가 그의 다리에 기대 섬찍한 몸을 쭉 편 채 곧추서서 허벅지를 다정하게 할퀴던 참이었다. 그는 고양이의 앞발을 자기 살에서 떼어내 들어올렸다.

"내가 여기 그레인지에 와서 방해가 되지나 않았으면 좋겠군." 버티가 약간 수줍고 뻣뻣하게 말했다.

"나한테? 아니, 전혀 아닐세. 난 이저벨이 말할 사람이 생겨서 기쁘네. 나야말로 방해가 될까 걱정이지. 내가 그다지 활발한 상대가 아닌 건 아니까. 이저벨은 잘 지내는 것 같지, 어떤가? 불행하지는 않지, 안 그런가?"

"그렇지 않다고 생각하네."

"그녀가 뭐라고 하던가?"

"아주 만족한다고 하더군──다만 자네에 대해선 약간 걱정을 하고 있고."

"나를 왜?"

"아마 자네가 수심에 잠길까봐 그런 게 아닐까 싶네." 버티가 조심스럽게 말했다.

"그런 염려는 할 필요가 없는데." 그는 손가락으로 고양이의 납작한 회색 머리를 계속 어루만지고 있었다. "내가 약간 염려하는 건," 그가 다시 말을 이었다. "여기 떨어져서 늘 나하고만 지내니까 그녀한테 내가 무거운 짐이 되지 않을까 하는 걸세."

"그런 생각은 할 필요가 없다고 생각하네." 바로 그것이 그 스스로도 우려하는 점이었으나 버티는 이렇게 말했다.

"모르겠네." 모리스가 말했다. "어떤 때는 그녀가 나를 떠맡고 있는 게 불공평하다는 생각이 들어." 그러고는 이상하게 목소리를 낮추었다. "그런데 말일세," 내심에서는 쉽지 않은 일이었으나 그는 물었다. "내 얼굴이 많이 흉한가? 얘기해줄 수 있겠나?"

"흉터가 있네." 버티가 의아한 심정으로 말했다. "그래, 손상됐지. 하지만 놀래킨다기보다는 안쓰러운 편이네."

"그래도 꽤 심한 흉터긴 하지." 모리스가 말했다.

"아, 그렇지."

잠시 아무도 말이 없었다.

"가끔은 나 자신이 끔찍하다는 생각이 드네." 마치 스스로에게 하듯 낮은 목소리로 모리스가 말했다. 그러자 버티는 실제로 끔찍함에서 오는 전율이 일어났다.

"터무니없는 소릴세." 그가 말했다.

모리스는 고양이를 버려두고 다시 몸을 폈다.

"알 수 없는 일이지." 그는 말했다. 그러고는 다시 묘한 어조로 덧붙였다. "난 사실 자네를 알지 못하네, 그렇지 않은가?"

"아마도 그렇겠지." 버티가 말했다.

"자넬 좀 만져봐도 괜찮겠나?"

변호사는 본능적으로 움츠러들었다. 하지만, 순전히 박애주의의 발로로 작은 소리로 말했다. "물론이지."

하지만 그는 이 눈먼 남자가 건장한 맨팔을 뻗어오는 것이 괴로웠다. 그러다가 모리스가 버티의 모자를 쳐서 떨어뜨렸다.

"난 자네가 좀더 키가 크다고 생각했네." 그가 놀라서 말했다. 그러곤 손을 버티 리드의 머리에 얹어 둥그스레한 두상을 부드럽고 단단하게 감싸며, 말하자면, 그러모았다. 그런 다음 쥔 자리를 옮겨 섬세하고 조밀한 압력으로 다시 부드럽게 감싸면서 자신보다 작은 이 남자의 두상과 얼굴을 덮어 내려갔다. 눈썹 모양을 따라 그렸고 감은 눈자위 전체를 만졌으며, 작은 코와 콧구멍, 거칠거칠한 짧은 콧수염, 입, 그리고 다소 강한 턱을 만졌다. 눈먼 남자의 손은 다른 남자의 어깨와 팔, 손을 쥐어보았다. 여기저기 부드럽게 쥐어보면서 그를 받아들이는 것 같았다.

"자넨 젊은 것 같군." 마침내 그가 조용히 말했다.

변호사는 거의 소멸당한 듯이 대답을 못하고 서 있었다.

"젊은이처럼 머리가 말랑해." 모리스가 재차 말했다. "손도 그렇고. 내 눈을 만져보겠나? —흉터를 만져보게."

버티는 이제 혐오감으로 몸이 떨렸다. 하지만 흡사 최면에 걸린 것처럼 이 눈먼 남자의 영향력 아래 있었다. 그는 손을 들어 흉터와 흉터 난 눈에 손가락을 얹었다. 모리스가 갑작스럽게 자기 손으로 상대편의 손가락을 덮었다. 그러고는 온몸의 신경을 떨며 양옆으로 느리고 미세하게 몸을 흔들면서 자신의 손상된 눈두덩 위 그의 손을 눌렀다. 그가 일분가량 이렇게 하고 있는 동안 버티는 마치 혼절이라도 한 듯 의식 없이 감금된 상태로 서 있었다.

그런 다음 갑자기 모리스는 자기 눈썹에서 상대방의 손을 떼어내어 자기 손에 쥐었다.

"아, 이런." 그가 말했다. "이제야 우리는 서로를 알게 되겠군. 그렇지 않은가? 이제야 서로를 알게 되겠어."

버티는 대답할 수가 없었다. 그는 자신의 약점에 압도당한 채 겁에 질려 말없이 응시하고 있었다. 그는 자기가 대답할 수 없다는 것을 알고 있었다. 그는 상대편이 갑자기 자신을 부숴버리지나 않을까 하는 터무니없는 공포를 느꼈다. 반면 모리스는 실로 뜨겁고도 통렬한 애정, 열정적인 우정으로 가득했다. 어쩌면 버티가 움츠러든 것은 무엇보다 바로 이 열정적인 우정으로부터인지도 몰랐다.

"이제 우린 괜찮은 거야. 그렇지 않나?" 모리스가 말했다. "살아 있는 동안 우리 둘 사이에선 다 괜찮은 거지?"

"그래." 무슨 수를 써서라도 도망가려고 애쓰며 버티가 말했다.

모리스는 귀를 기울이듯이 고개를 들고 서 있었다. 인간 사이의 우정이 주는 새롭고 섬세한 충족감이 하나의 계시이자 놀라운 사건으로서, 절묘하면서도 바라지 않았던 어떤 것으로서 그에게 다가왔던 것이다. 그는 그것이 실재하는지 귀 기울여 들어보려는 것 같았다.

그런 다음 외투를 집으러 몸을 돌렸다.

"자." 그가 말했다, "이저벨한테 가세."

버티는 랜턴을 들고 문을 열었다. 고양이는 사라졌다. 두 남자는 말없이 통로를 따라걸었다. 이저벨은 그들이 올 때 나는 발걸음 소리가 이상하다고 생각했다. 그녀는 애처롭고 불안하게 두 사람이 들어오는 것을 올려다보았다. 모리스는 묘하게 고양된 분위기였다. 버티는 초췌했고 눈가가 푹 꺼져 있었다.

"무슨 일이에요?" 그녀가 물었다.

"우린 친구가 됐어." 낯설고 거대한 상(像)처럼 양다리를 벌리고 선 채 모리스가 말했다.

"친구라구요!" 이저벨이 따라 말했다. 그러고는 버티를 다시 쳐다보았다. 그는 피하는 듯한 초췌한 시선으로 그녀의 눈을 마주 보았다. 그의 눈은 비참함으로 흐려져 있었다.

"너무 기쁘군요." 완전히 당혹한 채 그녀가 말했다.

"그래." 모리스가 말했다.

그는 진심으로 너무나 기뻤다. 이저벨은 두 손으로 그의 손을 잡아 꼭 쥐었다.

"이제 당신은 더 행복해질 거예요, 여보." 그녀가 말했다.

하지만 그녀는 버티를 쳐다보고 있었다. 그녀는 그가 단 하나의 욕망, 자신에게 떠맡겨진 이 친밀함, 이 우정에서 도망가고 싶은 욕망만을 갖고 있다는 것을 알았다. 그는 눈먼 남자가 자신을 만졌다는 것이, 비정상적으로 거리를 유지하려는 자신의 자세가 무너지고 말았다는 것이 견딜 수가 없었다. 그는 껍데기가 부서진 연체동물 같았다.

해
Sun

1

"그녀를 데려가세요. 해가 내리쬐는 곳으로." 의사가 말했다. 그녀 자신은 햇볕의 효과에 회의적이었으나 아이와 보모, 그리고 그녀 어머니와 함께 바다 건너로 옮겨가는 데 별 이의는 없었다.

배는 자정에 출발했다. 두시간 동안 그녀 남편이 같이 있었는데 그사이에 아이는 잠이 들었고 승객들은 하나둘 승선했다. 깜깜한 밤이었고 허드슨 강은 부풀어오르는 어둠으로 넘실거렸으며 흩뿌려진 빛의 조각과 더불어 흔들렸다. 그녀는 난간에 기대 아래를 내려다보며 생각에 잠겼다. 이것이 바다다. 바다라는 건 사람들이 생각하는 것보다 더 깊고, 기억들로 더 가득하다고. 그 순간 바다는 영원히 살아 있는 지옥의 뱀처럼 꿈틀거리는 것 같았다.

"당신도 알겠지만 이런 식으로 떨어져 있는 건 좋지가 않아." 옆에서 그녀 남편이 말하고 있었다. "좋지가 않아. 마음에 안 들어."

그의 목소리는 염려와 불안으로 가득했고, 마지막 희망 한 조각에 끝까지 매달리는 것 같은 데가 있었다.

"그래요, 나도 그래요." 시들한 목소리로 그녀가 대답했다. 그와 그녀, 둘 다 얼마나 절실하게 서로에게서 떨어져 있고 싶어하는지 그녀는 잊지 않고 있었다. 이별한다는 느낌이 그녀의 감정을 약간 자극하기는 했지만, 그녀의 영혼으로 파고들어간 쇳덩이를 더 깊숙이 박히게 할 따름이었다.

그래서 그들은 자고 있는 아들을 바라보았고 아버지의 눈은 젖어들었다. 하지만 중요한 것은 젖은 눈이 아니라 습관이라는 깊고도 변함없는 리듬, 몇년에 걸친 삶의 습성과 끈질기고 반복적인 기운의 움직임이었다.

그런데 이 두 사람의 삶에서 기운의 움직임은 서로 적대적이었다. 마주 보고 달리는 두개의 엔진처럼, 그들은 서로를 망가뜨렸다.

"송영객은 다들 뭍으로 내리세요! 뭍으로 내리세요!"

"모리스, 당신 가야 돼요."

그러면서 그녀는 혼자 생각했다. 그는 뭍으로! 나는 먼바다로!

그렇게 해서, 배가 조금씩 물러나자 그는 한밤의 황량한 부두 뒤에서 사람들 틈에 묻혀 손수건을 흔들었다. 사람들 틈에 묻힌 채로! 그랬다!

빛줄기를 담은 거대한 접시 같은 연락선들이 아직 허드슨 강을 비스듬히 가로지르고 있었다. 저쪽에 검은 입처럼 보이는 것이 래커워너 역驛일 것이었다.

배는 계속해서 불빛 사이를 서서히 빠져나갔는데 허드슨 강은 끝이 없는 것 같았다. 하지만 마침내 굽이를 돌았고, 그러자 배터리 공원의 보잘것없는 불빛 몇개가 보였다. 자유의 여신상이 골이 난 듯 불끈하여 횃불을 추켜올리고 있었다. 바다에서 흰 파도가 나타났다.

대서양은 용암처럼 회색빛이었지만, 그들은 마침내 해가 내리쬐는 곳에 도착했다. 그녀는 푸르디푸른 바다 위편에 자리한 집도 얻었다. 편편한 해안까지 계단식으로 가파르게 떨어지는, 포도나무와 올리브 나무로 이루어진 넓은 정원 혹은 포도원이 있는 집이었고, 정원은 비밀스러운 장소들로 가득했는데, 땅이 갈라진 곳에 깊이 파묻힌 레몬 덤불이 있었고 감추어진 맑은 녹색 물웅덩이가 있었으며 그리스인들이 오기 전 옛 씨칠리아인들이 마시던 샘이 작은 동굴에서부터 솟아나오고 있었다. 잿빛 염소는 빈 벽감이 있는 고대의 무덤을 우리 삼아 매매 울고 있었다. 미모사 향이 났고, 저 너머에는 눈 덮인 화산이 보였다.

그녀는 이 모든 것을 보았고 어느정도는 위안을 얻었다. 하지만 그것들은 모두 외적인 것이었다. 그녀는 그것들에 진정으로 관심을 갖지는 않았다. 그녀 자신은 온갖 분노와 좌절을 속에 품고 아무것도 진짜라고 느끼지 못한 채 여전히 그대로였다. 그녀의 아이가 이런 그녀를 고스란히 본받아 그녀 마음의 평화를 갉아먹었다. 아들에 대해 그녀는 오싹할 정도로 무서운 책임감을 느꼈다. 마치 아이가 들이마시는 숨 하나하나를 책임져야 할 것 같았다. 그리고 그것은 그녀에게도, 아이에게도, 그리고 관계된 다른 모든 사람에게도 고문이었다.

"줄리엣, 의사가 아무것도 걸치지 말고 일광욕을 하라고 했잖니. 그렇게 하지그래?" 그녀 어머니가 말했다.

"할 만할 때가 되면 할게요. 절 죽이고 싶으세요?" 줄리엣은 어머니에게 대들었다.

"죽인다니, 무슨 소리냐? 다 너 좋으라고 그러는 거지."

"제발이지, 나 좋으라고 하는 것 좀 집어치우세요."

마침내 어머니는 너무 감정이 상하고 화가 나서 떠나버렸다.

바다가 하얗게 변했고 그다음엔 하늘과 구분되지 않았다. 폭우가 내렸다. 해를 받기 위해 지어진 그 집에서는 추운 날씨였다.

다시 아침이 오고 해가 바다 가장자리에서 녹을 듯 뜨겁게 번쩍이며 벌거숭이로 솟아올랐다. 동남향의 집이었으므로 줄리엣은 침대에 누워 해가 뜨는 것을 지켜보았다. 해 뜨는 광경을 난생처음 본 것 같았다. 몸에 붙은 물기를 떨어내듯 밤을 흔들어 떨쳐내면서 벌거벗은 해가 수평선 위로 고스란히 일어나 올라오는 것을 그녀는 한번도 본 적이 없었다. 해는 풍만하고 적나라했다. 그녀는 해에게 가고 싶었다.

해를 향해 벌거벗고 싶은 욕망이 그녀 내부에서 그렇듯 은밀히 솟구쳤다. 그녀는 자신의 욕망을 비밀처럼 간직했다. 그녀는 해와 하나가 되고 싶었다.

그러나 그녀는 집으로부터, 사람들로부터 벗어나야 할 것이었다. 그런데 올리브 나무마다 보는 눈이 있고 모든 비탈이 멀리까지 드러난 시골에서 남몰래 해와 관계를 맺기란 쉽지가 않았다.

하지만 그녀는 한 곳을 찾아냈다. 바다와 해를 향해 불쑥 튀어나온, 가시 많은 배樂라고 불리는 커다란 선인장들로 덮인 바위 절벽이었다. 이 선인장 덤불에서 창백하고 두툼한 줄기에 끄트머리가 휘어져 바다 쪽으로 기울어 있는 싸이프러스 나무가 한그루 솟아 있었다. 나무는 바다를 지키는 수호자처럼, 혹은 빛에 맞서는 어둠 같은 거대한 불꽃을 가진 초 한 자루처럼, 하늘을 핥는 어둠의 긴 혓바닥처럼 서 있었다.

줄리엣은 그 싸이프러스 옆에 앉아 옷을 벗었다. 주위에는 비틀어진 선인장들이 섬뜩하지만 매혹적인 숲을 이루고 있었다. 그녀는 자리에 앉아 해를 향해 가슴을 내주었다. 자신을 내주어야 하는 잔인함에 그 순간까지도 어떤 묵직한 고통으로 한숨을 내쉬면서도, 그러나 이제 드디어 상대가 인간 연인이 아니라는 데 희열을 느꼈다.

그러나 해는 푸른 하늘을 당당히 전진했고 나아가면서 자신의 빛을 던져 보냈다. 그녀는 결코 무르익지 않을 듯했던 자신의 젖가슴 위로 바다의 부드러운 대기를 느꼈다. 하지만 해는 거의 느끼지 못했다. 시들어지고 익지 않을 과실, 그것이 그녀의 가슴이었다.

그렇지만 곧 그녀는 가슴 안에서 지금까지의 어떤 사랑보다 더 따뜻한, 모유보다 더 따뜻하고 그녀 아이의 손보다 더 따뜻한 해를 느꼈다. 마침내, 마침내, 그녀의 가슴은 뜨거운 볕 속의 길고 하얀 포도알 같았다.

그녀는 옷을 전부 스르르 벗어내리고 햇볕 속에 알몸으로 누웠고, 누운 채 한가운데 있는 해를, 가장자리에서 찬란한 빛이 흘러넘치는 그 푸르게 맥박 치는 둥근 형상을 손가락 사이로 올려다보았다. 경이로운 푸른빛으로 맥박 치는, 살아 있는, 그리고 가장자리에 흰 불길을 흘려내보내는 해! 그것은 열기로 가득한 푸른 몸으로 그녀를 내려다보며 그녀의 가슴과 얼굴, 목과 지친 배와 무릎, 허벅지와 발을 감쌌다.

눈을 감고 누운 그녀의 눈꺼풀을 불꽃의 장밋빛 색채가 뚫고 들어왔다. 견디기 힘들었다. 그녀는 손을 뻗어 나뭇잎을 집어 눈을 가렸다. 그러고는 해를 받으며 금빛으로 익어야 할 설익은 길쭉한 조롱박같이 다시 누웠다.

그녀는 해가 자신의 뼛속으로, 아니, 더 나아가 자신의 감정과 생각 속으로 뚫고 들어오는 것을 느낄 수 있었다. 감정의 어두운 긴장들이 물러가고, 생각의 차갑고 검은 응어리들이 녹아내리기 시작했다. 깊은 속까지 흠뻑 따스해지기 시작했다. 그녀는 돌아누워 어깨와 허리, 허벅지 뒤쪽과 발꿈치까지 해를 향해 드러냈다. 그러고는 자신에게 일어나는 이상한 변화로 반쯤 정신을 잃은 채 누워 있었다. 지치고 냉기 서린 심장이 녹아들었고, 녹으면서 증발하고 있었다. 그녀의 자궁만이 여전히 긴장하고 저항했다. 영원한 저항이었다. 그것은 심지어 해에게도 저항하려 했다.

다시 옷을 입고 그녀는 한번 더 누워 볏 같은 꽃실이 바람에 이리저리 떨어지는 싸이프러스 나무를 올려다보았다. 그러는 동안에도 그녀는 하늘을 떠도는 거대한 해와 그녀 자신의 저항을 의식하고 있었다.

그렇게 어찔한 상태로, 앞이 잘 보이지 않은 채, 해에 눈멀고 해로 망연해진 채, 그녀는 집으로 돌아왔다. 그렇지만 잘 보이지 않는 상태가 그녀에겐 풍요로움과도 같았고 어렴풋하고 따뜻하면서 묵직한 반 무의식 상태는 한재산 얻은 것마냥 넉넉했다.

"엄마! 엄마!" 아이가 항상 그녀를 필요로 하는 그 독특하고 새처럼 작은 욕망의 고통으로 그녀를 부르며 달려왔다. 이번에는 자신의 나른한 심장이 그 부름에 걱정스러운 애정의 긴장을 전혀 느끼지 않는 데 그녀는 놀랐다. 아이를 안아들면서도 그녀는 생각했다. 애가 이런 멍청이가 되면 안돼! 자기 안에 해를 조금이라도 갖게 된다면 이 아이는 생기 있게 피어날 거야. 그러자 아이를 향한, 모든 것을 향한 그녀 자궁의 굴하지 않는 저항이 다시금 느껴졌다. 자신을 꼭 잡고 있는, 특히 자신의 목을 꼭 끌어 잡은 아이의 작은 손에 약간 화가 치밀었다. 그녀는 목을 끌러냈다. 아이가 그걸 잡지 않았으면 싶었다. 그녀는 아이를 내려놓았다.

"뛰어봐!" 그녀는 말했다. "볕에 나가 뛰어봐!"

그러고는 바로 그 자리에서 아이의 옷을 벗기고 뜨끈한 테라스 위에 발가벗겨 세워놓았다.

"볕에 나가 놀아!" 그녀는 말했다.

아이는 겁을 먹고 울려고 했다. 그러나 육체의 따뜻한 나른함과 심장의 완벽한 무심함과 자궁의 저항을 지닌 채로 그녀는 붉은색 타일을 가로질러 아이에게 오렌지를 굴려보냈고, 그러자 부드럽고 미숙한 몸으로 아이는 그것을 좇아 아장아장 걸어갔다. 그러더니 그걸 잡자마자 살에 닿는 이상한 느낌 때문에 도로 떨어뜨렸다. 그러고는 울음을 터트릴 듯 얼굴을 찌푸리며 그녀를 돌아보았다. 아이는 벌거벗었다는 데 겁을 먹고 있었다.

"오렌지를 가져오렴." 아이의 불안에 조금도 마음이 쓰이지 않는 데 놀라면서 그녀는 말했다. "엄마한테 오렌지를 가져와."

"이 애가 자기 아버지같이 커선 안돼." 그녀는 혼잣말을 했다. "한번도 해를 못 본 벌레같이 커선 안돼."

2

아이를 낳은 당사자이니 그의 존재 전부를 떠맡아야 하는 것인 양 그녀는 지금까지 고통스러운 책임감을 느끼며 아이에게 온 정신을 쏟았다. 콧물이 흐르는 것조차 너무 싫고 부담이 되어, 마치 네가 낳아놓은 것이 어떤 꼴인지를 좀 봐! 하고 스스로에게 말해줘야 할 것 같았다.

그러나 이제 변화가 일어났다. 그녀는 더이상 아이를 두고 안달하고 애태우지 않았으며 자신의 염려와 의지의 긴장을 아이에게서 거둬들였다. 그러자 아이는 더욱 무럭무럭 자랐다.

그녀는 광휘로 넘치는 해와 그 해가 자기 안으로 들어온 것에 대해 내심으로 생각해보고 있었다. 그녀의 삶은 이제 비밀스러운 의식儀式이 되었다. 그녀는 늘 새벽이 오기 전에 잠을 떨치고 누워 잿빛이 옅은 금빛으로 변하는 것을 보면서 바다 가장자리에 구름이 없혀 있지나 않은지 살폈다. 해가 벌거숭이로 이글거리며 떠오를 때, 그리하여 부드러운 창공으로 푸른빛이 도는 흰 화염을 내뿜을 때 그녀는 기쁨을 느꼈다.

그러나 때로 해는 커다랗고 수줍음 많은 존재마냥 발그레해진 채 나타났다. 때로는 화난 모양으로 천천히 어깨를 밀어붙이며 서서히 그리고 새빨갛게 되어 나타나기도 했다. 또, 때로는 모습을 드러내지 않았고 다만 그것이 구름의 벽 뒤로 움직일 때 수평으로 펼쳐진 구름이 위로부터 금빛과 주홍빛을 던질 뿐이었다.

그녀는 운이 좋았다. 몇주가 지나도록 가끔 새벽에 구름이 끼고 또 가끔 오후가 잿빛일 때도 있었으나 해가 안 나는 날은 없었고 겨울인데도 거의 매일이 환하게 빛을 발했다. 작고 가느다란 야생 사프란은 줄무늬 진 옅은 자줏빛으로 머리를 내밀었고 야생 수선화는 겨울의 별 같은 꽃을 매달았다.

매일 그녀는 끄트머리에 누르스름한 절벽이 있는 작은 언덕 위 선인장 덤불 사이의 그 싸이프러스 나무로 내려갔다. 이제 더 약고 교묘해져서 비둘기색 실내복만 걸치고 쌘들을 신었다. 그래서 가려진 적당한 장소에 다다르면 순식간에 해를 향해 알몸이 되었다. 그러고는 다시 옷을 입는 순간 눈에 띄지 않는 잿빛으로 돌아왔다.

매일 정오가 가까워오는 오전, 해가 하늘에서 유쾌하게 활보하는 동안 그녀는 은색 앞발을 가진 그 탄탄한 싸이프러스 나무 발치에 누웠다. 이제 그녀 육체의 가는 세포 줄기 하나하나까지 해를 알고 있었다. 다 익은 작은 열매만 남기고 햇빛을 받아 떨어지는 꽃처럼, 그녀의 불안한 마음, 염려하고 긴장하는 마음은 모두 사라졌다. 팽팽히 도사린 자궁은 아직 닫혀 있었지만 해가 신비스럽게 어루만지자 천천히 천천히, 수면 아래 잠긴 백합 봉오리처럼 천천히 열리고 있었다. 수면 아래 잠긴 백합 봉오리처럼 그것은 천천히 해를 향해 일어나 마침내 해를 향해, 오직 해를 향해서만 펼쳐지고 있었다.

그녀는 자신의 온몸으로 해를, 열기를 내뿜으며 흰 불꽃 테두리를 두른 그 푸르게 이글거리는 해를 알게 되었다. 해는 온 세상을 비추고 있었지만 그녀가 옷을 벗고 누우면 그녀에게 초점을 맞추었다. 수백만의 사람들을 비추면서도 그녀에게만 초점을 맞춘 빛나고 찬란하며 유일한 해라는 점이 그것이 지닌 경이의 하나였다.

그녀는 자기가 해를 알고 있다는 것, 그리고 해가 우주적인 육체적 결합이라는 의미에서 그녀를 알기 위해 자신에게 서서히 스며들고 있다는 확신과 함께, 사람들에게서 떨어져 있다는 느낌, 모든 인간을 향해 어떤 경멸 섞인 아량을 베푸는 기분에 잠겼다. 그들은 너무나도 이질적이고 해를 받지 못한 존재들이었다. 꼭 무덤 속의 벌레들 같았다.

당나귀를 몰고 바위 많은 오래된 작은 길을 따라 올라가는 농부들조차 비록 햇볕에 까맣게 그을리긴 했지만 깊은 속까지 해를 받지는 못했다. 껍데기 속에 들어앉은 달팽이처럼 작고 물렁하고 창백한 두려움의 응어리가 있어서 남자의 영혼은 죽음을 두려워하며, 그리고 삶의 자연스러운 불꽃을 그것보다 더 두려워하며 웅크리고 있었다. 그들은 감히 해를 바로 쳐다보지 못했고 내부에선 늘 움츠러들어 있었다. 모든 남자들이 다 그랬다.

왜 남자를 받아들이겠는가!

사람들에 대해, 남자들에 대해 무관심해지자 그녀는 이제 누가 보는 것에 대해서도 그다지 경계하지 않았다. 그녀는 마을에서 장을 봐주는 마리니나에게 의사가 일광욕을 지시했다고 말해두었다. 그걸로 충분했다.

마리니나는 예순이나 그보다 좀더 먹은 여자로, 키가 크고 마르고 꼿꼿했으며 머리는 진회색이었는데, 그녀의 진회색 눈에는 수천년 세월의 능란함이 산전수전 다 겪은 반 조롱기의 웃음과 함께 담겨 있었다. 비극이란 경험 부족을 말하는 것이었다.

"햇볕 아래 벌거벗는다는 건 멋질 거예요." 날카롭게 상대를 쳐다보는 눈 속에 알 것 다 아는 웃음기를 싣고서 마리니나가 말했다. 줄리엣의 짧은 금발 머리는 관자놀이에 작은 구름 모양으로 곱슬곱슬하게 말려 있었다. 마리니나는 마그나 그라이키아[1]의 여인이었고 아득히 오랜 기억들을 갖고 있었다. 그녀는 다시 줄리엣을 바라보았다.

"여자가 아름답기만 하다면야 해에 몸을 드러낼 수 있죠, 네? 안 그래요?" 그녀는 과거의 여인들이 가진 묘하고 숨 가쁜 짧은 웃음을 보이며 덧붙였다.

"내가 아름다운지 아닌지 알 게 뭐예요!" 줄리엣이 말했다.

아름답든 말든 그녀는 해가 자신의 진가를 알아준다고 느꼈다. 결국 같은 이야기였다.

---

1 씨칠리아 일대를 비롯한 이딸리아 남부 연안의 고대 그리스 도시들을 가리킴.

때로 정오의 해를 피해 바위를 넘고 절벽 가장자리를 지나 아래로 가만히 내려갔다. 서늘하고 해가 들지 않는 그늘에 레몬이 늘어져 있는 깊은 협곡에서 조용히 실내복을 벗고 깊고 깨끗한 초록빛 물웅덩이에 재빨리 몸을 씻을 때, 레몬 잎사귀 아래 희미한 초록의 박명 속에서 자신의 몸 전체가 발그스레한 장밋빛이었다가 금빛으로 변하는 것이 눈에 띄었다. 그녀는 딴사람 같았다. 그녀는 딴사람이었다.

그녀는 그렇게 그리스 사람들이 해를 받지 못한 희멀건 육체가 건강하지 못하고 생기 없다고 말한 것을 기억해냈다.

또, 올리브 기름을 살갗에 살짝 문지르고는 레몬 꽃을 배꼽에 균형 잡아 올려놓고 혼자 웃으며 레몬들의 어두운 지하세계를 돌아다니기도 했다. 어떤 농부가 그녀를 볼 가능성도 없지는 않았다. 그러나 만일 그런다 해도 그녀가 그를 두려워하기보다 그가 그녀를 더 두려워할 것이었다. 그녀는 남자들의 옷 입은 육체 안에 있는 창백한 두려움의 응어리를 알고 있었다.

심지어 어린 아들에게서도 그것을 알아보았다. 아이는 그녀가 얼굴에 해를 받은 채 자기를 놀리게 되자 어찌나 그녀를 불신하던지! 그녀는 매일 아이를 햇볕에 벌거벗은 채 돌아다니게 했다. 그리고 이제 아이의 작은 몸도 분홍빛이 되어, 숱 많은 금발을 이마 뒤로 넘기고 부드러운 금빛으로 볕에 그을린 피부에 두 볼은 석류 열매처럼 붉었다. 아이는 쾌활하고 건강했으며, 그의 금발과 붉은 뺨, 푸른 눈을 예뻐하는 하인들은 아이를 하늘에서 온 천사라 불렀다.

하지만 아이는 엄마를 불신했고 엄마는 아이를 놀렸다. 그리고 그녀는 아이의 찌푸린 작은 이마 밑의 커다란 푸른 눈에서 그녀가 이제 모든 남자들의 눈 한가운데 놓여 있다고 믿는 두려움, 불안의 중추를 보았다. 그녀는 그것을 해에 대한 두려움이라 불렀다. 그리고 그녀의 자궁은 모든 남자들에게, 해를 두려워하는 자들에게 굳게 닫혔다.

'이 애는 해를 무서워하는구나.' 아이의 눈을 내려다보며 그녀는 혼잣말을 하곤 했다.

그리고 아이가 햇빛을 받으며 아장아장 걷다가 기우뚱하고는 털썩 넘어져 작은 새 같은 소리를 내는 것을 지켜볼 때, 그녀는 아이가 자기 내부에서 해로부터 스스로를 닫아걸고 숨어 있다는 것을, 아이가 균형감각이 어설프고 움직임이 약간 둔하다는 것을 알았다. 아이의 영혼은 껍데기 속의 달팽이처럼 자기 내부의 축축하고 차가운 틈새 속에 들어가 있었다. 그런 점이 그녀에게 아이아버지를 생각나게 했다. 그래서 그녀는 아이가 밖으로 나오도록, 어디에도 구애받지 않는 몸짓으로 뛰쳐나와 해를 맞이하도록 만들 수 있기를 바랐다.

그녀는 선인장 사이의 싸이프러스 나무로 아이를 데려가기로 마음먹었다. 가시 때문에 아이를 계속 지켜봐야 할 것이다. 하지만 확실히 거기서라면 아이가 자신의 깊은 내부에 놓인 그 껍데기에서 나올 수 있으리라. 작은 문명인의 긴장이 아이의 이마에서 사라져 없어지리라.

그녀는 아이를 위해 깔개를 펴고 앉았다. 그러고는 실내복을 스르르 벗고 누워 푸른 하늘 높이 날아가는 매와 싸이프러스 나무의 늘어진 줄기 끝을 바라보았다.

아이는 깔개 위에서 돌을 갖고 놀고 있었다. 아이가 일어나 아장거리자 그녀도 일어났다. 아이는 돌아서서 그녀를 쳐다보았다. 거의 진정한 남성의 도발적이고도 따뜻한 표정에 가까운 것이 아이의 푸른 눈에 나타났다. 아이는 잘생겼고 금빛 피부에 새빨간 뺨을 하고 있었다. 사실상 백인이 아니었다. 아이의 피부는 거무스레한 금빛이었다.

"가시를 조심해, 우리 아기." 그녀가 말했다.

"가시!" 그림에 등장하는 발가벗은 아이처럼 어깨너머로 그녀를 여전히 바라보며 아이는 미심쩍다는 듯이 새가 지저귀는 것 같은 목소리로 되풀이했다.

"따끔따끔 찌르는 못된 가시야."

"아끔아끔 가시!"

아이는 조그만 쌘들을 신은 채 마른 박하를 잡아당기다가 돌멩이에 걸려 비틀거렸다. 아이가 가시 위로 넘어지려고 할 때 그녀는 뱀처럼 재빨리 아이를 향해 튀어올랐다. 그녀 스스로도 놀라웠다. "정말이지 들고양이가 따로 없네!" 그녀는 혼잣말을 했다.

해가 빛날 때면 그녀는 매일 싸이프러스 나무로 아이를 데려갔다. "이리 와!" 하고 그녀는 말했다. "싸이프러스 나무로 가자꾸나."

뜨라몬따나²가 불어 구름 낀 날이라 내려갈 수 없을 때면 아이는

---

2 알프스 산맥 너머에서 불어오는 찬바람.

"싸이프러스 나무! 싸이프러스 나무!"하고 쉴 새 없이 지저귀곤
했다.

그녀만큼이나 아이도 그곳에 못 가서 서운해했다.

그것은 단순한 일광욕과는 달랐다. 그보다 한층 더한 무엇이었
다. 그녀의 깊은 내부에 있는 무언가가 열리고 느슨해졌으며 우주
의 영향력에 내맡겨졌다. 그녀 안에 있는 어떤 신비한 의지에 의해,
알려진 의식이나 알려진 의지보다 더 깊은 의지에 의해 그녀는 해
와 연결되었고 해의 흐름이 그녀를 통해 그녀 자궁을 돌아 흘러들
었다. 그녀 자신은, 그녀의 의식적인 자아는 부차적이었고 거의 방
관자나 다름없는 부수적인 역할이었다. 그녀의 깊은 육체 속을 흐
르는 해의 어두운 흐름 속에 진정한 줄리엣이 살고 있었으며, 이
흐름은 닫혀 있는 향기로운 봉오리 같은 그녀의 자궁을 어두운 보
랏빛으로 감아돌고 또 감아도는 어두운 빛줄기의 강 같았다.

그녀는 늘 자신의 주인이었고 자기가 무엇을 하고 있는지 알았
으며 스스로를 지휘하며 긴장을 풀지 않았다. 이제 그녀는 자기 내
부에 있는 또다른 종류의 힘을, 자신보다 더 크고 더 어둡고 더 사
나운 무언가를, 자신을 휘덮는 원천적인 요소를 감지했다. 이제 그
녀는 자신을 능가하는 힘의 마력에 몸을 맡긴 채 방심한 상태가 되
었다.

3

2월이 끝날 무렵엔 갑자기 무척 더워졌다. 아몬드 꽃은 아주 미미한 바람결에도 분홍빛 눈처럼 떨어지고 있었다. 옅은 자주색 비단 같은 작은 아네모네가 피었고 봉오리를 맺은 아스포델이 길게 자라났으며 바다는 수레국화처럼 파랬다.

줄리엣은 어떤 것에 대해서도 염려하지 않게 되었다. 이제 그녀와 아이는 하루의 대부분을 해를 받으며 벌거숭이로 지냈고 그것이 그녀가 바라는 전부였다. 때로 그녀는 바다로 내려가 몸을 담갔고 또 자주 해가 비춰들지만 남의 눈에는 띄지 않는 협곡에서 어슬렁거렸다. 때로 나귀를 끌고 가는 농부를 보기도 했고 그 또한 그녀를 보았다. 하지만 그녀가 너무 아무렇지 않게 조용히 아이를 데리고 지나갔고 게다가 해가 육체만이 아니라 영혼에도 치유력을 지녔다는 이야기가 이미 사람들 사이에 퍼져 있었으므로 법석을 일으킬 일이 전혀 없었다.

아이와 그녀는 이제 둘 다 온몸이 장밋빛과 금빛으로 그을렸다. "난 다른 존재가 됐어." 그녀는 자신의 불그레하고 금빛이 도는 가슴과 허벅지를 바라보며 혼잣말을 했다.

아이도 독특하고 고요하며 해에 눈먼 몰입의 태도가 있는, 다른 생명체가 되었다. 이제 그 아이는 혼자 조용히 놀았고 그녀가 지켜볼 필요가 거의 없었다. 더이상 혼자 있는 때를 의식하지 않는 듯했다.

바람 한점 없었고 바다는 군청색이었다. 그녀는 싸이프러스 나무의 커다란 은색 앞발 옆에 앉아 해를 받으며 졸고 있었지만 그녀의 가슴은 민감했고 원기로 가득했다. 그녀는 자기 속에 일어나는 어떤 움직임, 자기 속에서 또다른 자아를 깨우게 될 움직임을 감지했다. 그녀는 아직 알고 싶지 않았다. 새로운 일어남이란 새로운 접촉을 의미할 것이고 그건 그녀가 원치 않는 바였다. 그녀는 문명의 거대하고 차가운 기제를 알 만큼 알고 있었고 그것과 접촉하는 일이 무엇을 의미하는지, 그리고 피해가기가 얼마나 어려운지도 잘 알고 있었다.

아이는 커다랗게 뻗친 선인장 주위를 돌아 바위 많은 길 아래로 몇 야드 내려가 있었다. 그을린 금발과 붉은 뺨을 한 진짜 금갈색 바람의 아이가 된 그애가 얼룩덜룩한 병자초를 꺾어 줄지어 늘어놓는 것을 본 참이었다. 아이는 이제 균형을 잡을 줄 알았고 장난에 몰두한 어린 짐승처럼 위급상황에 재빨리 반응했다.

별안간 그녀는 아이가 "여기 봐, 엄마! 엄마, 여기 봐!" 하는 소리를 들었다. 새 같은 목소리에 실린 어조 때문에 그녀는 몸을 앞으로 확 기울였다. 그녀의 심장은 멈춰섰다. 아이는 벗은 자그마한 어깨 너머로 그녀를 바라보면서 나긋나긋한 작은 손으로 가리켰다. 1야드 떨어진 곳에 뱀 한마리가 몸을 곤추세우고 입을 벌려 짧게 쉿소리를 내며 끝이 갈라진 부드러운 혓바닥을 그림자처럼 검게 나풀거리고 있었다.

"봐! 엄마!"

"그래, 우리 아기, 그건 뱀이야." 느리고 깊은 음성이 나왔다. 아이는 무서워해야 할지 아닐지 자신하지 못하는 동그란 푸른 눈으로 그녀를 쳐다보았다. 그녀 안에 있는 해의 어떤 고요함 같은 것이 아이를 안심시켰다.

"뱀!" 아이가 지저귀듯이 외쳤다.

"그래, 우리 아기! 건드리지 마. 물 수도 있단다."

뱀은 바닥으로 몸을 낮추어 잠든 채 햇볕을 쬐던 똬리에서 서서히 기다란 금갈색 몸뚱이를 풀어내고는 느린 포물선을 그리며 바위 쪽으로 뻗어나갔다. 아이는 돌아서서 잠자코 그것을 지켜보았다. 그리고 말했다.

"뱀이 가!"

"그래! 가게 내버려두렴. 혼자 있는 걸 좋아한단다."

아이는 아직도 그 생물이 무심하게 시야에서 사라지면서 만들어내는 그 느리고 헐거운 기다란 모양을 지켜보고 있었다.

"뱀이 가버렸어." 아이가 말했다.

"그래, 가버렸구나. 엄마한테 잠깐 와보렴."

아이는 다가와 벗은 통통한 작은 몸으로 그녀의 벗은 무릎 위에 앉았고, 그녀는 아이의 그을린 빛나는 머리카락을 쓰다듬었다. 그녀는 모든 것이 지나갔다고 생각하며 아무 말도 하지 않았다. 묘하게 태평한 해의 힘이 그녀를 가득 채웠고 그 장소 전체를 마력처럼 채웠으며 그녀나 아이처럼 뱀도 그 장소의 일부였다.

또다른 날에는 올리브 나무 테라스 하나의 마른 돌벽에서 검은 뱀이 수평으로 기어다니는 것을 보았다.

"마리나." 그녀는 말했다, "검은 뱀을 봤어요. 위험한가요?"

"아, 검은 뱀요, 아뇨! 하지만 노란 뱀은 위험해요! 노란 뱀한테 물리면 죽어요. 그렇지만 뱀이란 게 사람을 질겁하게 만들죠. 검은 뱀을 봐도 난 질겁하게 되더라구요."

줄리엣은 여전히 아이를 데리고 싸이프러스 나무로 갔다. 하지만 그녀는 앉기 전에 항상 주위를 조심스럽게 둘러보았고 아이가 갈 수 있는 곳은 다 살펴보았다. 그러고는 누워서 배 모양의 그을린 가슴을 위로 세운 채 다시 해를 향했다. 그녀는 미래를 생각하고 싶지 않았다. 그녀는 정원 바깥을 생각하길 거부했고 편지도 쓸 수가 없었다. 보모에게 편지를 쓰라고 이르곤 했다. 햇빛이 점점 강해지고 맹렬해졌으므로 오랜 시간 있지는 않았지만, 그렇게 그녀는 누운 채 해를 받았다. 자기도 모르게 그녀 마음 깊은 곳의 침울함에 단단하고 깊숙이 파묻혔던 꽃봉오리가 서서히 일어나 굽은 줄기를 펴고 거무스레한 끄트머리를 열어 한 가닥 장밋빛을 드러냈다. 그녀의 자궁이 장밋빛 희열과 더불어 연꽃처럼 활짝 열리고 있었다.

4

해가 비치는 따뜻한 남쪽 나라의 봄이 여름으로 바뀌고 있었고, 빛이 아주 강렬해졌다. 가장 뜨거운 시간이면 그녀는 나무 그늘에 눕거나 차가운 레몬 나무 숲의 먼 안쪽까지 내려가기도 했다. 때로는 작은 협곡 밑바닥의 그늘진 깊은 도랑을 따라 집으로 향했다.

아이는 삶에 몰입한 어린 짐승마냥 말없이 이리저리 팔랑거리고
다녔다.

　어느날 한낮에 어두운 협곡의 덤불 사이로 벌거벗은 채 천천히
집을 향해 가던 길에 그녀는 바위 하나를 돌아서다가 갑자기 이웃
경작지의 농부와 마주쳤다. 그는 나귀를 옆에 세우고 몸을 숙여 자
기가 벤 잔가지 나뭇짐을 묶는 중이었다. 여름 면바지를 입고 엉
덩이를 그녀 쪽으로 향한 채 몸을 굽히고 있었다. 작은 협곡의 컴
컴한 바닥은 완전히 고요하고 내밀했다. 그녀는 힘이 빠지면서 한
순간 움직일 수가 없었다. 남자는 건장한 어깨로 나뭇짐을 들어올
리고는 나귀를 향해 돌아섰다. 그녀를 보는 순간 그는 마치 환영을
본 듯 놀라 그 자리에 얼어붙었다. 그다음엔 그의 눈이 그녀의 눈
과 마주쳤고 그러자 그녀는 푸른 불길이 사지를 통해 자궁으로 흘
러들어가는 것을, 자궁이 무력한 황홀경의 상태로 열리고 있음을
느꼈다. 계속해서 그들은 서로의 눈을 들여다보았고 해의 중심에
서 푸르게 흘러나오는 불처럼 그 불길이 그들 사이에서 흘렀다. 그
리고 그녀는 그의 옷 아래에서 남근이 일어서는 것을 보았고 그가
자기에게 다가오려 하는 것을 알았다.

　"엄마, 사람! 엄마!" 아이가 그녀의 허벅지에 손을 갖다댔다.

　"엄마, 사람!"

　그녀는 아이의 어조에 두려움이 담긴 것을 들었고 휙 돌아섰다.

　"괜찮아, 애야!" 이렇게 말하고는 아이의 손을 잡고 바위로 다시
돌아갔다. 농부는 그녀의 벗은 엉덩이가 아래위로 흔들리며 물러
나는 것을 지켜보았다.

그녀는 옷을 걸친 뒤 아이를 팔에 안고 노란 꽃이 얽힌 덤불을 헤치고 염소가 다니는 가파른 길을 기우뚱거리며 해가 드는 평지까지 올라갔고 집 아래쪽의 올리브 나무에 이르렀다. 거기 앉아 그녀는 마음을 추슬렀다.

바다는 푸른빛, 선명한 푸른빛으로 부드럽고 고요해 보였고, 그녀 안의 자궁은 찬란히 빛나는 열망으로 연꽃처럼 혹은 선인장 꽃처럼 활짝 열렸다. 그녀는 그것을 느낄 수가 있었고 그것이 그녀의 의식을 지배했다. 그러자 아이를 향해, 좌절의 복잡한 엉킴을 향해 아쉽고 분한 감정이 젖가슴에서 타올랐다.

그녀는 그 농부의 얼굴을 알고 있었다. 서른이 좀 넘은 건장하고 아주 단단하게 생긴 사내였다. 그녀의 집 테라스에서 여러번 그를 쳐다본 적이 있었다. 그가 나귀를 데려오는 것, 올리브 나무를 가지치는 것, 혼자서, 늘 혼자서 일하는 것을 보았고, 그가 육체적으로 강하며 넓적하고 붉은 얼굴에 조용한 침착함을 지닌 것을 지켜보았다. 한두번쯤 그에게 말을 건 적이 있었고, 커다랗고 푸른, 남부의 열기를 담은 어두운 그의 눈을 마주 본 적도 있었다. 그래서 그녀는 다소 격하고 과장된 그의 갑작스런 몸짓을 알고 있었다. 하지만 그에 대해 한번도 생각해본 적은 없었다. 다만 그가 언제나 아주 깔끔하고 단정하다는 걸 알아보았을 뿐이다. 그리고 언젠가는 그의 아내를 본 적도 있었는데 그 여자가 남자의 끼닛거리를 가져왔고 두 사람은 캐럽 나무 그늘에 흰 천을 펼쳐놓고 양쪽으로 앉아 있었다. 줄리엣은 그때 그의 아내가 남자보다 나이가 많고 가무잡잡하고 굽히기 싫어하며 음울한 여자라는 걸 알게 되었다. 그리고 젊은 여자가 아이를 데리고 온 적이 있었는데, 그 남자가 아이와 춤을 추었고 그 모습은 너무 팔팔하고 열정적이었다. 하지만 그의 아이는 아니었다. 그에게는 아이가 없었다. 줄리엣이 그를 처음으로 눈여겨본 것은 그가 마치 억눌린 열정으로 가득한 듯이 그토록 기운에 넘쳐 아이와 춤을 출 때였다. 하지만 그때도 그에 대해 생각해보지는 않았다. 그렇게 넓적하고 붉은 얼굴, 그렇게 떡 벌어진 가슴에 다소 짧은 다리. 그녀의 생각을 차지하기엔 너무 막된 짐승 같은 데가 있는, 그저 한명의 농부에 지나지 않았다.

하지만 지금은 그의 눈이 던진 야릇한 도전이 그녀를 사로잡았다. 그것은 푸른 해의 핵과 같이 푸르고 압도적이었다. 그리고 그의 얇은 바지 아래에서 그녀를 향한 남근의 격렬한 움직임을 보았던 것이다. 붉은 얼굴과 거침없는 육체를 가진 그 남자가 그녀에게는 해, 거침없는 열기에 싸인 해와 같았다.

그녀는 너무나 강렬하게 그를 느꼈으므로 그에게서 더 멀리 벗어날 수가 없었다. 그녀는 나무 아래 계속 앉아 있었다. 그때 집에서 보모가 종을 울리며 부르는 소리가 들렸다. 아이도 그녀를 부르러 왔다. 그녀는 일어나 집으로 가야 했다.

그날 오후 그녀는 올리브 나무 비탈 너머로 바다가 내려다보이는 자신의 집 테라스에 앉아 있었다. 그 남자는 선인장 덤불 가장자리의 자기 농지에 있는 작은 움막에서부터 왔다 갔다, 또 왔다 갔다 했다. 그러고는 다시 한번 그녀의 집을, 테라스에 앉은 그녀를 흘긋 쳐다보았다. 그러자 그녀의 자궁이 그에게로 열렸다.

하지만 그녀는 그에게 내려갈 용기가 없었다. 그녀는 마비된 상태였다. 차를 마셨고 여전히 거기 테라스에 앉아 있었다. 그리고 남자는 왔다 갔다 하고는 쳐다보았고, 또 한번 쳐다보았다. 마침내 마을 입구에 있는 카푸친 수도회 교회에서 저녁종이 울렸고 어둠이 다가왔다. 여전히 그녀는 테라스에 앉아 있었다. 그리하여 마침내 달빛 속에서 남자가 나귀에 짐을 싣고 작은 도로에 이르는 길을 따라 처량하게 나귀를 몰고 가는 것이 보였다. 그녀는 그가 그녀의 집 뒤편 도로에 깔린 돌을 밟고 지나가는 소리를 들었다. 그가 가버렸다. 마을에 있는 자기 집으로, 잠자러, 왜 이렇게 늦었는지 알고 싶어할 그의 아내와 자러 가버렸다. 그는 낙담하여 가버린 것이다.

줄리엣은 바다 위의 달을 쳐다보며 밤늦도록 앉아 있었다. 해가 그녀의 자궁을 열었고 그래서 그녀는 더이상 자유롭지 않았다. 활짝 열린 연꽃의 골칫거리가 그녀에게 닥쳐온 것이고, 협곡 건너로 발걸음을 내디딜 용기가 없는 쪽은 이제 그녀였다.

그러나 결국 그녀는 잠이 들었다. 아침이 되자 기분이 좀 나아졌다. 그녀의 자궁은 다시 닫힌 것 같았고 연꽃은 다시 봉오리로 되돌아간 것 같았다. 그녀가 그러기를 그토록 원했으니 그렇게 되어야만 했다. 오로지 물속에 잠긴 봉오리와 해만! 그녀는 그 남자에 대해 생각하고 싶지 않았다.

그녀는 지난번의 도랑과는 아주 먼, 협곡 저 안쪽 레몬 나무 숲 아래 있는 커다란 물웅덩이 중 하나에 들어가 몸을 식혔다. 아래편 레몬 나무 밑에서 아이가 그늘의 노란 괭이밥 꽃을 헤치고 다니면서 떨어진 레몬을 주웠는데 아이의 그을린 작은 몸은 빛 무늬 속을 지나다니며 빛으로 얼룩을 그리고 있었다. 그녀는 도랑 속 경사진 둑에 앉아 해를 받으며 다시 거의 자유로워졌다고, 그녀 안에서 꽃이 안전하게 그늘에 싸인 봉오리로 고개 숙였다고 느꼈다.

갑자기 저쪽 가장자리에서 화창하게 갠 옅은 푸른빛 하늘을 배경으로 머리에 검은 천을 묶은 마리니나가 불쑥 나타나 조용히 "씨뇨라! 씨뇨라 줄리에따!" 하며 불렀다.

줄리엣은 일어나 돌아보았다. 마리니나는 햇빛에 그을린, 머리가 작은 구름 모양인 벌거벗은 여자가 경계하며 서 있는 걸 보며 잠시 멈춰섰다. 그런 다음 이 민첩한 노파는 해가 달구어놓은 샛길을 타고 가파른 경사를 내려왔다.

그녀는 햇빛에 그을린 여자를 몇 걸음 앞에 두고 서서 허리를 펴고는 속내를 간파하는 눈초리로 주시했다.

"아유, 정말 아름답군요, 당신!" 그녀는 차갑게, 거의 빈정거리듯이 말했다. "댁의 남편이 오셨어요."

"남편이라니요?" 줄리엣이 소리쳤다.

늙은 여자는 짧고 날카로운 웃음소리, 과거에 속한 여인의 비웃음 소리를 한번 냈다.

"남편이 있지 않던가요?" 그녀는 조롱 조로 말했다.

"어떻게? 어디? 미국에 있는데." 줄리엣이 말했다.

늙은 여자는 소리없는 웃음을 한번 더 지으며 어깨 너머를 슬쩍 돌아보았다.

"미국이라니, 천만에요. 나를 따라 이리로 오고 있어요. 필시 길을 잃었을 거예요." 그러고는 고개를 젖히며 소리없는 웃음을 지었다.

길은 웃자란 풀과 꽃과 네피텔라[3]로 온통 덮여서 영원히 개간되지 않는 야생지의 새들이 지나다니는 길 같았다. 오랫동안 인간이 살던 예로부터의 유서 깊은 장소들이 갖는 기이하고도 생생한 야생성이 있었다.

줄리엣은 생각에 잠긴 시선으로 그 씨칠리아 여인을 쳐다보았다.

"아, 좋아요." 마침내 그녀는 말했다. "오라고 해요."

그러자 그녀 안에서 작은 불길이 솟구쳐올랐다. 그것은 열리고 있는 꽃이었다. 어쨌든 그도 남자였다.

"이리로 모셔올까요? 지금요?" 마리니나가 웃음기를 띠며 그녀 특유의 비웃는 듯한 흐린 잿빛 눈으로 줄리엣의 눈을 들여다보며 물었다. 그러고는 어깨를 살짝 으쓱했다.

"알았어요! 원하신다면야! 하지만 그분께는 참 희한한 경험이 될 거예요!" 입을 벌리고 소리없이 재미있다는 웃음을 지은 다음, 그녀는 작은 가슴 위로 레몬을 쌓아올리고 있는 아이를 가리켰다. "보세요, 저 애 정말 예쁘군요! 하늘에서 내려온 천사 같네요! 남편이 보시면 얼마나 기쁘시겠어요, 딱한 분. 그럼 모셔올까요?"

"그래요." 줄리엣이 말했다.

늙은 여인은 재빨리 다시 엉금거리며 길을 올라가서, 잿빛 펠트 모자를 쓰고 도시풍의 짙은 잿빛 옷을 입은 채 포도나무 테라스 사이에서 길을 잃고 서 있는 모리스를 발견했다. 해가 비치는 하얀

----

3 향신료로 쓰이는 식물.

비탈 위에 찍힌 한점 잉크 얼룩처럼, 그 눈부신 햇빛과 옛 그리스 세계의 기품 한가운데서 그는 애처로울 정도로 어울리지 않았다.

"오세요!" 마리니나가 그에게 말했다. "이 아래편에 계세요."

그러고는 풀을 헤쳐 길을 만들면서 큰 걸음으로 성큼성큼 신속하게 앞장서갔다. 그녀는 비탈 언저리에서 갑자기 멈춰섰다. 아래편 레몬 나무 꼭대기는 어둑했다.

"이리 내려가세요." 그녀가 그에게 말했고 그는 그녀를 한번 재빠르게 올려다보면서 고맙다는 인사를 했다.

그는 말끔히 면도한 잿빛 얼굴에, 매우 조용하고 정말이지 소심한 마흔살 남자였다. 놀랄 만한 성공은 아니지만 효율적으로 조심성 있게 자기 사업을 꾸려갔다. 게다가 그는 아무도 신뢰하지 않았다. 마그나 그라이키아의 늙은 여인은 그를 한눈에 알아보았다. 괜찮은 사람이네, 그녀는 혼잣말을 했다. 하지만 진짜 남자는 아니지, 딱하기도 해라.

"씨뇨라는 저 아래 계세요." 운명의 여신처럼 그쪽을 가리키며 마리니나가 말했다.

그러자 그는 반가운 기색도 없이 다시 한번 "고마워요! 고마워요!" 하고 말하고는 조심스레 걸음을 떼며 길을 내려갔다. 마리니나는 재미있다는 듯 짓궂은 표정으로 턱을 추켜올렸다. 그러고는 집을 향해 성큼성큼 가버렸다.

모리스는 뒤엉킨 지중해의 풀을 헤치고 조심조심 걷느라고 작은 굽이를 돌아 아내 곁에 꽤 가까이 이를 때까지도 그녀를 보지 못했다. 그녀는 불쑥 튀어나온 바위 옆에서 벌거벗은 채 햇살과 따뜻한 생명으로 빛을 내며 몸을 쭉 편 채 서 있었다. 젖가슴은 솟아올라 바싹 긴장하여 무슨 소리를 들으려는 것 같았고, 허벅지는 갈색으로 그을어 날렵해 보였다. 그녀 안에서는 자궁의 연꽃이 활짝 열렸고 태양의 보랏빛 광선을 받으며 거대한 연꽃처럼 펼쳐 벌어졌다. 그녀는 무력하게 전율했다. 남자가 오고 있는 것이다. 압지에 떨어진 잉크처럼 그가 아주 조심스럽게 다가오자 그를 바라보는 그녀의 시선은 재빠르고 불안했다.

딱한 친구, 모리스는 주저했고 얼굴을 돌려 그녀에게서 시선을 피했다.

"오랜만이야, 줄리!" 불안한 잔기침을 하면서 그가 말했다. "멋지군! 멋져!"

그녀가 그을린 피부 위로 묘하게 매끄러운 햇빛을 받으며 서 있는 동안 그는 얼굴을 돌린 채 그녀를 곁눈질로 슬쩍 쳐다보며 다가갔다. 어쩐지 민망할 정도로 벌거벗은 것 같지는 않았다. 해가 금빛과 장밋빛으로 그녀를 감싸고 있었다.

"왔군요, 모리스!" 이렇게 말하면서 그녀는 그에게서 움츠러들었고 그녀 자궁의 활짝 열린 꽃 위로 차가운 그림자가 드리워졌다. "이렇게 빨리 올 줄은 몰랐어요."

"그랬겠지." 그가 말했다. "그랬겠지! 이럭저럭 좀 일찍 빠져나왔어."

그러고는 다시 무의식적으로 잔기침을 했다. 그는 은밀히, 그리고 의도적으로 그녀를 불시에 찾아온 것이었다. 두 사람은 몇 야드 거리를 두고 서 있었고 침묵이 흘렀다. 그러나 그에게 이것은 해에 그을리고 바람이 어루만진 허벅지를 한 새로운 줄리였고, 예전의 과민한 뉴욕 여자가 아니었다.

"이거, 원." 그가 말했다. "어—이거 눈이 부시군—눈부셔! 당신—어—참, 눈이 부시군! —애는 어딨지?"

그는 자신의 저 깊은 곳에서 이 여인의 팔다리와 해가 감싸고 있는 육체를 향해, 이 육체의 여인을 향해 욕망이 꿈틀거리는 것을 느꼈다. 그것은 그의 인생에서는 새로운 욕망이었고 고통스러운 것이었다. 그는 비껴가기를 원했다.

"저기 있어요." 발가벗은 장난꾸러기가 짙은 그늘 아래 떨어진 레몬을 한데 쌓아올리고 있는 곳을 가리키며 그녀가 말했다.

아버지는 거의 말 울음소리 같은 이상한 짧은 웃음소리를 냈다.

"아! 그래! 저기 있군! 아니, 이거 꼬마 대장부가 저기 있네! 훌륭하군!" 그의 불안하고 억눌린 영혼은 격렬한 충격으로 전율했고 그는 의식 상부의 지푸라기에 매달렸다. "잘 있었니, 조니!" 그가 불렀고, 거의 잘 들리지 않는 목소리였다. "잘 있었니, 조니!"

아이는 토실토실한 팔에서 레몬을 쏟으면서 올려다보았지만 아무 대답이 없었다.

"우리가 내려가죠." 줄리엣은 이렇게 말하고는 돌아서서 길 아래로 성큼 걸어내려갔다. 자기도 모르게 차가운 그림자가 자궁의 열린 꽃에서 걷히면서 다시 모든 꽃잎이 떨리고 있었다. 남편은 그녀가 옴폭 들어간 허리께를 살짝 흔들 때마다 그녀의 날렵해 보이는 장밋빛 엉덩이가 아래위로 움직이는 것을 지켜보면서 뒤따라내려갔다. 그는 어쩔할 정도로 감탄하는 심정이 되었지만 또 완전히 당황한 상태였다. 그는 한 사람의 인격체로서의 그녀에게는 익숙했다. 그런데 이것은 더이상 개별 인격체가 아니라 영혼이 없고 님프처럼 유혹적이며 둔부를 반짝거리는, 해를 받아 날렵하고 강해진 하나의 육체였다. 어찌해야 하는가? 짙은 잿빛 옷에 옅은 잿빛 모자를 쓴 수줍은 사업가의 수도사 같은 잿빛 얼굴과 잿빛 상인정신을 지닌 그는 이 판에 전혀 어울리지 않았다. 이상한 전율이 그의 허리와 다리를 통해 번개처럼 흘렀다. 그는 두려웠고, 야아 하는 승리의 거친 함성을 지르며 저 그을린 육체의 여인을 향해 달려들 수도 있겠다는 느낌이 들었다.

"애가 괜찮아 보이죠, 안 그래요?" 레몬 나무 아래 노란 꽃이 핀 심해 같은 괭이밥을 헤치고 나오자 줄리엣이 말했다.

"아! ─그래! 그래! 멋지군! 멋져! ─잘 있었니, 조니! 아빠 알겠니? 아빠 알아보겠어, 조니?"

그는 바지가 구겨지는 것도 잊은 채 웅크려 앉아 손을 내밀었다.

"레몬!" 새가 지저귀는 듯한 목소리로 아이가 말했다. "레몬 두 개!"

"레몬 두개!" 아버지가 대답했다. "레몬이 참 많네!"

아이는 다가와 아버지의 펼친 손에 레몬을 각각 한개씩 놓았다. 그러고는 한 걸음 물러나서 쳐다보았다.

"레몬 두개!" 아버지가 되풀이했다. "이리 오렴, 조니! 이리 와서 아빠한테 인사해야지."

"아빠 갈 거야?" 아이가 말했다.

"갈 거냐고? 글쎄─글쎄─오늘은 안 가."

그러고는 아들을 팔에 안았다.

"옷 벗어! 아빠, 옷 벗어!" 활개를 치면서 옷에서 떨어지려고 꿈틀대며 아이가 말했다.

"좋아, 아빠 옷 벗으마."

그는 윗옷을 벗어 한쪽에 조심스레 내려놓은 다음 바지에 주름이 생긴 것을 보고 약간 잡아당겨 펴고는 쭈그리고 앉아 아이를 팔에 안았다.

아이의 발가벗은 따스한 몸뚱이가 닿자 그는 어쩔한 느낌이 들었다. 벗은 여인은 장밋빛 아이가 셔츠 바람의 남자 팔에 안긴 것을 내려다보았다. 아이가 아버지의 모자를 벗겼고 줄리엣은 한 오라기도 헝클어지지 않은, 검은색과 회색이 섞인 남편의 매끄러운 머리카락을 보았다. 조금도, 조금도 해를 받지 않은 것이었다! 차가운 그림자가 다시금 그녀 자궁의 꽃 위로 드리워졌다. 아버지가 그를 따랐던 아들에게 뭐라 얘기를 하는 동안 그녀는 한참을 말없이 있었다.

"모리스, 당신 어떻게 할 거예요?" 그녀가 갑자기 말했다.

그녀의 느닷없는 미국식 목소리를 듣고 그는 재빨리, 곁눈으로 그녀를 쳐다보았다. 그녀를 잊고 있었던 것이다.

"어─뭘 말이오, 줄리?"

"아, 전부 말이에요! 이 일에 대해서요! 난 이스트 47번지로 돌아갈 수 없어요."

"어─" 그는 망설였다. "그래, 그렇겠지─적어도 지금을 그럴 거야."

"절대로요!" 그녀가 불쑥 말했고, 침묵이 흘렀다.

"글쎄—어—잘 모르겠군." 그가 말했다.

"당신이 이리로 올 수 있을 것 같나요?" 그녀는 나오는 대로 이야기했다.

"그래! —한달은 있을 수 있어. 한달은 어떻게 할 수 있을 것 같아." 그는 머뭇거렸다. 그러고는 혼란스럽고 소심한 곁눈질로 그녀를 한번 감히 쳐다보고는 다시 얼굴을 돌렸다.

그녀는 그를 내려다보았고, 마치 해가 들지 않는 차가운 그림자를 못 참고 떨쳐버리듯 그녀의 경계하는 젖가슴은 한숨으로 부풀어올랐다.

"돌아갈 수 없어요." 그녀가 천천히 말했다. "이 해를 놔두고 돌아갈 순 없어요. 당신이 이리로 올 수 없다면……"

그녀는 말을 채 맺지 않고 끝냈다. 하지만 불쑥 튀어나온, 개별 인격체로서의 미국인 여성의 목소리는 사라진 채였고, 그는 햇볕에 익은 몸뚱이, 육체의 여인이 내는 목소리를 들었다. 점점 자라나는 욕망과 사그라지는 두려움으로 그는 자꾸자꾸 그녀에게 시선을 던졌다.

"그래!" 그는 말했다. "이런 게 당신한테 어울리네. 당신은 눈이 부시군. —그래, 당신이 돌아갈 수 있다고는 생각지 않아."

그의 음성에 담긴 애무하는 듯한 어조에 자기도 모르게 그녀의 자궁의 꽃이 열리고 꽃잎은 떨리기 시작했다.

그는 뉴욕의 아파트에서의 창백하고 말없는, 그를 끔찍이 짓누르던 그녀의 모습을 떠올렸다. 인간관계에서 그는 온순하고 소심한 사람이었고 아이가 태어난 후 그녀가 드러낸 무시무시한 말없는 적의는 그에게 극도로 두려운 것이었다. 그녀가 달리 어쩔 수 없다는 것을 알았으므로 더욱 두려운 일이었다. 여자들이란 그랬다. 그들의 감정은 무언가를 거스르는 방향을 취했고 심지어 자기 자신에게도 대항했다. 그것은 무시무시하고 파괴적이었다. 자기 자신까지도 거스르는 감정을 가진 여자와 한집에 사는 일은 끔찍한, 무서운 일이었다. 그는 그녀의 무거운 적의의 흐름에 내리눌리는 느낌을 갖고 살았던 것이다. 그녀는 그녀 자신조차 사무치도록 괴롭혔고 아이한테도 마찬가지였다. 그랬다, 어떤 일이라도 그것보다는 나았다. 그 위협적인 유령 같은 여성이 해에 밀려 이제 그녀에게서 사라져버린 듯 보이는 건 정말이지 감사할 일이었다.

"하지만 당신은요?" 그녀가 물었다.

"나? 아, 나 말이지! —나야 일을 하면 되지. 그러다가—어, 긴 휴가를 내서 이리 건너오지, 뭐—당신이 여기 있고 싶다면야. 당신 있고 싶은 만큼 있도록 해—" 그는 한참이나 땅을 내려다보았다. 그녀 안의 위협적인, 복수심에 찬 여성성을 자극할까봐 너무 두려웠고, 그녀가 지금 이대로의 모습으로, 벌거벗은, 익은 딸기 같은, 과일 같은 여인으로 남아 있기를 몹시도 바랐다. 그는 불안한 눈에 호소하는 표정을 담고 그녀를 올려다보았다.

"영원히 있고 싶어도요?"

"글쎄—어—그래, 당신이 원한다면. 영원이란 긴 시간이지. 얼마만큼이라고 정할 수가 없고."

"그럼 내가 하고 싶은 건 뭐든 해도 괜찮아요?" 그녀는 도전적으로 그의 눈을 정면으로 바라보았다. 그녀 안에 있는 또다른 여성, 복수심에 찬 유령 같은 개별 인격체로서의 미국인 여성을 자극하지나 않을까 두려워했으므로 그는 바람에 단단해진 그녀의 장밋빛 벗은 육체에 대항할 힘이 없었다.

"어—그래! —그렇게 해! 당신이 자기 자신이나—애를 불행하게 만들지만 않는다면야."

다시금 그는 복잡하고 불안한 호소를 담은 눈으로, 아들을 생각하면서, 그러나 자신을 위한 희망을 품고 그녀를 올려다보았다.

"그러진 않을 거예요." 그녀가 재빨리 말했다.

"그래!" 그가 말했다. "그래! 당신은 그러지 않을 거야!"

잠시 둘 다 말이 없었다. 마을의 종들이 급하게 정오를 울렸다. 점심시간이라는 뜻이었다.

그녀는 잿빛 크레이프 가운을 스르륵 걸치고 허리에 넓은 초록색 띠를 조여 맸다. 자그만 푸른 셔츠를 아이 머리 위로 씌워 입힌 다음, 그들은 집으로 올라갔다.

식사를 하면서 그녀는 남편의 잿빛 도시인의 얼굴과 말끔히 갖다붙인 잿빛 섞인 검은색 머리와 한치도 어긋나지 않는 식사예절과 먹고 마시는 일에 있어서의 극단적인 절제를 지켜보았다. 때로 그는 검은 속눈썹 아래로 흘끔흘끔 그녀를 훔쳐보았다. 그는 어릴 때 붙잡혀 내내 갇힌 상태로 길러진, 기이하고 차가운, 아무런 따뜻한 희망도 알지 못하는 짐승의 불안한 금회색 눈을 갖고 있었다. 다만 그의 검은 눈썹과 속눈썹은 아름다웠다. 그녀는 그를 의식에서 받아들이지 않았다. 그를 실감하지도 않았다. 그토록 해를 많이

받았으므로 그녀는 그를 볼 수가 없었고 해가 들지 않은 그의 존재
는 실재하지 않는 것과 같았다.

그들은 발코니로 나가 장밋빛으로 무리 지어 피어 있는 부겐빌
레아 꽃 아래에서 커피를 마셨다. 저 너머 아래편, 이웃 경작지에서
는 예의 그 농부와 그의 아내가 높이 자란 초록색 밀밭 가의 캐럽
나무 아래 앉아 있었다. 그들은 바닥에 펼친 자그마한 흰 천을 사
이에 두고 서로 마주 보고 있었다. 아직 큼직한 빵 한 조각이 남아
있었지만 그들은 식사를 끝낸 상태였고 진한 포도주가 담긴 잔을
기울이고 있었다.

미국인들이 나타나자 농부는 테라스를 올려다보았다. 줄리엣은
남편이 그 장면에 등을 지고 앉게 했다. 그러고는 앉아서 농부를
마주 쳐다보았다. 마침내 낯빛이 거무스레한 그의 아내마저 이쪽
으로 고개를 돌리는 게 보였다.

5

그 남자는 어찌할 도리 없이 그녀에게 푹 빠져 있었다. 그녀는
넓적하고 약간 짧은 그의 붉은 얼굴이 못 박힌 듯 자신을 응시하는
것을 보았다. 결국 그의 아내도 돌아보았고, 그러자 그는 잔을 들
어 포도주를 단숨에 목구멍으로 들이부었다. 그의 아내는 발코니
에 있는 사람들을 오래도록 빤히 쳐다보았다. 여자는 잘생겼지만
다소 침울한 인상이었으며 확실히 남자보다는 나이가 많아 보였

고 두 사람 사이에는 마흔이 넘은 상당히 압도적이고 우월한 여성과 서른다섯가량의 다소 무책임한 남편이 가진 커다란 차이가 놓여 있었다. 한 세대 간에나 있을 법한 차이처럼 보였다. "그는 내 세대야." 줄리엣은 생각했다. "그녀는 모리스 세대고." 줄리엣은 아직 서른도 채 되지 않았다.

흰 면바지와 옅은 분홍색 셔츠를 입고 오래된 낡은 밀짚모자를 쓴 농부는 매력이 있었고 아주 말끔했으며 건강에서 비롯하는 청결함이 넘쳐흘렀다. 건장하고 탄탄했고, 약간 작달막했지만 그의 육체는 생명력으로 가득해서 마치 언제든 튀어일어나 움직이고 일하고, 아이와 함께 있는 걸 그녀가 보았을 때처럼 유희할 태세도 되어 있는 듯했다. 스스로를 바치고 싶어하는, 자기 자신을, 자신의 힘에 넘치는 육체와 쿵쿵 울리는 피의 맥박을 바치기를 열렬히 바라는 이딸리아 농부 타입이었다. 그러나 여자가 먼저 행동을 취하기를 기다릴 것이라는 점에서 그는 또한 철저히 한 사람의 농부이기도 했다. 그는 오래 지속되는 절실한 욕망의 수동성으로, 여자가 자기에게 다가오기를 바라고 또 바라며 주변을 맴돌 것이다. 하지만 결코 그녀에게 먼저 접근하지는 않을 것이다. 절대로. 그녀가 나아가야만 할 것이다. 그는 다만 닿을 수 있는 거리에서 어슬렁거릴 것이었다.

그녀가 자기를 쳐다보는 걸 느끼고 그는 낡은 밀짚모자를 휙 벗어 짧게 자른 갈색의 동그란 머리를 드러내보이고는 불그레한 갈색의 큼지막한 손을 뻗어 커다란 빵덩어리를 한 조각 떼어내 볼이 불룩하게 씹기 시작했다. 그는 그녀가 자기를 쳐다보고 있다는 걸 알고 있었다. 그녀는 그에게 그토록 강한 힘을 갖고 있었다. 뜨겁고 육중한 피의 흐름이 거대한 혈관을 타고 내리는 그 뜨겁고도 어떻게 표현할 줄 모르는 동물에게! 그는 셀 수 없이 많은 해를 받아 속속들이 뜨거워졌고 한낮처럼 의식이 없었다. 그리고 거칠고 무뚝뚝한 수줍음을 지녔으므로 절실한 갈망으로 그녀를 기다릴 것이지만 결코, 결코 그녀에게 먼저 다가가지는 않을 것이었다.

그와 함께한다면 다른 종류의 햇볕에, 무겁고 크고 땀이 맺히게 하는 햇볕에 몸을 담그는 일과 같을 것이며 끝난 뒤에는 잊어버리게 될 것이었다. 그는 구체적인 개인으로서는 존재하지 않을 것이다. 그저 따뜻하고 강한 생명으로 한번 목욕을 하는 것이고 그러고 나면 떨어져서 잊어버릴 것이다. 그러고는 다시, 일광욕처럼, 새 생명을 탄생시키는 것 같은 목욕을 하는 것.

하지만 그것이야말로 얼마나 좋을까! 그녀는 개인으로서의 접촉에, 그리고 끝난 뒤에 남자와 얘기를 나눠야 하는 것에 너무도 진력이 나 있었다. 저 건강한 생물과 함께라면 끝난 뒤에는 그저 만족한 채 떠나가게 되리라. 거기 앉은 채 그녀는 그에게서 자신에게로, 자신에게서 그에게로 생명이 흘러들어가는 것을 느꼈다. 그녀는 그의 움직임에서 자신이 그를 느끼는 것보다 훨씬 더 그가 그녀를 느끼고 있음을 알았다. 그것은 각자의 육체에서 의식이 겪는 뚜렷한 고통과도 같았으며, 두 사람은 마치 소유자로서 날카롭게 눈을 세운 각자의 배우자들에 의해 감시당하고 있는 것처럼 망연히 앉아 있었다.

줄리엣은 생각했다. 왜 내가 그에게 가면 안되는가! 왜 내가 그

의 아이를 가질 수 없단 말인가! 그것은 의식 없는 해와 의식 없
는 대지의 아이, 열매 같은 아이를 낳는 일이나 다름없을 것일 텐
데. —그러자 그녀 자궁의 꽃은 빛을 발했다. 그 꽃은 연애감정이
나 소유에는 관심이 없었다. 장래에 대해서는 전혀 생각하지 않은
채 오직 남자의 이슬만을 원했다. 그러나 그녀의 마음은 두려움으
로 흐려졌다. 그녀는 감행할 용기가 없었다! 감히 해볼 용기가 없
었다! 저 남자가 무슨 방법을 찾아내기만 한다면! 하지만 그는 그
러지 않을 것이다. 그저 맴돌며 기다리고, 끝없는 욕망으로 맴돌고,
그녀가 도랑을 건너오기를 기다리기만 할 것이다. 그리고 그녀는,
그녀는 용기가 없었다. 그도 주위를 빙빙 돌기만 할 것이다.

"일광욕할 때 사람들이 볼까 겁나지 않소?" 몸을 돌려 농부 쪽을
건너다보며 남편이 물었다. 도랑 건너로 음울한 농부의 아내도 빌
라 쪽을 응시하고 있었다. 일종의 전투였다.

"아뇨! 안 보이게 할 수 있어요. 당신도 해볼래요? 일광욕할래
요?" 줄리엣이 그에게 말했다.

"글쎄—어—그러지! 여기 있는 동안 해보고 싶군."

그의 눈에 번쩍이는 빛이 보였다. 이 새로운 과일, 실내복 안으
로 해에 익은 장밋빛 가슴이 출렁이는 이 여인을 맛보고 싶은 욕망
이 발휘한 필사적인 용기였다. 그녀는 그가 창백하고 누렇게 뜬 왜
소한 도시인의 모습을 한 채 남편의 권리를 필사적으로 행사하며
햇볕 속을 걷는 모습을 그려보았다. 그러자 그녀의 마음은 다시금
착잡해졌다. 이 이상한, 낙인찍힌 왜소한 사내, 해의 적나라한 눈으
로 볼 때 죄수처럼 낙인이 찍힌 이 선량한 시민. 그는 얼마나 자신

을 노출시키기 싫어할 것인가!

그러자 그녀 자궁의 꽃은 어지러워지며 힘이 빠졌다. 그녀는 자기가 그를 받아들이리라는 사실을 알고 있었다. 그의 아이를 낳을 것도 알고 있었다. 자신의 자궁이 연꽃처럼, 보랏빛으로 펼쳐진 데이지 아네모네처럼, 꽃심은 어둡지만 꽃잎은 활짝 열려 빛을 발하는 것이 그를 위한 것임을, 이 낙인찍힌 왜소한 도시 사내를 위한 것임을 알고 있었다. 자신이 그 농부에게 건너가지 않으리라는 것도 알았다. 그녀는 그럴 만한 용기가 없었고 그럴 만큼 자유롭지도 않았다. 그녀는 그 농부도 결코 자기에게 오지 않으리란 사실을, 그가 대지의 그 집요한 수동성으로 기다리고 또 기다리며 계속해서 스스로를 그녀의 시야에 가져다두기만 할 것이고, 동물의 열망이 갖는 그 집요함으로 그녀의 시야에서 서성거릴 뿐임을 알고 있었다.

그는 농부의 그을린 얼굴에 달아오른 피가 쏠린 것을 보았고 분출하는 난데없는 푸른 열기가 그의 타오르는 눈에서 자신에게 쏟아부어지는 것을, 그리고 그의 육체를 딛고 커다란 남근이 그녀를 향해, 격동하며 그녀를 향해 일어서는 것을 느꼈다. 그러나 그녀는 그에게 결코 가지 않을 것이다. 그녀는 감히, 감히 그럴 용기가 없었고 너무나 많은 것이 그녀를 가로막고 있었다. 도시의 낙인이 찍힌 그녀 남편의 누렇게 뜬 왜소한 육체가 그녀를 가질 것이고, 그의 작고 필사적인 남근이 또 한명의 아이를 배게 할 것이다. 피할 도리가 없는 일이었다. 그녀는 상황이라는 거대하고 고정된 수레바퀴에 묶여 있었고, 온 세상에 그 결박을 끊어줄 페르세우스는 없었다.

역자후기

   '창비세계문학'에 기왕에 내가 번역했던 로런스 단편들을 포함
시키자는 출판사의 제의를 받고 무척 기뻤다. 『목사의 딸들』(창비,
초판 1991, 개정판 2001)이라는 제목으로 출간되어 그런대로 독자의
사랑을 적잖게 받은 작품들이 새로운 독자와 만나게 되는 일이 우
선 기뻤다. 로런스는 내가 가장 가까이 두고 공부해온 작가일뿐더
러 지금도 일반 독자에게 살아 있는 작가라고 믿기 때문이다.

   동시에 번역이란 실로 끝이 없는 작업이기에, 또 한번의 점검과
손질이 가능해진 것도 반가웠다. 이번에는 공역자의 도움을 얻을
기회마저 생겼다. 이미 발표된 작품만 다시 내놓는 것이 독자에 대
한 예의가 아니지 싶어 몇편을 보완하면 좋겠다는 것이 역자와 출
판사의 공통된 생각이었는데, 별도의 로런스 단편선 번역을 한때
시작했던 황정아 교수가 「패니와 애니」「눈먼 남자」「해」 등 세편

을 새로 번역하며 동참하게 된 것이다. 그리고 이번 번역이 온전한 공역 작업이 되게끔 황 교수가 『목사의 딸들』 내용을 꼼꼼히 다시 점검했고 나는 나대로 새로운 원고들을 일별하며 의견을 제시했다. 아직도 미비한 점이 많겠지만 원작의 맛을 한결 가까이 느낄 수 있게는 되었으리라 믿고 바란다.

책 제목은 『패니와 애니』로 정했다. 『목사의 딸들』과 똑같은 책이 아님을 밝히는 의미도 있지만, 「목사의 딸들」이 초기의 명작에 해당하듯이 「패니와 애니」는 로런스 중기의 뛰어난 성취이며 표제작으로 손색이 없다고 보았기 때문이다. 로런스 자신은 첫 발표 당시의 제목인 「패니와 애니」를 단편집 『잉글랜드, 나의 잉글랜드』(*England, My England and Other Stories*, 1922)에 수록하면서 '인내심의 한계'(The Last Straw)로 개제(改題)해줄 것을 희망했다고 한다. 그러나 편집진에 제대로 전해지지 못해 그 뜻을 이루지 못했는데, 이 책을 번역하며 함께 참고했던 케임브리지대학출판부판 정본의 경우에는 작가의 의도를 살려 「인내심의 한계」를 제목으로 하고 있기도 하다.

로런스의 현재성에 대한 나의 인식은 『목사의 딸들』 개정판 서문과 초판의 작품해설에 밝힌 바 있으므로 두 문건을 재수록하는 것으로 대신한다. 끝으로 창비 문학출판부의 박신규 부장과 권은경 씨 등 실무진의 노고에 감사드린다.

2012년 12월

백낙청(서울대 영문과 명예교수)

2001년 개정판 역자서문

수십만, 수백만부씩 팔리는 인기 작가는 아니면서도 소수의 고급독자적 취향이나 그때그때 강단비평의 유행과 무관하게 일반 독자들한테 광범위하게 호소하는 작가를 현대 영문학에서 찾는다면 D. H. 로런스가 여전히 하나의 대표적인 본보기일 것이다.

역자는 3년 전(1998년) 미국 뉴멕시코 주에서 열린 로런스 국제학술회의에서도 이 점을 확인할 수 있었다. 한 발표자가 설문조사한 바에 따르면 미국 대학가에서 로런스의 평판은 1970년대 이래 내리막길이고, 학생과 교수 들로 이루어진 답변자들은 특히 『연애하는 여인들』(*Women in Love*) 같은 그의 대표적 장편들을 몹시 싫어하는 경우가 많다는 것이었다. 그런데도 로런스의 작품은 선풍적인 베스트셀러가 아닐 뿐 전세계적으로 꾸준히 폭넓게 팔리고 있다. 게다가 웨스트버지니아 주에서 온 어느 학자가 지적했듯이, 미국 안에서도 가령 애팔래치아 산악지대의 빈한한 계층의 젊은이들에게는 요즘도 열광적으로 읽히고 있다고 한다.

역자 또한 우리나라 대학생들이 로런스를 읽을 때면 20세기 영문학의 다른 명작들을 읽을 때와 무언가 다른 반응임을 상기시켰다. 단순히 '연구'나 '감상'의 경지를 넘어 자기 자신의 삶과 직접 관계되는 이야기를 읽는 느낌을 갖곤 한다는 것이 나의 경험인 것이다. 영국의 탁월한 현역 로런스 연구자 마이클 벨 교수는 한 걸음 더 나아가, 항상 강단의 통념에 저항하는 것이야말로 로런스 문학의 진가요, 기성 학계에서 로런스의 평판이 낮기 때문에 또 하나의 '이론'이나 '접근법'에 동원되는 수모를 면하는 것이 오히려 다행이라고까지 꼬집은 바 있다.[1]

이런 주장들이 맞아서인지 어쩐지는 몰라도, 『목사의 딸들』이라는 제목으로 로런스의 단편소설 네편을 '창비교양문고'로 펴낸 것이 4쇄를 넘겨 새 판(『목사의 딸들』, 개정판 2001)을 찍게 되었다. 십년에 걸친 일이니 썩 잘 팔린 셈은 아니나, 한국의 독서계에서 문고본의 인기가 대체로 저조한 점을 감안하면 로런스의 저력이 드러난 결과인지도 모른다. 물론 장편과 달리 로런스 중단편의 예술적 완성도는 그를 비판하는 평자들도 대체로 인정해온 바지만, 대

---

1 벨의 이런 주장은 한국로런스학회가 발간하는 *D. H. Lawrence Studies*, 제8집 (1999)에 실린 Michael Bell, "Lawrence and the Present"에서 읽을 수 있음.

중성이라는 면에서는 단편이 장편보다 떨어지는 것이 상례이기도 하다.

아무튼 5쇄를 찍을 대목에 이르러 출판사 측에서 아예 판형을 바꾸고 새 판을 짜기로 결정한 것은 역자로서 매우 반가운 일이다. 초판의 '해설' 뒷머리에 잠깐 비쳤듯이 내가 이 책의 역자로 되기까지는 다소의 곡절이 있어, 가뜩이나 모자라는 능력조차 제대로 다하지 못한 바 없지 않았다. 그후 4쇄를 찍을 때 주변에서 질정해준 점, 스스로 눈여겨뒀던 점 들을 부분적으로 반영하기는 했지만, 늘 찜찜했던 것이다.

그러나 얼마나 찜찜해 마땅했는지는 개정판을 내려고 다시 검토하면서야 실감할 수 있었다. 웬만큼 한다고 했는데도 아예 누락된 문장에서부터 생판 틀린 번역들이 속출했고 윤문을 요하는 대목은 그야말로 부지기수였다. 손본 내용을 여기서 일일이 밝히지는 않는다. 다만 첫번째 수록 작품의 제목이 「국화 향기」에서 「국화 냄새」로 바뀐 것은 초판을 기억하는 독자의 눈에 쉽게 띌 것이다. 해설에서도 밝혔듯이 원문에 쓰인 낱말이 '냄새'이고, 이 작품 속의 국화는 동양에서 사군자(四君子)의 하나로 일컫는 향기 높은 국화꽃과 거리가 멀다. 서민층의 예식이나 장식용으로 흔히 쓰이는 평범한 꽃이며, 여주인공에게는 다소 지겨운 일상의 상징이기도 한 것이다.

그밖에, 원래 대본으로 쓰인 펭귄판과 케임브리지대학출판부의 정본이 상치할 때는 후자에 맞도록 고쳤다. 이 책에 실린 작품들의 경우 두 판본의 차이는 별로 중요하지 않은 편이다.

수정 작업의 결과 로런스의 작품이 지닌 생명력, 특히 통념을 뒤 엎는 낯섦을 지녔으면서도 사려 깊은 대중 독자들의 가슴을 울릴 줄 아는 그 특유의 기운이 종전보다는 조금 더 자연스럽게 우리말 로 살아나기를 기대해본다. 하지만 이번에도 처음부터 끝까지 꼼 꼼한 대조를 하지는 못했으며, 대조하면서도 적당한 표현을 찾지 못해 얼버무린 경우가 적지 않고, 몰라서 남겨둔 오역도 분명히 있 을 것이다. 독자 여러분의 계속되는 일깨움을 기다릴 뿐이다.

2001년 3월
백낙청

1991년 초판 작품해설

1930년 D. H. 로런스가 세상을 떠났을 때 영국의 언론이 주로 들먹인 것은 그가 광부의 아들로 태어났다는 사실과 『채털리 부인의 연인』(*Lady Chatterley's Lover*) 등 노골적인 성 묘사로 물의를 일으킨 작가라는 사실이었다. 하기야 포스터(E. M. Forster)처럼 "우리 시대의 가장 위대한 상상력의 소설가"의 때 이른 죽음을 애도한 조사도 있었고 로런스를 알던 사람들 거의 모두가 그가 '천재'였음에는 입을 모았다. 그러나 그의 작품들이 당대 영국의— 더 나아가서 전세계의—탁월한 문학적 성취에 속한다는 인식은 드물었다. 오늘날은 사정이 판달라서, 적어도 영미 학계에서는 로런스가 20세기 영국 문학의 '고전' 가운데 하나로 공인되며 대대적인 연구활

동의 대상이 되고 있기도 하다. 그러한 성가는 이제 우리 학계에도 얼마간 자리 잡았다고 하겠다.

그러나 우리나라 일반 독자들에게 심어진 주된 인상은 아직도 '성 문학의 대가'로서의 로런스다. 작가 사망 당시의 관심사와 비할 때 '광부의 아들'이라는 측면만 다소 흐려진 셈이다. 이는 그의 계급적 신원에 대한 영국 사회—더구나 육십여년 전 영국 사회—특유의 의식이 오늘의 한국 독자들에게까지 전달되기 힘든 사정도 있지만, 본고장에서의 평판 자체가 변한 까닭도 있다. 그리고 그것은 작가의 (당시로서는 좀 유별난) 신원에 대한 관심에서 작품 자체에 대한 좀더 객관적인 평가로 옮아갔다는 긍정적 일면이 있는 동시에, 로런스 문학의 특성을 얼버무린 채 20세기 초 '모더니즘 고전'의 반열에 편입시키는 비평적 경향과 무관하지 않은 현상이기도 하다.

이 책(『목사의 딸들』, 초판 1991)에 실린 단편들이나 『무지개』(*The Rainbow*) 『연애하는 여인들』(*Women in Love*) 같은 그의 대표적 장편을 읽으면 쉽사리 확인되는 사실이지만, 로런스 작품세계의 대부분은 흔히 말하는 '성 문학'과는 거리가 멀다. 반면에 남녀관계, 그리고 성적인 존재로서의 인간에 대한 집요한 탐구가 거의 매편마다 진행되는 것도 사실이다. 뿐만 아니라 이러한 탐구는—본서의 독자들이 특히 실감하리라 믿지만—로런스가 노동계급 출신의 작가라는 사실과 좋든 싫든 직결되어 있다. 러시아에서 볼셰비끼혁명이 일어나고 영국에서도 계급투쟁이 엄연히 진행되던 시대

를 산 작가가 '광부의 아들'이라는 사실과 전혀 무관한 작품활동을
했다면, 그것이 '성 문학'이든 아니든 정말로 진실된 문학을 한 것
이라고 믿기 어려울 터이다. 적어도 모더니즘의 예술관에 동조하
여 로런스 자신이 극구 비판하던 당대의 모더니스트들과 한 묶음
으로 그를 상찬하지 않는 한은 그렇다.

실제로 로런스는 광부의 아들이자 원래 중산계급 출신인 어머
니의 헌신적인 뒷바라지로 일찌감치 광산촌을 떠나 신분 상승의
길에 올랐고 나중에는 독일 귀족 여성과 결혼하여 노동계급과는
동떨어진 삶을 살았다. 또한 스스로 노동운동에 가담한 일도 없었
다. 그러나 말년의 어느 글에서 토로했듯이 본능적인 동류의식은
항상 노동자들을 향했고 중산계급의 삶에 대해서는 정서적으로나
사상적으로나 끝끝내 적대적이었다. 인간의 성적·육체적 삶에 대
한 남다른 관심도, 부르주아사회의 기계주의·관념주의 및 그 다른
일면인 이상주의에 대한 바로 그러한 작가의 근본적인 도전이자
대안 모색이라는 차원에 달했을 때에만 위대한 예술의 경지로 인
정받을 수 있을 것이다.

로런스가 그런 의도를 지니고 작업한 사실은 그가 남긴 수많은
편지와 산문을 통해서도 쉽게 확인된다. 하지만 대다수 평자들이
그것을 도리어 작품의 예술성을 훼손하는 '예언자적' 내지 '설교
자적' 개입으로 치부해왔다. 오늘날 그의 작가적 위치를 높이 매겨
주는 논자들의 경우에도, 정작 그의 사상이 갖는 무게라든가 그 사
상이 담긴 주요작들의 예술성에 대해 구체적으로 논의하는 것을

듣자면 도대체 어째서 그를 고전으로 받드는 건지 어리둥절해질 때가 많다. 반면에 그의 위대성이 어디까지나 예술가로서의 위대성이요 그의 예술은 곧 사상이기도 함을 거듭 강조하는 리비스(F. R. Leavis) 같은 평론가는 너무 독단적이고 절도를 넘은 로런스 예찬자로 곁눈질당하기 일쑤다.

그런 가운데도 중편 또는 단편 분야에서 로런스가 뛰어난 예술가의 솜씨를 보여주었다는 점에는 폭넓은 합의가 이루어져 있다. 이 경우에도 개개 작품들에 대한 실제 해석에 들어가면 그 합의라는 것이 과연 얼마나 뜻있는 것인지 의심스러울 때가 흔하다. 그러나 장편과는 달리 말끔하게 잘 빠진 단편을 두고 예술성의 결여를 탓하기는 그만큼 더 힘든 것이 사실이다. 다만 이렇게 솜씨 좋게 빠진 단편이 얼마만 한 사상적 깊이를 지녔는가를 가려내기가 (단편 형식 자체의 한계도 있어서) 더 미묘하다면 미묘한 문제로 남는다.

이 책(초판)에 실린 작품 중 세편은 로런스의 첫 단편집에, 나머지 하나는 두번째 단편집에 실렸던 것이다. 다시 말해 대체로 초기작에 해당하는데, 소재 면에서도 「프로이센 장교」를 뺀 나머지 세편이 작가가 자라난 미들랜드(잉글랜드 중부) 지방의 삶을 다루었고, 양식 또한 초기의 자전적 장편 『아들과 연인』(Sons and Lovers)처럼 그의 문학이 정통적 사실주의에 깊이 뿌리박은 것임을 실감케 해준다. 그리고 이런 특징은 그후의 작품들에 가서도, 한층 현란한 전위주의적 기법을 구사한 동시대의 모더니스트들과 뚜렷한 대조로 남는다. 바로 그 점이 로런스가 '예언'에 치우쳐 예술적으로는 조이스(James Joyce)나 울프(Virginia Woolf) 또는 프루스뜨(Marcel Proust) 들보다 덜 세련되고 덜 독창적인 작가로 그쳤다는 평가를 낳기도 했지만, 다른 한편 노동계급 출신 작가의 건강성을 끝까지 견지한 로런스 문학의 특질이 바로 기법 자체, 쇄말적 감각 자체의 새로움에 빠져들지 않았다는 점에도 드러난다는 해석이 가능하다.

로런스 문학 전반에 관한 해석으로 어느 쪽이 옳든 간에, 본서(초판)에 수록된 단편들이 다수 독자들에게 친숙한 기법상의 전통을 이어가면서 결코 진부하지 않은 감수성과 때로는 의표를 찌르는 전개를 보여주는 것만은 분명하다. 독자의 이해와 즐거움을 돕는 뜻에서 각 작품에 한두 마디씩 해설을 덧붙인다.

「국화 냄새」(Odour of Chrysanthemums)

단편소설로서는 로런스가 영국의 중앙 문단에 처음 발표한 출세작으로, 1909년에 일단 탈고하여 『잉글리시 리뷰』(*English Review*)지에 투고했다가 우여곡절 끝에 1911년 6월에야 게재되었다. 첫 단편집 『프로이센 장교』(*The Prussian Officer and Other Stories*, London: Heinemann 1914)에 실으면서 또 한번 첨삭을 거쳤다. 작품의 무대인 광산촌의 오두막과 작중의 사건은 로런스 숙부 내외의 삶에서 따온 것으로 알려져 있으나, 주인공 엘리자베스 베이츠와 남편과의 관계는 『아들과 연인』의—로런스 자신의 부모를 여러

모로 닮았다고 하는—모렐 내외를 연상시키는 바가 많다. 탄광촌 삶의 생생한 묘사가 사실주의 문학의 미덕을 그대로 되살리고 있는가 하면, 마지막 부분 남편의 주검을 앞에 둔 엘리자베스의 내면이 파헤쳐지는 대목은 당시 가장 전위주의적인 독자들의 관심을 충분히 끌 만한 성질이다. 바로 그렇기 때문에 이 작품도, 낡은 사실주의적 전통에서 출발했지만 죽음의 절대성이라든가 개인의 근원적 고독 등 '모더니즘적' 주제의 발견으로 나아가는 사례로 읽힐 수 있다. 그러나 남편의 죽음을 당하여 그녀가 실감하는 자기 삶의 공허함과 그들 관계의 허무함은 작품에 치밀하게 그려진 특정한 생활환경 속의 특수한 두 남녀 사이에 형성된 경험이며, 단순한 성격상의 차이뿐 아니라 사회적 배경이 다른 부부 사이의 갈등이라는 계급적 현실이 개재한 경험임을 작가는 분명히 해놓았다.

이 단편 투고 당시 『잉글리시 리뷰』지 주간이던 휴퍼(Ford Madox Hueffer)는 나중에 포드 매덕스 포드(Ford Madox Ford)라는 이름으로 알려진 시인이자 소설가이기도 했는데, 「국화 냄새」의 원고를 집어들고 처음 몇 문장만 읽고서도 독창적인 작품임을 확신하고 그길로 외출하여 재능 있는 신인을 발굴했다고 자랑했다는 회고담을 남긴 바 있다. 사실 여부는 확인할 길이 없지만, 첫머리의 일견 평범한 듯한 묘사부터가 비범한 관찰력과 남다른 자신감이 없이는 불가능한 신선미를 보여준다는 휴퍼의 자세한 설명만은 얼마든지 수긍할 수 있으며, 단편의 나머지 부분을 두고도 그런 식의 검증을 해봄 직하다. 아무튼 로런스 최초의 단편 가운데 하나인 「국화 냄새」는 오늘까지 가장 널리 알려진 작품의 하나이기도 하다. 참고로 덧붙일 점은, 동양에서 '국화 향기'는 고매한 선비의 절개를 연상시키는데 영어의 제목은 그런 분위기와 무관하고, 화려하지도 않으며 특별히 희귀할 것도 없는 이런 꽃의 냄새(원제의 '오더'(odour)는 딱히 향기만이 아닌 온갖 종류의 '냄새'다)를 제목에다 내건 점 자체가 저자의 진솔함과 신인다운 패기를 말해주는 것이다.

「목사의 딸들」(Daughters of the Vicar)

초고는 「두 결혼」(Two Marriages)이라는 제목으로 1911년에 씌어졌으나 거듭된 개작에도 불구하고 잡지의 지면을 못 얻고, 다시한번 손질을 거쳐 단편집 『프로이센 장교』에 수록되었다. 리비스가 그의 저서 『소설가 D. H. 로런스』(D.H. Lawrence: Novelist)에서 따로 한 장을 할애하여 거론하기 전까지는 그다지 널리 알려지지 못했고 지금도 '명작 단편선' 같은 데 흔히 끼는 작품은 못된다. 그러나 거의 중편 길이에 육박하는 규모뿐 아니라 작품 자체의 무게로도 로런스 소설선의 표제작이 되어 손색이 없다고 본다.[1]

작품의 무대는 바로 로런스의 고향 이스트우드 주변이며, 작중

---

1 1991년 초판, 2001년 개정판 『목사의 딸들』에 해당하는 언급임. —편집자주

의 현실은 탄광촌의 삶을 속속들이 아는 작가만이 구사할 수 있는 담담한 필치로 제시된다. 이런 가운데 온갖 인습과 계급적 편견을 이겨내는 젊은 사랑의 승리라는, 진부하게 다루지만 않는다면 언제나 독자를 사로잡을 수 있는 주제가 전개된다. 린들리 목사의 두 딸이 보여주는 대조적인 선택, 즉 고상하고 '기독교적 자기희생'의 표본 같지만 결국은 사회적 지위와 물질적 안락을 위해 자기 육신을 팔아넘긴 것과 다름없는 언니 메리와, 부모의 체면도 돌보지 않고 광부와 결혼을 택하는 '고집쟁이'요 '이기주의자'인 루이자의 상반된 운명은, 인생에서 과연 무엇이 중요한가에 대한 기존의 생각들을 근본적으로 재검토하게 만든다. 동시에 목사 내외나 메리 부부뿐 아니라 루이자와 그녀의 상대인 알프레드 듀랜트도 각기 그 나름으로 기성체제의 인습과 허위의식에 구속받고 있다. 따라서 이들의 사랑이 성취되는 데는 단순히 남들과의 갈등만이 아닌 그들 내면의 숨막히는 곡절이 따르게 마련이고 이를 추적하는 작가의 문장은—시종 담담하고 간결한 문체를 유지하는 가운데서도—긴장감으로 낯설어지며 팽팽해지곤 한다. (이럴 때 번역자의 괴로움이 곱절로 늘어남은 물론이다.)

이 작품에 대한 탁월한 비평을 남긴 리비스는 「목사의 딸들」이 계급 간의 단절을 극복한 참사랑의 성취라는 점에 유의하여 로런스가 통상적인 계급적 편견과 얼마나 멀었나를 주로 강조했다. 하지만 계급이 다른 남녀의 결합이 루이자가 목사관의 가치의식을 거부하고 젊은 노동자의 건강성과 인간적 진실을 선택함으로써 이루어진다는 점에서 이 작품은 바람직한 의미의 계급의식을 구현했다고 말해도 대동소이한 이야기가 될 것이다. 이 과정에 루이자가 중요한 고비마다 주도적인 역할을 맡는 것이 상층계급의 주도권을 전제한 발상이 아니냐고 반문할 독자가 있을지도 모른다. 그러나 주어진 상황에서 광부인 알프레드가 '남자답게' 먼저 구애하고 나온다는 것은 오히려 신분상승의 꿈에 흔들린 다분히 볼썽사나운 행태이거나, 아니면 '노동자계급의 영도성'이라는 관념에 사로잡힌 작가의 비현실적인 처리가 되었을 것이다. 루이자의 '숙녀답지 않은' 적극성이야말로 그녀의 참용기요 작품의 독창적인 일면이며, 그러한 그녀의 접근이 두렵고 괴롭기조차 하면서도 '감히 넘볼 수 없는 꿈'으로 끝까지 회피하지 않고 사랑에 자신을 내맡기는 알프레드 역시 그 나름의 용기와 적극성을 보였다 할 것이다.

「프로이센 장교」(The Prussian Officer)

1913년에 처음 집필됐고 원제목은 「명예와 무기」(Honour and Arms)였다. 개작을 거쳐 1914년 8월 『잉글리시 리뷰』지에 (일부 삭제된 채) 발표되었으며 뒤이어 미국의 『메트로폴리탄』(*Metropolitan*)지에도 실렸다. 삭제된 부분을 복원하고 다시 손질을 가해 단편집에 넣었는데, 편집자가 작가의 승인도 없이 제목을 바꾸고 단행본의 표제로 삼기까지 했다. 이는 제1차대전이 막 터진

시점에서 독일(특히 군국 프로이센)에 대한 국민적 반감을 의식한 상업주의적 내지 선정적 고려가 다분히 작용한 결과였으리라 짐작된다. 로런스 자신은, 출판사 측의 일방적인 결정이라는 점을 떠나서도 제목이 바뀐 데에 크게 불만이었다. 작중의 장교는 프로이센 출신이지만 프로이센 군대 소속은 아닐뿐더러, 로런스는 시류에 영합하여 '프로이센 장교'라는 특정 유형을 비판하기보다 '명예와 무기'라는 표현이 암시하는 좀더 넓은 범위의 '군사문화적' 에토스를 표적으로 삼았던 것이다.

하지만 그러한 인간상이 작품에서 프로이센 출신의 대위를 통해 구현되고 있는 것은 사실이다. 젊은 당번병에 대해 느끼는, 동시에 그 스스로도 인정하려고 않는 동성애적 감정과 이로 인한 잔혹행위 또한 프로이센 출신 특유의 자기억압적인 생활 및 군기 관념과 불가분의 관계에 있다. 이러한 그의 맹목적 행동이 젊은이의 순결하면서 또 순결한 만큼이나 맹목적이기도 한 삶과 맞부딪히면서 장교의 비명횡사를 가져오고 당번병의 죽음으로 이어진다.

「프로이센 장교」는 그 제목이 말해주는 시의성뿐 아니라 이상심리, 심층심리의 과감한 묘사로 인해 발표 당시부터 적잖은 주목을 받았다. 동시에 '명예와 무기'라는 원제목이 암시하는바 억압적 인간형의 탐구로서 좀더 일반적인 의의도 충분히 갖춘 문제작임이 분명하다. 다만 주인공 쇠너가 장교를 살해하고 숲 속으로 달아난 뒤 열에 들떠서 겪는 의식의 착잡한 흐름을 그토록 상세하게 추적한 것은, 로런스가 모더니즘 소설가의 특기에서도 누구 못지않음을 과시해주기는 하지만, 작품의 전형성이라는 면에서는 다소 불만스럽다는 느낌도 들 수 있을 것이다.

작품의 배경은 로런스가 그의 아내가 될 프리다(Frieda von Richthofen)와 애정의 도피 행각을 떠나 1913년 여름에 머물렀던 이자르 계곡 지역이다.

「당신이 날 만졌잖아요」(You Touched Me)

1919년에 처음 씌어졌고 1920년 4월 29일자 『랜드 앤드 워터』(*Land and Water*)지에 처음 발표됐다. 로런스의 두번째 단편집 『잉글랜드, 나의 잉글랜드』(*England, My England and Other Stories*, New York: Seltzer 1922)에 수록될 때 다시 손질했고 잡지 게재 당시 삭제됐던 부분을 복원했다.

제2단편집의 작품들은 대부분 작가가 『무지개』를 간행한 뒤 『연애하는 여인들』을 완성해가던 원숙기의 산물이며, 한 차례의 해외 생활 끝에 귀국했다가 전쟁으로 재출국의 길이 막힌 로런스가 영국의 삶에 새롭게 눈을 돌린 경험을 담고 있다. 「당신이 날 만졌잖아요」(로런스 자신은 「헤이드리언」이라는 제목으로 바꿔달라고 출판 직전에 요구했지만 이행되지 않았다)는 그중 작가의 가벼운 터치가 돋보이는 작품 가운데 하나로, 로런스가 희극적 재능도 출중함을 실감케 해준다. 그러나 사건의 진행은 어느 면에서 독자들의 예상에 너무 어긋나는 것이고 동시에 단순히 의표를 찌르는 재미만을 노린 작품도 아니기 때문에, 얼마나 마음 놓고 웃어야 좋을지 곤혹스러워하는 독자도 많다. 얼핏 보아 헤이드리언은 머틸다의 실수를 빌미로, 죽어가는 그녀 아버지 로클리 씨의 총애와 괴벽을 악용하여 자신의 야심을 달성하는──어찌 보면 『데이비드 코퍼필드』(David Copperfield)의 유라이어 히프가 못 이룬 것을 이루는──악랄하고 불쾌한 인물이다. 그런 인물의 성공을 독자는 웃으며 즐기란 말인가? 하지만 섬세한 독자는 헤이드리언을 그런 인물로 보는 것 자체가 머틸다와, 특히 그녀 동생 에미의 다분히 계급적인 성격을 띤 선입견이며 독자 자신의 허위의식일 수도 있음을 알아차린다. 헤이드리언은 낭만적인 구애자가 아님은 물론 신사적인 인간도 아니고 돈 문제를 떠나서 머틸다와 결혼만 하면 된다는 '순정'조차 안 보이지만, 그렇다고 돈 때문에 머틸다를 원하는 것은 아니다. 자신에게도 전혀 뜻밖으로 일깨워진 욕망의 정당함을 믿고 그 실현을 위해 물러설 줄 모르는, 하층 출신 특유의 '비신사적' 생명력과 주체성을 지닌 것이다. 머틸다가 아버지의 강압적 요구에 마침내 '굴복'하는 것도 사실은 헤이드리언 나름의 순수성을 그녀가 확인한 뒤의 일이다. 그리고 에미와 달리 그러한 인식과 결단에 도달할 수 있는 머틸다의 덕성이 처음부터 작품 여기저기에 암시되었던 것이다.

앞의 네 작품을 묶은 번역서를 만드는 일을 역자가 떠맡게 되기까지는 적잖은 곡절이 있었다. 솔직히 그것은 뜻밖의 부담이었다. 그러나 책이 완성되고 보니 그동안 로런스 문학을 다년간 공부해 오면서도 한국의 독자를 위해 너무나 한 것이 적었던 사람으로서 약간은 빚을 던 느낌이다. 초고를 준비해준 정호영(丁虎榮) 군과 따로 도움을 준 서경희(徐庚喜) 교수의 수고가 없이는 불가능했을 일임을 여기 밝혀둔다. 하지만 번역상의 잘못에 대한 책임은 어디까지나 역자의 것이며 독자 여러분의 많은 질정을 기대한다. 번역 대본은 정 군이 선택한 펭귄(Penguin Boks)판 로런스 『Selected Short Stories』(1982)를 그대로 따랐고, 권말에 붙이는 로런스 연보는 이 책의 것을 토대로 발췌하면서 케임브리지대학출판부(Cambridge University Press)판 정본 『The Prussian Officer and Other Stories』(1983) 및 『England, My England and Other Stories』(1990)를 참고하여 역자가 작성했다.

끝으로 창비 편집부 여러분의 노고와 오랜 인내에 감사드린다.

1991년 10월

백낙청

작품해설

개정증보판에 붙여

   D. H. 로런스의 단편집인 『목사의 딸들』(창비, 초판 1991, 개정판 2001)을 '창비세계계문학'으로 새롭게 묶어내면서 단편 「패니와 애니」(Fanny and Annie) 「눈먼 남자」(Blind Man) 「해」(Sun)를 추가했다. 새로 들어간 단편들의 번역도 다른 작품들과 마찬가지로 펭귄 (Penguin Books)판 로런스 『단편선집』(*Selected Short Stories*, 1982)를 토대로 하면서 케임브리지대학출판부(Cambridge University Press) 판을 참고했다. 작품별로 간단한 해설을 덧붙이겠다.

「패니와 애니」

이번 개정증보판의 표제작인 이 작품은 1919년에 집필되었고
로런스 자신이 '인내심의 한계'(The Last Straw)로 제목을 바꿀 의
사가 있었다고 알려져 있다. 몇군데 잡지에서 거절당한 끝에 1921
년 『허친슨스 스토리 매거진』(Hutchinson's Story Magazine)에 처
음 발표되었으며, 수정을 거쳐 단편집 『잉글랜드, 나의 잉글랜드』
(England, My England, 1922)에 마지막 작품으로 수록되었다.

　로런스가 태어난 이스트우드를 가공한 것으로 보이는 장소가
배경으로 설정된 이 단편은 멋지고 품위 있고 열정적인 여주인공
패니가 오랜 연인 해리와 마침내 결혼하려고 도시생활을 접고 낙
향하는 장면으로 시작한다. 패니에게 이 낙향은 안정과 행복의 약
속이기는커녕 어떤 파멸의 운명과도 같은 '전락'으로 여겨지는데,
거기에는 무엇보다 결혼 상대인 해리가 도무지 야망이 없고 거의
일부러 그러는 것처럼 범속한 노동자로 살아가기를 고집한다는 점
이 중요하게 작용한다. 그러나 다른 녹록한 대안이 없기도 하지만
패니로서도 해리에게서 벗어나지 못하는 간단치 않은 사연이 있
다. 해리에게는 그녀의 영혼 깊숙이까지 스며드는 신선한 육체적
인 매력이 있었고 이것은 바로 패니 자신의 욕망이기도 하므로 저
항하고 분개하면서도 어쩔 수 없이 끌리는 것이다. 패니의 치밀어
오르는 심사는 해리가 애니라는 헤픈 동네 여자와 놀아났다는 사

실이 폭로되면서 오히려 차분해진다. 이 사건으로 결혼을 할 것인가 말 것인가를 분명히 해야 하는 계기가 왔고 여기에 마지막으로 결단을 내리는 과정에서 그녀의 내적 갈등이 정리된 탓이다.

결국 결혼을 선택한 패니가 앞으로 어떤 삶을 살게 될지 예상해 보는 일이 이 작품을 읽는 재미라고 하겠는데, 순전히 로맨틱한 결말이 아닌 것은 물론이지만 그렇다고 또 순전히 '정략적인' 것만도 아닌 결말이어서 더욱 흥미롭다. 그들의 미래를 예측하는 데는 똑똑하고 열정적인 패니와 자신의 한계를 고집하는 해리 사이의 어쩔 수 없는 차이가 마땅히 일차적으로 고려되어야 할 것이다. 하지만 그와 더불어 패니가 자기 욕망의 진실을 껴안는 성숙함을 갖고 있고 애니 사건을 처리하는 방식에서 해리에게 어떤 존중과 관용의 태도를 보여준 점, 그리고 이를 통해 도시에서 '놀던' 자신을 곱지 않게 여기던 해리네 가족들 사이에서 단번에 독립적인 입지를 확보했다는 사실 또한 감안한다면, 이 이야기가 상당히 풍성한 해석의 여지가 있음을 발견할 수 있으리라 생각된다.

「눈먼 남자」

1918년에 집필되어 1920년 『잉글리시 리뷰』(*English Review*)와 『리빙 에이지』(*Living Age*)에 발표되었고, 이후 「패니와 애니」와 마찬가지로 단편집 『잉글랜드, 나의 잉글랜드』에 실렸다. 배경은 옥스퍼드 근처라고 나와 있지만 실제로는 로런스가 1918년에 방문했던 몬머스셔로 여겨지며, 버티 리드는 로런스가 잠시 친분을 맺었던 버트런드 러셀(Bertland Russel)의 허구적 가공으로 추정되기도 한다.

이 작품은 한국 독자들 사이에서 꽤 널리 알려진 레이먼드 카버(Raymond Carver)의 「대성당」(Cathedral)을 여러모로 연상시킨다. 세 명의 인물이 등장하고 그 가운데 두 사람이 부부라는 점, 남성 인물 중 한 사람이 보지 못하는 장애를 갖고 있으며 그 인물과 다른 남성 간의 유대 가능성이 제기되는 점, 그리고 무엇보다 '본다는 것'이 인간의 삶에서 차지하는 중요성과 한계에 관해 질문한다는 점에서 두 작품은 상당한 공통분모를 갖는다. 둘을 비교해서 읽는다면 꽤 흥미진진한 독서가 될 것이다.

「눈먼 남자」에서 선명하게 부각되는 대립구도를 꼽자면 시력을 잃은 대신 사물과의 풍요롭고 직접적이며 육체적인 관계를 얻은 모리스와 의식과 정신에 전적으로 의존하며 육체적으로는 누구에게도 다가갈 수 없는 버티 사이의 대조가 될 것이다. 특히 결말에서 이저벨의 시선을 통해 포착된 두 사람의 상반된 모습, 친밀한 접촉으로 버티와의 우정을 성취했다고 기뻐하는 모리스와 그 우정을 견딜 수 없어하는 버티 사이의 어긋남은 일종의 블랙코미디에 가깝다. 이런 우정을 도무지 감당할 의사도 능력도 없는 버티의 결함이 분명히 드러나는 순간이지만, 모리스의 고양감도 버티의 심경을 감안하지 않은 착각에서 비롯된 것이므로 상당히 문제적이다.

이렇듯 이 작품은 모리스와 버티를 대조시키고 두 사람 중에 특히 버티의 내적 한계를 적나라하게 비판하면서도 단순 이항 대립에 그치지 않는 복잡한 문제를 던져놓는다. 여기서 로런스는 본능과 직관에 뿌리내린 삶과 그를 토대로 한 친밀한 남녀관계가 소중하다는 점을 강조하기는 하지만, 그런 삶을 낭만적으로 미화하지 않고 그 또한 엄연한 한계를 가진다는 사실을 보여준다. 모리스가 우정의 가능성에 진심으로 고양된 이유도 바로 그렇듯 내적으로 새로운 지평을 필요로 했기 때문이다. 그가 콤플렉스를 이겨내고 받아들인 이 우정이 이번에는 실패로 이어질 공산이 크지만 그것이 더 큰 좌절로 이어질지 아니면 실패 속에서도 중요한 깨달음을 남긴다고 할 수 있을지가 이 작품을 읽는 독자들이 곱씹어볼 질문이라고 할 수 있다.

「해」

이 작품은 두가지 판본이 있는데, 그중 좀 짧은 첫 판본은 1926년 『뉴 코터리』(*New Coterie*)에 발표되어 이후 단편집 『말을 타고 가버린 여인』(*The Woman Who Rode Away and Other Stories*, 1928)에 실렸다. 두번째 판본은 블랙선(Black Sun Press) 출판사의 해리 크로스비(Harry Crosby)로부터 당시로서는 거금인 100달러의 원고료를 지불받은 로런스가 첫 판본을 구할 수 없어서 따로 작성한 것으로, 1928년에 단행본으로 출판되었다. 이 번역의 대본으로 삼은 펭귄판 『단편선집』에 실린 것은 이 블랙선 텍스트를 재출간한 것인데, 앞서 설명한 대로 번역을 할 때는 두번째 판본을 바탕으로 하되 첫 판본을 참조하여 일부 수정한 케임브리지대학출판부판도 함께 고려했다. 작품의 배경은 로런스 부부가 1920년에서 1922년 사이에 머문 씨칠리아의 따오르미나라고 알려져 있다.

「해」는 산문적이고 실용적인 차원에서라면 '일광욕의 치유 효과에 관한 이야기' 정도로 요약할 수 있을 내용을 매우 생생하고 '즉물적'으로 전달하는 솜씨가 돋보이는 작품이다. 무엇보다 현대인에게는 기껏 일광욕으로 여겨지지만, 말 그대로 태양을 숭배한다는 것이 실제 그 숭배자들에게 어떤 경험이었을지, 그리고 그런 경험을 상실하는 것이 어떤 결과를 낳는지를 일깨워주는 이야기이다. 로런스는 여러 에세이들을 통해 우주와의 살아 있는 관계, 특히 태양과의 살아 있는 관계가 인간의 삶에 필수적이라는 생태학적 사유를 여러 차례 표명한 바 있는데, 여하한 비유나 알레고리가 아니라 삶의 긴장이 육체적인 냉기로 응축된 미국 여인 줄리엣의 변화를 매우 사실적으로 묘사하는 가운데 그런 사유를 드러낸다는 점이 이 작품의 중요한 미덕이다.

해를 향해 스스로를 개방하고 그 열기를 온몸으로 받으면서 줄리엣이 경험하는 육체적인 변화는 곧 정신적인 변화이기도 하다. 그중에서도 그녀가 아이에 대한 긴장된 책임감에서 놓여나면서 아이도 더 자립적이고 건강해지는 모습은 오늘날 많은 부모들이 공감할 만한 대목이 아닐까 생각된다. 아이와의 관계에서도 드러나듯이 그녀가 태양에 집착하여 모든 세상사와 인간관계를 끊어버리는 수순으로 가지 않는 점도 주목할 만하다. 줄리엣이 그녀의 '자궁의 꽃'이 향하는 농부에게 끝내 건너가지 못하는 것은 물론 현실의 제약 때문이지만, 그와 같은 제약을 단번에 무시하는 결말이었다면 오히려 무책임한 소망충족이 되었을 법하다. 그렇듯 이 작품은 현대문명의 문제들이 해를 내리쬔다고 해결되는 것은 아니라는 엄연한 인식을 담고 있다. 하지만 줄리엣과 남편의 관계도 예전과는 다른 것일 수밖에 없다는 점에서 해결의 중요한 실마리 하나는 주어졌다고 할 수 있을 것이다.

황정아(한림대학교 HK교수)

작가연보

1885년   영국 노팅엄셔 이스트우드에서 데이비드 허버트 리처즈 로런
          스(David Herbert Richards Lawrence) 탄생. 아버지 아서 로런
          스(Arthur Lawrence)는 광부였고 어머니 리디아 비어절(Lydia
          Beardsall)은 교사 출신. 어릴 적에 '버트'로 불린 훗날의 작가는 그
          들 사이의 넷째 아이였음.
1891~98년 보베일 공립초등학교를 다녔으며, 그 학교 출신으로 주 장학금을
          받아 노팅엄 고등학교에 들어가는 첫 학생이 됨.
1901년   해그스 농장의 체임버스 가족을 자주 방문. 『아들과 연인』(Sons
          and Lovers)에 나오는 미리엄의 모델이 된 제시 체임버스(Jessie
          Chambers)와 사귀게 되는데, 이들의 관계는 '비공식적인 약혼 관

계'로까지 발전함. 이해에 노팅엄 고등학교 졸업.

1901~02년 헤이우드 의료기구 공장에서 사무원으로 일하다가 폐렴에 걸려 그만둠.

1902~06년 이스트우드에서 초등학교 교생을 하다가 국비장학생 시험에 합격하고 1906년 노팅엄 대학의 2년제 교사자격증 과정에 입학.

1906~08년 시, 단편 및 첫 장편(훗날 『흰 공작』(*The White Peacock*)이란 제목으로 출간)을 쓰기 시작. 『노팅엄셔 가디언』(*Nottinghamshire Guardian*)지의 1907년 크리스마스 공모에 단편 「전주곡」(A Prelude) 당선.

1908~11년 런던 근교 크로이든의 초등학교에서 교편을 잡음. 1909년 『잉글리시 리뷰』(*English Review*)지에 시 다섯편이 처음 실리고 뒤이어 이 시기에 포드 매덕스 휴퍼(Ford Madox Hueffer)를 만나게 됨. 휴퍼는 로런스의 작품활동을 격려하고 그를 런던 문학계에 소개. 1910년에는 두번째 장편인 『침입자』(*The Trespasser*)를 쓰고, 『폴 모렐』(*Paul Morel*)(후에 『아들과 연인』으로 제목을 변경) 집필에 착수. 제시 체임버스와의 관계가 끝남. 대학 동창인 루이 버로우스(Louie Burrows)와 약혼하나 뒤에 파혼함. 1910년 10월 어머니가 암으로 죽음. 이듬해 1월 『흰 공작』 출간. 6월에 「국화 냄새」(Odour of Chrysanthemums) 발표.

1912년 3월에 대학 은사의 아내인 프리다 위클리(Frieda Weekley)를 만나 6주 후 프리다의 모국인 독일로 함께 도피. 두 사람은 알프스 산을 넘어 이딸리아로 가 정착.

1913년 첫 시집 『애정시편』(*Love Poems and Others*) 출간. 소설 『자매들』 (*The Sisters*) 집필 시작. (『자매들』은 후에 『무지개』(*The Rainbow*) 와 『연애하는 여인들』(*Women in Love*)로 나뉘게 됨.) 6월에 잠시 귀국하여 평론가 머리(John Middleton Murry) 및 작가 맨스필드 (Katherine Mansfield)와 교분 시작.

1914년 6월 남편의 이혼 승낙을 얻어낸 프리다와 결혼하기 위해 영국으 로 돌아옴. 단편집 『프로이센 장교』(*The Prussian Officer*)에 신기 위 해 전에 썼던 단편들을 개작. 8월에 1차대전이 터지는 바람에 이 딸리아로 돌아가지 못함. 『무지개』 개작. 버트런드 러셀(Bertrand Russell), 포스터(E. M. Foster) 등과 사귐.

1915년 미국 플로리다에 이상적인 공동체를 세울 계획을 하고, 러셀 등과 혁명적인 반전 정당을 만들 계획도 하지만 모두 실패. 『무지개』 출간. 출간되자마자 판매금지를 당함. 징집대상자 신체검사에서 불합격했으나 영국을 떠나는 허가를 받지 못함.

1916년 콘월 지방에 거주하며 『연애하는 여인들』을 쓰기 시작. 여행기 『이딸리아의 황혼』(*Twilight in Italy*) 출간.

1917년 『미국 고전문학 연구』(*Studies in Classic American Literature*) 집필 시작. 간첩 혐의로 거주지 콘월에서 추방당함. 런던에서 『아론의 지팡이』(*Aaron's Rod*)를 쓰기 시작.

1918년 청소년을 위한 개설서 『유럽사의 동향』(*Movement in European History*)을 쓰기 시작. (1921년에 옥스퍼드대학출판부에서 간행.) 네번째 시집 『신작시편』(*New Poems*) 출간.

1919년	종전으로 출국이 가능해져 이딸리아로 떠나 까쁘리에 정착.
1920년	씨칠리아로 이주. 『연애하는 여인들』 초판이 미국에서 비공식 출간으로 나옴.
1920~21년	장편 『잃어버린 여자』(*The Lost Girl*)와 최근에 발굴된 미완성 장편 『미스터 눈』(*Mr. Noon*), 여행기 『바다와 싸르데냐』(*Sea and Sardinia*) 및 두권의 정신분석 관계 책을 씀. 『아론의 지팡이』 완성. 단편집 『잉글랜드, 나의 잉글랜드』(*England, My England*)와 중편집 『무당벌레』(*The Ladybird*)에 들어갈 작품들을 개작.
1922년	스리랑카와 남태평양을 거쳐 오스트레일리아에 도착. 여기서 여름을 보내며 장편 『캥거루』(*Kangaroo*)를 씀. 9월에 미국으로 가 뉴멕시코에 정착. 『아론의 지팡이』 및 『잉글랜드, 나의 잉글랜드』 출간.
1923년	『미국 고전문학 연구』 『캥거루』 등 간행. 시집 『새, 짐승, 꽃』(*Birds, Beasts and Flowers*) 완성. 『날개 돋친 뱀』(*The Plumed Serpent*) 쓰기 시작. 몰리 스키너(Mollie Skinner)의 장편을 『덤불 속의 소년』(*The Boy in the Bush*)으로 개작. (이듬해 두 사람의 공저로 간행.) 8월에 프리다가 영국으로 돌아가고 12월에 로런스가 뒤따라감.
1924년	런던의 한 식당에 친구들을 초대하여 뉴멕시코 주 타오스의 목장에 공동체를 만들자고 했으나 도로시 브렛(Dorothy Brett) 한 사람만이 제안을 수락하여 3월에 로런스 부부를 따라 뉴멕시코로 감. 그해 여름 「말을 타고 가버린 여인」(The Women Who Rode Away) 「쓴트 모어」(St. Mawr) 「공주」(The Princess) 등의 중단편을 씀. 로

런스의 아버지 사망. 11월에 멕시코로 감.

1925년 2월에 말라리아에 걸려 거의 죽을 뻔함. 멕시코시티의 한 의사가 로런스가 폐병으로 죽어가고 있다고 선고. 이때부터 본격적인 투병 생활을 시작해 죽는 날까지 지속됨. 미국으로 돌아와 타오스의 목장에서 건강을 회복하며 집필 계속. 수상집 『호저(豪豬)의 죽음에 대한 명상』(*Reflections on the Death of a Porcupine*) 출간. 9월, 로런스 부부는 유럽으로 돌아가서 이딸리아에 정착.

1926년 『날개 돋친 뱀』 출간. 『처녀와 집시』(*The Virgin and the Gipsy*)를 씀. 프리다와 싸우고 몇주간 별거. 늦여름에 마지막으로 영국 방문. 돌아와서 『채털리 부인 1차본』(*The First Lady Chatterley*) 씀. 단편 「해」(Sun)를 『뉴 코터리』(*New Coterie*)에 발표. (한정판 소책자 『해』(*Sun*) 동시 간행.)

1927년 『채털리 부인의 연인』(*Lady Chatterley's Lover*) 두번째 판본을 씀. (뒷날 『존 토머스와 제인 부인』(*John Thomas and Lady Jane*)이라는 제목으로 간행됨.) 중편 「탈출한 수탉」(The Escaped Cock)과 기행문 『에트루리아의 고장들』(*Etruscan Places*)을 씀. 『채털리 부인의 연인』 최종본 집필 시작.

1928년 단편집 『말을 타고 가버린 여인』(*The Woman Who Rode Away and Other Stories*) 출간. 6월에는 스위스로 이주. 쇠약해져 신문 기고나 짧은 시, 그림 외에는 일을 못함. 『시전집』(*Collected Poems*) 출간. 프랑스 남부 방돌에 정착. 『채털리 부인의 연인』이 피렌쩨에서 비공식 출간되어 큰 소동이 일어남.

1929년	로런스의 그림들이 런던의 워런 화랑에 전시되었다가 그날로 경
	찰에 의해 전시회 폐쇄. 빠리와 에스빠냐의 마요르까 방문. 이딸
	리아에서 병으로 쓰러져 독일로 갔다가 다시 방돌에 옴. 『쐐기풀』
	(*Nettles*)과 『마지막 시집』(*Last Poems*)의 시를 씀. 수상록 『묵시록』
	(*Apocalypse*) 집필 시작.
1930년	의사의 권고로 2월 프랑스 방스의 요양원에 입원했으나 차도가
	없자 올더스 헉슬리(Aldous Huxley) 부부와 프리다가 근처에 한
	집으로 옮김. 로런스 사망. 방스에 묻힘.

고전의 새로운 기준, 창비세계문학

오늘날 우리는 인간의 존엄과 개성이 매몰되어가는 시대를 살고 있다. 물질만능과 승자독식을 강요하는 자본주의가 전지구적으로 확산되면서 현대사회는 더 황폐해지고 삶의 질은 크게 훼손되었다. 경제성장만이 최고의 선으로 인정되고 상업주의에 물든 문화소비가 삶을 지배할수록 문학은 점점 더 변방으로 밀려나고 있다. 삶의 본질을 성찰하는 문학의 자리가 위축되는 세계에서는 가진 자와 못 가진 자 할 것 없이 모두가 불행할 수밖에 없다.

이 시대야말로 인간답게 산다는 것의 의미가 무엇인지 근본적인 화두를 다시 던지고 사유의 모험을 떠나야 할 때다. 우리는 그 여정에 반드시 필요한 벗과 스승이 다름 아닌 세계문학의 고전이라는 점을 강조한다. 고전에는 다양한 전통과 문화를 쌓아올린 공동체의 경험이 녹아들어 있고, 세계와 존재에 대한 탁월한 개인들의 치열한 탐색이 기록되어 있으며, 새로운 세상을 꿈꾸는 아름다운 도전과 눈물이 아로새겨 있기 때문이다. 이 무궁무진한 상상력의 보고이자 살아 있는 문화유산을 되새길 때만 개인의 일상에서 참다운 인간적 가치를 실현하고 근대적 삶의 의미와 한계를 성찰하는 지혜를 얻을 수 있을 것이다.

'창비세계문학'은 이러한 문제의식에서 출발한다. 세계문학의 참의미를 되새겨 '지금 여기'의 관점으로 우리의 정전을 재구성해야 할 필요성이 그 어느 때보다 절실하다. '정전'이란 본디 고정된 목록으로 존재하는 것이 아니라 그때그때 주어진 처소에서 새롭게 재구성됨으로써 생명을 이어가는 것이다. 우리는 먼저 전세계 문학들의 다양성과 차이를 존중하면서 국가와 민족, 언어의 경계를 넘어 보편적 가치에 기여할 수 있는 가능성에 주목하고자 한다. 근대를 깊이 성찰한 서양문학뿐 아니라 아시아와 라틴아메리카, 중동과 아프리카 등 비서구권 문학의 성취를 발굴하고 재평가하는 것 역시 세계문학의 지형도를 다시 그리려는 창비의 필수적인 작업이 될 것이다.

여러 전집들이 나와 있는 세계문학 시장에서 '창비세계문학'은 세계문학 독서의 새로운 기준이 되고자 한다. 참신하고 폭넓으면서도 엄정한 기획, 원작의 의도와 문체를 살려내는 적확하고 충실한 번역, 그리고 완성도 높은 책의 품질이 그 기초이다. 독서시장을 왜곡하는 값싼 유행과 상업주의에 맞서 문학정신을 굳건히 세우며, 안팎의 조언과 비판에 귀 기울이고 독자들과 꾸준히 소통하면서 진정 이 시대가 요구하는 세계문학이 무엇인지 되묻고 갱신해나갈 것이다.

1966년 계간 『창작과비평』을 창간한 이래 한국문학을 풍성하게 하고 민족문학과 세계문학 담론을 주도해온 창비가 오직 좋은 책으로 독자와 함께해왔듯, '창비세계문학' 역시 그러한 항심을 지켜나갈 것이다. '창비세계문학'이 다른 시공간에서 우리와 닮은 삶을 만나게 해주고, 가보지 못한 길을 걷게 하며, 그 길 끝에서 새로운 길을 열어주기를 소망한다. 또한 무한경쟁에 내몰린 젊은이와 청소년들에게 삶의 소중함과 기쁨을 일깨워주기를 바란다. 목록을 쌓아갈수록 '창비세계문학'이 독자들의 사랑으로 무르익고 그 감동이 세대를 넘나들며 이어진다면 더없는 보람이겠다.

2012년 가을
창비세계문학 기획위원회

창비세계문학 12

패니와 애니

초판 1쇄 발행/2013년 1월 4일

지은이/D. H. 로런스
옮긴이/백낙청·황정아
펴낸이/강일우
책임편집/권은경
펴낸곳/(주)창비
등록/1986년 8월 5일 제85호
주소/413-120 경기도 파주시 회동길 184
전화/031-955-3333
팩시밀리/영업 031-955-3399 편집 031-955-3400
홈페이지/www.changbi.com
전자우편/lit@changbi.com